The Crimson Petal And The White

绛红雪白的花瓣 上

[荷]米歇尔·法柏/著　葛晟嘉 赵波 刘聪/译

版贸核渝字(2014)年第14号
Copyright © Michel Faber, 2002
Copyright licensed by Canongate Books Ltd.
arranged with Andrew Nurnberg Associates International Limited
本书简体中文版权通过安德鲁·纳伯格联合国际有限公司引进，由重庆出版集团在中国大陆地区独家发行，未经出版者书面许可，本书任何部分不得以任何方式抄袭与翻印。

图书在版编目（CIP）数据

绛红雪白的花瓣／（荷）米歇尔·法柏著；葛晟嘉,赵波,刘聪译． -- 重庆：重庆出版社,2016.7

书名原文：Crimson Petal and the White SeriesReview

ISBN 978-7-229-11443-5

Ⅰ.①绛… Ⅱ.①米… ②葛… ③赵… ④刘… Ⅲ.①长篇小说—英国—现代 Ⅳ.①I561.45

中国版本图书馆CIP数据核字(2016)第178950号

绛红雪白的花瓣
JIANGHONG XUEBAI DE HUABAN

[荷兰] 米歇尔·法柏 著　葛晟嘉　赵　波　刘　聪　译

责任编辑：郭莹莹
责任校对：刘小燕
装帧设计：艾瑞斯数字工作室 clark1943@qq.com

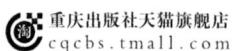
重庆出版集团
重庆出版社　出版

重庆市南岸区南滨路162号1幢　邮政编码：400061　http://www.cqph.com
重庆市国丰印务有限责任公司印刷
重庆出版集团图书发行有限公司发行
E-MAIL:fxchu@cqph.com　邮购电话：023-61520646

重庆出版社天猫旗舰店
cqcbs.tmall.com

全国新华书店经销
开本：880mm×1230mm　1/32　印张：20.75　字数：787千
2017年5月第1版　2017年5月第1版第1次印刷
ISBN 978-7-229-11443-5

定价：69.80元

如有印装质量问题，请向本集团图书发行公司调换：023-61520678

版权所有　侵权必究

感　谢

在此,向本书的翻译人员致谢,感谢你们在这本书翻译出版过程中做出的贡献!正是你们的辛勤付出,使更多的读者能以中文的形式阅读到这部优秀的小说,感受它独特的魅力。

葛晟嘉(第一章至第二十六章)

苏州作协会员,英德双语文学士,曾为国家一级期刊专栏翻译,另出版有《遇见亿万分之一的你》等多部小说。

赵波(第二十七章至第三十章)

北京师范大学硕士,中国翻译协会会员,国家一级翻译,国家心理咨询师、北京写作学会会员,兴趣爱好广泛,而尤以文字为最爱。从事翻译实践和教学多年,翻译量过百万字,已出版译作《伊丽莎白统治的时代》。

刘聪(第三十一章至第三十五章)

北京交通大学翻译专业研究生,兴趣广泛,爱好翻译、读书、写作,有丰富的翻译经验。

第一章 2
第二章 15
第三章 33
第四章 49
第五章 65
第六章 82
第七章 96
第八章 116
第九章 135
第十章 155
第十一章 175
第十二章 195
第十三章 214
第十四章 235
第十五章 255
第十六章 274
第十七章 292

第一卷　街巷

CHAPTER 1

第一章

　　小心你的脚下。保持清醒的头脑，你会需要它们。我带你来的这座城市，地域宽广，人群错杂。你从未来过这儿，却从其他的故事中想象它是座令人有宾至如归感觉的好客之城，而事实上，你不过是被那些故事中的赞词蒙了眼，在这儿，你只是一个来自另一时空的外乡人。

　　我第一次引起你的注意，你决意与我一起来这儿，或许只是单纯地认为来这儿不过就如往日回家那般轻松简单。现在，当你真正站在这座城市的土地上，空气极冷，你发现自己被带到了一处完全浸没在黑暗的地方。你蹒跚在崎岖不平的路上，周围的一切都是如此生疏。你左顾右盼，目光掠过凛冽的寒风，你意识到自己走入了一条满是暗屋的陌生街巷，这里面住满了陌生的人。

　　初时，你并未盲目地选择我，因你怀揣期待。我们不必怯于出口：你曾期许我能满足你所有羞于启齿的情欲，抑或是我能留予你一段难以忘却的美妙时光。此刻，你犹豫了。虽仍然紧紧拉住我的手，但却驱我离去。

　　你初次邂逅我的时候，并不满意我的身型，也未想过我会如此快地紧抓住你。冰雪刺在你红彤的脸颊，尖锐冷凛的细小冰沫遇热即融，就似风中烧红的煤渣。你的耳朵开始受伤。既然你已经允许自己误入歧途，此刻便难以再回头。

　　夜晚灰霾的时刻，灰黑得就似被焚烧的手稿残片。你在自己呼出的氤氲气息中磕绊地跟着我。你脚下的鹅卵石湿漉而黏滑。空气冷冽，含着酸臭腐败的酒气，动物的粪便在慢慢发酵，含糊不清的酒话从附近某处传来，那些话绝非选自某出宏大歌剧的开场白。你发现自己更愿意祈祷上帝，让那些声音别再靠近自己。

在这故事中，你期盼成为密友的重要人物并不在附近。他们也不在等待你：你对他们而言，一名不值。如果你认为他们会因你的到来而从他们暖和的被窝中爬起，不辞数里地来见你，那你就错了。

现在，你会犹疑，为什么我会带你来这儿？为什么不带你去见你认为想要见的人？其实，答案很简单：他们的佣人不会允许你进门。

你缺少的是适合你的圈子，那便是我带你来的缘故。圈子，一个一文不名的人定会向你介绍比你略高层次的人，一层，一层地往上，直到你跨入门槛成为家族中的一员。

这，就是我带你来教堂弄圣贾尔斯的缘故。我已觅好了一位合适的人。尽管我现在介绍给你的人层次极低，是最底层的人，但我仍要提醒你不能小觑。贝德福德广场与大英博物馆只有百英尺的距离，可新牛津大街却宽若一条难以游到对岸的河，而你正站在错误的一岸。我坦率地告诉你，威尔士王子从未与这条街巷的臣民握过手，在经过这儿的时候也未曾虚礼点头，甚至在夜幕降临之后，亦未在此狎妓。教堂弄住着比伦敦任何一条街道都多的妓女，可她们却未对上男人们的胃口。对那些精于风月的行家来说，女人终究不过是一具胴体，你无法期许他们容忍这儿肮脏的床，简陋的装修，冰冷的火炉，没有马车在外等候的萧冷。

简言之，这儿是另一个世界，富裕繁荣不讨是远若星辰般的梦。教堂弄里的猫瘦弱不堪，凹陷空洞的眸子充满了对肉的欲望。那些自称是劳工的人从未劳作，所谓的洗衣女人亦很少浣洗。空想家们无法改善这儿，他们鞋子沾着粪便，徒自走在内心绝望的路上。一座二十年前以慈善之名大张旗鼓建来救济穷人的现代寓所已陈旧斑驳，狼藉不堪。其他一些更旧的建筑，虽只有两三层高，却似从掩埋在地下的遗落文明被发掘出来一般，散发着地底的气息。

百年的建筑依靠锈迹斑驳的钢筋支撑，羸弱的腻子与腐败的木头修补着斜悬晾衣绳的疮痍墙壁。屋顶一片狼藉，上层窗户裂纹斑斑，黑灰色如砌砖似的。头顶的天空比空气更坚实，就似工厂或火车站的玻璃拱顶，曾是明亮通透，此时却是脏污密布。

凛冬十一月，半夜两点五十分，你到了这儿，最关心的不是欣赏此处的风景，而是如何摆脱寒冷与黑暗。也正是如此，你把手放在我的身上，期望熟悉此处的我能帮助你。

在教堂弄，除却远处角落里几盏灰白的煤气路灯，你寻不到任何灯光。这不过是因为你已习惯了睁着双眼时，强光对感官的刺激，其实，那些脏污的窗玻璃后亦透着两支蜡烛微弱的光晕。生活让世界充斥了权力的角逐与平衡，你来自落闸后边落入黑夜的世界，而这儿更多不为人知的交易仍在继续。

跟我去往那个房间，那儿的灯火正无力地摇曳着。让我拉着你的手，穿过屋子的后门，走过飘着混杂了地毯霉味与污秽织物气味的幽深走廊。让我帮助你从寒冷中解脱吧。我熟悉这条路。

注意你脚下的台阶：它们有些已经被踩烂了。相信我，我知道哪些是烂的。你既然到了这么远的地方，为什么不再走远一些呢？耐心是叫人褒扬的美德。

我是不是未曾告诉你，我要离开你了？说起来颇是伤感，但我会把你交到一位照顾妥帖，无微不至的人手上。就在这儿，楼上这间闪着微弱光芒的狭促小屋内，你将认识这陌生环境中第一个人。

她是个可爱的女人，你会喜欢她。倘若你不喜欢，也没有关系。待她领你踏上正确的道后，你可以毫无顾忌地抛弃她。过去的五年里，她以自己的方式生活在这个世界里。她的命运同教堂弄休戚与共，在这儿工作，在这儿生活，甚至走完自己生命中最后一刻。她不曾融入过近在咫尺的女士与绅士们间的交际中，而你，却会成为那些人群中的一个。

她叫卡罗琳，很多女人，尤其是妓女都用这名。你见到她的时候，她正蹲在一只陶做的盥洗大盆前，盆里盛了些温水，矾，还有硫酸锌。她用缠着旧绷带的木勺蘸水清洗自己，里面与外面都洗，直到水越来越浑浊。她长长地舒了口气，她相信那些精液已经离开了自己的身体，留在了盆里。

卡罗琳抓起内衣的边角擦拭自己，瞥见两支蜡烛黯淡了下来，其中一支已经燃尽。她会换上新的蜡烛吗？

当然，是否点上蜡烛与此刻是夜晚几时有关，可卡罗琳没有钟，教堂弄的大部分人都没有钟，他们浑噩度日，不知今夕是何夕，甚至连距离犹太人耶稣被钉死在十字架上已有十八个半世纪都浑然不知。这条街上的人没有固定睡眠时间，喝下的杜松酒上了酒劲儿，已累疲得无力寻衅滋事，便就爬上了床。这条街上的人会在婴儿们糖水瘾犯了后醒来小加安抚。这条街上一些脆弱的灵魂总在夕阳西下的时候，睁着双眼躺在床上听着老鼠磨牙的声响。这条街，唯有教堂的钟声与喇叭的呼啸才能衬出肃然，甚至，有些过于肃然。卡罗琳的钟是散发着恶臭的空气与磷闪在空气中烂糜的杂质。"三点钟"这样的字眼对于卡罗琳来说毫无意义，但她却深知月亮与街对面房屋间的关系。站在窗前，她尝试透过脏污冰冷的窗户看到外面，最后还是决定旋开窗栓，推开窗户。一声巨响吓了她浑身一个激灵，她以为碎了玻璃，实际，不过是冰裂的声响。碎裂的冰粒滑落到了街上。

风凝起冰击打在卡罗琳半裸的身体上，似要将她缀了红疹的胸上渗出发亮的汗水凝成闪耀的冰霜。她将松垮的领子拽在拳头里，紧紧地护住喉咙，手臂抬起的时候，感觉已经起了鸡皮疙瘩。

外面，已经漆黑一片，最近的那盏路灯也在六栋房子之外。鹅卵石铺成的教堂弄不再覆着白色的积雪，雨夹雪的天气留下了大摊半融糙雪的痕迹，在煤气灯下泛出淡淡的黄色。余下的，尽都是黑色。

站在她身后的你屏住呼吸，外面的世界于你而言空寂无人。卡罗琳却知晓有些如她一样的女孩儿，各种捡拾垃圾的人及小偷也醒着。不远处，有一间药店还开着张，以防有人急需鸦片。街上仍有哼着歌醉睡的酒鬼，有些或许在寒冷中逝去。噢，外面甚至还有好色的男人四处溜达，寻找廉价的妓女。

卡罗琳思量小会儿，穿上裙子，披起披肩，准备出门到最近的街巷去碰碰运气。她手头紧，每日睡觉度日，随后，因为不满意嫖客的长相而错过一档生意。她觉着那男人有股劣气。她现在后悔让他离开，因为她该知道在这儿根本不会等到一个完美男人。

然而，如果她此刻再出门，那或许意味着自己还需要再点两支蜡烛，最后的两支。外面的天气刺骨寒冷，她好不容易在被窝中暖热自己的身体，出门的话热量会迅速丢失。一位曾经光顾她的医药学生在穿裤子的时候曾经告诉她，这样容易得肺炎。尽管卡罗琳分不清霍乱与肺炎有什么区别，但她惧怕得肺炎，她认为用杜松子酒漱口，再服安眠药能帮助自己逃脱感染的厄运。

幸而早了十四年，她可以不用惧怕开膛手杰克，否则的话，她或会沦为他刀下之魂。当然，他不会打扰圣贾尔斯。就如我告诉你的一般，我介绍给你的是最底层的人。

一阵夹杂了令人作呕气息的狂风迎面刮来，迫使卡罗琳关上了窗了，将自己再一次封闭在匣子大小的屋子里。严格地说，这间窄狭的屋子既不是她买的，亦不是她租的。她不想成为一个懒惰邋遢的女人，她总是幻想自己走在外面的街道，脸上堆着谜一般的笑容，一位称她心意的男人从黑暗中朝她走来，赞许她的美貌。然而，这似乎并不可能。

卡罗琳捧起头发揉着脸庞。她的发丝黑而厚实，让那些最粗鲁的男人都忍不住欣赏抚摸它。它如丝一样温暖，顺垂在她绯红的脸颊与眼睑两侧。然而，当她挪开手的时候却发现一支蜡烛已经没在了堆起的烛泪中,另一支则在继续挣扎地摇曳着火焰。一日已尽,她必须承认这一天的收入都在这儿了。

床窝陷在角落中,似打了绷带的肢体愚蠢地做着又脏又累的活儿般让人心生厌恶。时间到了,这张床终究不过是用来睡觉而矣。卡罗琳顾不得脱掉沾了泥浆的靴子,直接钻入床褥与被单间的缝隙,待到身体暖和起来,才考虑解开长排的扣子,脱下它。

剩余的蜡烛在卡罗琳正要趁着躺下前吹灭的时候没入了烛泪中。她倒靠在枕头上,额头贴在上面,一股酒香蓄在枕头里弥散着味道。

现在,你可以出来了。别拘束,房子已经一片漆黑,知道天亮之后,这儿才会迎来阳光。倘若你想躺在卡罗琳身旁,她亦不会发现你。因为,她是那种一倒头就睡得好似离开了世界一样,除非你反复地推搡她,否则,她是不会醒来的。

嗯,她正睡着,你可以掀开毛毯,挪入自己的身体。如果你是个女人,你不会介意与她同睡在一张床上,因为这个时期的女人们对睡在一起这样的事看得很平常;如果你是男人,那就更不会介意,因为在你之前已有成百的男人睡在这个地方。

拂晓前的这段时间,卡罗琳继续躺在你的身旁,除非屋子与被窝一样冰冷,否则的话,你就不要起床。

这并非因为我不知道你未来还有很长的旅途。卡罗琳在颠簸的旅途中是不睡觉的,所以你最好别在那个时候睡她身旁。

趁着这个机会牢牢记住这间屋子吧。促人心底悲凉的大小,潮湿变形的地板,被烛火熏黑的天花板,混着蜡、体液、陈汗臭味的空气。你应该牢牢记住,否则的话,当你遇到散发着香囊芬芳,烤羊香味,雪茄烟丝味,贴着奢华墙纸的宽敞高顶屋子便会忘却这里的一切。聆听踢脚线后那烦躁不安,拖沓走路的微弱声响与卡罗琳梦中温柔半嘲似的抽噎声。

猛地,金属、木头撞到了石头上发出巨响,床上的卡罗琳从梦中一下惊醒,她一骨碌地从床上跳了起来,像惊起的鸟雀扑打羽翼一般惶恐地把床单往半空一扔。巨响持续了几秒,直到被动物与人惊惧的声音吞没。

现在,卡罗琳站在窗前,就像大部分教堂弄的居民一样。激动疑惑的她凝神去看昏暗的街道究竟发生了什么事,搜寻着事故的踪迹。她自己门前的台阶空荡无事,街巷的远处,煤气灯照亮的地方,一辆双轮马车翻倒在路上,马夫松开了惊慌的马匹,马车因此剧烈地震颤,碎裂。

黑暗与距离挡住了她的视线,她希望探出身子看得更清楚些,狂乱的冷风呼呼作响,迫得她退入房中。她四处寻找自己的衣裳,杂乱的床单下,床榻底,每一处最后一位嫖客可能踢到的地方。(她真需要一副眼镜,只是她却一副都没有,每当她经过街市的时候,都会试很多副,然而都没有适合她双眼的眼镜。)

待她重回窗前的时候,事态已经飞速发展到了另一场景。一群警察绕着严重损毁的马车踱步,一只可能放了人尸体的大口袋被搬到了一驾马车上。马夫拒绝了警察,绕着翻了的马车猛扯着它,试图看看还会落下些什么。马站在警察马车的两匹母马前,静了下来。

几分钟后,苍白无力的太阳冉冉升起在圣贾尔斯,能做的事都已做了。活着的与死去的人都已离开,只留下了事故马车损毁遗下的痕迹。车轮的木刺与窗框碎落的玻璃片像雕塑一般悬着。

越过卡罗琳的肩头去看窗外,你或许在想没有什么可看的了,但她却仍木木地站着,肘子放了窗台上,一动不动。她并不在看损毁的马车,而是移了目光注视起街对面的房前。

那儿,所有的窗子前都映着脸,孩子们脸庞安静地贴着窗前,单个的,小群的,就像看打烊的百货公司里陈列着的陈货蜜饯一般凝视着损毁的马车上。他们等待着,直到看着马夫消失在角落中,这才不约而同地扫却了吓得惨白的脸色。

街上,一扇门刚打开,两个淘气鬼像老鼠似的奔了出来。一个披着大块的女士披肩,穿了破旧的灯笼裤,蹬着父亲的靴子,另一个则光着脚丫子,穿着睡觉的衬衣,披了外套就跑了出来。他们的手脚是棕色的,糙得如狗爪子似的,稚气的声音尖锐啸叫。

他们揣着男孩儿的好奇心打量起马车破碎的残骸,毫不怕着地一头扎进了里头,用一双双小手用力掰开了分裂车轮的辐条,做成了凿子与铁棍。他们挨着拧松了金属条与窄板,扯断了油灯与旋钮。更多的孩子从其他脏乱的门口跑了出来,与他们一起分享。他们卷起袖管,毫不迟疑地干了起来。他们虽然双手有力,眉宇间显着皱纹,可所有人都不过八九岁的模样。虽然教堂弄内有能力的人大部分已从睡梦中醒来,可却只有这些男孩儿会去摆弄这辆马车。其他的人,不是醉着,就是在准备去往远处开始又一日漫长的劳作。

很快,马车被贫穷的人们洗劫一空,实际上,它本就是有钱人的标志。车身是用稀有材质做成,钢铁,黄铜,优质的干燥木材,皮革,玻璃,毛毡,铜丝及金属缆。就连座位里的填充都能拿来缝制枕头,比起粗糙的土豆袋子要高级了许多。不必说,那些反复回荡在恶劣空气中踢拉猛拽的声音与马车撞击鹅卵石上的响声都是抄着手中斧锤工具,穿着那种鞋子的孩子们拆解马车时发出的。

他们知道的时间有限,而事实上,比他们预料的还要短些。仅仅在两个男孩儿最先到达事故马车那儿的十五分钟后,一乘两匹马拖拉大车来到了转角的地方,上面载着一名马夫,三名健壮的男人。

孩子们立刻双臂抱着零散的东西飞奔回自己家,这一切只持续了几秒,就听恼怒的骂声"滚开""小偷"朝他们而去。待到事故马车被清理拖走之后,教堂弄再一次恢复了空寂,就像门庭前朦胧的影子与窗前贴满的脸孔。

四个男人点了烟,绕着马车正时针转了圈,逆时针又转了一圈,活动了番宽大厚实的手,屈了屈强健的臂膀。马夫一喊,众人口中"哎呦"一吼,便合力抬着马车的四角上了大板车。被偷卸了两只轮子的事故马车刚巧能垂直地放在上头。

他们没有闲暇去铲净落散在地上的碎片,其中三人跳上板车将损毁的马车固定住,马夫挥鞭打在了马背上,马哼哧着迈蹄前行,这时,他又拉了缰绳停住,挥起拳头朝着窗子后拣了马车零件的人们大声叫嚣:"这是我的!"随后,他驾着大板车离去。

他粗鲁的手势与叫嚣声并未影响到任何人。对教堂弄的人来说,他是幸运的,因为他逃脱了事故的厄运存活了下来。当大板车震颤颠簸地离开后,鹅卵石上黏着长长的深色血迹,就像绛红色的杂草带一般蜿蜒曲折。

你站在原地,能清楚地看到卡罗琳肩膀颤颤巍巍,她一直这般惧怕鲜血,从未有半点改变。原以为她会倏地逃离窗前,但她却在夸张地抖落浑身鸡皮疙瘩后,再一次探出窗外望了起来。

大板车消失在巷尾,街旁房子的前门被一双双手打了开来。这一次,不再是孩童,而是那些过了十岁的"成人"。他们更谙熟世事,有些曾干过贴海报的活儿,有些是妓女,有些则靠卖着纸糊风车消磨时间。剩余的那些匆匆而过的人,脖子里裹着披肩围巾,艰难地吞咽着最后一口早餐面包。那些在工厂和成衣店工作的人,迟到的话便会被立刻解雇,而那些寻找一天临时工活儿的,大抵是在五十个人里挑上个最合适的,剩余的只能叹息离开。

卡罗琳又一次全身战栗,这一次是因记忆深处的寒冷而起。她曾也做过苦工,每个灰蒙蒙的晨曦匆匆开始一天的工作,直到夜半精疲力竭。即便是到了今天,即便她经常烂醉如泥、沉睡不醒,这种残存在身体里的条件反射仍会准时催醒她起床去工厂。她几乎意识不到自己的焦虑,只是机械地从被窝中起身,踩在光地板上。直到她摸到本放着自己棉罩衫的地方空空如也,方才意识到自己已经不再是过去的她,于是,她又爬回自己温暖的床上。

今天，这场事故把她从梦中惊醒，只是到现在，她都没有半点睡意。她想或许下午的时候可以再睡会儿，这样总比让晚上睡在身旁鼾声如雷的人打扰自己要好。做爱是一件简单的事，但让一个男人睡你身旁一次，会担心他是否会把狗和鸽子都一起带来。

职责，职责。她得睡足了，记得梳理自己的头发，在与每个男人欢爱之后盥洗，她必须保证她没有疏漏任何一件事。比起她在工厂中做苦工的日子，这些担子并不重。单说这行当，它不如工厂脏，也没有工厂那般危险、沉闷。以牺牲清白作代价，她得以在平日里尽情地睡到日上三竿的时分。

卡罗琳站在窗前，看着内莉·格里菲斯与老马尔瓦尼夫人小跑地走在去往果酱工厂的街上。可怜丑陋的女工们，她们白天在灼热的火炉旁干着繁重乏味的活儿，待到回家之后，又被醉酒的丈夫从这堵墙揍到那堵墙。倘若如此是"正直规矩"，那她卡罗琳便是"堕落不堪"。上帝为何要让女人有不一样的生理结构？难道不是把女人们从驴一般的重活中解脱出来吗？

当然，卡罗琳对这些女人也会有发自内心最简单淳朴的妒忌。内莉与老马尔瓦尼夫人都有孩子。虽然她曾也有过一个孩子，那孩子出生在北约克郡一座美丽村庄里，然而，她最终却失去了这个不幸的私生子。现在，她不会再有孩子了，就像她的世界里再也不会出现任何美好的事物。或许，她枯萎残破的身子已不再适合生一个孩子，因为明矾与硫酸锌使得她的身子似做祷告一样失了意义。

她的孩子如果还活着，那今年该有八岁大了。倘若她还在格拉辛顿村，他一定还能活着。当时，成了新寡的卡罗琳因为没有学历，在斯卡顿镇上找不到体面的工作，又无法靠婆婆的施舍度日，所以，便选择带着儿子前往伦敦。

卡罗琳觉着利兹与曼彻斯特是危险的去处，因此，在买火车票的时候选择了去往世界的首都：伦敦。她与儿子一起登上了火车开始了新的生活。她别了八英镑在村味十足的系带帽子里。她原想这数目可观的八英镑足以买上数月的食物，还能支付租房的费用。然而，想象总是过于美好，当她踏上伦敦的土地之后，令人头疼的麻烦事便接踵而至。这八英镑像块巨大的石头重重压在她的脖子上，她希望早点把钱花出去，免得揣在身上，总担心掉了。

在刚到首都的日子里，她陷入了受人帮助而进退维谷的窘境。一家知名制裙公司称被她的手艺吸引，愿意承诺提供她所有需要的布料及配件，她可以拿着这些东西在家中缝制背心及裤子。不过，他们需要五英镑的保证金。卡罗琳提出了异议，认为五英镑太贵了，可男人巧舌如簧地说服他，反复向她保证那五英镑并不是他自己要收的。他说自己的上司，这家公司的老板已被过去那些曾雇佣过的人做出的不诚实行为深深伤害过：他们偷走许多顶级质量的衣服，以售廉价货的方式在街头市场贩卖，最终，那些衣服套在了街头衣着褴褛的流浪儿身上。对任何一个宽容、大度的商人而言，难道不该引以为戒吗？他说完后，卡罗琳还能不认同吗？

卡罗琳认同了，她是一个体面的女人，而她儿子也不是流浪儿，她觉得自己同老板是一个世界的人，她的老板会努力地保护自己。所以，她将五英镑交给了那男人，开始了自己缝制背心与裤子的职业生涯。

这份工作看上去既简单又赚钱。有几周，她扣除了棉布，煤炭，蜡烛的成本，还能赚到六个先令甚至更多。她不想变作半瞎着眼的裁缝一样，透过积灰的窗户斜着眼睛去看手里的活儿，所以，她从不吝惜蜡烛。她同情那些唱着缝衣歌做衬衣的人，就如一个受人尊敬的店主也会同情衣衫褴褛的小贩一样。她很明白自己生来值多少钱，所以她并无任何不满，赚的钱对她与儿子来说已是衣食无忧。他们租住的契提街干净整洁，因为没有丈夫，她花钱也很自由。

不久，冬季来了。她的孩子病了。治疗孩子耗费了卡罗琳最宝贵的白天时间，她别无选择，只能待他康复后，一起帮助自己干活儿。

"你是我勇敢的男子汉。"她告诉脸庞烧得灼热的儿子，目光挪向蜡烛映出他们淡淡劳作身影的地方。她从未提过比那一刻更让自己心觉羞愧的建议。

从此之后，她与儿子一同做工。他撑着她的腿，把她缝好的衣服叠好。她想着法子把活儿变作游戏，催他想象一位赤裸哆嗦的挺拔男人正在等着他们的裤子。然而，工作多得不见头，她儿子已经抵不住困意连连地往前倒，她为了不让熨斗烫到儿子（或是布料），她用别针将他衬衣背后别在了自己的裙子上。

这对凄凉的"工作伙伴"并没有坚持很长时间。成打的背心活儿堆积着，她裙子被拉拽的次数愈来愈多，他不仅仅只是累，而是渐渐地走向死亡。

因此，她找了自己的雇主终止了合同，带了两英镑三先令与一个病人离开那儿，接着，在无力的怨怒中度过了一个月。

这些钱刚够一个月，她的儿子通过治疗，身子稍有些好转。卡罗琳在做毛衣的作坊找到了工作，她把方格的布塞入蒸汽头织作帽子。一整天，她的工作便是像在潮湿厨房内传递盘装食物一样，将黑亮、灼热的帽子沿着一条女人站成的线传递过去。她儿子（卡罗琳从未谈及过她儿子的名字）被锁在邋遢肮脏的新租房中，在忍受病痛与缺乏父爱的煎熬中，玩着涂彩的球与布里斯托玩具。他经常因为一些小事哭哭闹闹发脾气，就像是在挑战她的耐心。

在冬季末的某个夜晚，他开始咳嗽，像焦躁不安的小猎犬一样胸腔发出声响。

这是一个像极了我们现在度过的夜晚：又苦又脏。她担忧在这个时间，这个天气下，没有一位医生会无偿地陪她到居住的地方。卡罗琳脑中孕育着一个计划，她曾听说有些医生十分善良，很有职业责任感，他们会走进贫民窟，竭尽所能与他们的旧敌"病魔"做斗争。只是在伦敦，她从未遇到过这样的医生，所以她想自己还是做好伪装。她穿上自己最好的衣裳（用工厂偷来的毛毡制成的连衣裙），抱起儿子出了门走上街。

她按照自己先前的计划去往离住所最近的诊所，编造谎言让医生相信自己才刚到伦敦，还没有找家庭医生，因为整晚都在戏院，所以到准备回家的时候才发现自己的儿子居然生病了，保姆吓得惊慌失措，于是赶紧招呼了辆车来看病。她不是那种对钱斤斤计较的女人。

"医生不会赶我们走吗？"男孩儿问道，眸子一如以往地紧盯着她，直勾起她内心深深的恐惧。

"走快些吧。"这是她唯一能答的字句。

当他们找到一间外面竖着椭圆路灯的房子时，她的儿子已经喘得十分厉害，而她几近疯狂，手颤抖地去打开他的小喉咙以帮助他吸些空气。同时，她按了医生的门铃。

一两分钟后，一位穿着长袍睡衣的男人来到门前。他既不像卡罗琳之前见到过的医生，也没有半点医生的气息。

"先生。"她努力地抑制自己浓厚的乡音与说话方式，继续与他说道，"我的儿子需要一名医生。"

他从上到下打量起她来，只见她穿着旧款的黑白色裙子，红脸颊卜结了冰霜，靴子粘了泥土。随后，他便示意她进屋，边笑，边伸出宽阔的手放在她儿子颤抖的肩膀上，说道："真巧，我也需要一个女人。"

五年后，卡罗琳困顿地穿过自己卧室，脚趾碰到了陶瓷盆，怨怒地打扫起卧室来。她把腐臭的避孕水小心翼翼地倒入夜壶中，看着另一个男人的精子与尿液混在了一起。她端起夜壶，搁到她的窗台上，推开窗。这一次，没有冰裂，空气颇是宁静。她想把液体抛洒出去，但周围的卫生监督员会嗅到后围过来，告诉这儿的每一个人，这是十九世纪，不是十八世纪。教堂弄遍布了爱尔兰天主教徒，驱逐令已经开始威胁他们，中伤他们的谣言四起。她不想因为四处拉皮条这样的事儿被他们谴责。

因此，卡罗琳提着夜壶往前慢慢倾下，好让混合的液体成小缕地沿着砖瓦淌下去。上帝会宽恕这样的事，也就这小会儿，楼外能看得出痕迹，在邻居们醒来之前，这痕迹就会以各种方式消失，或是被太阳晒干，或是被新雪洗涤。

尽管卡罗琳醒得要比现在早得多，可此刻却饿得前胸贴了后背。她发现如果起得早，你会很饿，如果你起得很晚，你也不过如此，但过会儿，你又会变得很饿。需求与欲望定是在睡眠中此起彼伏，停在知觉的门口叫嚣起满足，随后，又溜走了小会儿。一个深度思考的人。以前，她的丈夫就是这般称呼她。对她而言，过多的教育兴许在她身上只会产生副作用。

卡罗琳的肚子像小猪似的咕咕叫。她笑了，决定给埃皮一个惊喜：这么早就到"最美母亲"，吞着饼，冲着他丑陋的脸孔微笑。

寒冷的辰暮，她为了去看事故马车匆匆穿上衣服。粗糙的手已经褶皱了织布，脏鞋踩在褶边上，染工老雷欧结痂小腿上斑驳的血迹亦留在了上头。卡罗琳褪下衣服，从衣橱中直接取出宽松的蓝灰条裙子与紧身黑胸衣重新穿在了身上。

穿衣对卡罗琳来说比你往后在这故事中遇到的大多数女人要容易得多。她对自己所有的衣服都做了细小巧妙的改变。衣服系绳往上挪到了她双手能触碰的地方，虽少了时尚感，层与层之间都藏了小短边。（瞧，她的裁缝手艺到最后还是有用的。）

卡罗琳更在意自己的脸孔和头发，一面能端拿在手上瞧脸上细节的小镜子倒挂在墙上。她看上去不像二十九岁。前额与下巴有些浅色疤痕。一颗黑色牙齿看上去妨碍不大，最好还是让它孤零零地留着。双眼虽淡浮了些血丝，但却大得讨人喜欢，看上去就像一只举止乖巧的小狗。一弯嘴唇，眉毛姣好。当然，还有如瀑的头发。她用钢刷梳子理顺了刘海与散发，手背将它们捋到了眉眼上。无心再细细打理头发，卡罗琳将头发盘在了头顶，别住后用靛蓝帽子盖了住。她涂了些粉，刷了腮红，这并非要遮掩年纪、丑颜，堕落风尘的情欲气息，也不是为了招揽客人，而是为了自己提亮因缺失阳光而苍白的容色。

现在，她效仿那些受人尊敬的富有女人，理了下披肩，盖在自己裙上，而这些在她忍辱偷生地在帽子厂做苦工的时候是从来都做到的。优雅而有教养的女人并不会在五分钟内系好袜带，更不必说在没有女佣的帮助下穿戴整齐。她非常清楚自己不过是效颦学步罢了，但她还是厚着脸皮幻想自己是这般的女人，哪怕是从细微处花些功夫。

她穿过房间，就像一只从干土中破茧而出的漂亮蛾子。小心地跟着她吧。你尚未去往那些尤令人兴奋的地方：再稍稍耐心些。

楼梯平台与台阶上，昨夜所有的蜡烛已燃尽。直到下午姑娘们带着男人回来，新蜡烛才会被点上，因而，现在没有太多的光留予你去看卡罗琳在楼下的房间。

卡罗琳开了窗子透透屋内的味道，楼梯平台的地方可以借少许阳光，而楼梯因是螺旋向上的楼梯井结构，散发着令人窒息的阴郁。卡罗琳总在想这幽闭的螺旋形楼梯与烟囱无异。或许有一日，她正下楼，而最底层的楼梯着了火，整个楼梯井就会像烟囱一样吸着火苗，房子的余处仍旧安然无恙，而她与这螺旋形的楼梯直到屋顶吞没在一股烟雾与灰尘中。有人兴许会大呼：终于解脱了。

卡罗琳看到第一个出现在门厅灯下的人是林克上尉。他坐在轮椅上。尽管离楼梯口非常近，但他面向前门，背对着卡罗琳。卡罗琳在想他此刻或许是睡着了。

"想我睡着了吧？是吗？小妞。"他冷笑道。

"不，没这么想过。"她笑应，不过她不是个合格的骗子。卡罗琳从上尉身旁挤了过去，好让他朝自己打量小会儿，以免他觉得自己失礼，永远忘不了这番侮辱。

林克上尉是女房东的叔叔，一位大腹便便的男人，裹着大衣围巾和毯子，透过短小烟斗散出的缭绕烟雾，喘着气说聊起小道传闻。林克上尉穿着满是勋章的军装，尽管他为了不引人注意，用条手帕缝在了它们上头层层遮掩。那一次的战争中，上尉为了抓一个印度叛徒，被打中了脊柱。从那以后，他的侄女开始照顾他，而他也帮自己的侄女向这些妓女租客们收钱。

林克上尉做事冷绝，颇有效率，而他真正的激情却在战争与其他灾难与暴力中。他每天阅读报纸，快乐的事儿与令人骄傲的成就无法勾起他的兴趣，而当他看到灾难的时候，却难以自已。卡罗琳也经常会如此，当她与客人在房内欢好的时候，会因楼下传来嘶哑的噪声，从与客人耳鬓厮磨低吟瞬间提了嗓音。

"六千人占领了十五年前被中国统治的阿穆尔州[①]。"

现在，上尉充血的眼睛紧锁住卡罗琳，意味深长地低叹："有些人在灾难中无法入眠，而有些人却知道它会如何发展。"

"你是说早晨的马车吗？"卡罗琳已习惯于他的思维，于是猜度道。

"我看到了。"上尉斜睨了一眼，试图抬起自己永久溃烂的臀部，"死亡，损毁。"随后，倒靠回座位，"但这才刚开始，地方示威运动的小小开端。每个地方！每个角落！灾难啊！"

"让我走吧，上尉，我要再不吃上一口，会倒下的呢。"

老人低头看着遮了毯子的膝盖，就似上面放着一张报纸，他抬起食指，兀自叙述起来："大主教意奇顿灾难性火车翻车[②]，摄政河火药爆炸，轮船在比

[①] 此处的阿穆尔州应为 1932 年俄罗斯新成立州名，位于黑龙江中上游地区，曾属于中国清政府属地，1858 年《中俄瑷珲条约》正式割让。
[②] Bishop's Itchington 是在英国皇家利明顿温泉东南角 6.5 英里的村镇。

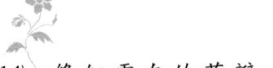

斯开湾沉没，几日前，哥斯派翠克号在去往新西兰的半途中发生大火，460人遇难①想想吧，这些信号！灾难旋涡的中心究竟在哪儿？究竟在哪儿呐？"

卡罗琳想了几秒，不知这中心究竟在何处。有三个女人借林克上尉侄女林克女士的房子作栖身之所，只有她喜欢这老男人，但也未到喜欢他疯狂的预言多过一顿丰盛的早餐。

"再见，上尉。"她说着打开门留他在身后，昂然走上了街。

现在，你准备好。在卡罗琳介绍给你略高些层次的人之前，你已经没有很多时间与她相处了。她深吸了一口新一日的空气，紧束的胸衣随之起伏。等她寻思好最安全离开教堂弄的路线，因为她发现这儿是动物粪便集中地。小心你的脚下。你跟着她前往阿瑟街，轻快地走在残留了少许事故车辆的轨迹上：先是血，随后，是一路座椅的填料与木屑。或许，他们正去往"最美母亲"酒馆，那儿通宵卖着热饼，没有人会问你是否认识死去的女人。

---

① 1874年11月17日，在距离好望角西南四百英里处因大火沉没，船上应载有477人，470人罹难，5人获救，其中2人在获救之后不久离世。

第二章

　　走过被人脚底磨平的希腊街,商店店主们都已出来开张,他们是第二波早起的人。当然,他们自认为是最早的。大约一小时前,卡罗琳往窗外看时瞅到数百码外,污水工与工厂苦工正肃然成队地在游行。文明源于希腊街,欢迎到现实中的全世界。

　　店主们尽可能早起,在他们看来,斯多葛派①的英雄主义是懒人们无法理解的。任何早于他们的生物一定是某种啮齿类或是昆虫,它们埋下陷阱,洒下剧毒,但却遗憾地以失败告终。

　　这些经营生意的人并非残忍,他们很多人比你在这儿想要迫不及待见到的高尚的上层人士要善良。希腊街道上的店主们很少关心究竟哪家地下作坊生产了他们卖的东西。世界不再是古雅隐匿的村落,如今是现代:把订五十只蛋糕的订单放在煤焦油肥皂上,几天以后,载了蛋糕的车子就会来送货。对时髦的人来说,这些肥皂是哪儿做的根本不是问题。这儿上所有的事会因这种有着"好运"的怪物——机器而产生:永不停歇的物体,从烟纱后隐藏的孔中产出各种质量层次却保持完美一致的东西。

　　你会说灰霾的云是从哈默思密斯与朗伯斯的工厂烟囱里冒出,它污染着整个城市,以灰暗提醒大家这些地方才是丰饶角真正的发源处。谦卑不是一个现代人的习性,肮脏的空气已

---

① 斯多葛派是塞浦路斯岛人芝诺(Zeno)于公元前300年左右在雅典创立的学派;因在雅典集会广场的廊苑聚众讲学而得名。

经足够呼吸,唯一的缺点便是商店的橱窗上蒙上了积聚的脏污尘灰。

然而,那有什么用呢?店主们感慨怀念过去的日子。然而机器时代已经到来,世界将不再干净,拿什么来补偿呐?

他们开工的时候出了汗,但只是在开店那小会儿,这是他们一天唯一出汗的时候。他们安逸地用温水浸过的海绵擦拭窗户,用笤帚将混杂了灰尘的水扫入下水道。搬除了还会保护他们商品另一晚安全的百叶窗、面板、铁条、支柱,他们站在那儿舒展了身子。沿着街,随了钥匙在锁孔中发出吱吱声响。每间店铺华丽金属的外衣便会被卸下。

现在,人们开始忙碌起来,揣着钱的人来到这儿,选择全开大门的店会多过半开的店。路过的人很少,在清晨的这个时间,而怪人却会很多。各种样的人在希腊街漫步,无人能辨出他们中谁会掏钱买东西。

窘意滋生的卡罗琳走向最美母亲,店主们却给了她一个极无礼的回应。此刻,他们已敞开了自己的店铺,正忙着将最诱人的商品摆在人行道外。这好像打开了百叶窗与门的节操。他们不会明白维持零碎的质朴有什么意义。一盘盘的书挡住了卡罗琳的路,其中一些似乎在花枝招展地晒亮盘子的彩色。穿了衣服的假模特抬了出来,它们缝住的手似在恳求卡罗琳买下衣服。重重的帘子窗子在无人警告的情况下拉了下来。

"早,女士。"卡罗琳走过的时候,不止一个男人朝她喊道,他们都明白这个点经过这里的人不会是什么贵妇女士。但他们自己也不是什么绅士,不过是商人罢了,自然无法怀有蔑视的态度。事实上,他们了解自己与摄政街的大业主们还相去甚远。他们乐于像出售给其他人一样,卖给妓女面包、靴子、书籍。

在这儿,你会发现书页因为前一主人的裁纸刀而残破。那些过时却尚能使用的家具显眼地放在那儿,它们便宜而且离彻底坏了还有些距离。女人与男人间一个漂亮的软着落。世界上最干净的人睡过这张床,先生,极干净的床。(或许,是一个病患的坏蛋将贪污的钱藏入床垫中。那些破产、诈骗、腐朽的人妄图买这些低端货来装饰住处以显示自己是从摄政街而来的想法是荒谬不羁的。)

最令人可疑的还是衣服。不光是因他们都穿着廉价衣服(那不是为任何人订制的),而是因为他们中的部分曾穿过不止一件。店主们当然会否认,他们幻想自己的层次就像摄政街那样,比衬裙弄与那些破烂的店要高许多。

见过这些人,卡罗琳因为饥饿而加快了脚步,你快跟不上她了。两个女人走在你的前面,她们身材匀称,穿着黑色紧身衣,扭动臀部快速向前走着。你已因此停滞了脚步。卡罗琳穿着什么颜色的裙子?蓝灰条纹的。快跟上她。其他的妓女，不管她是谁，都不会介绍给你值得介绍的人。

卡罗琳几乎达到了自己的目的，她目光锁住了悬挂在最美母亲店面门口的木牌，起泡的油画，一个丰满的女人与她丑陋的男人。一叠报纸滑到了她的面前，她拿起无法让自己抗拒味道的热馅饼与新鲜的啤酒，推开挂着"不要轰门，醉汉在睡觉"蓝色座右铭的酒蓝色门。老板喜欢笑，他也喜欢别人笑他。当他第一次放上这块牌子的时候，还曾不停地与卡罗琳说叨知道他确定自己已经教会她怎么读。但是，她还是很快对"不能"、"睡着的醉汉"表示怀疑。

跟着卡罗琳进里面，你会发现根本没有醉汉。最美母亲由一些最简单的酒屋搭建的，除却滑稽的座右铭外，呕吐与打架的醉汉们会很快被驱逐出去。这是一间纯酒馆，黄铜与着色木材的精致装饰，天花板悬挂着各色啤酒小桶（尽管不出售多类啤酒），吧台后的墙壁上点饰一些杯垫与瓶盖。

屋子里四十九只眼睛，却只有四五个人转身看卡罗琳。其他人都在专注喝酒，口中碎叨着一天的事儿。那些看着她的男人不过是在打量她是哪种女人，随即敛回目光看起苦味棕色艾尔①中的金黄泡沫。在今晚深夜，他们可以恣意追逐卡罗琳，只是在头疼的早晨考虑这档子事显然毫无动力。

这个点儿把手臂搁在最美母亲酒吧桌上的这群男人们是卑微的。他们虽比一无所有的人好些，但却好不了多少。他们外套上的扣子大抵牢固，绕在脖子里的围巾是刚洗的，而他们脚上的靴子牢实。哪怕是没有光泽，也不至于灰暗。这些男人大多没有长期失业，并且已经成家。妻子们也还没有对他们绝望。卡罗琳的出现并没有冒犯他们，也没有令他们吃惊。你离那些被男人们承认的地位还有很长的路。

"好啊，甜心。"店老板抬起沾着啤酒，汗毛丰富的手朝她招呼道，"鸡叫喊醒你的吗？"

"从不，埃皮。"卡罗琳继续道，"是煎饼和艾尔的香味。"

两人几句寒暄，他已经为她倒了一杯，抬于朝白己妻子打于势准备个煎饼。卡罗琳是这儿唯一可以赊账吃喝的人，因为她是他唯一相信会补上饭钱的人。男人要是早晨这个点儿出现就意味着他失业，当然不会此刻没什么钱，过了一晚就会有钱。卡罗琳虽然因为钱失了贞操，却也为她赢得了最需要的尊重。

那不是说她会用钱。和大多数的妓女一样，她赚多少便花多少。除了吃饭与租房，她会买美味的蛋糕，饮料，巧克力，衣服，夏天买些廉价冰激凌，冬天去暖和的地方，譬如酒馆，音乐厅，奇人秀，哑剧——任何她能觉得可以脱离寒

---

① 英国的一种啤酒。

冷的地方。噢，她会买盥洗器的材料，柴火，蜡烛，每周日一便士的烟火。她孩童的时候就喜欢烟火，她会在夜半的时候，如天主教徒在自己屋中点燃蜡烛一样点燃烟火。这些东西都不贵，无法与一个男人赌博或者医治儿童相提并论。因而，她也从未存过一个先令。一条二手裙子，一便士的烟火，一块美味的蛋糕，一场六十便士的娱乐活动。什么东西能花那么多钱，那一定是有其他的用途，但她发誓自己绝没有在别的地方花过钱。不用介意，她的收入是流动的，所以她不会长时间辛苦于此。

卡罗琳吞咽着原味煎饼。如果还是那位曾在约克郡让人尊敬的夫人，她绝然无法容忍此刻的窘迫。吃这面粉和出来的东西不需要刀叉。她掌心里托着羊踝，牛尾、热肉汁，张着嘴换些凉气好吞咽食物。几分钟后，她舔舔手道："谢谢，埃皮，这正合我胃口。"

说着，她站起身抖落身上的油酥饼屑。埃皮妻子跟在后面苦着脸清扫，而卡罗琳则假作了个道别的吻离开了店。外面，文明世界尚未苏醒。店主们就在摆放着自己的货品，小偷、贴小广告的、乞丐、送报员在旁观。这儿除了两位卖花的黑种女人在低声争论地盘，败落一方折弯起比花还低一半曲度的黝黑背脊，推着手推车朝一旁运货马车待着的地方挪去。

卡罗琳还没有适应这么早就在外面闲步，她一想到还有大把时间需要消磨不觉有些惊惧。她琢磨自己是不是可以卖下身体打发时间，不过也清楚除非机会蹦到自己膝盖上，否则没人会找她，毕竟这不是那么"饥渴"的事儿。她可以趁空闲的时候买些蜡烛。她何必要去担忧自己身无分文呢，要知道自己可是能在二十多分钟的功夫赚比曾经一天都多的钱。

卡罗琳像猪一样的惰性摧损了自己攒钱的想法，她要是省着点花，也能把自己这些年皮肉生意赚的钱存起来。没有孩子，也没有别的精神需求，想某一天能把攒起来的硬币换成花花绿绿的纸币显得毫无意义。自从她的丈夫与孩子去世后，对未来的憧憬与所有的责任已经消失殆尽。曾经，他们带给了自己一个故事，开头，经过，结尾。现在，她的生命就像是一份报纸，毫无目的，日复一日，载满了林克上尉背诵的那些毫无意义的大事件一样，无人会在意。她对社会的作用，除却能截断那些烦扰嫖客妻子受孕喷射出的凌乱精子外，也与死没有差别。她还活着，迎着困难活着，她很快乐。在这一点上，她要优于你快见到的另一位年轻女人。

"休儿。"

卡罗琳在回希腊街的路上，突然止步在一间狭小阴暗的文具店前。因为她见到了一个人。是真的吗？真的是她吗？是，是休，或是大家都爱称呼的休格。即使是在这么昏暗，极其昏暗的条件下，她竹竿似的长身体，平坦的胸与骨瘦如柴的身子就像一位得了肺痨的年轻男人戴了副不合女人双手的手套，显得十分扎眼。她绝不会认错。每次见她，总是这般的印象：初一瞥，还以为是位高大憔悴的男孩儿从头到脚穿着女人的衣服。休格听到有人喊自己的爱称，回过头来。只见她穿着暗绿色紧身上衣，手里紧紧攥着白色信纸。胸微微凸起，虽不足以养活一孩子，对愉悦男人来说却足够了。没有人同休格一样拥有一头橙金色的头发，也无人像她一般肤色苍白却是透亮。尽管她把自己打扮得和阿拉伯女人一样不显眼，然而，她却浑身散发了性感。柔软的发丝修饰着赤裸的眸子，透出削皮后水果的亮泽。这双眼眸承诺了所有的事。

"凯蒂①？"

暗处中的女人抬起绿色手套包裹的手到眉头，斜睨起铺洒阳光的街道。卡罗琳挥着手，迟缓地意识到自己没有认错人。她挥手的胳膊划出的光先后扫着一排排的书架，休格再斜眼看了看她。她细长的脖子左右摇摆，试图透过混乱摆放的鹅毛笔、铅笔与钢笔看清喊自己的人。她正为自己没有生意而有些不好意思。

"凯蒂。"年轻的女人认出了她的老朋友。她闪耀着无数男人无法抗拒的魅力。她一脸激动迷人的模样迎接如此的偶遇。她跑到卡罗琳面前，抱着她，亲吻她，文具店的主人在后面做着鬼脸。他并没有因为两个女人的情感流露而尴尬，只是拂却了招待休格的自豪感。他以为她是一位夫人，已经开始献起殷勤来，而现在他发现自己错了，其实她与她的同伴不过是妓女。

"女士，就这么些吗？"他哼道，手里拿着小鸡毛掸子扫过墨水瓶。

"哦，是的，谢谢。"休格用自己甜甜的元音与一丝不苟的辅音说道，"只是，我在想您是否能帮我包小点，这样我好拿些。"

她从胸贴着胸的拥抱中温柔抽离，把一令纸放到了他手上。他皱着眉头，用小细纹纸包起她买的东西，又用细绳扎捆住。休格伸出戴着手套的指头放在上头，十分满意他的手工活，向他表达了自己的谢意后便转过身子，揽上好朋友的手臂离开了文具店。

阳光下，近距离之间，卡罗琳与休格彼此没有评价对方。她们已经数月未见。在那些日子里，一个女人的容貌都能翻天覆地变化，她的皮肤长满了痘疮，她的发丝因为风湿引发的高烧而掉落，眼睛甲布满了红色的血丝，唇瓣卜弯曲地刻着愈合的刀伤。但是，无论卡罗琳还是休格穿得都不算太差。生活是和谐的，至少

---

① 卡罗琳的昵称。

已经减去了它的残忍。

卡罗琳发现休格的嘴唇干裂苍白,可它们过去不也如此吗?在搬到更时尚的地区之前,她比现在穷些,住在圣贾尔斯街,与卡罗琳家只有三道门之隔。有时候,嫖客们会敲错门:"我找那个干嘴唇的女孩儿。"

卡罗琳知道休格之所以戴着手套是因为她的双手有问题,但并不严重,男人们也常常忽略她皮肤的不雅。

为什么男人们总能容忍休格身上的瑕疵呢?卡罗琳总觉得有些不可思议。坦白地说,她的身体条件并没有优于自己的。她必然有超越表面的东西。

"你看起来真糟糕。"卡罗琳说道。

"我觉得挺可怜的。"休格静静道,"该死的上帝和他那些肮脏的造物。"

她的脸与声音平静下来,她该是在抱怨天气。她淡褐色的眼眸流露着温柔愉快的光芒。

"大决战①快来了。你怎么看?"

卡罗琳琢磨自己是不是错过了一个笑话,休格听上去像是搬到银街后就与有文化的男人住在了一起。休格回到教堂弄的时候曾哈哈大笑。她的客厅特别受妓女们钟爱,现在忆起,卡罗琳都能不觉发笑。这并不是因为她记得清楚,而是角色扮演的事儿让人记忆犹新。休格扮演自己如何勾引一个看不见的男人,嘴里嘤咛着数百个"嗯嗯",极具勾挑地朝着男人乞怜:"哦,它们真是美丽,就像狗屎似的,你一定得让我轻抚你的……"

你的什么呢?

休格一定是用了一个极美的词来形容,这词能让自己兴奋起来。但是,卡罗琳已经记不起来那词,也没有时间去问。

事实上,休格经常疑惑自己比期望的要更受欢迎与追捧,同行们总爱八卦这样的事。这比任何时候都要真实。当然,毫无疑问,自从卡斯特威太太从圣贾尔斯跳跃似的搬到银街这条伦敦最宽阔富裕、豪华的街道上后,休格便充满了对贵妇生活的野心。

问题是,住在西边繁华商店附近的休格为什么会在这昏暗肮脏的希腊街文具店呢?为什么要冒着漂亮的绿裙被无人清扫马粪的马车道弄脏的危险呢?为什么她会舍得在中午之前起床呢?(卡罗琳想她的床该是贵气奢华的。)

当卡罗琳问:"在做什么呢?"

---

① 源于《圣经》世界末日善恶间大决战。

休格笑笑，苍白的唇瓣就似飞蛾的翅膀一样干。

"我见了一个朋友，整一晚上。"她说道。

"噢，是吗？"卡罗琳佯笑道。

"不，不是你想的那样，实际上是位老朋友，一个女人。"休格认真道。

"那么，她怎么样了？"卡罗琳旁敲侧击起那女人的名字。

休格瞑目几秒。她的睫毛与其他红头发的人不同，厚而紧密。

"她现在走了，我是去见她最后一面的。"

卡罗琳与休格是古怪的一对，她们一同走在路上，年纪稍大些的卡罗琳小身骨圆脸、酥胸丰满，比起高长柔软，穿着苔藓绿双面横绫缎裙的休格更优雅清秀。她高昂着头，套在自己的衣服中，仿佛衣服是自己的皮毛与羽翼。

卡罗琳疑惑，这样平静的女人是如何吸引男人的呢？那衣服是奢华昂贵的。她错了。这正是因为休格有能力与男人们交流。你很快见到的一位就是那样的男人。永远，不会说"不"。

现在，休格问卡罗琳："你今天出门后打算怎么打发时间？"

"没定什么地方。"卡罗琳皱起眉头，朝圣贾尔斯方向打着手势，应道，"或许皇冠大街。"

"真的吗？"休格关心道，"个把月前，你在索荷广场做得挺不错呢，是吧？"（这儿你会明白另一个道理，为什么休格能够更专业，她不能回忆别人生活中醉人的时光。）

"我失魂落魄。"卡罗琳叹息道，"那天真不错，我跑到你那儿。最让人兴奋的就是在索荷广场接连遇上了两位一流的客人。我发现了，这是我从今往后的一块记忆。刚开始是因为运气，休儿，其实我离好还差得远呢，我该有自知之明。"

"胡说。"休格说道，"一般男人都分辨不出差别，穿上黑色裙子，做个深呼吸，脸颊上扑些粉，他们就会把你当作皇后。"

卡罗琳狐疑地笑了起来，根据她的经验，这让人厌倦的庞杂世界并不像印象中那般简单。

"他们识破了我。休儿。你没法把母猪变作一只丝做的手提包。"

"噢，我觉得你可以。"休格说道，忽而，严肃起来，"这取决于谁在买。"

卡罗琳叹道："好吧，如果我留在镇上，会觉得做成的生意更多，拒绝的更少。每回我想往西走过皇冠街道去碰碰运气，就是一番斗争。"

她站在希腊街朝着索荷广场方向斜睨，仿佛所有的东西都超出了犹太学校与慈善建筑，陡峭得难以攀爬上去。

"我确实遇到了些外国人，还有些乡村男孩。不知道是不是比干等要好，于是我就做了些他们的生意。你必须一路不停地说'噢，是啊，是什么风把先生您吹来伦敦的？'在他们明白自己在教堂弄时，他们已经不能回头了。因此，他们会为这次嫖娼付上不错的钱。这是我的经验，如果那些不停地问你：'远吗？我们到了吗？你该不是那些老城里的妓女吧？'当他们喜欢的时候，有时候，你还能驾驭他们，但有时候，他们会半路而逃，疯狂地喊道：'为什么你不找你那类人？'我告诉你，休格，那些人真的会让你感觉很低落，很沮丧，你只想回家哭泣。"

"不，不。"休格摇头驳斥道，"你不能那么看。是你先把他们带到了低端的地方。他们认为自己是荣耀的王子，你却让他们意识自己在切指似的吞灭幻想。如果他们的社会等级显而易见，为什么还有你这样的女人在初见时就想要接近他们呢？我告诉你吧。他们才是那些该滚回家，夸张颤抖哭泣的可怜虫。哈哈。"

女人们同时笑了起来，只是卡罗琳很快敛了笑容："好吧，尽管他们明白。"她说道，"他们能让我哭哭啼啼，哪怕是在公众场合也一样。"

休格拉过卡罗琳的手，放在灰绿手套间，继续道："凯蒂，跟我去特拉法加广场吧。我们买些蛋糕，喂喂鸽子，然后瞧瞧殡仪员的'球'。"

女人们再一次笑了起来，"殡仪员"的"球"是她们两人之间的笑话。说笑话是三年前她们住在隔壁每日知己相伴时救赎自己最常做的事。

很快，她们一起走在迷宫似的街道上，两人并不熟悉路，只是知道其他妓女的场所与介绍屋，还有已经被城市规划者标识了拆迁的街道，他们梦想把这儿建成以沙夫茨伯里伯爵命名的宽敞大道。

穿过圣安妮与圣马丁室内的无形界限，除却一座绿树成荫的莱斯特广场，她们看不到任何圣徒与田野。相反，她们的目光同时在寻找上次相遇时的那间蛋糕店。

"是这儿吗？"（商店在这摩登时代瞬间开张又很快倒闭。）

"不，还要再远些。"

伦敦的蛋糕店（或是已由店主们跟随潮流而改名儿的法式蛋糕店）。狭小的建筑就像被装饰过的五金店铺。店中摆放了许多法式蛋糕命名的点心，许能让来英国的法国人为之一愣。只是法国与英国还隔着条遥远的海峡。对卡罗琳来说，格林街上的法式蛋糕店已经足够奇特。当休格带着她穿过门的时候，她的眸子里燃起愉快的光芒。

第二章 /23

"请拿两块这个。"休格指着最黏,最甜,奶油最多的蛋糕说道,"还有这种,那种也来两块,嗯,各来两块。"两个女人就像两位老姑娘聚集一起时发出的化学气息作祟,篡地咯咯发笑。对她们而言,生命中的大部分时间,她们对那些随时变心的男人谨言慎行,生怕会伤及他们的尊严。若是能把这压抑的情感扔掉该是多么畅快。

"女士,是一样大小吗?"店主斜睨谄笑道,就像他是法国人,而她们都是夫人一般。

"哦,是的,谢谢您。"

卡罗琳轻捧着厚纸卷包成锥形的四块蛋糕比较着,琢磨自己究竟该先吃哪一块。付完钱后,店主热情地朝她们说道"Bonjewer"①,如果蛋糕是妓女们买的,那么她们还会带更多的妓女来。蛋糕可不会枯等贞洁的女人来买,因为等到那时,冰早已开始融化。

"夫人,欢迎下次再来。"

现在开始下一个娱乐项目。她们走近特拉法加广场,多么美好的时刻,欢快才刚刚开始。大量乘客如潮似的从见不到查林十字街巨型火车站里涌出,洪水似的向前走过。数以百计的上班族穿着阴郁的黑色衣装涌在其中,像躁动的黑白光束进入要吞噬他们的办公室。他们匆忙而精力充沛的模样看起来滑稽可笑,而脸上严肃冷漠的表情仿佛把他们锁在一个更高的目标上,这让他们看上去更可笑。

"殡仪员的'球',殡仪员的'球'。"卡罗琳像孩子似的叹息。笑话已经老陈,她却依旧回味无穷。

休格并不容易被那些熟悉的反应俘获而开怀大笑。满足于同一个人分享一个老笑话,唱一首老歌,都是失败的证明。在空中,命运在守望,当他们听到这些事,他们之间也会窃窃私语。啊,是啊,像她一样容易满足的人,改变只会让她茫然。因而,休格决定变得不同。命运在任何时候都能随意俯视,他们发现她总是特立独行在一般人群外,准备等候改变的魔棒敲在自己头上为她洗礼。

所以,那些在她面前聚集的上班族们不可能成为殡仪员。那他们会是什么呢?(当然,不争的事实:他们是上班族,但没有一人会在没有浮想联翩的情况下脱逃到更美好的生活中。)所以,他们是奢华宏伟酒店晚宴派对走出的宾客。突然一条警报:着火!洪水!每个人都只会想着自己。休格看了眼卡罗琳,思索是否该和她交流这番新的体会。可卡罗琳简单地咧嘴笑着,最后,休格决定放弃与她诉说自己的想法,让她继续认为那些人便是宝贵的殡仪员。上班族现在随处

---

① 法语"嘿"。

可见。他们带着打好包的午饭进出公交车，朝着不同的方向而去。更多公交车在一直不断地咯咯作响，它们餐刀板似的檐下正涌满了越来越多在风中战栗的上班族。

"我想要下雨了。"卡罗琳想起上一次见面时自己与休格在檐下时的情景不禁傻笑道，欣喜地惊叹公交车成了上班族们在无情的瓢泼大雨中摆渡的工具。那些站在里面的人没什么问题，可不幸的是那些刚巧站在下面的人，在伞与伞的冲撞下悲催地缩成一团。"噢，那是个什么样的场景呐！"她激动道。此刻，她戴着手套的手像祈祷一样扣住，她期冀天空能够打开口子，这般的话，能再见到那样的场景。可是，今日，上天紧闭大门。

和煦的阳光下，路上越来越挤，人群与车辆在街道与人行道狭小的间隙中穿梭。车辆在成群的上班族中缓慢前行，就如农民们试图在羊群中推着干草机，而犹太贸易商们坐在他们闪亮的马车中。车上商人的贵妇们坐在两侧，华丽的宠物狗巍巍颤颤。批发商们比零售商们派头明显高上许多，从马车上下来，执着手杖为自己扫清脚下的路。

从特拉法加广场里头看那些上班族的人潮，他们就像围在英国周旁的伟大军队在阅兵一般。休格和卡罗琳只能高举起蛋糕与包裹，挤过广场。每一步，人挤着人，有些人已浑然不知，有些人则心生厌恶。突然，卡罗琳与休格就像拥有了整个世界，她们靠在一只石狮子的基架上，仰头舔着黏在手套上的奶油碎末吃起了蛋糕。实际上，她们体面的吃法是一点点地舔。尽管没有人会在这样的公共场合中说三道四，但体面的女人只会在酒店，至少是在百货商店的餐盘中吃蛋糕。在特拉法加广场，这种可怕的行为并不会被人关注。毕竟，这是外国人常来往的地方，而这儿的鸽子也特别多，谁能在这么一个脏污与羽毛乱飘的地方保持完美的公众礼仪呢？

担心这些事的那个层次的人（康士坦斯·布雷奇露女士就是这样的女人，只是你还远远没有能到见她的时候。）会告诉你最近几年，这些可怜的家伙（她的意思可能是指鸽子，也可能是指外国人）被正式允许从货摊上购买半个便士一包的鸟食喂食。休格与卡罗琳刚吃完她们的蛋糕，便从货摊上买了鸟食，喂食聚集在一起的鸟儿。这是卡罗琳的主意：上班族们的潮水终于吞没在使馆，银行，办公室中。无论如何，此刻她已经厌恶了他们。在她堕落之前，她能因刺绣或是孩子眨眼痴醉数小时，现在，她连性高潮都很难能集中精神，就好像刺激的不是她自己的感官。

对休格而言，是什么逗乐了她？她朝着卡罗琳温和一笑，就似一位母亲并

第 二 章

不相信简单的事也能让自己的孩子快乐,而此刻,卡罗琳就像一位母亲,休格则像一名十来岁的女孩儿。若是一群无礼的老鸟毫无取悦之意地朝她随意乱射,她该做什么? 喔,要知道你得比任何人更要深入她。

我能告诉你更简单问题的答案。休格多大年纪了? 十九岁。她卖淫多久了? 六年。你算一算,这是个让人不安的答案,尤其是你知晓一般女孩儿十五六岁才到青春期,而休格却已早熟了,更会觉着这是件不寻常的事。在她初入行的时候,她站在肮脏的圣贾尔斯广场,是纵情声色,纸醉金迷中冷漠正经的孩子。

"她是奇怪的人。"她的同伴说道,"她会扬名的。"事实的确如此。与教堂弄相比,通往银街的每条路都是天堂。然而,倘若她们想象休格是在一把伸缩太阳伞下飘荡,那她们便错了。她几乎一直宅在自己家中,关着门,独自在房里。银街的其他妓女,在毗邻的房中卖淫。休格极少接生意的行为让她们惊诧不已:一天一次,甚至一天什么都不做。她究竟认为自己是什么呢?听说,她卖一次给男人得五个先令,另两个则要了两个几尼①,她究竟玩弄了什么呢?

有一点,每个人都是赞同的:这个女孩儿有自己的特质。她整晚都醒着,即便没有男人的时候,她亦是如此。倘若她不睡觉的话,她点着灯在做什么呢? 还有,她吃奇怪的食物,有人曾看到她吃生土豆。每餐之后,她把牙粉洒在牙齿上,随后用买的瓶子装的漱口水洗漱。她不涂胭脂,脸颊苍白得可怕;她从不喝烈酒,除非有男人灌她(即便如此,她仍能趁着他转身的瞬间,把满口的酒吐出来或是把酒杯里的酒全倒入花瓶。)那她之后喝什么呢? 茶,可可,水。从她总有些蜕皮的唇瓣看来,她只喝少许那些饮料。

特殊吗? 你还没有听到另一半。听另一些妓女说,休格不仅能读会写,还非常地喜欢做这两件事。她做情人的名声在纨绔子弟圈子里传了开来,只是远不能与她在妓女圈中"博览群书"的赞誉相提并论。不是那些两便士的书,而是那些大书,她该是整个教堂弄最聪明的女孩儿。

"你会瞎的,真的。"伙伴们不停和她说,有时还说道,"你怎么不想想,够了够了,这会是最后一本?"可休格却不然,她从未满足。自从搬到了西区,休格穿过海德公园,走过蜿蜒曲折的骑士桥,频繁地拜访特雷弗广场的乔治亚②房子。那两座建筑看上去就像高级妓院,其实,它们是公共图书馆。休格在那儿买报纸,甚至还买一些只有男人才会阅读的无图片学术期刊。

当然,她的钱主要还是用来买衣服,即便是按西区的标准,休格的裙子也是耀眼夺目。在肮脏的圣贾尔斯,这让人惊讶不已。她从不买那些在衬裙弄屠户

---
① 英国旧时货币等于一英镑一先令。
② 乔治亚是指英国乔治亚王朝。

钩子上的老款衣服，也从来不碰苏豪街昏暗小店中那些当下流行服饰的仿单。她的原则是节省每六个便士直到有钱请那些专为贵妇量体裁衣的裁缝替自己量身定做衣服，就像百货店的衣服虽然在打折可却并不便宜。黎凡特福丽斯，鹅绒缎，各种颜色的阿尔及利亚露西尼，石榴石与熏玉，休格向其他妓女叙述那些外来名字的时候，她们目色呆滞。"你穿这些多麻烦。"她们中的一个曾经这般说道，"这些衣服不到五分钟就被男人剥了踩在地上。"然而，休格的男人们留在她的屋子都超过了五分钟，有些人甚至留了几个小时，当休格出现的时候，她甚至都没有脱下衣服。她在那儿究竟做什么呢？

"交谈。"如果有人这么问她，她便这么回答。这是玩笑的说法，她会大笑地说，但这并不是全部的事实。当她选择了男人，她会服从任何事。倘若他们想要与她做爱，他们自然可以。

休格提供的服务并非简单的服从与堕落。服从与堕落是廉价的。任何没有牙齿的丑陋老女人只要得到买杜松子酒的几便士就能为男人做任何事情。让休格变得珍贵的是，她不仅可以做小巷里风尘女人做的事，她还能在做的时候露出孩童般无辜的笑容。休格身上最珍贵的莫过于她那处女长相的容貌，她能屈身于泛滥的排泄物，亦能让人闻起来像玫瑰花。她的眼眸就似乞怜的猎犬，她的笑容满堆无辜。男人们一次次地回来，问她名字，相信他们彼此充满了情欲。休格的妓女伙伴们看到她如此讨男人欢心，只能摇摇头，心里却暗自佩服起她来。

那些不喜欢她的人，休格会努力展示魅力。这方面，她异想天开的记忆便有了用处：她似乎能够记起任何人对她说的任何事。比如，她会问一位一年之后重逢的熟人："那么。在澳大利亚多少价？""奥沙利文在布里斯班的朋友娶她了吗？"她的眼中充满了关怀，或是某种与关怀类似的情感，极酸的感觉，触动心弦。

当休格与男人一起的时候，她敏锐的记忆会帮上大忙。音乐是抚平暴戾的良药，但休格已经找到了另一个途径来平复粗野的男人：通过记住他在工会上的意见，或是记住黑色鼻烟比棕色更好。"我当然记得你！"她会对两年前粗鲁对待自己的恶心男人这么说，"你就是那位相信拖雷大街的火是沙俄犹太人放的先生吧。"就凭如此这样更恶心反刍的事，他已打算赞她上天。

可惜，休格的大脑没有长在一个男人身上，反而，长在了一个扭动娇小狭瘦身子，美丽动人女子头颅上。否则的话，她会给大英帝国做出何等的贡献？

"打扰了，女士们。"

卡罗琳与休格转过她们的高跟鞋，发现一个男人站在特拉法加广场距她们不远的地方，拿着三脚架与照相机。他长着可怕的样子。黑色的眉毛，特罗洛普式的胡子，格子大衣。女人们很快得出结论，他希望她们离开自己三脚架上食人魔似的视线。

"噢，不，不，不，女士们。"当她们退到一旁时，他反对道，"我很荣幸能够把你们的样子永远定格下来。"

她们互相看看，笑笑：这是一位业余摄影师，就像所有其他业余摄影师一样，同巫师一般热情，与疯子一般狂野。他对鸽子有十足魅力，能够吸引它们到自己选定的镜头中，倘若他没有，那么他也会慷慨地用半便士问幸运的路人买上鸽子食。甚至，他们还会主动奉上。

"我真的很感谢你们，女士们。如果你们能稍稍分开些就更好了。"

她们傻笑着，鸽子振颤翅膀飞落在她们帽子上，抓着她们伸长的手臂，停在她们肩膀上，它们飞在任何一处能寻觅到食物的地方。尽管鸽子飞近她们眼睛的时候，她们会慌措，但她们尽力不眨眼，期望摄影师能在光线好的地方拍到照片。

摄影师的头在罩子下来回移动，他绷紧整个身子，随后颤抖起来。在他的照相机中，休格与卡罗琳被定格成了照片。

"万分感谢。女士们。"最后，他说道。她们明白这是在说道别，但不是再会，而是永别。他已经从她身上得到了所有想要的东西。

"你听到他说什么了吗？"当她们看着他拿着战利品走过查令十字的时候问道，"永远，永远，这不会真的，对吗？"

"我不知道。"休格沉思道，"我曾经去过一个摄影师的工作室，在黑屋子里，我站他身旁看他洗那些照片。"她记得自己在红灯下屏息凝视，看着那些图像在浅浅的化学液洗相池里变了照片，就似天魔下凡，亦如精神幻象。他想过告诉卡罗琳所有这些事，但这个看上去比她年长的女人可能需要她对每个词汇进行解释。"它们洗了个澡就出来了。"她说道，"我告诉你，它们是臭的，任何和它们一样臭的东西都不能持久。"厚厚的刘海后面藏着她皱起的眉头：她不确定自己的话。

她在思索存着她照片的摄影工作室会不会一直开下去，她希望不是如此。当时，她正在干活，毫无任何疑虑。她穿着长袜赤身裸体地站在盆栽旁，或是倚在挂帘子的床边，抑或是浸没在及腰的温水浴盆中。她甚至没有碰任何人，尽管如此，她还是后悔了。她的一个客户要求休格和一本被翻烂的女人裸体相册上的女孩摆同样的造型，用同样的手法进行拍摄。休格明白，她，或是洛蒂，或是露西，无论你是谁，你都会被放在这个狭小的方寸纸片上给陌生人看。无论她平日里在自己隐秘的卧室中如何度过，结束后他们便消失，或是在汗水干去的时候遗忘了一半。而这些用化学锁定的东西，会永远地被人手传手地流传下去：一个裸体的女人再也无法穿上衣服。

你或许会想倘若我给你看休格的照片，她其实根本不需要担忧。它们是如此的迷人，你可能会说，这是无伤大雅，只不过是她有些古怪，甚至有些莫名追求尊严。

一个世纪，或许说更少些，十一、十二年后，照片在任何地方都适合被复制，没有人会认为她们会堕落，受影响而腐败。它们甚至可能会戴上艺术的光环，以历史暴行佐证的方式成为咖啡桌上的画册。册子上或许会说，1875 年，这是某一位不知身份的妓女。除此之外，它还能隐藏些什么呢？你会错过休格的耻辱。

"尽管，只是照片。"卡罗琳说道，"你死后百年，它还在那儿。比如说我这脸，就一直都是这张脸。它让我颤抖，真的。"当休格在想如何把话题引向浅显的方向时，她心不在焉地抚摸包裹边缘。她盯着广场那头的国家艺术馆，那艺术家给她造成的痛苦记忆褪去了。

"那些油画肖像呢？"她记得卡罗琳曾对一个用约克郡山谷画来支付卖淫的钱，她还为之投以极大夸张的艺术赞赏。

"他们没让你颤抖吗？"

"那不同。"卡罗琳说道，"他们……你知道的，国王和人民爱他们。"

休格百科全书似的笑容抽出玩笑时顽皮的笑容。

"凯蒂·贝尔画了她的肖像，你不记得了吗？皇家学院的老色狼。它甚至挂在了展览中，凯蒂和我都去看了。他们称它为'卖花者'。"

"噢，你是对的，荡妇。"

休格撇撇嘴："妒忌。你想想，如果有一位画家求你让他替你画幅肖像。你坐那儿，他画着，尾声的时候，他给了你一幅油画。就像，就像你在穿衣镜前展示你一生中最美丽时刻的映像。"

卡罗琳舔舔纸卷里面，深思起休格为她描述的话，似信非信地想她是不是骗自己。然而，除了取笑外，休格真心觉得卡罗琳的确能成为一幅油画的好主题：她娇小，脸蛋漂亮，比自己瘦削骨骼的身体更有传统风韵。她在想象卡罗琳夜礼服露出的双肩，光滑无瑕，比起自己苍白的躯干而言，有着玫瑰似的粉色。而她衣领处露出长着雀斑的胸部好似铁格栅的把手。可以肯定的是，七十年代的风尚更偏向苗条的女人，但什么是时尚，一个女人的心里认为什么样才是更有女人味，却是不同的。任何一家打印店的梁架上都存在"卡罗琳"，到处都是她的脸孔,从肥皂包装纸到公共建筑的石雕,这难道不是卡罗琳接近完美的证据吗?休格这般想。噢,她读过拉斐尔前派的期刊,但就其本身而言,她并不知道伯恩·琼斯①或是罗塞蒂②是否会遇上她。这样的机率微乎其微:两个画家,几十万名妓女。

当她的脸从纸卷挪开的时候,下巴沾了奶油的碎末。她幻想艺术家的灵感会来自于这别有风味的碎末,把自己蔑视金钱的自画像添得更多的光环,于是做出了决定不吞下它们。

"不,卡罗琳。"她深藏若虚道,"我知道的是,倘若你进入一个自己并不了解的游戏里,你最终连自己怎么被宰都不知道。"

休格把皱巴巴的纸卷扔到了地上,抖落着裙子上免费的鸽子食:蛋糕屑。

"我们走吗?"她看着正在温柔擦拭下巴上奶油碎屑的卡罗琳建议道。她稍往后退,震惊在自己非工作时间竟会沦入意想不到的生理亲密中。

现在是八点半。殡仪员的"球"已经结束,人再次变少。先是阁楼商店的奴隶,临时工,工厂劳动力,现在是公司职员:城市鲸吞了劳动力大军却还不曾满足。每天从英格兰甚至世界各地运来的东西都会将这儿洗新一遍。今晚,泰晤士河将吞下那些不需要的弃物。

卡罗琳打起哈欠,白色牙齿间暴露出一颗黑牙来,休格也跟着打了哈欠,只是她用戴着手套的手伴装端庄地捂住了嘴。

"上帝,我能一头栽床上打起呼噜来。"卡罗琳说道。

"我也是。"休格说道。

"我起早了。一辆马车在教堂弄撞翻了,它离我的窗户很近……(她指了指乔治国王)'和那儿的雕像一样'。"

"有人受伤吗?"

"一个女人死了。警察已经运走了穿裙子的尸体。"休格觉着卡罗琳错误的语法描述让自己浑身发痒:一队长着胡子的警察,美丽的裙子在他们灰暗的大衣下沙沙作响。

"你认识他们中的人吗?"她打断道。

卡罗琳傻傻地眨着眼睛。她的思维并没有紧跟住。

"我不认识!想象吧……"她皱紧眉头,试图想象她的某个妓女朋友在早晨那个点儿站在街上。

"我最好回家。"

"我也是。"休格说道,"否则的话卡斯特威太太可能会丢了名声。"她

---
① 英国著名画家,1833—1898。
② 英国著名画家加百列·罗塞蒂,1828—1882。

的笑容并非卡罗琳能够明白。

她们短暂地抱在一起，就如她们经常做的那样，卡罗琳被休格的笨拙犹豫愣怔到了。她怀疑臂膀里的朋友身体在男人的手里该是如何狼藉不堪。沉重的纸包，挂在休格的拳头中，碰到了卡罗琳的腿，坚硬得就像一块木头。

"记得过来看我。"卡罗琳放开休格身体说道。

"我会的。"休格的脸微微泛红，朝着卡罗琳保证道。谁会遵守呢？卡罗琳不会，她只会带你到你来的地方：一个破旧寒酸的地方。现在你和休格在一起，你不会后悔。休格没有时间去看卡罗琳离开，她迅速离开了广场。她很匆忙，仿佛在被歹徒追杀，她赶向秣市。

"小姐，我会更快地带你过去。"一辆停在酒店门口的出租马车司机看到她光鲜的衣服，立刻朝她喊道。

"你也可以骑我的马！"她并没有注意车夫，车夫在她走后叹了声，其他的马夫哄然大笑起来，他们的马也跟着讥笑。

休格表情漠然地在人行道上继续朝前走。她不会注意任何人。咖啡摊外徘徊的男人们后退一步给她让出道来，以免包裹撞到他们膝盖上。张贴广告的人把桶挪向柱子，以免桶内张贴海报的胶水洒到石板路上。

一位近视的绅士，依着他帽子与裤子的样子该是刚从美国来的。他从头到匆忙的脚步打量她。当一群妓女蜂拥至秣市，每过几步就朝他媚笑求欢时，他的天真就会在今晚完全褪下。

"求您再说一遍，女士。"当休格从他身前挤过的时候低声道。

休格朝大风车街走去，经过圣彼得，那儿稍后会是童妓聚集的地方，随后，她经过阿盖尔会所①，男性贵族们躺那儿醉生梦死，睡着的妓女与湿漉的香槟相互交错。她准确地转过角落，穿过小巷，仅是瞄了一眼，便如同小猫阴险的脑子里跳出一个想法，走过了川流不息的街道。

她没有半步停歇，直到到了黄金广场，黄金广场卡斯特威太太的屋顶天台与冒着烟的烟囱管，能看到交通断续的银街。随后，在几尺开外的地方，她无法再继续最后的几步路去敲开自己家的门。绿色丝裙里的汗水不仅仅是因为她的匆忙，而是因为新的不幸。她转过身，把包裹抱在胸前，慢吞吞地走向摄政街。

在沃里克街上的圣母玛利亚教堂的石头台阶上，一个不知性别的孩子蜷缩在浅黄色的篮子里闪烁着融化的霜粒。在苍白的阳光下，孩子嘴唇上的鼻涕细雨似的，嘴唇亮得如生蛋黄似的，休格觉着恶心，扭过头去。生或是死，这孩子是

---

① Argyll Rooms：维多利亚时代1878年歇业，1882年重开，特卡德罗音乐剧院。

注定的：这世上，除了自己之外，无法救任何人；上帝消遣的方式便是给予你少量的食物，温暖，养育上百个人，随后是一群，再然后是百万。五千个人，分享一片面包，一条鱼——这便是他的玩笑。

当休格被微弱气喘的咩咩声打断脚步时，她已经穿过了大街。那声音模糊不清，可能是"钱"，也可能是"妈妈"。她转过头，发现那孩子醒着，"它"是活的，在脏脏的羊毛褴褛中挥着小手。

冰冷外表的教堂外，新红砖砌成的建筑没有窗户，黑暗中的锁洞锁着门，它向反天主教暴徒和乞怜施舍的孩子彰示了不透密性。休格犹豫了，碾了下脚，感觉汗水流在靴子皮刺与脚趾头间。当她已经决定往前的时候，已无法回过头，她穿过了街道，没有回头的路了。除却此，这是一种无奈。她能每天和一百个男人做爱，随后把所得给予孩子，但最终这改变不了什么。

当她的心脏在胸口猛跳的时候，她从自己手袋中取出枚硬币，扔向街那头。她扔得很准，一先令落在了浅黄色的篮子里。她再一次转身，仍然不能断定孩子的性别，但这并不打紧，在一天内，或是一周内，或是从现在起的一个月，孩子会被拖入地狱，就像一块垃圾一样丢入了伦敦的下水道。上帝与它那些造化真是可怕。

休格继续走着，她的眼睛锁在摄政街闪耀刺眼的大路上。她需要睡觉了。倘若事实如此，你真的必须知道，她一直在承受如此之多的事，以至于她已能安心去死，或是去杀人。两者皆有可能。只要她脱离了致命的打击。

这并不像卡罗琳那样。卡罗琳，如你所知道的一样，她无所谓，什么都无所谓。是什么让休格如此不堪忍受于此：昨天与昨晚，她该更耐心，更和善。她守在自己将死的朋友身旁。她的朋友叫伊丽莎白，住在七面钟臭烘烘的贫民窟。伊丽莎白一直抓着她的手，她究竟是什么时候走的。潮湿，冰凉的抓握着她的手，每分每秒。一想起来，休格自己的手在手套中，手套弄得手瘙痒刺痛。堕落的女人还有她的小优点，这就是她宣称的一个。在户外的装束规矩是显而易见的：男人可以戴手套，或不戴手套，只随他们的愿。贫穷寒酸的女人肯定不会戴手套（这想法本身是可笑的），警察会在需要的时候戴上它们，下层社会受人尊敬的女人，只有在她们抱着孩子的时候，可以允许不戴手套，其他时候，必须一直戴着直到进入屋子。休格穿得像位淑女，因此，她在公众场合，她不能让自己的四肢暴露在外。

然而，手套与手套，手指与手指，休格即使是在走路，仍褪下了软软的绿色手套。她雪白的手出着汗，在阳光下闪耀着。松释了手后的休格深吸了口气，她无法想清这副手套是哪一个为她付出一切的男人所给的，她在寒冷的空气中曲着身子，手指皲裂。

现在跟着休格到新的敞开空间，富丽堂皇的摄政街，蜂窝式宫殿型建筑高耸入迷雾中。几千扇相同大小的窗子一层层地叠着，宽阔光亮的路已扫却了雪，所有的这些都在告示一个信息：光明的未来正走来，像圣贾尔斯与苏活这样的地方，狭窄的迷宫，倾斜的楼台，湿漉破败的角落大量地堆积着人们丢弃的垃圾。它们都将被扫去，随后彻底地同摄政街一样成为新伦敦的街道，通风，整齐，干净。

早晨这个时间点，已经到处有五彩缤纷的活动，虽然没有夏季那么疯狂丰富，但却足以打动你。出租马车前后快速驶过，穿着深色衣服长着厚重胡子的男人走过他们的街道，另一些人在排水沟旁走动巡逻，在那儿，三个扫地的工人站在排水管旁，用扫帚清扫排水管里填塞累积的雪泥，从格栅倾下的马粪。正当他们努力清扫的时候，一辆满载乡下来的商人的铃铛车经过，车过后尾部留下了冒着气的马粪。

一辆公车停住了，一半乘客走了下来。他们中一位中等身材，穿着素朴的男人不得体地疾步走着，几乎跑进了屎堆里，幸而，往后退了一步，就像七面钟那儿朝着尖叫的观众表演杂耍的小丑。

他窘迫地脱下帽子，低头向前走了过去。他的头发因为环境的缘故留在了，或者更准确地说，是跃到了他的额头前。他低头的时候看上去很严肃，甚至是焦虑，就像他会因为迟到而被训斥。当他抬头的时候，他又是一副喜剧的模样：卷曲的金发，就像一只长了人脑袋的毛绒动物，并保持了他的原貌。

休格笑了，终于欣慰地看到了世界上一些有趣的事，随后，她再一次地抱着包裹，开始沿着斯特雷奇路走下去。只需几分钟，在这铺着鹅卵石的伦敦明日街区，她已经准备回家。

现在离开休格，让她一个人。她渴望隐藏自己的身份，独自行走。她已经忘却了那个长着滑稽头发的男人，你认为那抹闪过的乡土气息不过是分散你来此处结交新人的另一个路人罢了。别做白日梦，穿过闪耀金光的摄政王卢比孔，绕过川流的交通与土堆，寻找那个滑稽的男人。

不管你做什么，别让他消失在人群中，他真的是一个非常重要的男人，他会带给你远比你想象更重要的东西。

第三章

威廉·拉克姆，注定成为拉克姆香水公司继承人的他，此刻有些沮丧，他在考虑自己是不是急需换顶新帽子。这就是他为什么走这么快的缘故。

你最好停止去看休格离开你时，那飘逸的裙子，尖尖的肩胛骨，纤细的腰，一缕在她软帽下垂荡着的橘色羽毛。跟着威廉·拉克姆。

你踌躇了。休格已经回家了，一座以"卡斯特威太太"命名的荡妇房屋。你想去看看那里面究竟是什么样子，不是吗？为什么你得错过发生的一切而只是去追这个陌生人，这个……男人？不可否认，他头上跳跃蓬松的金发滑稽好笑，但除此之外，他并不迷人——尤其是与你即将认识的这个女人相比。

然而，威廉·拉克姆，命中注定的拉克姆香水继承人，他是拉克姆香水的继承者！如果你想认识他，你就不能停留在妓女这儿。你必须让自己对威廉·拉克姆为何那么不顾一切想要换一顶帽子产生极大的兴趣。我会尽我所能地帮助你。

他手里拿着那顶旧帽子，宁愿不戴帽子也不愿多戴一分钟这帽子。他因这只帽子过时的高度与它磨损的帽檐而羞愧。当然，无论他戴或不戴，人们还是会以同情的目光看他，当他在公车上的时候，人们已经这么盯着他。他们真会想象他无视了他们的假笑？哦，天呐。怎么会出现这样的情况呢？生活是一场预谋，不，他没有权利去制造所有的控诉。宁愿说，生活中那些充满敌意的元素正密谋反对他，而他能清楚看到的是通往胜利的路途。

最后，他将获得胜利，他必须获得胜利，因为他相信他的快乐中有一件事是必不可少的，那就是更宏大的计划。他并不必然比其他男人更快乐。相反，他的命运是一种……一种被很多其他的事与人所依赖。倘若他被不幸所挫败，那么会有更多的事随了他的倒下而轰然倒塌，生活不该冒那样的险。

威廉·拉克姆已经来了……

（你仍在注意吗？）

威廉·拉克姆来到这个城市，因为他知道，在摄政街，他能丢弃自己的耻辱，买到顶新帽子。

这并不意味着他在贝斯沃特的怀特利里买不到同样好的帽子，也不意味着他能省了这趟旅程。他来这儿，还有一个隐秘的原因，或是两个不为人知的原因。首先，他不想在怀特利里被人认出。他在受邀参加那些时尚酒宴的时候，会同绝望粗鄙的乡巴佬一样，被人嘲笑。（现在在他前行的方向，他也会被人认为是乡巴佬，但他却并不认识人。）其次，他希望自己能够放只眼睛在克拉拉身上：他妻子的女佣。

为什么？哦，这一切都是非常肮脏难懂的。威廉·拉克姆现在已经受迫将自己家庭开销做了计算，他的佣人们从他那儿偷了东西。不仅仅是一些多余的蜡烛，熏肉片，甚至到了令人发指的程度。毫无疑问，他们是趁着他妻子生病，他无心打理自己财务状况的时候乘虚而入的。只是他们搞错了一件事，以为他对此一无所知。真他妈的错了！

昨天下午，当妻子向克拉拉描述完希望她次日早上为她去伦敦买什么东西的时候，门外窃听的威廉已经嗅到了她的贪婪。他站在那儿看着克拉拉走下楼梯，站在暗影中蔑视她的背影，他已经看到，在她矮壮身体里偷拿他家东西的计划已经如温水一样慢慢煮开，直到成为滚烫的沸水。

"我用我的性命打赌她不会这么做。"当他私下告诉安格尼斯自己的怀疑时，她歇斯底里地反对道。

"也许她是这样的人。"他说道，"不过，我不会用自己的钱去相信她的清白。"随之而来的是不安。安格尼斯扭曲的脸色在示意那些钱不是他的，而是他父亲的。倘若他能遵从他父亲的意愿，他们会有更多的钱。她袒露自己的想法，威廉唯有选择妥协回应。克拉拉带着夫人的信任进伦敦采办，威廉"借机"跟着她进了城。

因而，主人与女佣一起从诺丁山坐了公车出发。他们之所以没有坐出租马车，不是因为承担不起，而是因为不想落人口实。

这只是自欺欺人的愿望。佣人们自然会选择相信她看着主人在这世上落魄着。（她早就发现他戴着的帽子已经过时了。事实上，她是唯一一个发现的人，因为他开始避见所有令他羞耻的时髦朋友。）家里每一处变化，即便是微不足道；他的每一个经济建议，哪怕多么合理，克拉拉都更好地解释成威廉·拉克姆就像一条蚯蚓被父亲踩在脚下。

她的欢乐建筑在他的耻辱上，她并不觉得若威廉不脱离窘境，就会无法继续雇佣自己。她的想法是另类的，比如她畏惧马车夫，尽管已经预言了好几年，她从来没有改变过自己的想法。最近，似乎这变得有些心照不宣，没有人再谈及这传言。但克拉拉没有忘记！蒂丽，楼下的那位女佣？她因为怀孕被解雇了，但没人接替她的活儿，简妮一个人做的活儿远超过了一个厨房女佣干的活儿。拉克姆说过这不过是临时的，然而数月过去，仍然如此。像克拉拉这样的好女佣是很难找到的，不过，这些底层的女佣就像一群老鼠。拉克姆倘若愿意付钱，就能在一个小时内找到一个。

总而言之，这个让人可耻的情境，克拉拉尽她所能地在应对这些令她不舒服的感觉。因此，在去往伦敦的公交车上，她一路都保持着痛苦的神情，直到进入大理石拱门①马车拉停之后才被拉克姆发现。或许所有女人都是苍白的，接着，他又猜想佣人们总会有这样那样的伤痛。

或许（他在试图让自己安心。）我那可怜地生着病的安格尼斯是不一样的。

威廉有意大清早地来这城市，以便于他在返程过程中可以有足够的时间去阅读大堆拉克姆香水公司文件与账簿（或是至少把它们从父亲给的大堆信封中取出）。随后，第二天（或许）他会去薰衣草庄园，只是为了在那儿向老人汇报这些事。他可能会向农庄的人问些相关问题，他能想到的任何问题。毫无疑问，只要这些文件不让他抓狂，就会对他有所帮助。

疯人院，救济院：他的选择是否已经沦为了这其中之一？难道真的没有其他方式向自己父亲展示真实的一面，只能以这种伪装热情、叫人作呕的脸孔去讨好他？

以何样的名义……他不能更深地细想：那是对更高智商的诅咒。他必须对今天要做的事一件件地满足。买一顶新帽子。放只眼睛看着克拉拉。回家，着手做那些文件。

威廉·克拉姆无法想象自己将如何在一天内接管家族生意：他的目标是谦

---

① 伦敦标志建筑。

逊的。倘若他表示出一点点的兴趣，他的父亲便会给他更多的钱。他该花多少时间去读小叠文件？浪费一下午该是足够了吧？

他曾经在剑桥大学杂志上看到过这么一句话："违背内心去做事的一天是被偷取的一天，它是残缺的，废弃在命运水渠中的。"

然而，他此刻正式的发型正诉说着剑桥的生活早已流逝。他已任它保持了若干年。

在太阳中眩晕眨眼，双腿因在长途公共车上久曲而僵直，他匆忙地走在斯特雷奇的街道上。在他一侧，他戴着手套的指尖捏着丑陋的帽子，在他几尺前，站着他厌恶的佣人，而他之后，则是自己的影子。现在，自由就像影子一般离他这么近，他决定不再回头。

前方，是用千盏灯照亮的宏伟地带，在这儿，他能终结自己的痛苦。买一顶新帽子不会多过一个小时，克拉拉要是知道哪些更好，花的时间会更少。径直进去，拿想要的东西，随后径直出来，就是这样。这样的话，中午就能回家。

威廉·拉克姆眼中是比林顿&乔伊大百货店的巨大橱窗，上次他带安格尼斯来这儿的时候，人们还能毫无阻隔地看到全景。与大多数商店的小窗格相比，这儿的几十扇大橱窗是巨大的，它们向人宣告这商场的宏伟与现代。每一扇橱窗后面是一只陈列柜，琳琅满目的商品让人赞叹不息（是否真的能卖出这些商品却未被提及）。

它们被人以法国新视觉幻派的手法巧妙地放置在这栋现代建筑中的房间。克拉拉刚从餐厅路过，厚实的玻璃隔开了她与那些桌案上奢华贵重的银器、瓷器及盛着酒的玻璃杯。桌后背景墙上画了一张栩栩如生燃着火焰的灶台图，穿过一旁真实窗帘的缝隙，白色双耳与镶着少许黑边的套筒撑着一只纸型烤炉。这些摆设是那么令人印象深刻，有趣，威廉惊得几乎跟跄摔倒。

在墙壁转角的脚踝处挂着钩子，这些钩子可以用来系住狗，而他险些被它们绊倒。幸好，克拉拉听了他的话，已经走在他的前头跨了比林顿&乔伊的白色大门。否则的话，她看到他摔倒该是多么幸灾乐祸。

一旦进了里面，威廉便可以一眼看住她，然而，她已经在闪耀的玻璃橱窗中迷失了自己。周围尽是玻璃与水晶，每一处的隔间都挂着镜子，枝型华丽的吊灯因此而成倍地绽放着恍如银河的亮色。即便不是玻璃、水晶，地板、喷漆的计量器、甚至是服务生的头发都像上了马卡沙油一样的闪亮。缤纷的商品亦有些刺眼。

请注意，比林顿&乔伊百货店不止售卖许多高贵及不可或缺的商品，也售卖五分钟治疗头疼的磁性刷。那些通过电流提神的磁刷和印着女皇愁眉不展脸孔浮雕的杯子，即便曾在那些古怪的博物馆中陈列过，仍是令人惊叹。的确，这百货店看上去使人联想起水晶宫殿展览，一部分访客，怀着敬畏的心情，为了不玷污这般的陈列，极不情愿地放弃买任何东西。事实上，他们只是害怕自己囊中羞涩。因此，卖掉的总是不多，但至少它们并未被偷走。对教堂弄的野孩子与小偷而言，比林顿＆乔伊简直就是天堂——而天堂却并非是他们的所爱。他们从未想过穿过它白色的大门，就似从未想过自己能够穿过针眼。

大部分易碎的展品数月来都是安全的，因为严格管控的百货商店里很少出现破坏展品的孩子。更重要的是，那些时髦的女性购物者在女性时尚更迭的时候可以不必一家家地敲开店门。毕竟，像比林顿＆乔伊以及同类开业的百货大楼，早已淘汰了女式衬裙。而时髦的女人们已经可以自由化钱。

在再次踏上去帽子柜台之前，威廉寻找起克拉拉。尽管，她至多只比他多走了十几步台阶，但她却已像老鼠一样消失得无影无踪。他唯一看到的商店雇员就是那尊在展示台窗帘后的服务员假人，空空的石膏手臂唐突地搁在金属的架子上。克拉拉的任务是在威廉·拉克姆挑选新帽子，无人管束时去买拉克姆夫人需要的十八尺赭石色真丝与配饰。拉克姆夫人感觉能拿着这丝绸制出贴身的裙子。克拉拉很喜欢这差事。她感觉自己不仅可以拿着钱嗫瑟地说："嗨，先生，我需要十八尺这丝绸。"还可以借这机会巧妙地捞取额外的好处。这是为拉克姆家工作的好处：丈夫付钱却没心思弄明白买了什么，妻子有需求却没有想法应该花多少钱，账目上的钱也因此产生了鸿沟。他们没有管家。因此，这是最方便的事儿。以前曾有段时间有个管家，那是位矮胖的苏格兰女人，她忠诚坚守在拉克姆夫人身旁直到悲剧收场。自此之后，管家这事儿就成了禁词。

"我们两人就能把这家管得好好的，不是吗？克拉拉？"噢，是的，夫人，我相信我们可以。克拉拉昨日在与拉克姆夫人讨论布料的时候就已经决定了（"近来的价格，噢，夫人，你绝对不会相信它们有多高！"）她会顺带着买些自己的东西。倘若你一定想知道，有一指那么多。克拉拉厌恶自己邋遢的佣人服饰，她很清楚自己今年得到的圣诞礼物与去年的圣诞礼物会是一模一样的。每年，都是同样的侮辱！七尺双层密度的黑色美丽诺呢，两尺的亚麻布，一条条纹短裙。这些，不过是为了做一套一模一样的佣人服饰。该死的威廉·拉克姆和他的吝啬该得到应有的惩罚。

这些年，她都在伺候女主人美丽地装扮，而自己的手指甲却在为她束紧身内衣的时候断裂。那时，她还得伴笑赞美。现在，五年之后，得到了什么？她自己的身体却在期间变得臃肿起来,而脸上布满的痕印则愈来愈多。

她有什么能让男人看上一眼,更不用提多看一眼。没有,直到现在。她的心已装在了嘴里,她鼓足勇气疾步走到内衣柜台,躲到帘子后面,将她额外获取的包裹装入她自己的阔腿裤中。

尽管今天威廉坚持要与克拉拉同行会令她有所担忧,但他实在也做不了任何措施阻止这事儿。他所能证证的,除却他意识中怀疑克拉拉与钱扯得上关系,也不过是看着她揣着大包裹从商店出来。此刻她的这些偷窃行为若是在一家严厉的家庭,定然已经被发现了,只是在拉克姆家,却完完全全被忽视了。

威廉懊恼妻子安格尼斯的虚弱,他几乎没有理解在她封闭度日的月份里,她是如何变得不知世界是何样的无知。就如,他都没有猜想过,她如何能把购买十八尺布料的事儿交托给一个佣人。反而,他松了一口气,她不再为她自己做裙子,因为在过去那曾花了他一大笔钱——这笔钱浪费了,因为安格尼斯极少下床生活。

幸而,安格尼斯同意了。她不再把裁缝当作自己的消遣,她以厌倦了上流社会生活为由,巧妙地回避了社会对她的厌弃。她说在沉闷的康复期,需要有趣的发明来消磨时间,就像缝纫机就是不错的选择(她从未提及省钱的事情)。

不管怎么说,她是一个摩登的女人,诚如威廉父亲所说:机器是摩登的一部分。威廉明白她是在伪装勇敢。安格尼斯会在更多非难他的时候,让他明白在上流社会生活,倘被人见到她节省会是多么丢脸的一件事。他难道就不能做些让自己父亲让步的事儿吗?比如写写信或是其他什么能让双方关系恢复从前的事儿?这样一来,他们至少有马车夫了,只是威廉却警告她没这可能。

老拉克姆是位不可理喻的老人,他对自己的长子已经失了威严,而此刻正转而对威廉施加自己的威严。倘若安格尼斯感觉她正承受苦楚,她不会为自己丈夫必须承受这一切而着想。对此,安格尼斯勉强一笑。银铃脆嗓的歌手传闻是逗乐新奇的趣闻,她最好是回到台上。安格尼斯乐意在衣服上省些钱讨好威廉,但他却很因在比林顿&乔伊当场付钱买了顶自己的新帽子而郁闷。这种感觉更像是买烤板栗或是擦鞋,而不是在一家颇有声望的制帽店拿顶帽子记在年账上。为什么上层社会的绅士们没几天就要让制帽匠熨烫下自己的帽子?为什么会这样呢?贫穷,贫穷,琐碎丢人,而他按理该是富人。难道比林顿&乔伊百货商场的货架上满是拉克姆的香水、肥皂和化妆品不是事实吗?拉克姆的名字遍布各地!

而此刻,他,威廉·拉克姆,拉克姆家族的继承人必须徘徊在帽子架前,等候别人替他换一顶他想试戴的帽子。

第三章

上帝，神论，或任何留下的东西都无用，科学已冲破了宇宙的稳定，明白这儿出什么问题了吗？

倘真如此，他便会被冷落一旁。

十点四十五的时候，威廉·拉克姆与克拉拉在百货商场外遇见了。克拉拉胸口抱着一只裂纹大包蹒跚走着路。威廉戴着紧套在头上的新帽子，旧帽子已经扔进了那些装旧帽，旧伞，旧手套等成千废弃垃圾的地方。

它们最终会去向哪儿呢？去基督教徒在婆罗洲布道的地方，抑或许去瓦斯炉。肯定不是去教堂弄，圣贾尔斯。

"我突然想起来了。"威廉眯眼看着克拉拉的眼睛（他们几乎差不多高）说道，"我还有些其他的事儿要做。嗯，我的意思是，在这镇上我还有事儿要办，你先一个人回去吧。"

"好吧。先生。"克拉拉温顺地压低头应道。可威廉仍然觉得自己瞥见克拉拉狡黠的嘲意，仿佛自己在撒谎。（这一次，他可以完全不用考虑：她可以尽情享受不必在乘公车回家路上压住臀下秘密包裹时的方便。）

"你不会迷路吧？"威廉指了指安格尼斯的大摆丝绸。

"不会，先生。"克拉拉保证道。

威廉从表袋里掏出手表放在掌心佯装自己在看表，如此好寻个借口不去看他每年支付 21 英镑为妻子雇佣的贴身风骚女佣。

"那，你回去吧。"他说道。

"是，先生。"她回道。随后，她赶紧离开，就像紧张自己不要"漏气"一样。然而，威廉并未发现。事实上，今日的晚些时候，当他看到克拉拉在他房子周围扭动着腰时，他也不会多瞧一眼。

其实，他也并不总是如此。过去，威廉·拉克姆常关注那些穿着各异，长相不同的娇小女人。在大学的时候，他是花花公子，一把银手杖，一头及肩金发。那些日子，他站在花瓶前花上半个小时挑选花儿插入合适的空隙都是极其平常的事儿，更不用说花上更多的时间为自己马甲挑选相称的真丝领结。他最喜欢淡紫格子的深蓝色裤子。有一次，他还让裁缝改动他马甲上的扣子位置，以防扣子轻易地钻出外套。

"往右四分之一英寸，朝右，不多，不少。"他说，就似上帝会替他解决这问题。

那时候，威廉很自豪自己同极少数高品位的人一样总能纠正穿着上的瑕疵。而现在，他每况愈下的境况使得他在缺陷面前只剩了徘徊。其他人，甚至是他的佣人都非常清楚地发现了这点。

他心情很紧张，总时不时地检查自己头上的帽子是不是还在。这是他发愁的一个好理由。尽管这是一个小时之前的事了，他的脑子里却抹不去站在镜子前惊悚的模样。自他第一次在摄政大街草草地摘下旧帽子后，他发现自己的头发一团混乱。

威廉曾经一度将自己的头发视作最自豪的标志：打童年起，他的头发柔软且耀着古铜金，阿姨们与路人总是对他的头发赞叹不已。在剑桥大学，他留了长发，及肩那么长。他从不上发油，只是把头发梳到后面。细长飘逸的头发遮住了他的梨子头型。除此之外，长发象征着雪莱，李斯特，加里波第，个人主义。

然而，几天前，他把那些长发剪短来隐退匿名，而实际上，这糟糕透了。在镜前，他看到自己的头发好似在抗议无情的修剪，出油的皮脂使松了的头发贴到了右上角。上帝！这地儿有多少旁观者看到了他顶着一窝卷曲簇起的滑稽发冠！就在比林顿&乔伊大百货店，他脸上抽搐着尴尬，顺手拿过最近的帽子遮掩起松软的头发。尽管随后还有很多选择，他最终还是选择了那顶帽子。

随后，他把头发梳平，上了更多的发油。可他难道就还没有汲取教训吗？他紧张地用手指将帽檐下的头发弄好。他浓密的络腮胡子刺痛皮肤。

"我想和马修·阿诺德那样。"他告诉自己的理发师，但最后，他的头发却同婆罗洲野人一样。他做了什么？他几乎说服了自己，外表谦逊的新形象可以帮助他大步跨向世纪的最后二十五年。只是，他的头发是不是有别的想法呢？

当威廉走在泰晤士河路方向的时候，他总是瞅着一旁是否有条小巷，可以藏起来拿把梳子好好梳理下他的头发。他想这一早上已经够失礼了。

最后，他看到了一条合适的小巷，狭小得不值一名。威廉疾步走了进去，站在离杰明街几步之遥，肮脏灰暗的墙中间，小心翼翼地拿着象牙梳子，边咒骂边避开那些垃圾堆里长出的蛆虫。

一个带着鼻音的邪恶声音惊了他一跳："先生，有需要吗？"

威廉朝周围看了看，一位灰褐色头发的妓女，约莫四十或是更老的年纪，正从暗处朝他蹒跚而来。她裹着的衣服看上去是一块旧桌布。她竟然在这儿做生意？这儿可是离着宫殿与最奢华的酒店近在咫尺的地方？

他厌恶地保持缄默，随后匆忙地退了四步回到阳光中。汗水刺在他刚梳过的地方，他把帽子像木塞一样扣在自己头上以避免所有可能他能想到的糟糕情况。

数分钟后，在离特拉法加广场不远的地方，威廉·拉克姆经过了一家糕点店。

他想自己该小歇一下,享受一番。

当然,他若真的想要吃饭,应该去往阿尔比恩、伦敦,或惠林顿,那儿的老校密友们若是不在情人怀里睡着,就该坐那儿,正点起他们一天的第一支雪茄。但是,威廉没有心情去那些地方。当然,他也担心自己若是在特拉法加广场吃蛋糕的话,或许会被一个重要的熟人发现,随后自此要永远回避那人。

啊,再次成为无忧无虑的学生!十二年前,他那些肆无忌惮欢乐,无所畏惧,甚至无人可以质疑他地位的时光!那时,他曾去过小酒店,在三教九流、缺了牙的老女人与醉汉间,愚蠢地灌醉了自己。他还曾站在路边买了生蚝,站那儿吃了起来。甚至,他还比超过了那些朋友的声儿,一边大声用男中音唱着下流歌曲,一边光着头站在滑铁卢桥上跳舞。

噢,我的爱人装腔作势。
她的下巴被环饰花边的脖子托了起来。
她的头发是红色的就如她的鼻子。
残风吹起了她的裙子……
为什么?他现在不能唱起来?

每一位在法式蛋糕店里的人都已在洗耳恭听:"是,就是这款。"他压低声。他会冒险的,是的,倘若只是为了祭奠他放弃的自我,他真的会这么做(一块蛋糕,那不是下流的歌曲)。

因此,威廉忐忑而小心地看护着带走的巧克力与樱桃蜜饯来到广场。而此刻,他的下半才开始对那个巷子里的女人起反应,而她已经消失在视线中,于是,他看起三个正在鸽子群中欢乐奔跑的法国女孩儿。

"我也很好!我也很好!"她们尖叫着,一位摄影师在一旁站着,正在拍摄另一幅场景。那三个女孩儿是美丽的,她们的裙子也很美丽,甚至连她们跳动的韵律也是美的,然而威廉却并未过多地关注她们。反而,他看着摄影师沉思起来,一周以前,在他剪短头发之前,他给自己拍过照。最后一张,"青春"的威廉·拉克姆相片,或许,亦能称它是"老"拉克姆。

这张照片已经静静地躺在了家中的抽屉里,就像情色书一样被藏了起来。然而,照片在他脑中的记忆却是深刻的:在里头,他穿着连现代年轻人都不敢穿的亮黄色马甲,仿佛仍是剑桥大学风流自傲的学生。脸上的表情亦仿佛是一种遗物,如今,他已经不再带着那般的面容:在唐宁学院,板着脸反对父亲的厚望:迁就平凡的世界。

向摄影师解释为何穿着老式衣服是最难的,那照片里的衣服应该是……(谁把它穿上去的？）一段过去的回忆，一次抓住往昔的机会。（他不需要烦恼：摄影师的大厅墙壁上挤满了穿着褪色旧式长袖礼服的名媛，挤进纤细军装的肥胖老人，还有许多其他复活过去梦想的照片。）

"噢，我也是，妈妈。"

回到特拉法加广场，一个白缎肤色，九岁模样的女儿得了允许在那儿朝拿着照相机的男人摆造型。他吃完了蛋糕，戴上手套，继续朝着圣詹姆斯公园走去。他忧郁地问自己倘若他这么快就厌倦了如此美丽的场景，他是否真的能成为拉克姆香水的主人？

他那可恶的父亲为什么就看不到这些！一个每天从早八点到晚上八点，四十年来重复做着一件事致富的老人。他已经忘记了所有单调乏味的苦差折磨华美灵魂时的那般苦痛。对亨利·卡尔德·拉克姆来说，即便是花上周六的这半天时间也是一桩浪费时间的事儿。

哪怕亨利·卡尔德·拉克姆的工作如今已经与早年不同，只是埋头在书案上做事儿。他仍然像一匹马，但为了考虑威廉的婚姻，他做了个必要的改变。一处更好的地方，一个受人尊敬的办公室工作，一些贵族们施予元首的帮忙：倘若没有老拉克姆做的这些，他的儿子怎么能够牵上安格尼斯的手。老人穿着最破旧的夹克与靴子亲自在薰衣草田爬上爬下，甚至没有时间去问薰衣草田主人尤恩，他的女儿是否单身。

然而，在老拉克姆谈婚事的时候，他才透过极美丽的房子看到自己的事业，明白贝斯沃特与肯辛顿是如此的近，而自己的儿子威廉是位有前途的年轻人，他一定会成为某个方面的重要人物。

噢，当然，尽管抓住的这些绳索是无形的，而且大众会看他其他更崇高的成就，威廉最终还是得接管拉克姆香水公司。哪怕离开大学已经很久，威廉在求婚的时候仍旧环戴着毕业生的光环以及满怀魅力的承诺。所有的都是嘲弄吗？你怎么敢这样！即使是现在，威廉保持关于动物学，雕塑学，政治学，建筑学，写作等等最新发展的信息，当然，如果能够每个月回顾一遍的话，信息会更新鲜。（不，他不会删去任何信息——任何都不可以，你必须听明白！）

但是，他如何能把自己的标签贴在那些事务上？（威廉坐在圣詹姆斯公园最钟爱的长凳上焦虑不安）他正在被冗长无味工作纠缠的生活要挟。他还能被期望成……

让我来把你从沉溺于威廉·拉克姆意识里焦虑自哀的旋涡中救出。钱是症结所在：多少？不够？它怎么去另一个地方？它会去哪儿？它怎么守恒，等等。

第三章

事实上：老拉克姆太疲累于运营拉克姆香水公司。他的大儿子，亨利，年轻时已经把自己奉献给了神，他不再是继承人。一位足够正派的伙伴，一个节俭的单身汉，亨利，不再以一位兄长的角色支持他。尽管他真的已经在教堂开始了自己的事业，但仍在花很长一段时间去商议它。请永远不要介意：一位年轻的男孩儿，威廉，会去做些什么。像亨利，他慢慢地展示了他在任何事上的天赋。但他的品味却是极高：一位时尚的妻子，一个中等规模的房子，所有的一切都需要靠拼命吮吸父亲慷慨的胸怀才能实现。严厉的课程显然收效甚微，老拉克姆正在试图加速儿子在运营企业上蹒跚学步的进程。例如缓慢、稳定地减少他的补贴。每个月，他都减少一些，以让儿子适应这样的风格。

威廉已经不得不把自己的佣人从九个裁减到六个，出国旅行已经成了过去，出行的时候靠出租马车也就不仅仅是一件奢侈的事儿，而是个再成为可能。威廉已经不再更换那些过时的物品，那一切就像残存的梦——与富裕间咫尺的距离。

让威廉真正伤心的不是他的苦难有多么没必要，而是这些居然是因为他家庭财产价值引起的。如果他的父亲全盘卖了自己的公司，那么收入的钱足以养活拉克姆家几代人——那个老人在这些年究竟在为什么工作？难道不是为了这些吗？

威廉，这位有社会主义倾向的青年厌恶这种拼命赚更多钱的欲望。除此之外，老拉克姆还会买卖和投资，让钱生钱，好似能够源源不断，和"老本"一样及时回自己口袋。为什么只有感情能阻止老人卖拉克姆香水公司？为什么，噢，为什么必须是威廉来担下这副重担？为什么就不能从拉克姆香水公司中提拔有能力，值得信任的人呢？

威廉将自己的经历诉诸于社会政治学中，希望将来有一天能把它推向英国社会。（拉克姆主义，历史或许会如此命名。）这是他已经研究了十年甚至更多年份的一个理念，尽管现在他正锐化它。它涉及废止称之"不公正资产"，取而代之以他称呼的"财产公平"。这意味着一旦一个人已经赚取了巨大的财富，这笔财富可以长久支撑自己的家庭（假设他的家庭最多有十个人，不超过十个佣人），那么他将被禁止囤积更多的财产。像在阿根廷金矿这样的投机将被禁止。取而代之的是政府，应进行一些有稳健回报、长久而不引人注意的投资。任何多余流向富人的财富将被切换到公共资产用来援助社会不幸的人：贫困与无家可归的人。

一场变革，他已经充分意识到，这毫无疑问会让许多人恐惧，因为它会侵蚀现在社会阶层间的距离：就一个贵族而言，他是无法理解的。在威廉的观点里，它却是件好事，就像他厌恶被提醒唐宁学院已经改成了科珀斯克里斯蒂，而他曾

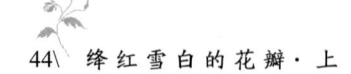

经幸运地进入里头。

因此,你了解了:威廉·拉克姆坐在圣詹姆斯公园长椅上的想法(稍有些未经修剪)。倘若你觉得枯燥过了底线,我会告诉你我保证这会在不久的将来发生,更不用提疯狂,绑架,甚至暴力死亡。

同时,拉克姆听到有人突然喊自己名字,猛地从慢步沉思中醒来。

"比尔!"

"天哪,真的是比尔!"

威廉抬头,头上仍是"污泥",他盯着两个突然出现在自己面前的幽灵。好朋友,剑桥大学的死党柏德烈与阿什维尔。

"不会很长了,比尔。"柏德烈喊道,"在到来前庆祝下吧。"

"庆祝什么?"威廉问道。

"所有事儿,比尔!圣诞大酒宴!处女们奇迹般地成了经理!布丁吐着蒸汽!加仑那么多的港口!在你知道他之前,另一年已经'爬'上了你的床!"

"1874年,已经戳破且打起了鼾声。"阿什维尔咧嘴笑道,"年轻的1875正战栗地站在门廊,正等着被同样对待。"

他们非常像,他,柏德烈,一副老男孩儿的模样。他们穿着考究,兴奋与无精打采只凭一时兴致。他们打扮整洁,头上戴的帽子比比林顿&乔伊出售的任何一顶都好。他们实际上是如此相似,威廉早就知道,在他们极醉的时候,可以称呼他们百事乐和欧德维尔。不过,阿什维尔与柏德烈还是有区别,他留着稀疏的连鬓胡子,脸颊气色微差些,肚子也小些。

"比尔,没在赛季瞧见你,除了把头发剪短外,你都在忙些什么呢?"

柏德烈与阿什维尔重重地坐在威廉身旁,随后往前挪了下身体,下巴和张开的手搁在手杖的旋钮上,荒诞地注视着面前的场景。他们就像夜行神龙在同一塔上打洞。

"安格尼斯身体不好。"拉克姆回道,"还有那该死的业务需要接管。"

柏德烈与阿什维尔正在试图引他到轻浮的事儿上:他们或许也知道他不在状态。或是说,他们至少在引他说些不让他更难过的事儿。

"千万别让公司的事儿拖垮你。"阿什维尔提醒道,"你看上去为此愁苦不已……噢,其实我也不知道……作物产量。"

"没什么担忧的。"威廉说道,听着却是忧心忡忡。

"最好种上年轻美丽的作物。"柏德烈夸张地喊道,随后朝着拉克姆与阿什维尔索要赞许。

"那完全不在点儿。柏德烈。"阿什维尔说道。

"或许吧。"柏德烈低声道,"但是你都为最差的付钱了。"

"无论如何,比尔。"阿什维尔追述道,"除了色情外,你不能让安格尼斯用这样的方式把你踢出洪流涌动的生命。你现在担忧一个柔弱的女人至此,是十分危险的。这条路会……嗯……我在找个什么词。柏德烈?"

"爱,阿什维尔。我自己从来不去碰它。"

威廉苍白的脸抽搐一笑。中风了,老朋友们,中风了!

"说正经的,比尔,你不能把同安格尼斯的问题发展成一个家庭诅咒。你知道,像那些危言耸听的老小说里,同一个从柜子里冲出的忧郁女人。你必须意识不仅仅只有你一个男人,还有很多疯了的妻子,伦敦有一半女性真的很疯狂。上帝,比尔,你是个自由的男人!没必要把你自己锁起来,像一只老獾一样。"

"伦敦反季的时候到处沉闷不堪。"阿什维尔嚼舌头。

"最流行的方式就是浪费时间。"威廉问道,"你俩儿正在干这事儿?"

"哦,我们努力工作呐。"阿什维尔兴奋道,"关于一本简单极好的新书——这是我所有的事儿。"柏德烈大声嘲讽了声。"与柏德烈一起在润色一篇散文——《祷告的作用》。"

"多得可怕的工作要做,你知道的,我们一直在挖苦成群的虔诚教徒,让他们真实地告诉我们,他们是否从祈祷中真正获得过什么?"

"我们的意思不是那些诸如'勇气','安慰'之类的花,我们需要实质的成果,比如一所新的房子,母亲的耳聋治愈了,攻击别人的人被雷打了等等。"

"我们一直非常全面地在了解,允许我这么说自己。就像成百件独立的案例,我们仍旧查到,大致来说,数以千计的祷告者进行着程式化的祷告,多年来,每一个晚上都是如此。你知道一件事:从邪恶的角度去看,地球的平静,是犹太人之间的对话。说白了就是绝对的人多势众,哪怕是毅力都无法让你达到的地方。"

"当我们记下所有事的时候,我们和一些高级神职人员——或是至少恳求能得到他们的信函来表述自己的观点。我们希望让所有人明白这本书是公正无私的,科学的研究,相当公开的发表或是批评,嗯,从那些无辜者来说。"

"我们想要打击基督教。"柏德烈插嘴道,把手中的拐杖插入湿地。

"我们有了些让人高兴的发现。"阿什维尔说道,"超级疯狂的人。我们曾在浴室里采访一位牧师。(非常高兴在那样的地方,那儿还有啤酒),他告诉我们他正在祷告烧毁地方公屋。"

"或是说灭亡。"

"猜他肯定认为上帝只是在决定究竟什么时候做这件事。"

"他对此充满了信心。"

"三年,他每晚都在祷告这件事!"两个男人激动地把手杖敲在地上。

"那你们想过……"威廉说道,"你们是不是有一点儿机会找到家出版商?"

他稍稍恢复了些,几乎是引他们回到了令人扫兴的现实世界。柏德烈与阿什维尔互相笑笑。

"哦,是的,必须的。现在雷鸣般的呼声需要书本去摧毁我们的社会生活。"

"小说也是如此。"阿什维尔朝着威廉眨眼道,"倘若你还想在哪儿创作些什么出来,必须得留着这想法。"

"但是坦白地说,比尔,你必须更多地展示自己,我们已经很久没有看到你去常混迹的地方了。"

"你该不断练习!"

"决不能被时间倒退阻止!"

"你们是什么意思?"威廉震惊道。他糟糕的发型已经暴露了他金色的发丝里镶了白发,因此,他总是敏感于任何与年龄相关的词汇。

"青春期的少女,威廉,时间要抓住她们。她们永远不想成熟,你知道的,半年能够让一切不同。毕竟,你已经错过了一些女孩儿,那已经是传奇了,比尔,是传奇。"

"给你个简单的例子:露西·菲茨罗伊。"

"噢,是啊,万军之耶和华,是的。"两个男人不约而同地从座位上跳了起来。

"露西·菲茨罗伊。"阿什维尔像是在做一场音乐剧的开场礼仪,"芬奇利路乔治尼亚老鸨那儿新来的妞儿。那地方你知道的,邪恶得很。"阿什维尔使劲地用手拐敲了几次小腿,"上,下,上,下,曼妙身姿啊!"

"淡定,阿什维尔。"柏德烈抬手拍了朋友的肩膀警告道,"记得,只有主才能让软弱变得杰出。"

"好吧,就像你所知道的,柏德烈和我偶尔会去乔治尼亚老鸨那儿偷看女孩儿甩鞭子。去年晚些时候,我们遇到一个轻浮的女人,她就是露西·菲茨罗伊——菲茨罗伊勋爵的私生女。她的血液里有骑马的基因。"

"毫无疑问这是谣言,但这女孩儿坚信这点儿!十四岁的女孩儿,身体如孩子一样紧致,这也是她最值得炫耀的地方。她就像一个不停运转的齿轮,而且还运行得很好。她从楼梯下来,就像这样,侧面走下来,穿着一只小靴子,然后另一只,就似她拆楼梯一样。她手里抓着一根极短的小皮鞭,你能看到她脸颊上灼热的小斑——真的，我发誓。乔治尼亚老鸨告诉我们，不管男人什么时候找她，这女孩儿都能站在原地像那样等着，随后，哪个可怜的傻子靠近她，她就抽出鞭子，随后指着床说道——"

"上帝，上帝。"阿什维尔呼叫道，乘机看向柏德烈手杖的方向。

"上帝是万能的。你说那是谁啊？"他抬手遮掩自己的眼睛，随后专心地凝视起远处圣詹姆斯公园的尽头。柏德烈坐在他身旁，亦同样凝视起来。

"是亨利。"他高兴地说道，"是啊是啊，和福克斯夫人。"

"当然了。"两个男人再一次转过脸看威廉，曲下身体，"比尔，你一定得原谅我们啊。"

"是啊，我们打算去折磨亨利。"

"你得到我的宽恕了。"威廉假笑道。

"他避开我们，你知道的，就像避开文艺一样，自从……嗯，我们该怎么把它……"

"自从他自己的天使落在床尾后。"

"安静。不管怎么说，我们必须尽自己可能在他钟情于此前拉住他。"

"哦，他不会拖上福克斯夫人：她去死吧！他们没有机会，我告诉你。"

"再见，威利①。"

他们快速地追着他们的受害者出发了。真的，他们尽管穿着正式的服装，但仍然猛跑在路上。奔跑的过程中，他们悬空手臂保持平衡，毫不在意是否有人看到了这一切——事实上，他们夸大了自己滑稽可笑的乡下人做派。他们离开后，两条又长又遒的深绿色小径在草丛中蜿蜒。威廉·拉克姆则茫然地留在那儿。

柏德烈与阿什维尔就是这样突然地闯进来说话，倘若一个人想要融入他们，那么就得在他身旁。就像威廉看着他们在公园中冲闯，肩上让他泄气的担子再一次降临。因为不用，他已经失去了自己的勇气与敏捷思维这些自我表现的展示。他怎么还能像他朋友一样跑得那么快？仿佛他正瞧着自己年轻的身影飞快地穿过公园。

他或许会跳起来跟上？不，已经太晚了。现在已经没有机会。他们就像黑色飞跃的影子消失在明亮的视线中。威廉倒回长椅，思绪再度回到柏德烈与阿什维尔来之前。

真正最困扰他折磨他的，便是那些家产。倘若他的父亲卖掉公司……

但你已经听到这些。你最好离开威廉十分钟。在那十分钟里他的脑子形成

---

a 威廉昵称，同比尔。

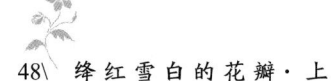

了地壳的反射弧，而剩余的那些部分，仍在受着早上那些事影响：丑陋的妓女，特拉法加广场的法国女孩儿，柏德烈与阿什维尔谈论的妓院，他们对自己求爱的戏弄，还有那几个初到圣詹姆斯公园时见到的美丽年轻女人（约一个小时前。）

只需要一杯烈酒。一旦彻底醉了，威廉一定从座椅上一下站起来，跟着自己的欲望向前走，紧随在他们身后的小径，最后，通向休格。

第四章

　　与其在那儿,毫无必要地一眨不眨盯着威廉的膝盖,等他激动起身,倒还不如去瞧瞧那些他想要的事物。毕竟,他们来到圣詹姆斯公园就注定走入他的视线。

　　倘若你对时尚有所偏爱,你来的这一年不会让你失望。历史纵容那些奇怪的虚妄穿着的方式来装扮它的女人:有时,它以天鹅做原型,有时,它选择倔强的土鸡。这一年,女士们十七世纪早期流行的那些不同寻常,优雅的服装与发饰已遍地能见。至少人们都能买得起了。它们会继续延续下去,直到威廉·拉克姆,这个老男人,因为太过在意美丽的消失而疲于去欣赏它们。

　　女人们在十一月这个充满阳光的中午穿过圣詹姆斯公园,此刻的她们不会被要求与世纪末改变多少。十七世纪七十年代,她们很适合立刻被绘入天梭的画中,二十年后,她们仍然适合回味(尽管,他期望做些小调整)。只是一场世界大战会最终摧毁她们。

　　这并不只是服饰与发型决定风格的变化。这是绝密情报、外交自大与神秘忧郁气息氛围的杂糅。即便是像这样的气候,女人们仍穿着森林女神似的怪异的秋季裙衫走在露水润泽的草坪上,仿如她们过早地调用起世纪之末。可爱的恶魔,洞后的半鬼,这些形象已经被培养起来——尽管事实上,大部分这些女人只是愚蠢的社交蝴蝶,她们的脑袋里不会有恶魔的思想。

萦绕她们周身的光环大抵是因为她们身上束腰紧身衣。她们因此难以吸入足量的氧气，就似在珠穆朗玛峰一样喘息不停。

坦白地说，这些女人中一部分在家还穿着裙撑。现在那些金属牢笼的中央，她们只是一群被照顾的养尊处优，至少清爽的女人。然而，她们此时曲线有致的身材暗透出这番性感毫无造作。

从道德而言，这是一个古怪的时期，看的人与被看的人：时尚就是身体的再表现，而道德却促使自己继续坚持对完美的无视。女士束身衣像副盔甲裹住了胸部与肚腹，裙子的前头贴着盆骨直垂下来，仅是一阵狂风便足以吹起裙子露出双腿，胡乱地掀挑藏在后头的臀部。没有男人敢于公然承认自己在遐想女人的肉体，同样，也没有女人必然知晓自己拥有曼妙的身体。倘若现在有个野人从帝国的野地闯入圣詹姆斯公园赞美那些女人中的其中一个身材惹火，秀色可餐，她的反应一定既不高兴，也不会倨傲不理，就像丢失了魂一样。

哪怕没有向野蛮的殖民者求援，昏厥已不难唤醒一个现代女人：那些天生不瘦的女人们为了追求所谓的美丽，挑战自己，瘦身成可怜的锥形身材。一定有人说今天早晨，好些旧时期丰满身型的女人从床上爬起来后，如鬼魅似的飘过圣詹姆斯公园，但随后她们会换上松垮的睡衣折磨自己的女佣们。虽然（因为现在已变得越来越平常）未必真的系上带子，但却扣紧了皮革板上的金属搭扣，把胸腔勒得无可挽救地变形，甚至窒息住了穿着者的呼吸。这么一来，她必须得不停地补粉才能遮住自己被憋气弄成的红鼻子。而走路这样的事则更需要技巧，因为现在的时尚是穿着及膝的高跟靴。

这些肥胖的英国女孩儿把自己变得柔软而苗条，她们是美丽的，那么她们为什么不那么做呢？只有当她们自己承受呼吸压迫又使别人也缺乏呼吸，那才是公平的。

威廉——他在做什么呢？所有这些穿着吸引人的女人们绕过他公园的长凳（即便是在远处），勾挑起他的欲望与骨子里的成熟。

他已沉思于自己经济上的窘境。长久以来，他被形容成不安分的野兽，踱步在镌刻银色"£"符号的笼子旁，眼中满是"£££££££££££££££££"。啊，只要他能跳脱出来就好。

另一个年轻的女人静静地走过他的身前，这一次，非常靠近他的长凳。她的肩胛骨突露在垂胸绸缎中，沙漏似的腰在不知不觉中摇曳摆动，她如马鬃般亮铿的头发随着步履的节奏飞扬。威廉转移了自己对财务上的关注，渐渐地不再为此费神，反而，被性所吸引。在一袭绸缎衣裙的年轻女人再多走二十步之前，威

第 四 章

廉相信重要，甚至是至关重要，乃至他此生唯一可做的事就是和一个女人在一起。

漫步在圣詹姆斯公园的人无意间变作了警报器，每一个闪光的身体暗示了他们隐蔽的社会身份：妓女。对男人的身体而言，妓女与淑女没有差别，只是妓女闲时便可拥有，不需受与人决斗胜利的气，也没有法律的束缚，没有觊觎的人，也没有抱怨。因此，当威廉·拉克姆有了需求的时候，他便直接会去找最近的那个妓女。

有悖常理的是，尽管他非常自豪自己正重新构建一个财政陷阱——只刻了英镑符号的熟铁笼子，可他竟能轻易地放手。在他绝望与失却公平的困境中，还尚存些许宏伟甚至尊贵的成分。他如李尔王一样被束缚与挫败，高潮的时候，他又意识到自己不过是一个蠢蛋。因此，威廉的思绪再次唤出更多他牢笼的可怕景象：一英镑复又一英镑，再一英镑。他的欲望促人涌起更多性征服与报复的幻想，他强奸了整个世界让他们屈服自己，任他们在被践踏中屈从——每对他们多一些凶猛，他们便就多一些摇尾乞怜的姿态。

最后，他从自己的位置上站了起来，完全脱离了适才脑子的混乱。不，你听见了吗？他能同时征服两位非常年轻的妓女。更重要的事，他有一个好主意，能让这两个女孩儿去个都能满意的地方。他会马上就去那儿，落后者可是要遭殃的。（你明白的，这不过是种说法而已。）

不快的是，威廉身体器官中血液的战略性涌动并没有影响到地球旋转，他发现当自己在午饭的时候回到城市中央的时候，那些上班族们也蜂拥而出。威廉与其他男子被饥饿的人潮粗鲁地推撞，公务员，文士与其他那些人就像黑色的海洋，阻止着他朝看他们游过去。所以，他贴到墙边看着他们，希望这群人潮能马上离开他。

反之，他倚靠的这座建筑是雕刻了黄铜字牌康普顿，赫斯珀洛斯＆迪尔的大楼。它突然开放了大门，另一波上班族们也蜂拥而出，将他逼到了一旁。

这终于击破了威廉内心最后一道防线。他在人群中举起手，喊了辆出租马车。早晨的时候，他还十分抵触马车。他很快会成为富翁，为小钱而斤斤计较的可鄙记忆将成过去。

"德鲁里巷。"踏上摇晃的马车步梯时，他命道。他猛地拉上身后的门，新帽子碰上了低矮的天花板，随后，马蹄悠然踏起，他整个人被甩在了座位上。

不过没关系。他已经在去德鲁里巷的路上了。柏德烈与阿什维尔都没有提醒过他，那儿有又好又廉价的妓院。关键，是便宜。柏德烈与阿什维尔喜欢在"贫民窟"找乐子，不是因为他们缺钱，而是因为觉得玩过最廉价的妓女后紧接着再玩最贵的是非常有意思的事儿。

"精致的佳酿与麦芽啤酒。"柏德烈爱这么形容那种感觉,"在不同的地方找乐子,会有不同的情趣。"

这样远途去往德鲁里巷,威廉只是想尝尝"麦芽啤酒"型的女孩儿,他现在只能支付这么低廉的嫖资。那两位特别的女孩儿一直萦绕在自己脑子里,尽管在此之前,他从未见过她们,但他记得自己一定是在伦敦的《伦敦娱乐指南》上读到过她们,那是男士"游览"城镇指南的文章。过去,他常常从这指南寻猎信息,现在已经很久没有碰了。(他甚至不能肯定放在了哪儿。是书桌最后一层抽屉吗?)不过,他能清楚地回忆这两位非常"新"的年轻女孩儿,一定曾出现在指南上。

"你知道的,这难以置信。"阿什维尔不止一次沉吟,"在所有那些数以千计出卖着的身体中寻找真正新鲜的年轻女人是件地狱似的活儿。

"所有真正年轻的女孩儿都是又脏又穷的。这是个问题。"(柏德烈应道。)当她们出来卖的时候,身上已经长了疥疮,还缺了门牙,头发甚至还结了硬块。可是,倘若你想要一个肤如羊脂白玉似的阿佛洛狄忒,那你必须得等她堕入风尘。

"说起来真是不要脸,但我还是希望有永恒的春天。我刚刚还读过最新一期《伦敦娱乐指南》,德鲁里巷子的两个女孩儿⋯⋯"

威廉仍在回忆女孩儿们的名字,还有,她们的老鸨。他试图想起那期指南上的文字内容,但却找不回那段记忆。他拼了命地从出生那会儿的事儿想起,可简单的回忆中只剩几栋房子的印象。

当威廉·拉克姆拉了门,里头便是妓院。妓院的接待室很暗淡,一位老妇人坐在里头。她像侏儒似的陷在沙发里,穿着一身紫色衣服,巴洛特式皱起的手搁在膝盖上。威廉不知道怎么称呼她,只是如《伦敦娱乐指南》提到的那样,说自己要两个女孩儿。

老妇人红红的眼睛,就似在黏稠的液体中浸泡过,浑浊得已经落不下眼泪。她迷惑不解地盯着威廉。她笑了,爆出一排珍珠色牙齿,刷了眉粉的眉毛拧在一起。她把手做成尖塔状轻摸自己的鼻子。一只肥肥的灰猫从沙发后面跳了出来,见到威廉,再一次遁跑了开去。

忽而,老妇人打开手,兴奋地抬在半空,就像答案从天上,至少是从楼顶上掉了下来。

"啊!两个女孩儿!"她尖叫,"双胞胎。"

威廉点点头。他不记得在《伦敦娱乐指南》上是否提过那两个女孩儿是双胞胎，但毫无疑问她们已过了如花的青春期，正成为更有魅力的女人。那妇人满足地闭上眼睛，垂重的眼皮耷拉了下来。

"克莱儿与爱丽丝。先生，我应该是认得她们的，像您这样的先生，您该需要我这儿最好的姑娘，那是我这儿最特别的姑娘。"她像外交辞令似的强调道，这样便让人难以琢磨究竟是好是坏。

"我想她们已经满怀期待地在等你了。"

她站了起来，几乎不比她坐着的时候高上几分。几尺深色绸裙从沙发上落了下来，直铺向楼梯，仿佛在护送他上楼。忽而，她戏剧化地停住了脚步，审视起地板，似乎有些难以启齿："或许，先生，稍后我能麻烦您……？"她朝他又看了看，眼睛里充满了浑浊的液体。

"当然。"威廉说道。在提醒她"女士，请问多少价格"之前，他盯着她可怕的笑容足有五秒之久。

"啊，是啊，原谅我。如果您觉得合适的话，请给十个先令。"

她伸手捧接过威廉递过的钱币，随后拉了拉系在楼梯扶栏旁三根细绳中的一根。

"请稍等会儿，先生，她们还需要些时间。您可以先坐长凳上，随便抽抽烟。"

威廉·拉克姆想着这家妓院大概就是如此，现在已无法后悔，不管是以什么方式，他只是想满足。

与其继续看老妇人丑陋的脸孔，倒不如盯着根雪茄。威廉坐在躺椅上，抽着雪茄等待他前面的主顾完事儿。毫无疑问这房子后面还会有一个楼梯，这家伙会从那儿离开，血脏了的床单也会被更换，随后……威廉酸酸地吸了口雪茄，仿佛他刚买了一张低劣的魔术表演，魔术师袖子里漏出了道具，而地板下藏着一群发着恶臭的兔子。

在此刻威廉沉思的时候，让我来告诉你关于克莱儿与爱丽丝的故事。她们最真实也是最低的意义便是这妓女的身份：初到伦敦的时候，她们纯洁无知。后来是因为一个女人的步步计谋才堕入风尘。那女人在火车站见到了她们，给予了她们在这令人生畏的大都市一夜容身之所。随后，她设计抢走了她们的钱与衣物。她们绝望与无助，与其他一些类似经历或是被父母，监护人卖来的女孩儿一起被安置在一间房子中。为了舒适的新衣与一日两餐，她们自那以后开始操起了皮肉工作。房子后边的楼梯由一个痴傻的男人看守，而前面则是一位妇人。他们甚至都无法猜出她们多少年纪被贩卖在此做这样的活儿。

终于，威廉·拉克姆到了上楼的时间。当他进入克莱儿与爱丽丝狭小方寸的房间,他看到周围长长的红窗帘盖住了脏脏的踢脚线。其中一幅窗帘遮住了唯一的窗子,也因如此,这间隐蔽屋子里的光亮并不依靠阳光,而是依靠昏黄过暖的烛光。压扁的天鹅绒靠垫散乱在磨破的波斯地毯上。地毯的上方横着一张洛可可大床,床架装饰华丽,墙上挂了一幅裸体女人绕着室内花柱起舞的相片。克莱儿与爱丽丝穿着蛋清白色的睡衣,正坐在床上,漂亮的小手覆在膝盖上。

"好啊,先生。"她们异口同声。

只是,虽然声调一致,但很明显她们不是双胞胎。严格来说,她们甚至都算不上女孩儿。当威廉褪下爱丽丝睡衣的时候,他发现这具躯体已明显地沾染了风尘味儿。

更糟的是,她扭动起来的模样与其他普通的妓女并无差别。本怀了挑逗小狗好奇的兴奋劲儿,可现在却成了拉布拉多熟练表演翻滚的练习,全然没有了兴趣。天呐!难道就真的没有物有所值的事儿吗?难道非要用一大笔钱才能买到符合承诺的东西吗?莫非现代社会生活着的唯一目的,就是理想被挫败与对世事玩世不恭?

爱丽丝炙热的身体环住威廉,他突然希望立刻丢下付了的钱,赶紧逃离这座房子,可身体不听使唤。因此,他只能随遇而安地褪下克莱儿的睡衣,他发现克莱儿比爱丽丝年轻,身材更好。

因这般的诱惑,威廉投入了此刻的激情,而激情亦驱走了他的忧伤与挫折。倘若他只能打破肉体上的阻碍,那么他还是寻求到了一种解脱痛苦的方式。他就像藐视了一切对手的狂傲斗士,疯狂地做爱补偿着自己所失去的。这,便是他最美好的时刻。

除却这般涌上后退下的超然感觉,他仍然没有被取悦。那些女孩儿们并不如他意。错误的身型,错误的尺寸,错误的媾和,她们瘫软在他沉重的身下畏惧而退缩,无时无刻不保持着令人窒息可憎的静默。威廉感觉大部分时间,他都是一个人独处在这间房内听着自己的呼吸。脚踩在地毯的垫子上,发出轻微荒诞的声响,床弹簧亦附和地奏起弦声,其中还混杂了他自己滑稽可笑的咳嗽声。

他把这一切归咎于克莱儿与爱丽丝。过去难道就没有让他极端享受与愉悦的嫖妓经历吗?有,特别是在巴黎的时候。那是一群知道如何取悦男人的女人!威廉重重地按下面前两位英国女孩儿,让她们胸对胸地躺着,他不能自已地想起过去的事儿。特别是那次他丢下柏德烈,阿什维尔与其他人在死胡同里喝酒,独自一人去了圣阿奎尼街。偶然的机会,彻底喝醉的他受了上帝的眷顾在一间房内遇到了一群尤其友善的妓女。(还有什么能比得上处在一群醉笑中的年轻女人中更愉快的事呢?)在她们喧闹而粗鄙的挑逗下,他玩得很开心。

时间流逝,而那个奇妙的夜晚却从未淡出他的记忆,那时的一切仍旧历历在目:即使是现在,他都能听到狂笑的声音与绕他周围"这儿,先生!这儿!"的喊声。噢,想到那些女孩儿或许此刻正在圣阿奎尼路虚度时光,而自己远在几百英里外的地方,躺这儿费着力气试图从这些反应迟钝的伪纯洁英国女孩儿身上抽出一盎司而已的热忱。

"尽可能取悦我。"他反复地翻转她们的身子,试图寻找前一位嫖客没有探索到的一处地方。他的欲望犹如梦游,他渴望更多的自由,喉咙里发出几乎让自己难以辨识的声音,而那两个女孩儿就像梦境中的虚影。

他几乎不知道自己在说什么,随后,他抓住爱丽丝的手腕,告诉他自己要在她的身体里做最后冲刺。

女孩儿摇着头:"不,先生,不能那么做。对不起。"

威廉先后松了爱丽丝的手腕。当他放开第一只手时,爱丽丝将起头发紧张地放在耳后。威廉轻弹了下她的脸颊问道:"什么意思?你不做?"

他从爱丽丝看到克莱儿,只见感觉疯狂结束后的克莱儿正偷偷地将自己的睡衣遮上肩头:"先生,我从来不做的。"

威廉的手垂在裸露的膝盖上,受了凌辱似的一言不发。他浑身的血液自下而上直冲他的脸和脖子。

"先生,如果可以,我们会做的。"爱丽丝占了克莱儿床沿边的位置,再一次说道,"可我们不能。"

威廉做梦似的伸手去拿自己的裤子:"太奇怪了。都快到了……居然就划清了界限,好吧。"

"我很抱歉,先生。"年长的女孩儿应道(听上去如此),"我肯定克莱儿也是如此。你知道,这并不是针对您,先生,我们对任何人都是这样。不然的话,我们会被赶走。所以,我们不能为您开特例。先生。"

"噢,是啊,但是。"威廉眼中闪过一丝希望,继续道,"我不会责难你。噢,不,其实,这没什么。你明白的。你不需要做更多的。倘若你喜欢,你只需要闭上你的眼睛。"

女孩儿们的脸孔因为尴尬而变得难堪。

"先生,请您别这么逼我们。我们真的没法那么做,很抱歉,这冒犯了您。我能做的就是告诉您一个名字。她能这么根据你想要的那么做。"

威廉愤愤地穿衣,全神贯注地找丢了的一根袜带,他不确定自己是不是真的听对了。

"你说什么了？"

"先生，我能告诉你谁可以这么做。"

"噢，是吗？"他紧绷着脸坐那儿，随时都想将自己不满的情绪朝着更多的妓女们发泄，"一些吊在主教门前的丑巫婆吗？"

"噢，不，先生！她是一流的女孩儿，她住在银街上，先生。在转弯口卡斯特威太太那儿。传说这个女孩儿是那栋楼里最好的女孩儿。她是卡斯特威太太的女儿。她的名字叫休格。"

威廉穿戴齐全，恢复了镇静，就像一位慈善工作者或是牧师正鼓励她们寻找更好的生活。

"倘若，倘若那女孩儿真的这么一流。"他推理道，"那为什么她会做这样的事呢？"

"先生，不用怀疑休格。这是常识，您的要求普通女孩儿自然没法满足，但休格就不同了。"

威廉的声音疑惑而低沉，但他却记住了那个名字。

"好吧。"他疲倦地笑道，"我非常感谢你的建议。"

"噢，是的。你会的。"爱丽丝说道。

独自站在妓院后的小巷，威廉紧握起拳头。他并不再发克莱儿与爱丽丝的火。他已经原谅她们甚至还忘记了大半，就像废弃的木材被永远隔绝在黑暗的阁楼中，而他将不再回来。只是这种挫折感依旧存在心头。

我不该被拒绝。

他大声说着。单词响亮地在他脑子里敲击，他的舌尖上留着了这番话"我不该被拒绝！"在德鲁里巷的小胡同，这样的话语怕是会引来粗鄙路人的嘲讽。

威廉越加盲目地认为自己必须立刻前往银街找休格。没什么比这更容易的了。他在城里，而她也在城里。现在就是时间的事儿了。他没有必要再浪费钱在出租马车上，他将坐上公车沿着牛津街，随后到达摄政街。那儿就靠近目的地了。

拉克姆大步流星地朝着新牛津走去，就像宇宙被他所感染——不，是被他坚韧的决心所震慑。一辆公车立刻出现在了他的身旁，这么一来，他无须再走就能立刻上车。

卡斯特威太太，休格。给我休格，不要借口。

当威廉真正坐在公车上后，沾着煤灰的窗户外，立体的街道就似一幅移动的全景画，他的决心渐渐减弱。他开始在想自己已经花了多少钱在新帽子上（尚没念及在爱丽丝与……，那个……另一个女孩儿，身上花了更少的钱）。谁能告诉他，这个叫做休格的女孩儿需要花他多少钱？黄金广场，纵横交错着各种房子，宏伟，简陋。假使这个女孩儿要求的钱比他带着的多该怎么办呢？

　　威廉凝视起对座的乘客：假寐的老头，打扮过分讲究的妇女。与玻璃窗外模糊的世界相比，他们是这般的生动而真实。除了待在座位上外，他真的还有别的选择吗？与一群其他乘客坐在一起，直到公车的马儿拉着他全速回往诺丁山。

　　不管怎么样，他反正不该回家。所有等待他的责任都是最紧急的事儿，而此刻更抓他注意力的则是那个名字在他内心焚焚燃烧的欲望。这个休格，不管她是谁，会是什么样，都只会让他更贫穷，反而，花上几个小时在学习上能很好地将他从虚废中拯救出来。

　　威廉眼睛看着前头，完全陷入了沉思，忽然，他发现有个深红脸孔的贵妇正回头看着他。你是多么无礼的人！她似乎在这么想着。他自责地低下头，当公车吱吱地经过摄政广场，依旧坚忍地坐着。他已经浪费了一天安排了自己的立场。现在，他往后倒去，闭上眼睛，假寐着开始度过自己剩余的旅途。

　　"切普斯托别墅转弯！"售票员吆喝道。威廉颠簸回神。整个世界变得更绿了，建筑变得稀少。这是午后阳光铺洒的诺丁山，静静地沉睡着。伦敦，已经远去。

　　威廉眨着眼睛，头昏眼花地跟在一位陌生的女士后面下公车。他紧随在穿着黑色与赤色条纹裙子的女人后险些撞上她。他似乎发现她的迷人之处，可惜，她已经离自己家很近，而他仍热烈地渴求找到休格。

　　"请原谅我，女士。"从蜗牛大小的地方挪开后，他再次道歉。

　　她怒视地瞪着威廉好似他冒犯了自己，但威廉却感觉倘若再道歉，反而有些画蛇添足。男人忍让女人也应该是有个限度的。

　　紧接着，威廉疾步经过了长长华丽栏杆围住的公园。他还是这间私人公园的钥匙持有人之一。只是钥匙在哪儿，他已经忘记了。如今，忽略生铁条背后引人注目的苍白花朵，常青树与大理石砌成的喷泉已成了他的习惯。噢，即使如此，在起初安格尼斯身体尚好的时候，他还会偶尔陪她来这座公园里呼吸新鲜的空气，以此告诉她诺丁山是如此美丽的一个地方。只是现在……

　　他放慢了脚步，前头那座美丽的建筑就是拉克姆家——他自己的房子。在那儿，等待他的是有问题的妻子，忘恩负义的佣人，一摞不值一读，却又关乎着他所有未来的文件。（这是多么残忍的事！）他深吸了口气，往前走近。

　　但是，当他即将踩上自己前院土地的时候，他发现有个小小的障碍挡在了自己前头。这是一只很小的狗,它坐在了前院大门门头,竖起耳朵保持警惕,仿佛在提供义务的守门服务。当威廉走近的时候,它摇摆起尾巴点点头。这是一只串串杂种狗。家养的宠物都是在室内的。

"走开!"威廉咆哮道。狗却不动。

"走开!"威廉再次咆哮道,但这动物不知是固执,还是糊涂,又或是愚蠢,仍旧待在那儿。谁会知道一只狗的脑子里在想什么呢?(当然,威廉在剑桥大学读书的时候曾经发表过一篇专题文章《狗与贱民:差异化解释》,柏德烈写了一部分。)威廉拉开门用铰链铁栅将狗推搡到一旁后加速穿过。

被关在了门外的小可怜生气地往后退了几步,朝着大门暴跳,爪子恣意地抓挠铁栏栅,朝着威廉吠叫不止。而威廉则走在自己前门陡峭的小径上。

回家的最后几步路让他精疲力竭,甚至超过了整个出行所走的路。小径两旁的草已经数月未剪。他私人车道通往的四轮大马车,搁置在那儿不再有驾驶的马夫,而马厩也早已空空。那些事只会不断地烦扰他。

狗,依旧不知疲倦地吠叫。

倘若他是主人,门铃声绝不该超过两次。这样的规条应该文在佣人身上,这样,才能帮助他们谨记。现在,他只能第三次抬起自己的手臂拉动门铃,莱蒂的脸孔终于出现在了门前的玻璃上。

"下午好,拉克姆先生。"她说道。

他擦过她身旁,忍住不向她抱怨迟开门的事儿,免得让她又觉着自己的活儿加重产生抵触情绪。(虽然莱蒂并不会这么抱怨,威廉也能接受她绵羊般的脾性。她与克拉拉是不同的。)

当拉克姆上楼的时候,莱蒂的笑容很快褪去,她再一次地失望了。蒂丽解雇时,他还对她赞不绝口。可自那以后……她咬咬唇,尽可能轻柔地关上前门。

事实上,她无论做什么都无法改变威廉的心情。她的新身份已经把她彻底地改变了,只是低声的一个命令,她便要谨小慎微地去执行。在蒂丽解雇之前,楼上楼下各有一位女佣,而现在只剩了她一位。拉克姆知道这是连小孩儿都能懂的基础运算,那么,他一定做了什么,让她这么欢愉地傻笑?她要不是比孩子愚蠢,就是在假装。

每一次威廉与她说话的时候,他回忆起鼓励她的话。当他告诉她打现在开始他已经额外加了一块英镑到她薪水上算是鼓励她得到升职。"没有规矩的蒂丽"没做什么事,而莱蒂也无法一个人做得更好。毕竟,现在,拉克姆家更好打扫,主人很少在家,而女主人则很少离开床。(废话什么!莱蒂看上去包干了一切,尽管威廉给了她补偿，但他是多么鄙视她这副忍气吞声的样子！）

这，就是为什么威廉克制地不去要求她对自己不及时开门做出解释的缘故。

（你好奇她在做什么吗？她不在睡觉，不在八卦，不在食品储藏室偷东西。只是因为当她主人按门铃的时候，她正在擦拭壁炉，所以她必须先洗干净双手，卷起她的衣袖，下来那几层楼梯。这一切无法在两分钟内完成。）

尽管如此，我们的拉克姆不是个不通情理的人。在他悲观的心里，他很清楚只有在这房子里充满了佣人才能得到及时的服务。因而在眼下这种情况，莱蒂至少还经常朝他微笑。

等情况转好后，他应该还会留用她。

在此之间，他正习惯于这种慢吞吞的服务。他甚至已经自己开始做些琐碎的事儿，比如拉开窗帘，打开窗，为火炉添点柴。每个人遭遇困境的时候，都会和他一样做些什么。

他正在自己吸烟房里添加柴火。他已经喊了克拉拉，但她也需要些时间才能来，而他冷得等不住了。因此，他扔了把柴火在火苗上。事实上，这并不难。他在想为什么这些该死的佣人就不知道多做些这样的事呢。

克拉拉来的时候，她发现他已经坐在了自己最喜欢的扶椅上，头疲倦地靠在椅罩上，叼着一支雪茄让自己好镇静些。女孩儿的双手端庄地放在自己二十英寸的裙腰上，她看上去好似在掩饰什么。

"是，先生？"她的音调冰冷中夹着些挑衅，似已经为威廉的问话预演了一遍。"你哪儿得的这裙腰？"，一个相当牵强的故事，加上一个根本不存在的侄女。

只是，威廉不过问了句："夫人还好吗？"说完，脸别了过去。

克拉拉把手背在腰后，就像一个学生正要背诵一首诗歌。

"先生，她挺好的，看了本书，一份杂志，还做了些刺绣。她还要了一杯可可，其他方面，她很健康。"

"很健康。"威廉抬抬眉毛，朝堆了灰的书架看去。难怪安格尼斯会这般相信克拉拉。她们两人在女性阴冷的计谋中，编造拉克姆家衰落的缘由不是因为它的女主人——她是一个正常健康的女人吗？——而完全是因她丈夫的意愿，他惧怕认命。哦，不，楼上那个娇小完美的女人从未有错，但她残酷而一无是处的丈夫仍在固执地坚持记录她全天的活动。威廉能想象现在的安格尼斯正躺在自己的床上，读着《伟大思想让年轻女人更简单》或是类似的书籍。而他，这个反面人物，正重重地坐在他油腻的扶手椅上。

"还有别的吗?"他冷嘲道。

"先生,她说今天不想见医生。"

威廉抽完了第二根雪茄轻弹入壁炉。

"克鲁医生和往常一样会来的。"

"非常好,先生。你就是个没骨气的傻瓜,你妻子就是因为你这样才病的。"当然,克拉拉并没有说出最后这句话。最多,只是默默地说。

吃饭前的那段光景,威廉通常会看书。为什么不呢?他没法好好地在这段时间开始看拉克姆财产的文件,倘若他可以,他是不是很快就会被告知可以开饭了?

他选择的书是《一个经验旅行家的开拓记录》,或者《环绕地球八十个处女地》,他并没有试图藏起它,也没有在莱蒂进屋子添火的时候掩住标题。她连自己的名字也写不清楚,对她而言"肉球"、"放浪会员"这样的字眼就像天书一般神秘。

你看到他们一起呆在烟雾弥漫的房间中,威廉与莱蒂,就像一场道德戏剧的一幕:一段塞缪尔·理查森的《帕梅拉》故事。拉蒂是一个没有防范意识的女佣,也丝毫不知法律保护,竟单独与一个正在看情色读物的男主人处在一间房内。不过,她已经做完了她的事,在那一刻,她只是全神贯注地看他点灯的方式,而不是看你点了哪根线,开了哪个开关。

威廉无动于衷地看着书,就像其他男人一样完全被书上的情色描写所吸引。他沉浸在自己的思绪里,坐在扶椅上一副老练的流氓模样,一股燃燃的火团在目光凝视段落章节的字句时灼烧着周身。

"先生,晚餐准备好了。"一个佣人前来通知他。他合上了书,压在自己膝盖上,克制住自己的欲望。

"我很快就过去。"

坐在红木长条餐桌的尾端,威廉嚼着新厨师做的第一顿美味菜肴。(啊,可是他们能坚持多久呢?)自他第一天雇她起,她就是这栋房子里最毋庸置疑的财富。告诉她往后不必要准备那么多的牛脊肉是件困难的事儿。尤其是这种琐事本该由家里的女主人告知。

威廉打量桌子的长度,崭新的白色桌布长长的,延至桌子空出的另一端。为拉克姆夫人准备的餐具,玻璃器皿,闪闪发光的空盘,一如以往地摆放在桌上,只待她觉着好些后一起用餐。厨房间内,放着多汁热腾的鸡,倘若她想吃的话,随时可以吃。威廉只吃了一只鸡腿。

饭后不多久，克鲁医生到了拉克姆家。威廉待在吸烟房里，看着他的表，听着楼下的门铃声与女佣确认医生的声音究竟相隔了多久。

　　越来越好了。他想，该是如此的。

　　当克鲁医生从手扶楼梯去往安格尼斯的房间时，地板嘎吱嘎吱地发出声响。随后，落了宁静。

　　在这之后，医生如平常一样进了吸烟房间拜访了威廉。他直接挑了张自认为最坚实且最有弹性的扶手椅坐下。整个人一下松弛地陷在里头。

　　克鲁医生出奇的高，但却不瘦。他是个令人印象深刻的人，好似动一动身子骨，就得立刻腾出空间来。他有一张长长的脸孔，浓眉下镶着双深邃的眼眸，考究的胡须，头发，鬓角与他低调而派头十足的衣衫衬得整个人比拉克姆看上去更加高贵。

　　他医术精湛，名字后拖着长长的称谓。举例来说，他可以在十分钟内解剖一只怀孕的兔子做研究，随后再完美地缝上刀口。在普通内科，尤其是女性疾病领域中，他享有声誉。

　　他若有所思地夸赞起威廉的雪茄，谈论一会儿威廉妻子的情况。在烟酒混杂的环境中，你或许会原谅这位乱了头绪的好医生阐述的观点，但能激起你对他的评论：

　　"我认为她刚才相当清醒，没有什么大问题。我怀疑是因为时间的缘故。当然，我认为我们不该欺骗这事儿不会复发：事实上，我还希望她再度复发。每一次来这儿，我都能更清楚地发现她正激烈地与自己做斗争。就像一些呕吐物无法被保存一样。这并不健康……对任何人都这样。"说到这儿，克鲁顿了顿，以便威廉能够理解他的话，"我必须强调的是，亲爱的拉克姆，你仍旧精神很紧张呐。"

　　威廉咧嘴笑道："可能我正在保持家庭脾气的一致性。"

　　克鲁跷起二郎腿紧锁眉头，他与威廉相熟，因此也就这样不拘小节。"这可不是开玩笑。"他凑近了些说道，"你应该知道男人的神经问题与本性没任何关系。任何男人都有他的爆发点，当忍耐超越极限的时候，疯狂的攻击，注意，我说的攻击通常发生在突然间，它是不可逆转的。你和我没有子宫，倘若事情超越了一个笑话——那就看在上帝的分上记住它。"

　　威廉抬头看起天花板，寻思立刻反驳他的话。

　　"我不相信妻子的存在会让我发疯。克鲁医生，可能你看到我紧张的样子不过是疲倦的表现。"

"亲爱的拉克姆。"医生叹息道,好似能看穿这勇敢谎言后的真相,"我明白,当然,我明白,把安格尼斯送到救济院会让你痛苦与羞耻。可是,你必须相信我:我曾看到过很多其他男人设法做出一样的决定。一旦他们做了这决定,就会有说不出的欣慰。"

"好吧,看上去没那么值得欣慰的。"威廉冷嘲道,"倘若他们能证明给你看。"

克鲁医生反对地眯起双眼。这些虚荣作祟的人不过是对自己好罢了,他们对自己的头发吹毛求疵,而看不见他们面前究竟是什么。

"想想我刚才说的吧。"医生从座位上站了起来,说道。

"哦,我会的,我会的。"威廉边也站了起来,边保证道。两个男人握了握手,但却未达成一致的意见。威廉握得越来越紧以证明自己并不是虚弱的男人。

不过,也至多如此。对所有人来说,看到威廉沮丧的样子是迟早的事。他并没有每个人想的那么怯弱!他忠于自己的决心,最后爬上楼继续自己的学习,因为拉克姆香水公司的文件还躺在桌上等待他,是时候吹响号角了。

威廉坐在桌上抓起马尼拉信封,从封起的尾端撕开后把信倒了出来。他计划,当他看着这些文件就此散落在面前,便一封一封地拿了起来,没有任何秩序,只是迅速地浏览。所有这些只是把生意放在一起形成个模糊的概念。一个模糊概念比什么都没有的强。而陷入细枝末节则是致命的:最好是半点理解地去读,随后了解事情的要旨。他把事情做得太差,甚至还不如学校,不是吗?

威廉从最近的一堆文件中取出最顶端的纸,斜着眼睛病态幽默地细细审读起文件,渐渐地对理解内容生了厌烦。这是多么可怕的命运。谁能想象那老人究竟有多少的话需要压他身上?很多词也都是拼错的。多么尴尬!但这还不是最糟糕的:怎么可能这么多的名字可以变成这么少的图片?这么多的动词却很少能促人行动?这让人难以置信,而他仍在继续挣扎。

十行往下,快到十一行中间的时候,威廉的眼里出现了一个有趣的词"果汁"。这让他不禁想起银街的那个女人:休格。光是这个名字已经让他浮想联翩。

但他已从手头的任务中偏离。深呼吸了一口,他回到最初,这一次,他用脑子紧紧记住每一个词。

与去年相比已经可利用的砍伐量已下滑百分之十五。很多都不能从根部进行破坏分离,其中四成是从科普利订的货。八十英亩里只有六十英亩是精油。从科普利买更多的精油吗?拉克姆名声在外。第一加仑就能证明。干燥房需要新屋顶了。倘若星期六下午工人就能做到。工会的流言到处流传。化肥涨价百分之二。

看到这儿,威廉打落了膝盖上的文件。这些肮脏的表格,与化肥热络上了——

他根本无法忍受——他必须离开它们。

可他却无法逃离。父亲已经告诉他倘若他不能成为帝国的领导,那他可以在别的地方找其他工作,或者,能出人意料地以某种突然的成功成为他口中常常说论追求的"绅士"。

记忆深深地刺痛了威廉,威廉控制住自己再一次朝着拉克姆公司文件发飙。或许问题并不出在他父亲模糊速记的内容。倘若一定是这样语无伦次地潦草涂鸦,那应该是黑色墨水,而不是褪色的蓝色或是浅棕色?那个一毛不拔的老头可能会用每加仑贵九便士的墨水吗?

威廉在纸堆翻找,在底部发现了更多的文件被装订成了坚固的册子。令他惊讶的是,这册子竟然是《伦敦娱乐指南》——男士"游览"城镇指南,上面写着对新手的忠告。这就是它藏着的地方。

他把册子放在了膝盖上,翻过来打开它。黑色的口袋里仍然藏着半打动物肠子做成的避孕套。它们就像压干的树叶或是花瓣,干瘪可怜。年轻那会儿,他在法国的时候,每天都要用到它们。妓女们很信赖他,她们很礼貌且毫无借口地应声:"我们把最好,最好的给你。"啊,那些女孩儿,那些时光!许久许久以前的事。

威廉继续浏览着纸张。他快速翻过"猪蹄部分"①与"霍克斯"②。"年轻的后臀"出现在册子的背后,而在威廉的认知中,封底的位置应该是留给上品的红酒而不是其他。谢天谢地的是,卡斯特威太太也被列入了中腰位置(中等消费)。

优秀的女人身上总会有美丽引发的尴尬,譬如,莱斯特小姐,豪利特小姐,休格小姐。这些女人下午都会呆在家中,六点之后才去往"法尔赛德"这座低调的夜间活动场所娱乐。她们会在那儿挑选一个彼此合适的时机离开。

莱斯特小姐中等身材……

威廉没有继续追求莱斯特,不过直接转向了:

我们能够推测出"休格"并不是我们第三个受洗礼的那个名字,可却是能让人欣慰的名字,任何一个男人都愿意为她进一步洗礼。她是众人皆知的热心信徒。她唯一的目的就是让有需求的恩客们尽量地放松,随后得到超乎他们期望的服务。她自豪的炽红长发垂散在上腹,深褐色的眼眸充满了罕见的洞察力(尽管有些生硬),足够优雅的举止。她尤其擅长于交谈的艺术,对任何一位真的绅士而言,她是最合适的伴侣。她的一个缺点,但或许某种意义上是个优点,她的胸几乎与

---

① 站街女孩儿。
② 最廉价的妓院。

孩子一样平坦。她会要求十五先令,却表现得如同为了一几尼①那么充满奇迹。

威廉察觉到自己的表在马甲口袋里,于是取出后放到手掌上。他久久地盯着它,随后用温暖的手紧紧地合上。黄金时刻的滴答声被卷入了他的拳头里。

"我最好有个开始。"他自言自语道。

几小时后,寂静的夜晚,巨大而无法辨识的鼾声引起了莱蒂的注意,她蹑手蹑脚地走进书房,发现威廉正睡在他的椅子上。

"拉克姆先生?"她轻声低语,"拉克姆先生?"

他鼾声继续,苍白的双手松垮地垂在两侧,金色的头发就像一个淘气鬼似的随意褶卷着。莱蒂,不知该怎么做,于是蹑手蹑脚地又走出了书房。

很明显,她的主人今天已经工作得很疲倦了。

---

① 约等于 21 先令。原英制货币,1816 年起逐渐被镑代替。

第五章

第二天晚上,银街,威廉从马车上下来,准备穿过命运的门槛,无论在哪边,他的痛苦都将立刻开始。

"我不怎么熟悉那个地方。"当威廉让出租马车车夫指去往卡斯特威太太处的方向,车夫应声道,"应该就在那栋楼后面的某个地方,我想,是的。"他挥起鞭子虚扫了下整条街,拥挤的大道挤满了各种阶层的人,只是却没有卡斯特威太太的巨大标牌或是抬着指引"此路通往休格"三明治板的人。威廉转回身朝马夫抱怨,那个满口脏话的人已经驾马离开,去寻找更慷慨的生意。

该死的!难道就没有东西比钱更有价值的吗?难道它总是那么高价吗?……但是不,威廉已经全部想过了。没有东西值得再去想。休格正在不远处等着他:他该做的事儿就是去寻找她。

银街上是慢行的摊贩,手推车货郎与斯特雷奇东面而来的好奇路人。威廉抬起手至额头扫睨最有可能的地方,在他挑选之前,他被一个兜售雪茄的小摊贩搭讪了。

"最好的雪茄。先生。值二便士一支,真正的古巴雪茄,足够纯!"

威廉低头看了看男孩儿肮脏的手心里躺着的六根雪茄。这些雪茄十有八九是走私货,而非扒手获得的赃物。

"我不需要雪茄。不过,你倘若告诉我卡斯特威太太在哪儿,我就给你两便士。"

男孩儿枯瘦的脸孔因为不知晓一条有利可图的消息而表现出失落。只需要知道一条信息,就可以不卖东西得到两个便士!他的嘴半张出来试图编些话。

"没关系,没关系。"威廉说道。每次他看到这些孩子,尤其当他们试图从他身上要到什么的时候就会涌上局促不安的感觉,"这儿是一便士。"接着,他递了过去。

"先生,上帝会保佑你的。"

沉住了这场交易的气,威廉犹豫地朝着一名吸烟的行人走去,随后抛却了紧张与畏缩。他无法走向每个路人直接问询妓院的地址:他们会怎么看他呢?倘若他还在剑桥,或是在法国,仍然还是一个世上无所牵挂的单身汉,那么他会竭尽全力地向大家讨问信息而丝毫不会脸红。他曾是那么大胆!噢,婚姻让他变得多么谨慎和拮据!他急匆地走在人行道上,目光扫睨周围屋前亮着灯光的房子。指南上并没有提供卡斯特威太太的确切地址,这意味着只有那些久经风月场所的人才知晓,否则的话,像银街这样平凡而无特色的街道,只有卡斯特威太太才能如珍珠项链上珍珠一样璀璨地耀闪。没有这样的事。

他觊觎到一小门道前站着个女孩儿,尽管她怀里还抱着个婴儿,但他想她该是名妓女。

"您知道卡斯特威太太在哪儿吗?"他迅速打量了下问道。

"从来没听过,先生。"

威廉在她继续更多的话语前,抬起脚步继续,走到一盏路灯时,停下来看了看手表。

已经六点了。是的!他明白自己可以直接去往法尔赛德,那么他就可以在那儿邂逅休格。倘若她不去法尔赛德,那么一定也会有人知晓卡斯特威在哪儿。

稳住,拉克姆:理性的思维能解决所有的问题。

他直接跨入最近的一家酒吧,凝视起它的招牌。不走运。他继续走了些路,到了下一个转弯后的酒吧,同样,他还是不走运。他停下脚步挠挠头,很快被一个背着鼓鼓行囊的小贩喊住。他看上去是个开朗的流浪汉,羊毛手套的拳头里攥满了铅笔。

"先生,漂亮的铅笔。"他叫卖道,满嘴黑边的牙齿好似他在闲暇的时候用自己的铅笔故意涂上的,"保持尖锐的时间是普通铅笔的七倍。"

"不用了,谢谢。"威廉应道,"倘若你能告诉我法尔赛德在哪儿,我就给你六便士。"

第 五 章

"法尔赛德吗?"小贩边扯着笑容,边皱着眉头应声,"我听过。我肯定听过。"

他的外套口袋装满了铅笔,他从包里拿出一只发光的锡盘,闪亮得就像一位罗马斗士的小银盾。

"让我好好想想,先生。你能看看这只茶盘吗,它和银盘完全可以媲美。"

"我不需要茶盘。"拉克姆说道,"特别是一只不是用……"

"那您母亲呢,您看看,它的亮度,真的是闪瞎了眼啊。"

"我没有母亲。"威廉愠怒地反驳道。

"每个人都是有母亲的。"小贩咧嘴大笑,仿佛在教育一个无辜低能的人。

威廉顿时一闷,难道说他还需要向这么一个丑陋不堪,在这儿背个脏包叫卖的小角色介绍拉克姆家族的历史吗?

"这是便宜货。"小贩斜眼道,"我妻子放口袋里的梳子。最好的锡锑铜合金。"

"我有一把口袋梳子。"威廉说道。小贩怀疑地挑起一条细长的眉毛。

"我没有的,是通往法尔赛德正确的路途。"威廉叫嚣起来,蓬松杂乱的头发紧张地刺着头皮。

"我还在想,先生,还在想。"小贩老油条似的回应,把适才亮出的茶盘推回自己的布袋,放到了腋下。

这是什么?亲爱的天堂,开始下雨了!豆大的雨滴从天下倾斜下来,砸在威廉袖肩上,飞溅上他的下巴与耳朵。这让他意识到自己更该立刻找到目的地。他已经不再躺在出租马车里打发时间。瞬间的功夫,威廉的情绪一落千丈。这就是命运,上帝的意旨:丢了伞,却下起了雨。他不认识这条毫无特色的陌生街道,陌生人嘲弄他,而自己的父亲倔强残忍,他的肩膀因为半宿睡在自己的躺椅上酸疼难忍。

(一个真正现代的人,威廉·拉克姆,就是被人称为怀揣无神论者的基督教徒。就是说,他相信上帝,只是他思想中的这位上帝并不是让太阳东升的上帝,也不是拯救女皇的上帝,更不是每日施舍面包的上帝,这位上帝只有在他追溯所有罪恶的时候才出现在他的思想中。)

另一位商贩靠近了威廉,他是被威廉难以满足的欲望而吸引的。

"法尔赛德!"他把小贩挤到一旁,朝着威廉说道。他穿着松垮的灰色夹克与灯芯绒裤,一顶磨破的小礼帽戴在他可怜的脑门上,"让我来帮助您吧,先生。"

威廉朝着这家伙看了看:他卖的是狗项圈,一打项圈正挂在他灰色破旧的袖管上。噢,上帝,他有必要为了得到一个正确的方向而买一根项圈吗?

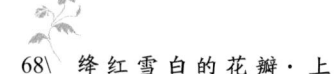

但是。

"先生，那条路。"他说道，"继续下去，所有的路都通往银街。你会看到雄狮酿酒公司：那是条新路。随后转弯……"他交替紧握着拳头，提醒自己左右的区别，狗项圈滑到了他粗糙的手腕上，"向右转弯。随后，你会到乌斯班德街，它，就在那儿。"

"谢谢，伙计。"威廉给了他六便士。

兜售狗项圈的人用礼帽回了礼后立刻消失了，而他运气不佳的伙伴则把黑色物品收进了包后仍旧留在了原处。

"你看上去像位做生意的绅士。"他朝威廉说道，"你有兴趣买本手册吗？是 1875 年的，是时鲜的，同火车那么实时。它背后有张图鉴，金色的线条注明了你的地方，所有你想去的地方尽在这本手册上。"

威廉并未再看那商贩，大步流星地朝着银街走去。

"先生，一把大剪刀可以剪了你所有的东西，先生！"

商贩在他身后大声叫喊。

威廉已经不再恼火，就如天上的雨一样，回归了平静。现在，没有什么可以再伤害他。他的情绪再度回到了原点。世界终又友善地向他妥协。灯光更加明亮，威廉听到了音乐声，于是飞快地奔向那声音，只听它夹在风中摇曳断续。从这边商贩的吆喝声跑到那边兴奋尖叫的人群。他看到穿着打褶裙的女人穿梭在煤油灯照亮的蒙蒙细雨中。他闻到了烤肉，红酒，和香水的气味。门，开了关，关了又开。每一次都带出一缕夹杂了音乐的轻风。他瞥见黄橙色辉映的交际宴会，朦胧地飘着烟雾。他现在找对了地方，他对此非常肯定：上帝让步了。昨天，威廉·拉克姆被两个德鲁里巷的妓女整得狼狈不堪，而今夜，他要成为驰骋床帏的斗士与赢家。

噢，倘若休格也拒绝了他呢？

那就杀了她。

一个念头跳了出来。

立刻，他感觉羞耻心猛地一抽。他竟然会生出这么鄙俗而不值一提的想法！难道是自己卑贱的心思在作祟吗？居然意图要成为一个凶手？他本质上该是一个善良的谦谦君子：倘若这个女孩儿，这个休格，拒绝了他，真的这么做了。那他该怎么办呢？他能怎么办呢？他在哪儿还能找到一个愿为他提供所需服务的女人呢？他在圣贾尔斯闲逛毫无问题，只是无赖们会痛敲他的头。他甚至不该在夜晚的公园中沉思闲逛，修炼的树神会在那儿散播堕落与腐朽的病毒。不，他需要的是一个屈服于他的合适女人。他在德鲁里巷的羞耻境遇已经教会他需要在舒适与品位中寻找这样一个女人。

他转过弯进入新街，笑着看到雄狮酿酒，这是刚才那位商贩提到的地方。在他脑子里，他已经准备好去寻找属于他的休格，在邂逅真人前，他的脑子是这么一个女人：大大的眼睛，少许的惶恐，却最后还是选择屈从他的威势。威廉把这样的信息传递给了身体的某处器官，它因此提前肿胀。

赫斯本德街，当他到达的时候发现这是一条脏乱而让人不禁生疑的街道。除却此，这条街道倒是欢乐的，至少对他而言如此。每个人都带着笑容：妓女咯咯傻笑，缺牙的乞丐边咀嚼着苹果边露着笑容。

这儿，法尔赛德，它是否真的远离灰白的那一头？他还能回头吗？当他贴近了那处铸铁灯杆垂挂的橙黄招牌时，他告诉自己不能在没有确定里头是什么样的情况下妄做决定。

"在辽阔，辽阔的海上！"歌声响亮地叩击着威廉的左耳，"从遥远，遥远的地方而来！"

他扭过头发现自己正遭遇了一个乐谱贩子的伏击，他正有力地唱着："噢，痛苦的水手！在浪花打成泡沫的海上航行！夫人小姐们弹钢琴吗？先生。"

威廉试图用戴了手套的手挥开乐谱贩子，而却并不容易驱走那贩子，他瘸着腿挡在威廉路前，像露肩领裹住的胸将音乐挤在缝中。

"先生，太太与小姐都不弹钢琴吗？"

"几年不弹了。"此刻想起安格尼斯，拉克姆不禁有些恼怒。

"噢，那这些曲谱刚好能唤回她们弹奏的欲望。"贩子边坚定地推销，边又开嗓唱起了歌："上帝会保佑母亲！她会因为我而心碎！当她听到我在沉睡，在深深的海底，深深的海底！——吵闹吗？先生，这可是最新的曲谱《一个葬身海底的水手》哦。"

威廉正急迫地靠近他的目标，但贩子却跛着脚倒退着跟在他面前，一直跟到了法尔赛德的门口，威廉双眼瞪着他，说道："最新的曲谱？胡说！这就是《母亲是无可比拟的珍宝》的翻版！换汤不换药！"

"不，先生。"男人毫不赞同地喊道，手里挥起一片奶白色修饰过的纸片朝着威廉的脸孔挥动，"完全不是一回事。拿一张吧，先生，你会明白的。"

"我不想买回家。"威廉应道，"我现在要进法尔赛德。请您别再跟着我。您可以去那儿继续沉浸在您的音乐中。当然，倘若不收钱的话，我会考虑收入一张。"

话到此，小贩戏剧性地避到一旁，弓着身子微笑，全然没有挫败的样子。

"倘若你在这儿听到这么一首完美的曲子，你能告诉我你不需要它吗？"

小贩如烟似的消失在威廉的眼中，他在未来的一个小时，一年，甚至一千年都做着自认为不可或缺的生意。

威廉·拉克姆深呼吸了一口，握住法尔赛德奢华的黄铜门把手拧了开来。好啤酒的味道与友善的聊天声立刻闯入他的感官。他走了进去，只觉着自己冰冷的脸孔被枝型吊灯发出的暖光刺热，里头，正是喧闹的法尔赛德。

这是多大的一个惊喜呐！客人们毫不寒酸！其中有些人还穿得十分时尚！这是一个值得精英人物寻觅的酒吧，它藏身在贫困的区域可却是精英人物聚集的场所。他们间没有任何人住在赫斯本德街附近。他们转过身看了眼威廉，随后回到各自的谈话中。他们嬉笑欢乐却并未醉醺。这不是一处客人闷声喝酒的地方。威廉舒缓地叹了口气，脱下礼帽，走到与他年龄相仿的人堆里。

"一个接着一个，匍匐爬行的劳工。"一个男高音欢迎着他，"穿着肮脏污秽的破衣服，它叫……"

歌手站在屋子尽头，狭窄的钢带舞台上，几乎被烟雾氤氲的桌子与客人隐藏其中。他暗色的夜装配上粗犷打结的红围巾就似劳工脖子里的标志。伴着华丽的钢琴乐曲，他摆出一副极度哀凉的造型，唱着歌曲。

"成包的干草堆在地上。

不安的可怜人躺在上头打起了呼噜。

一包上，躺了，三四个。

整晚都在伦敦的一个救济院里。"

地板上温和的玻璃坠落声引来了笑声与一只小狗兴奋的吠叫。一位穿着制服的女招待恼怒地摇摇头，匆忙走向酒吧后离开。这就是法尔赛德酒吧，如此欢乐的景象：性感的女人忙不迭地在酒瓶与啤酒泵中周旋，她们镶边的褶裙映在身后紧靠墙壁的巨大镜子上。她们头顶上，百来张传单，印刷品，与招贴布告胡乱地悬在上头几乎贴满了整个天花板，啤酒，黑啤与搬运工的图像出现在上头。

威廉没有必要去找一张桌子，一位笑容满面的女招待招呼他跟着自己，随后，把他带到一个桌子旁。这张桌子还够两个人坐——很明显，这儿不会有人喝独酒。威廉微笑着点了单，她赶紧提了点单离开。

这欢乐的小地方让他瞬间忘记了自己来这儿的原因。尽管，这儿稍稍有些温暖！歌手高歌，节奏喧闹的钢琴声吞没在一波波涌起的笑声中。威廉做了所有能做的事：脱下手套，揭开外套，理平了下自己头发。他的桌子刚巧在一块铸铁通告牌旁,上头写着"请各位绅士勿将雪茄放在桌上,更不要用蜡烛来点燃雪茄。请从专用取火的固定煤气灯上点您的雪茄。"威廉并没有抽烟的欲望,他只感觉自己有别的问题要解决:衣服已经被热气蒸出水来。汗液刺痛了他的皮肤,他猜想自己的耳朵已经涨红。女招待回来的时候,对他来说是多么的及时,他真的太感谢了!

"首都!"他大声叫嚷着这首歌,随后愈加响亮的声音像起重机一样吊起了他的脑袋,他好奇为什么会有这么多的高音和在里头?噢,不,这就是法尔赛德众人参与的传统。

"咒骂!叫喊!所有的人!"他们边啜饮着啤酒边低声哼歌。

"与嘲讽,淫荡下流的歌为伴,

他们度过了疲倦的漫漫时光。

整晚都在伦敦的一个救济院里……"

你,就像威廉,第一次到访法尔赛德,你或许会问这些饮酒狂欢的人怎么会有这么一副好嗓子?看他们脚打地的节奏与他们因曲中穷困潦倒而点头附会的模样,难道没有其他部分因此而感动吗?为什么是这样?哦,当然是这样的。他们在圣坛做着礼拜!可能做什么呢?这儿是法尔赛德,没有人会抱怨自己醉心于一首好曲子(或许,除非,是上帝,在他无尽广域的智慧中)。"贫穷"在其他歌唱灾难的曲子中已占据了它荣耀的地位:战争的威胁,船舶失事,绝望的心——死亡本身。

威廉紧张小心地扫睨法尔赛德里的女客人。这地方有不少女人,但她们看上去已经被人订了。可能休格也在其中,早起的鸟儿有虫吃。(或许该反过来说?)他再次迅速地通过观察雪茄烟圈的大小与其他方式来查探休格的踪迹。他眼波所及的地方都没有符合描述中休格身材的人,他甚至开始认为指南其实夸大其词。

威廉更愿意相信休格还没来。这太好了:他的耳朵可以停止潮红。这样的话(如果允许的话),他可以有更多的时间来表现出更好的第一印象。他啜饮着杯子里的麦芽酒,感觉这酒的味道正是他爱的,于是一下倒入了他嗓子,立刻又点了一瓶。女招待有一个美妙的身段,他希望休格至少有她一半漂亮。

"谢谢你,谢谢。"尽管她已离开去服务其他人,他仍旧朝她眨眼。

疯狂的欲望?

威廉往后靠了靠,听起歌手下一首歌的歌词。

"有一天,我吃着野鸡与松鸡。

鸡尾酒盛在精美的水晶杯中。

烤乳猪嘴里塞了苹果。

银子涌射向他们的屁股……"

法尔赛德的常客咯咯笑起：这是七面钟最新的淫秽歌曲。

"我的葡萄干布丁会是这般的尺寸。

四个步兵带着它！

可现在我靠着搬运与馅饼生存。

我的船进不来！"

"噢！"观众参与进来，"我的船进不来！"

"它会迟到了。

我的船进不来。

它每一天都在受到期待。

船来了，我就笑了。

永远不会消失。

可我的船还没有来，我的船还没有来。

我的船还没有来！"

威廉暗自笑着。真不错，真不错！他为什么以前就没有听过法尔赛德呢？不知道柏德烈和阿什维尔知道它吗？倘若不知道，他该怎么向他们形容呢？

当然，这与最高级的场所还差了些档次——是相当多的档次。不过，总比被柏德烈与阿什维尔拖出去逼他道歉的强。（"是这地方，比尔，我几乎能肯定。""几乎能肯定？""好吧，完全肯定，我可以躺在地板上研究天花板。"）法尔赛德最无辜的便是物品皆都平凡普通：没有锡镴的杯子，只是他们的玻璃杯却是很好，啤酒清爽，泡沫丰富。地板既不是木头，也非那种劣质假冒的大理石，而是用瓷砖铺成的。最能说明问题的地方在于这儿的一切不像低等人触摸的地方，它并不是整日敞开大门，它是关着的，就像端庄舒雅的女人一样只到半夜。这正合拉克姆的胃口：他会等待他美丽的灰姑娘。

"米莉，我的妻子，享受着生活中的乐趣。

她会改名成奥克塔维亚。

这样挺好，我衷心赞叹。

我们在贝尔格莱维亚区有所美丽的小房子。

我们会把所有的东西搬进去。

只是我急不可待。

正在这贫民窟里摩拳擦掌。

我的船还没有消息。"

又到了合唱的部分，大家不约而同热情地唱了起来。威廉哼着曲，并没有想吸引别人注意。（啊，他过去还从来没有用响亮圆浑的男中音唱过一首更猥琐下流的歌曲……噢，不好意思，忘记了，你已经听过了。）

当歌曲结束，威廉加入了欢呼声中。一些客人站了起来后离开，另一些则站在了门口。拉克姆倒完了啤酒，他继续寻觅穿着裙子的女人，希望能够一眼瞥见"拥有深邃的淡褐色眼眸"的那个女孩儿。然而，他的目光比自己想象的还要犀利，当掠过三个未婚女孩儿的时候，她们立刻从自己的座位上暴跳起来。

他试图躲闪，却已为时过晚：她们就似一个塔夫绸与蕾丝组成的方阵，径直朝着自己走来。她们笑着——露出了太多的牙齿。事实上，她们身上每一样都显得有些多：太多的头发从过于繁复的帽子下面钻了出来，面颊上的粉太过厚重，裙子缀了过多的蝴蝶结，而过分松弛的科隆比纳（英国喜剧定性角色）袖包住了她们蜷起的粉红色双手。

"先生，晚上好。我们能坐这儿吗？"

威廉不会像拒绝歌词贩子一样拒绝她们：不管是礼仪上，还是性别上，都不允许这样。他微笑着点点头，脱下帽子放到他腿上。一名妓女挑了空位赶紧坐下，另外的两个也争抢到了剩下的位置。

"太荣幸了，先生。"

她们足够漂亮，若是没有穿得像装在剧院盒子里那样，一起时的味道也没有这么重的话，他会更喜欢。靠她们如此近，她们身上的味道闻起来就像在潮湿天卖插瓶花的小贩。威廉在琢磨这味道是不是用了拉克姆的某种香水。倘若是的话，那他的父亲需要不吝词句地解释。

尽管如此，他仍在提醒自己这些女孩儿已经比大多数女孩儿漂亮，粉嫩紧致，毫无瑕疵。相比休格，她们可能更贵。只是她们对自己而言太多了，这一切都挤在如此狭小的空间中。

"先生，你这么帅的男人怎么能一个人坐这儿呢？"

"像你这样的男人应该有一个，或是三个挽住你的臂膀。"

第三个女孩儿哼了句话，她的伙伴立刻不甘示弱地补充道。

威廉避开她们紧盯的目光，他害怕在这些明亮的眼眸中试图从主顾手里抓握主动权时的傲慢无礼。休格不会如此表现，对吗？她最好不是如此的。

"你不会在等一个男朋友吧？"

"不，不是。"威廉回道，手紧张地捋了下后面的头发，难道他簇生的头发造成这样的误会？他是不是该把头发留长些？或是把它剪得更短些？上帝，他得在自己被侮辱前把秃顶的头发剃得干干净净吗？

"我正在等一个叫休格的女孩儿。"

三个妓女瞬间爆发唏嘘与失望。

"为什么不是我呢？"

"你碎了我的心。"诸如此类的话语流转在他两耳，拉克姆并不回应，只是继续盯着门口。他希望能让法尔赛德的其他客人认为他们之间是没有关系的。只是他越倾斜，她们越往自己身上靠。

"休格？"

"你可真是行家。"一旁桌子传来粗鲁的笑声，威廉的脸庞不禁抽搐。歌手唱完后下来歇息，可怜窘迫的拉克姆难道成了法尔赛德的笑话了吗？威廉将目光投向人群，看到那些笑话他的人已经背过身去。这玩笑是开的别人。

"那么，先生，你喜欢什么呢？"威廉身旁的一位妓女问起他，就好像在征询他如何挑选自己的茶，"说说嘛，先生，你可以告诉我。就像谜语那样，我会懂的。"

"没这必要。"靠他最近的那位在旁说道，"我从他眼神里已经看出他想要什么。"她的伙伴转而看向她，颇是好奇。她像音乐厅中喜剧卡时器瞬间定格，随后轻巧地夸了起来："是一个礼物，我有的一个礼物，秘密的礼物。"

三个女人张嘴大笑，顷刻的功夫，她们的笑声已近歇斯底里的边缘。

"好吧，他到底想要什么呢？"她们中的一人仍在寻求答案，只是引来了一番笑声后，答案变得支支吾吾："唔……唔……"她擦拭了下双眼，"哦，你这调皮的女孩儿，你怎么能这么问呢？这可是秘密中的秘密。是吧，先生？"

威廉不自然地动了动，他的耳朵再一次灼烧起来。

"现在。"他低声道，"我真的不认为是这么回事。"

"非常对，非常对，先生。"她说道。令同伴们欢乐的是她鬼祟偷窥威廉隐藏的内心，随后滑稽地震在了秘密的洞口。"噢，不。先生。"她喘息，用略张的手遮住了张开的嘴，"或许，最好，你还是等休格吧。"

"先生，你不用一直等待她。"另外两个女孩儿中的一人说道，"她成天都在说那些不知所云的话。你会得到比她更好的人，你知道吗？我同卡斯特威的所有女孩儿一样优秀。"

威廉再一次朝着门那头凝视，倘若他跳起来像风一样从法尔赛德卷走，这儿的每个男人，女人，与动物是不是都在哈哈地嘲笑自己？

"那么。"其中一个女孩儿把手臂放在桌上,胸刚好贴着她的前臂(最大可能地贴合身上那件时尚的女士紧身衣)。"那么,先生能介绍下自己吗?"她戏谑的脸孔一下换作了恭顺的模样。

"让我猜猜。"看着羞涩的一个女孩儿说道,"作家。"

歪打误撞的称呼就像打在威廉脸上的拳头,或也是爱抚。他不得不转过脸,折服地说"是"。

"美妙的生活。我肯定。"先前占卜他秘密的女孩儿说道。

此刻,三个妓女严肃起来,她们试图弥补先前触怒他尊严的错误。

"我写些东西。"威廉叙述道,"每月评论之类的,我是一名评论家和小说家。"

"噢,你的书叫什么名字?"

威廉选择了他诸多评论中的 篇去叙述。

"《抛却贪欲》。"他说道。

两个女孩儿适才还在露齿微笑,忽而羞赧地把嘴抿成了条鱼,静静地猜度他是否可能重复这么一个独特的题目。没有一个妓女会提及法尔赛德是布满了评论家与自称小说家的人。

"亨特。"威廉即兴道,"乔治·W. 亨特。"他内心里却是暗暗地羞愧,他就是生活在父亲耻笑阴影下的四条腿动物。回到家,审读那些耕作费用的文件!威廉会吞下这唠唠叨叨的命令。

最近的妓女眯起双眸若有所思,就像被一个题目难倒了。

"亨特先生是想要休格。"她说道,"只有休格。现在,嗯,现在亨特先生想要什么呢?嗯?……"

离她最近的妓女说道:"他最想的,一定是与休格谈论书。"

"嗯。"

"乔治不会有爱挑剔的朋友,是吧?"

"悲伤的生活。"

被包围的拉克姆坚忍地笑了笑。看上去已经很长时间没有新的客人走进法尔赛德。

"今天的天气不错。"最先说话的妓女开口道,屋外的天空已不再蔚蓝,"对十一月来说,一点儿也不差。"

"倘若你喜欢雨雪天气。"另一个低喃道,边说边无所事事地敛起自己裙子的褶边,将它们立作小山。

"特殊的嗜好。我们的亨特先生明白,也记住了。"

"先生，这都是为圣诞节准备的吗？"

"想提前打开礼物吗？"粉红色手指暗示性地撩拨围巾，威廉则再一次瞥向门口。

"或许她不会来了。"大胆的妓女提道，"我是说，休格。"

"嗨，别逗他了。"

"你最好选择和我嘛。我对文学也是略知一二的，我读过一些有名的书，比如查尔斯·狄更斯。"

"他还没死吧？"

"亲爱的，我可不懂。"

"死了五年或者更久了。无知的家伙。"

"嗨，我告诉你，我又没说他上礼拜死了。"她伤感地叹了口气，"我可不是小孩儿了。"

另两人窃笑。随后，她们相互一视，再次变得严肃，将脸孔朝向他，动人地倾斜着头。她们看上去就像昨晚假冒的"双胞胎"，只是添了个姐妹——第三勺不能"吃"的蛋糕。

"我们三个加在一起，只收一次钱。"预言师似的女孩儿舔唇道。

"怎么样？"

"啊——"拉克姆结巴道，"真是太有诱惑了。我肯定，不过，你们该明白……"

就在这一刻，法尔赛德门被推了开来，一位单身女人走了进来。一丝新鲜的空气伴着她一起飘入，就像屋外糟糕的天气被关上的门隔断了号叫的声响，仿佛哭声被压在手下。雪茄的烟雾瞬间与雨的味道混杂在一起。

女人穿了一袭黑色的衣服——不，是深绿色哦，因为倾盆大雨，绿色变作了深色。她的肩膀湿透了，胸衣紧紧地贴在领圈凹陷的锁骨上，单薄的手臂盖满了斑点的球藻。一些浮在她简约帽子与朦胧面纱上的水滴耀闪着光泽。她浓密的头发，不再是火红，而是煤火余烬的黑橙色，凌乱，松卷的发丝落下水滴。

她抖落雨滴的瞬间就像只狗，有些烦躁，但很快又恢复了镇定。她转过身，向酒吧老板打了招呼，只是喧嚣的对话听不到其中的内容，她抬起手臂取下面纱。削尖的肩胛骨在湿漉的衣衫中扭动，她露出了容貌，但却未被拉克姆发现。她的背后落下长长的水印，就像一支箭的箭头朝下指向她的裙摆。

"那是谁？"威廉问道。

三个妓女几乎同时叹息道："就是她。"

"去吧，亨特先生，快乐的评论家。"

休格刚转身,便扫睨起法尔赛德内的空位。那位大胆的预言妓女立刻站了起来挥手,示意休格到威廉这桌来。

"亲爱的,休格!这儿呢,来见见亨特先生。"

休格径直地走向威廉的桌子,就像她已经选择了这儿作为首选的目的地。尽管她得向这妓女打个招呼,可她并没有致谢,只是将目光独独投向了拉克姆。快一臂的距离,她静默地凝视起威廉,就像《伦敦娱乐指南》所说,那双淡褐色眼睛的确散发着金色的光泽,至少在法尔赛德的灯光下,它们是金色的。

"晚上好,亨特先生。"她的声音并不女性化,甚至相当的嘶哑,但却没有半点粗糙的感觉,"我不想打扰到您和您的朋友。"

"我们正要离开呢。"说话的妓女开口道,提了些声似乎在喊自己的伙伴走,"这是你的位置。"说完后,收敛起她们自己堆垒的塔夫绸长裙撤了下去,不再回头打扰身后的两人。她们是无足轻重的人(难道对她们而言就没有结局了吗?),作用已经殆尽。威廉盯着面前的女人看,他无法确定她的脸是令人意冷的不完美(大大的嘴,分开的双眼,干燥的皮肤,满脸的雀斑)还是他见过最美的。随着分秒逝去,他愈发地认为自己该属于第二种想法。

在他的请求下,休格坐到了他的身畔,湿漉漉的裙子瑟瑟地发出声响,她的身上散发着新鲜的雨水与汗滴的味道。她刚刚一定是一路跑来的,这类事只有那些毫无声誉的女人才会做。即便经历了这糟糕的事儿,她的脸颊看上去却是引人注目,她的笑容亦是非凡地好看。几缕发丝从她时尚精巧的装束中脱了下来,遮在她的眼前。她抬起戴着手套的手倦倦地将它们理到一旁,刚好齐了眉毛。她笑着与威廉分享计划不如变化快,刚才令自己手足无措的可怜经历。

这自然看上去不像淑女,可在其他方面,她却散发着惊人的教养。这该是何样的人?她或许是外国贵族的女儿,因为某件事而被废黜了贵族的封号,这让她在半夜下着倾盆大雨的森林里奔跑。抬起头,贵族的气息铺满了她脸庞的发丝,受伤的仆从用自己的衬皮毛外套盖住了她挺立的双肩……(你就忍忍威廉吧,当他沉湎于某个想法的时候,你就站他立场上吧。他读过许多风格独特的十八世纪早期法国小说,那时候还曾研究过赫梯人的失败。)

休格身上慢慢散发着蒸汽,一丝氤氲从她软帽与最外的头发升起。她微侧了下头,好似在问"现在怎么样了?"威廉发现她高过紧身上衣的领子的脖子有男人一样的"喉结",那是亚当的"苹果"。是的,他现在完全确信:她是他在这世上遇到最美丽的女人。

令他困惑的是,她的举止让自己竟生了羞报。她出现的时候是如此的淑女以至于很难想象自己该如何打破现状。她长而轻盈的身体迷住了他,唯一复杂的是,她的打扮仿佛是第二层肌肤,帖合含蓄得完美无缺。

用他的话来表述便是:"我不知道自己会有种受宠若惊的感觉。"

休格微向前靠,就像是对一个刚走进来熟识的人下着结论,低声说道:"别担心,先生,你做了个正确的选择,我会为你做任何你要求我做的事。"

短暂的交流,虽是在酒吧嘈杂熙攘的氛围中低喃,但却比任何一个结婚誓词更清楚明白。

一位女招待走了过来为休格送来点过的酒。无色,透明,几乎没有泡沫,它不是啤酒。或许是杜松子酒,杜松子酒永远是妓女们最嗜好的,只是威廉闻不到它的味道。难道它是……水?

"我该如何称呼您?"威廉手托着腮帮,像学生似的发问,"除了您的名字外,还该有别的称呼吧。"

她笑了,唇瓣格外干燥,就似白色树皮。只是,她并未因此变得丑陋,反而更添了美丽。这超乎了威廉的想象。

"亨特先生,休格在哪儿都是我的名字。除非您特别期望我叫另外一个名字。"

"不,不。"威廉应道,"就是休格。"

"毕竟不过是一个名字。"她抬了抬浓密的睫羽评论道。难道她在引用莎士比亚的句子吗?果然是十分巧合。她的笑容真是甜美。

法尔赛德的歌手重新拉开了嗓子。威廉感觉这儿的一切变得更加热情与温暖,灯光也比先前更添了金灿,影子亦跟着成了深棕色,每一个在这大房子里的人看上去笑容灿烂,目光明亮。此刻,门频繁地打开,愈来愈多时尚的人走了进来。伴着他们进入的声响,聊天的人,唱歌的人越加的沸腾,而越加喧闹的声音也迫得威廉与休格必须凑近了脸倾听彼此的对话。

凝望她的双眸,它们大而灵动,他甚至从瞳孔中看见了自己的脸孔,威廉·拉克姆再次发现了他作为威廉·拉克姆的乐趣。他看到了真实的自我,一个有喝酒闹事行为的精灵,一个与平日早晨玻璃镜子里截然不同的自己。镜子是不会撒谎的,然而,它撒谎了!它无法反映出火焰般的命运桎梏于挫败失意的灵魂中。他或许也能成为济慈,立顿,甚至是查特顿,只是他变了,至少在表面上已经朝着他父亲的翻版变化。当他能用自己年轻活力的许诺诱惑听众的时刻已经少之又少。

与休格聊天,拉克姆振奋了起来。过去的几年,他已经彻底死了!直到现在,他能容许自己故意避开光明的公司,秘密地藏在认识与任何一个值得认识的人恐惧中。任何公司，事实上，他都可能受诱惑或者被要求……好吧，让我们这么看吧：一个金色头发的年轻人说的什么大胆许诺能让一位头发花白，络腮胡子，削尖三角下巴的人上当呢？顶多就是夸夸其他的而已。很长时间里，威廉兀自独白，他坐在公园的长凳与盥洗室，使得自己免于被人窃笑与呵欠。

尽管如此，在休格的思维里，这还是不同的：他自言自语，却发现自己的话语仍然能编出奇迹。她身上细微的水珠升作了缭绕的水雾，拉克姆则滔滔不绝：流利，迷人，敏慧，感性。他想象自己的脸孔散发着青春，而他的头发顺滑飘逸地如斯威本一样。

对休格而言，她并没有过错，尊重别人，温柔幽默，体贴而讨人喜欢。威廉心想，甚至有可能，她喜欢上了自己。她脸上的笑容如此纯真，而眉眼中闪烁的光芒他曾在许久之前的安格尼斯眸瞳中见过，不带丝毫的做作。

令威廉惊愕且尤为快乐的是他与休格两人竟像那些淘气的妓女所说，竟然谈起了书籍。到底是女孩儿的第六感！休格的文学知识如此宽广，除了拉丁语，希腊语与男人们本能关注的书本外，她读过的书籍几乎与他一样多（尽管有一些是与她本身性别相关的小说，譬如《胆怯的女家庭教师》此类的。）她熟知的很多作家也是他所欣赏。她崇拜斯威夫特①！斯威夫特，他最爱的作家！对大多数女人，包括安格尼斯而言，斯威夫特是止咳糖，或是塞入帽子的一只小鸟。可休格……休格竟然能够拼出慧骃国②。天呐，她的嘴唇不该只是勾出美丽形状的吗？斯摩莱特③！她读了《佩雷格林·皮克尔传》，非但如此，她还能巧妙地谈论其中的内容，像她这样的年纪，他也可以。（可她究竟多大了？不，他不敢去问。）

"但这不可能！"当他向她坦白自己没有读过詹姆斯·汤姆逊的《暗城之夜》，而这本书出版到现在已经整整一年了。"亨特先生，您一定是太忙了，所以才忽略这令人愉快的书！"

拉克姆回忆起自己的文学评论。

"是水手的儿子，对吗？"他试探道。

"孤儿，孤儿。"她激动地纠正道，仿佛这是世界上最庄严的事，"他在军事收容所成了一名教师。不过这首诗是个奇迹。亨特先生，它是个奇迹！"

"我一定会争取找个时间……不，我一定会挤出时间去读的。"他说道。休格贴近他耳旁替他节省这些烦扰。

---

① 乔纳森·斯威夫特，《格列佛游记》作者，英国作家。
② 《格列佛游记》中的国家名字。
③ 托比亚斯·斯摩莱特，18世纪苏格兰小说家。

"火焰的眼睛，"她用低低的喉音背诵道，声音刚好越过周围的歌声与聊天声。

"怒视我的眼睛跳动着饥饿的欲望；

嘶哑，沉重与嗜血的呼吸

从死亡的渊口炙热着我的身体；

锋利的魔爪，敏捷的魔爪，没有血肉的冰凉手指。

把我从灌木中抓起，试图托起：

我大步行走在苦旅中；

没有希望便也没有害怕。"

她窒息于这般的情感，低垂下自己的眼睑。

"残忍的诗。"威廉评论道，"对一个年轻美丽的女人而言，这是多么特别的爱好。"

休格勾起哀凉的笑容。

"生活是残忍的。"她说道，"尤其是无法找到像先生您一样志同道合的人。"

威廉试图告诉她在他眼里，《伦敦娱乐指南》还没有称赞她到足够的高度，当然，他不会自己说出这些。此刻，他们继续聊着莎士比亚的作品，关于真理与美丽的讨论，关于现在是否有必要区分小帽子与软帽。

"看呐。"休格双手将自己头上的软帽往前推了推，"这样就是一只帽子，再看……"她又推回到后面，"这样就是软帽了！"

"太神奇了。"威廉咧嘴笑道。而这确实是十分神奇。

休格做了个小示范来表达时尚的荒谬，这让她的头发比先前更乱了。她厚厚的刘海已经松垮了下来，遮住了她的视线。威廉半喜半厌地看着她，只见她探出下唇朝上吹些热气，拨弄开遮住的刘海。金红色发卷留在她的前额，她的双眼再一次毫无遮挡地露了出来。令人吃惊的是，他们之间的距离竟是这般的恰到好处。

"我觉得我们就像是在相亲。"他说了出来，心想这或许会让她发笑。可是她却郑重其事道："噢，亨特先生，这么赞许我，让我有些无措了。"

最后的话语浸没在烟雾缭绕的空气中，这提醒起威廉他今晚来这儿的目的，他为什么要如此渴求地找休格。他再度想到自己过去与此刻对女人的欲望。可他仍是问了她。他回忆她的话，她说她会做任何事，只要他想，她就可以做到。他细细地品味着她承诺时的严肃。

"或许。"他再次试探道，"你能带我回去，介绍我给你的家人。"

休格点点头，悠悠地半落眼睑。她明白当任何事都变得很简单时，只需要保持安静。

无论如何，该结束了。拉克姆没有看表便已经猜出了时间。法尔赛德的舞台，歌手正满腔热情地与喝得微醺的客人们分享歌曲。客人们用带着酒气的颤音附和着，女招待们从他们耷拉下的手里取走空杯子。这是一首老歌，也是全宇宙皆知的酒吧打烊诗（倘若这宇宙没有大过英格兰）。

"橡树的心是我们的船只，欢乐的水手就是我们这些男人：我们已经准备好了！稳住！男孩儿们！稳住！我们将要战斗，我们将要一次次地占领！"

"最后一杯！女士们，先生们！"

威廉和休格离开了他们的位置；他们四肢因为交谈久了而有些僵硬。拉克姆发现尽管自己双腿间仍有微弱的知觉，但下身却已经走入了梦乡，很快那知觉也会湮灭。在这样的情况下，他不会是一个疯狂进行淫荡举动的英雄：他还没有问过对方是否曾经读过福楼拜呢。

休格转身离开。她身上的雨水已经干却，经过一个晚上，衣裙恢复了本色：绿与灰白。不过，因为坐得久了，裙子乱糟糟地皱着，先前的三角形指向了她的臀部。拉克姆竟心生了保护休格忽略小节的想法，甚至奇怪地在想在除下她衣衫前，让莱蒂先为休格熨烫好她的裙子。揣着这般柔情，他跟着休格穿过法尔赛德空了的桌椅。这些人是什么时候走的？他并没有发觉他们的离开。他究竟喝了多少酒？休格挺直得像名卫士，不发一言地朝门口走去。他赶紧追了上去，在她打开门的瞬间，深深地吸起扑面而来的气息。

外头，已不冉下雨。煤油灯将小路煦得亮闪，大部分叫卖的小贩已在黑夜中散去。各处都是比休格略逊姿色的女人，她们愁眉苦脸地徘徊在橙黄灯光下，百无聊赖地等着被人选走。

"远吗？"当两人一起转过银街的时候，拉克姆问道。

"噢，不。"休格应声，走到他前头两步，像母亲指引孩子那般，用戴着手套的指头在空气中虚指了方向道，"近了，很近了。"

第六章

不过三个词，倘若是对的人在此刻说出这话，效果却是惊人的。没有必要说出爱情的密符"我爱你"。在这般的情况下，休格小姐与乔治·W.亨特，在大雨后黑暗湿漉的街上肩并肩地探走。街灯与沥干的天空，只听闻三个词："小心你的脚下。"

这是休格发出的声音；她抓着同伴的手远离鹅卵石上一摊乳白色呕吐物，这一刻，他与她更近了。（或许是棕色的，但灯光又铺了层黄色。）威廉立刻意识到呕吐物上根本反射不出自己不规则的身影，他的脚跌跌撞撞地，险些踩上休格裙子的褶边。牵着他的手是温柔的，附近陌生人喧闹躁动，法尔赛德温热的酒意被寒冷的空气驱散了，那三个词："小心你的脚下。"若是出自其他人的嘴里，都会是一种警示，甚至，是一种威胁。可是，它们却是从她细细的喉咙，经过唇舌间的雕琢方才出了口，因而，它既不是警示，更不是威胁。它们像是为了安全而发出的邀请，也像是欢迎他避开障碍进入自己怀抱的私语，更像是熟悉路途的女人对自己亲热的恳求。威廉抽回了手，担心自己这么晚还会遇上个令人尊敬的熟人。然而，当他从她犹如男人交握的手中抽走后，真皮手套里的指头仍留有刺痛的感觉。

小心你的脚下。这句话反复地萦绕在他脑中。她的声音……有力……但却如音乐的调子，三重奏般地弹出哆，来，咪，虽不完美，却仿似欢乐而充满女性呼吸的竖琴横笛的协鸣。这该是多么渐入高潮的声调？

休格加快了脚步，以威廉白天行走的速度穿梭过暗色的鹅卵石。她裙子下的那双腿毫不淑女地随着他的速度：是啊，他在男人中并不是最高的，但他的腿也不比普通人短——不过，倘若不允许那些发育不良的人算入其中的话，他的腿是不是就不会长于平均水平？啊，那是什么声音？他还没有气喘吁吁吧？全能的上帝，自己可不能这么喘。他只是喝了些啤酒，应该是最近有些疲倦的缘故吧。刚巧休格在用无法察觉的手势挑引他跟她进入一条又黑，又窄的路，他转过头看向那片新鲜的空气，深深地呼吸了一口，试图掳走一秒的清风。

她加快脚步的原因或许是在担忧他因为跟着自己进入了一条黑暗且上帝都不知多长通道的地方而生了不耐烦的情绪。只是威廉走过很多类似于此，黑暗而狭小却充满了欢乐的小巷。随着进入石楼梯间越来越深，他开始在琢磨自己的情人是不是直接住进了巴扎尔吉特1850年建成的最伟大的排水沟。不，他不会这么吹毛求疵，也没有幽闭恐惧，他只是自然而然地更喜欢明亮而通风良好的妓院（谁不是这样呢？）。即便如此，他仍然心甘情愿地跟着休格钻入最纵横交错的下水道网。

是这样吗？他真的已丢弃了所有理由？这女孩儿不过就是……

"这边。"

她的话就像是气味的踪迹，他赶紧加速跟上她。噢，她的声音就像是一位天使！一声精妙的低语穿过黑暗指引起他。可她不仅仅是一名低语者，她是一位有大脑的女人！除了自己，他从未见过任何一位能与她媲美的人。同他一样，她认为丁尼生最近并没有什么大作，而她相信穿越大西洋的电缆与炸药会比谢里曼重新发现特洛伊更能改变世界，这，也与他的观点一致。尽管，这些都是小题大做。可这样的嘴，这样的喉咙，也只有她才能拥有。"任何你要求我做的事。"这是她对他的承诺。

"我们到了。"她说道。

可是，这儿是哪儿？他向四周看了看，想要确定自己在哪个方位。银街在哪儿？卡斯特威太太的地址是不是在杂志上被写错了？可是，这栋乔治亚建筑远侧闪耀的灯光不正是银街的路灯吗？这是银街的后门，对吗？这儿看上去并不糟糕。尽管夜晚无法道出这儿的好，但起码这儿没有任何衰败腐烂的痕迹。借银街的灯去看房子的轮廓，笔直而对称，被烟雾环绕的墙体与屋顶就似……他在找何样的词去形容。光环？还是极光？——一种是唯心论者的谬论，而另一种则是科学现象,但,该用哪个呢?光环……极光……光环……法尔赛德的啤酒已经麻木了他的大脑,让他的整个思想口吃起来。

"家。"

他听休格这么说道。

一阵复杂的敲门后——文身的保密人让休格和她的同伴进入了卡斯特威太太微暗的走廊。威廉原以为会像在德鲁里巷后门那样见到一个痴傻的男人抓着里面的把手,斜着一张短硬的"猿"脸招待他。可他错了,一位他一打量,约有十八英寸高的男孩儿站在那儿。他还小,蓝色的眼睛,无辜地看着他,就像在看牧羊小伙儿迎接耶稣诞生的场景。

"好啊,克里斯多夫。"休格说道。

"先生,到这前面的房间吧。"男孩儿拘谨地说着"台词",一双婴儿似的眼睛瞥过他们。威廉好奇地由着他领自己到一间糊了奢华墙纸的昏暗房间。房间靠门的地方不协调地竖着散发热量的灯。那男孩儿跑在前头,很快消失在灼亮的光晕中。

"他,不是你的吧?"威廉问道。

"当然不是。"她抬了抬眉,佯作生气地勾唇笑道。

"我是个老处女。"

在昏暗的门厅中,他们正走近的门上釉质映出休格粗糙蜕皮的唇勾出奇怪的嘴来。莫名地勾起了威廉的欲望。

当他进入客厅后,就好像开始了梦境。一个模糊不清的女人坐在远处的角落,脸避开了他,烟雾从她的头发旁升起。临时奏起的大提琴声,隐隐地传递着哀伤,接着,就像擦损的肠线一般戛然而止。墙的上半部分,留着庸俗桃色的护壁板木条,填满了各种微缩画,墙的下半部分糊了密密的草莓,荆棘与红玫瑰相间墙纸。客厅的中央,一盏夸张的青铜枝型吊灯下,坐着卡斯特威太太。

她是一位年纪大了,或是保养不善的女人。当然,也可能两者皆是。她戴着软帽,穿得就像要出门,可很明显,她并不打算出去,只是像法官一样端坐在桌子后面。桌子撒满了一片片从期刊上剪裁下来的纸。她手里正拿着一把超大的女装裁缝剪刀,漫不经心地在用指关节修剪一张纸皮,随后把它们放在自己的膝盖上。她抬起头,出于对来访者的尊重,停了手中的动作,小心翼翼地从指间松开剪刀,将这闪闪放光的金属工具放到了另一边。

她从头到脚都是一种颜色:猩红色。威廉出生以来从未见过任何一个其他的英国女人如她这样。嘴巴也涂了这样的颜色,而百来条细微的皱纹爬在她嘴唇旁,当她露出欢迎的笑容时,它们就像受了刺激的红色毛毛虫惊颤地作出反应。

起初,威廉以为她一定是个疯子,穿着猩红色衣服怪诞地表现出自己疯了的样子。可随后,他发现她并不是,她是一个泰然自若的女人,这让他感觉她的打扮不过是个精心准备的玩笑。她并不是他见过第一个戏谑风格演绎的女人。总之(现在他发现),她软帽上的面纱被别到后头之后,身上的红色也因阴影的不同而变得柔和。这红色就如拉克姆香水公司的徽章:灰粉红色。

"先生,欢迎到卡斯特威太太这儿。"她说道,白色的眼眸看上去就像胭脂红嘴唇后的齿轮,"我是卡斯特威太太,这些都是我的女孩儿们。"她一手含糊地挥挥,而威廉无法离开她的眼神。"楼上的房间是五先令。不管你和休格需要多久,做些什么都是这个价。倘若你需要,可以为您准备上好的红酒。额外需要两先令。"

"那么,来瓶酒吧。"上帝当然知道他已经喝了足够多,他这么做不过是让这女人知道自己不是个吝啬的人。他踉跄了一下,上前付钱(不知道是哪个蠢人把地毯的边缘放在了那儿,是人都会被绊倒)。他再一次打量了面前老女人的样子:她是一个丑陋的老江湖。不过,他来这儿不是为了看丑陋的人。

摆脱了卡斯特威太太的"符咒"后,威廉终于可以到房间。他终于可以放心,自己头晕的缘故不是酒醉的征兆,而是客厅里布满的怪异图案。现在,他发现这些都是玛丽·马格达利的描像:半裸半搭衣服,姿态不同的样子,大部分都出自虔诚的基督教徒,少部分是绘成色情风格的讽刺漫画。许多复制品里,玛丽·马格达利的样子都是平静而忧伤,放弃了宇宙邪恶的肉欲,屈从于上帝,他让其他男人们都冗余。全彩的玛丽·马格达利是天主教祷告牌;黑白的玛丽·马格达利是新教徒的学术期刊;玛丽·马格达利带光环与不带光环;玛丽·马格达利大的成了一便士杂志的封面;玛丽·马格达利小的成了小盒坠子缩略图。这儿就像比林顿&乔伊大百货店!

壁炉旁的扶手椅上坐着一位旁若无人的年轻女人,威廉后来才知道她叫艾米·豪利特。她身材娇小,眼睛大而乌亮,黑发如瀑,这般样子像极了 倘若穿了时髦的深黑,白,银色裙子,那就像极了安格尼斯。他现在能看见她的脸孔,令他惊愕的是,她不停地抽烟,丝毫没有缓下的意思。可惜,她却不是这样。她皱着眉,目光锁在她漂亮手指间燃着火星的烟草小纸卷上。她透过一缕烟雾,淡漠地看着他,仿佛在说:"那么?"

威廉困惑地看向壁炉,瞥见大提琴反射的光弧与面朝火堆的扶手椅背。那儿,还露出了一个女人的脖子,一头浅褐色如蜘蛛网一样细的头发。

"继续弹吧,莱斯特小姐。"卡斯特威太太说道,"我肯定这位先生喜欢这音乐。"

莱斯特小姐转过头;她越过扶手椅背去看威廉,她的脸颊搁在椅罩上,前额满是皱纹,眸子深深地陷在眼窝中。他可能让这女人耗费了太多的精力,她转过身,背对着火焰,拉起了大提琴。

正当他在思考若是失去意识从楼上摔下去,这些上帝特选的子民们会怎么办?只是很快他因休格牵过的手释然了。她再次紧握他的手领他进来。

爬上楼梯的时候,威廉只觉得两耳烧红,汗水灼刺着眉头。每上一层楼梯,他的下身便不禁发疼,这迫得他失去了最好的平衡,只能依靠频繁地眨眼去辨识烟雾中的路。时间正在消磨他的性欲。

"我的房间是上楼第一间。"休格在旁说道。她用一支蜡烛照亮了路,身子僵硬地朝着前头,而胳膊则护着蜡烛防止颤抖。大提琴的音乐伴奏着他们的脚步声。

威廉回头往楼下看了看,确定自己已不在卡斯特威太太的听力范围,方才低语道:"你的卡斯特威太太是个怪人。"

他几乎忘记了德鲁里巷的"双胞胎",卡斯特威是休格的母亲。当然,他想这可能是妓女们的一个噱头罢了。

"噢,是的,真的很怪。"休格笑着赞同道,裙子扫过最后一层台阶落在了地板上,"把她当做穿着红色塔夫绸的两面神吧,而这扇门则是……好吧,不管是什么门,你都会愿意进来的。"她敞开门,召唤他跨过门槛。

威廉跟在她的身后,双眼闪过汗水。倘若他能像关机器似的关上她,他便可以洗下自己的脸,飞快梳理下头发,随后上个洗手间放空自己。庆幸的是,休格的房间是敞亮而通风的,这儿没有让他在德鲁里巷不舒服的蜡烛味。天花板高过了大部分的楼层房间,照明整个房间的是煤油灯而不是蜡烛,尽管壁炉烧着火,但不过是一处过滤冷凛气息的地方罢了。

当威廉褪下外套与背心的时候,他倒头睡在了床上,这是一张大床。这般庞然宽阔的床比他自己家的更让人印象深刻(他指的是自己那张床,而非与安格尼斯结婚时的婚床,这些年来,那张婚床只是留在了安格尼斯的卧室)。床上架着一顶绿色的绸顶,仿佛国王床上的华盖。床帘微张挂在钩上,金色灯芯绒绳捆绑住,皱起的褶边低调奢华地藏在毫不匹配的(悲伤地说)……该怎么说呢,薄荷……一种羞耻。他的目光穿过房间投向休格,她仍旧站在门口,犹豫地脱下手套,等待他的允许或是舌头的挑弄。他笑了,告诉她不必烦恼;他会忽略薄荷的味道。这是少见的打嗝味道,一个令人遗憾的权宜之计,当然,毫无疑问是因这栋房子的经济情况所致。即便是在这儿,他与休格之间仍是灵魂的伴侣:为什么?想想要是几天前见到她,那他该戴着多么滑稽的帽子呐!

"亨特先生,你会喜欢这儿的一切。"

"会的。"他饶有意味地眯眼应道,"很快。"他靠在床垫上,用手肘测试它的软硬。只是半分钟的光景,他差点睡着了。

在床垫上睡着,除非是妓女自己,按理,既不可能也绝不会被允许。过去的时候,拉克姆能靠别人的手活儿达到高潮,倘若不行的话,他便会去妓院后门,钻入冷凛黑夜中的小巷排尽,随后,拖拽着疲乏的身体回往自己远处的床榻。

现在,拉克姆睡着了。

休格并没有同他睡在一起。她坐在窗边的写字台前,衣衫整齐(当然,她已经脱下了手套),正在写着东西。她干裂苍白的手指,紧紧地握着钢笔。日记与商务文件一样,字句间悄然无息。

拉克姆打起了鼾。

就在黎明前,他方才醒来。他四仰八叉地躺着,头陷在了没有枕头的柔软床垫中。他往后昂起脖子,看着床头。他惊悚地发现另一个男人正注视着他。那男人眼球充血,头发蓬松地蜷在床单里,似乎要重新开始自己的可恶行为。

威廉先坐了起来,那陌生人也跟着坐了起来。谜团终于解开了:整个床头是一面巨大的镜子。

床幔已经完全放了下来,将他笼在里头。最让他羞愧与惶恐的是,他发现自己的裤子竟然湿了。这就是他醒来的原因,裤子并不是晨起的遗精,而是几个小时前就湿了的,这腹股沟间的黏湿让他只觉得恼人的瘙痒。他再次凝视镜子,经历着精神上的折磨。他没有吐过,也没有在吐。他的头并没有想象的疼(法尔赛德的酒一定也赞同他的想法,不过,或许,他仍然在酒醉中……现在几点了?难道恶魔还没有被驱走吗?)。他的头发再一次松散了开来,竖在他的头皮上就像肥羊身上的羊毛。他的手伸到裤子口袋里寻找梳子,只是发现内衣已经湿透。

噢,全能的上帝!他该怎么摆脱这样的窘境?

他窘迫地爬至床尾,拉开床幔。铸铁的床架立在外面,支着锡镴做的冰桶。一瓶满满的红酒躺在里头,一截瓶颈探出边缘,木塞开瓶器也在桶中。地板上,他眼睛所能看到的地方,躺着揣有他手表的马甲。他能看到银色的链子从柔软的表袋里跌了出来。(如果这是在法国,他必须承认自己根本就没有可能看到那链子。)

休格在哪儿？他屏住呼吸，仔细倾听。除了一声抓耳挠腮，他能听到的是壁炉里突然发出的沙沙声，剩余的便是半燃着晃动的煤炭与余烬溃塌的声响。

透过床幔的开口，只能看到一面墙。幸运的是，这面墙上有窗子，可以让他更清楚外面的时间。窗被雾遮得不透光——如此厚重的雾霾应已积了不少小时。重雾的上空是黑色与靛蓝，这与明亮的室内截然不同。尽管外面冰冷，休格仍然开了细小的窗缝，窗帘因此微微拂动。但她在哪儿？威廉再往前倾，用鼻子轻顶开床幔，露出一只眼睛。

休格的房间很温馨。墙壁简单地刷过漆，漆色是肉粉色，与楼下的洛可可装修大相径庭。一些小的表框画，大多褪了颜色悬挂在墙上。家具是相当得体，甚至包含了最新的软垫沙发，只是两把扶手椅显得有些不搭调，（他仍在向前探身望外头）一张放着钢笔，墨水瓶的写字台，还有（他难以置信地眨眨眼）休格正弯身坐在写字台前陷入了某种深思。

"啊，原谅我。"他发出了声音。

她抬起头，放低钢笔，露出毫无戒心，友善的笑容。他能感觉得出，她已很疲倦。

"早，亨特先生。"她说道。

"噢。上帝。"他叹息道，笨拙地抬手整理头发，"几点了呢？"

她瞧了眼威廉目光无法警及的钟。他突然发现，她的头发是如此富有光泽，金橘色带卷：她已经在他睡觉的时候不厌其烦地梳了发型。

"五点半。"她玩味一笑，"任何还醒着的人，一定会非常惊愕你的勇猛。"

威廉从床上挪了下来，身子变得僵硬，脸不禁泛红。

"我……我不知该怎么向你说这件事。我，我做了件非常糟糕，难以启齿的事儿，我失去了……嗯……控制。"

"噢，我知道。"她实事求是地，跪着说道，"没关系，我会照顾好你。"

她拿着软巾走向壁炉，提起在火苗蹿起的炉排上烧着的水壶。

她搅了搅冒着蒸汽水滴的水倒入陶盆，听着声音，像是盛了一半。休格搬着水壶到了床边。他发现，她手上的皮肤干裂得就像蜕皮，而手指却是精致的。这是米开朗基罗的手指，独特的枯萎模样。

"亨特先生，把湿的衣裤脱下来吧。"她蹲在地板上，裙子铺在她的周围。陶盆里已经浸满了起着泡沫的液体，一块海绵浮在上头就像块去了皮的土豆。很显然，休格正在等待。

"真的。休格小姐。"威廉喃喃，"这……这太过分了……我怎么能够让你——"

她抬头看着他，半闭眼眸，轻摇起头，比画着噘起的唇："嘘——"

他们两人一同褪下了他的外裤与底裤，尿液的臭味瞬时冲入了休格的鼻子，只是她并没有退却。所有的恶臭在她眼中都不值一提，她的眉宇平静，笑容神秘得仿佛一种香水。

"躺下，亨特先生。"她温柔道，"事情马上就会好起来的。"

他斜倚在床上，惊愕地看着休格极尽温柔地为自己擦拭。她用自己粗糙的指节拨开他的腿，这样她便可以用暖热的海绵擦拭干净他的腹股沟。看到抓痕，她不禁同情地皱眉。

"可怜的孩子。"她低声道。

他身下的床单已经湿透，因而她轻推他，好让他抬起些身子。随后，她用棉布把一只手裹成半截手套后擦拭他的身体。任何东西都没有逃过她的眼睛，甚至连他怕痒的肚脐眼都看在了眼里。她的温柔让他的身体有所触动。

"真的，休格小姐。"他拒绝道，但很快没了声。

"不需要加'小姐'。"她纠正道，手里抖弄起一旁的布。"喊休格就好了。"她的动作更加温柔与诱惑，让他无力拒绝，也不想拒绝，然而他依旧做着最后的抗争，或者说，欲迎还拒。

"不。"威廉呻吟，然而，这不过是讨乞更多的暗示。这之后，便没有人再说什么，一切都顺理成章。

之后，两人谈起了报酬。

黎明即将来临，苏活的天空像蒙了层生锈的光环。第一批马经过了银街，马具上的铃声混了足蹄在鹅卵石上的敲击声。休格的卧房里，煤油灯因天亮的缘故渐渐地变得暗淡。男人的衣衫悬在火旁的架子上，黑暗中腾起薄薄的水蒸气。

衣裤的主人容忍着它们在夜间被烘烤，只是一切都是值得的。拉克姆想表现得大方；当他睡觉的时候，他害怕自己让她觉得有欺骗感。

"是人都需要睡觉。"休格反驳道，"那样的境况下，怎么还能苛责您呢。而我，在等待的时候也可以做自己的事。"

"你一直在等待吗？"

"当然，我在等待，亨特先生，你是位非常有意思的男人。"

"有趣？"威廉简直不能相信自己的耳朵。

她笑着，露出珍珠白色的牙齿，此刻的唇色已变作了红色，不再那般的干裂。

"非常有趣。"

"不管怎么样,我觉得我必须支付自己像个醉鬼一样躺这儿的钱,还有我丢人的失禁。虽然,虽然那不是故意的。"

"随您想的给吧。"她优雅地让步。

只是拉克姆无法把昨晚的服务分开,更没法归类成哪个更便宜。反而,他从包里点出一堆硬币。这些重重的硬币比起这城市中的一些居民,不,应该说是教堂弄的居民所见到过最多的钱还多。

"这——这些够了吗?"当他把硬币放到她手掌的时候问道。

"刚好。"她握起拳,应道,"还多了些额外的",她眨了眨眼,"算作住宿费了。"

外头,一堆货物被运送到了商店的后门。疲倦的男声唱着数目:"一,二,免费!"接着,锁链的声音跟在后头传了进来。威廉下身半裸着走到窗边,他试图去看结霜的窗格外发生了什么,但却看不清楚。

"你知道。"他若有所思道,"我还没有看见你裸着的样子。"

"下一次。"休格说道。

他知道自己尽管极不情愿,但也该回家了。只是,他的裤子该还没有干。他想了会儿再去买条裤子的事儿,接着,又开始看起了休格墙上的画。他扫睨着那些画,就像站在皇家艺术院的画展上。上面是十八世纪的男人(他父亲的祖父那代人)与妓女们交媾欢好的场面。男人涨红着肥脸,看上去友善虚伪;女人们同样丰满,拉斐尔似的胸脯,膨松的袖子,脸孔如同绵羊。这种画不会比《圣经》插图更让人浮想联翩。在拉克姆看来,这些画(他该用什么词来形容呢?)……虚。

"你不喜欢它们,是吧?"休格在他肩旁,声音沙哑地问道。

"不是那么喜欢。我想它们太平庸了。"

"哦,毫无疑问,你是对的。"她环住他的腰说道,"它们会一直放在这儿。很无趣。你知道,最适合形容它们的词是:虚。"

他目瞪口呆地看着她。难道他的想法已经如自己的腿与下身一样赤裸地摆在她的面前了吗?

"我会用些别的东西来换它们。"她若有所思地承诺道,"倘若我能负担得起的话。"接着,她转过身,似乎因为无法承担一流的色情画而气馁。

突然,一个更生动的形象跳入拉克姆的脑子:对休格的回忆定格在他从梦中醒来的那刻:清晨五点半的时候,她坐在写字台前,写着东西。他的心因为意识到他贫困猛地抽痛——她是不是一直在做什么事呢?某种收入卑微的劳力?或者说某种类似秘书的计件工作?他从未读过(它一定是每个月那些揭露我们美丽城市疤痕的文章！）可为什么一个女孩儿会在半夜的时候抄写书册呢？难道说她做妓女的钱还不够保全她的身子与灵魂吗？或许，她被人轻视，也或许是大部分的男人都看不上她，平坦的胸，粗糙的皮肤，富有男人一般的智慧。好吧，这是他们的损失。拉克姆如此这般地想到。多美的小精灵呐！

他对休格涌起的这般同情从未落在过像德鲁里巷的"双胞胎"那般的人身上，更不用说那些在破旧阴暗的地方勾引他的妓女；她们就像与周围淤泥不可分割的老鼠。人的心是不会因为老鼠动容的。不过，见到休格——这位聪明美丽的年轻女人。她同自己分享了对马修·阿诺德的低评价。除此之外，她深夜还在用笔墨做些书写的活，这让他生生地感到内心刺痛。倘若说拉克姆香水公司的账簿对他这样的脾性而言是残忍的话，那么她这样刚刚告别青春期，充满了生活与前途的人生却要面对夜晚书写的苦，那该是何样的折磨？对于那些渴求生活史好的人而言，生活是困难的！

"我必须走了。"他抬手抚过她的脸颊，"但，在我走前，我有一些东西要给你。"

"噢？"她抬起眉毛。

"在床上。"解释，或是命令，她的反应都是相同的；她穿着鞋子爬上床，膝盖跪在上头。威廉也跟在她身后爬了上去，一把抓拿起她的裙子，将绿绸裙底掀上了她的背。整个裙子堆垒在裙撑上，看起来荒诞的庞大，因而，也挡住了看她在床头镜中的反应。

"我看不到你的脸。"他说道。

就在他扯下她罩裤的时候，她仍然高抬着头，拉紧地就像一个拉马克主义进化的壮举，她下颚轻轻地抖颤，嘴不知不觉地打了开来。越过衣服堆，他见到了这一切，也更多地反映在玻璃中。

数分钟后，当他穿上自己热湿的裤子，给了休格多一块硬币的时候，他突然因为再也见不到她而焦虑。（不是没有原因：不是巴黎的那个女孩儿，明明答应了"明天"！可第二天，却失踪了。）

"你明天会在那儿吗？"他问道。

她皱皱眉头，好似他刚刚复燃了他们在法尔赛德的关于死亡，命运与灵魂的话题。"如果情况允许的话。"她唇角露出一丝笑容，妥协道。

他站在门槛旁并不离开，心想是不是待久一些，自己会更糟。

"再见，亨特。"她吻了吻他的面颊，唇干得就如一张纸头，而呼出的气息却甜得像块香皂。

"是……我，但是，但是我必须告诉你……乔治·亨特这名儿。我真不好意思说出口，它是个虚构名字。这是个没有恶意的谎言。只是应付法尔赛德那些刨根究底的女孩儿。"

"男人得对自己的名字谨慎些。"休格赞同道。

"谨慎也是遭人恨的。"拉克姆说。

"你不需要告诉我任何事。"

"威廉。"他立刻自我介绍，"威廉是我的名字。"

她点点头，默默地接受了。

"不过。"他继续道，"倘若可以的话，有旁人在场，你能否都喊我亨特先生。"

她张口欲言，却最终抬起手背用打哈欠的方式遮掩了过去。请原谅，我真的很困，她的双眼为自己辩称道。随后，她点点头："我知道了。"

"但，在这儿，喊我威廉。"

"威廉。"她重复道，"威廉。"

拉克姆笑了，满意的笑容足足挂了一分钟，之后，他给了两个基尼后独自一人到了街上。马匹在他左侧，雪片刮上他的脸庞。强风提醒他该多待久些在房里让自己的裤子在火前多烤会儿；脚上的粪便气味提醒他那个甜美喷香的女人能够很快地为他擦去一切。

当然，这不是威廉·拉克姆第一次与妓女欢好后立刻回到街上。但却是第一次达到那么完美贴合的感觉。不舍花一分却想得到不是转瞬消失的经历。上帝，这是多么美妙的一晚！他没有想过会发生这么多，而一切却美过了梦！谁能相信呢！他感觉他要立刻把这件兴奋的事告诉别人，他想赶回家……好吧，或许不是。

雪，愈下愈小，突然停了。这条狭小的巷子前后串风，威廉冷得发颤。然而，他却不想离开这场别样经历的地方：它不会就此结束！他朝后去看卡斯特威太太屋后，究竟哪一扇窗是休格的呢？一半的地方，灯光照出些影子：一剪侧影流转。可那不是休格，而是一个孩子，背着沉重的担子，步子慢悠而踌躇地踏在看不见的楼梯上。

"对不起，先生。"他身后传来个声音。

威廉一个激灵，转身去看究竟是谁在打扰他的遐想。

这是一个满身脏污，提着生锈铁桶的老太婆，她的脸孔就像泰晤士河上飘着的浮木，枯萎的头发混在褴褛的围巾上无法辨清，腰弯得就像藏在黑布里的生锈镰刀。她空着的手垂得很低，只差一两英寸便能触地，她粗糙的手指抓着他的裤脚似乎在拉它们。

"对不起，先生。"她再一次说道，声音苍老而难以辨清是男是女，只能从她浮垢的衣衫判断出她的性别。她身上的气味让人厌恶。威廉避开了她。

她很快朝着他刚才站着的地方向前蹒跚走过。她用发黑的手从地上捡起一大坨狗屎，小心翼翼地拨弄着以防它散开，很快，就收进了她的篓子里。此刻，她的篓子里已经有了四分之一这样的东西，这些东西都是给柏蒙齐制革厂制成摩洛哥皮革与山羊皮用的。拉克姆盯着她，老妇人误以为他是在怜悯自己，抬头看着他，思索自己是不是能靠着大清早来的天赐之物来贴补八便士一整桶的粪便。

"能赏个便士买面包吗？先生。"

拉克姆厌恶地看看，摸出皮夹扔出一枚硬币。她知道这比握着他戴手套的手吻它要强。而他也随了愿，她化作太阳的第一缕光芒融在了褪去雪雾中。

休格的卧室门传来敲门声，她打了开来，脸孔已经转成了最平静的模样好似那是亨特先生·威廉·威廉亲王。不管他叫什么名字，他回来都是为了寻找一只掉在她胸口的袜带。"我突然发现我还没有看过你的胸呢。"

不过，不是亨特先生。

"上来了，克里斯多夫？"

男孩儿站了起来，他抱着一大桶热水，蒸汽氤氲地遮了他的脸。他只穿了一半衣服，金色的头发杂乱蓬松，眼角闪烁着水晶般的亮光。

"我看到你的灯了。"他说道。

他正试图用这方式改变自己做苦差事的无趣。

"你不在睡觉吗。"

"艾米喊醒了我。"他抽了下鼻子，屈起小粉的手指将血回流了回去。笨重的铁桶大约同他膝盖那么高，而它的周长在休格看来约等于他的身高。

"这么早？她喊你起来做什么？"

"不知道，她睡觉的时候大喊了我。"

"真的吗？"一般来说，艾米会先于休格早很多接最后一个客人，随后睡到第二天中午，"我从没有听见过。"

"她喊得很温柔。"克里斯多夫说道，"我一直等到结束，就像凑在她耳朵旁。"

"是吗？"从艾米平时醒着时候的作风，很难相信她能容忍她的儿子与她同床。"我想你该是在自己的小房间睡觉。"

"我有。不过当艾米结束后，我就睡在了她的身旁。她睡着的时候个会介意。嗯，她不介意。"

"她什么都不会介意的。克里斯多夫。"

"我说什么了。"

休格叹息了声,提起桶拎到了自己房间。她小心翼翼的模样看得出水桶的重量。多么娇小的卫士!在这个不寻常的时候,她已经卸下了刚才的角色,打算下楼去了锅炉房,生活已全然与威廉——亨特——尿尿皇帝隔了开来。当克里斯多夫敲门的时候,她已经拖出了坐浴盆,从衣柜里拿出必需品,正内心挣扎着打算自己去取些热水。

"我真高兴。"她倾斜着桶,将热水倒在了浴盆内。

"这是我力所能及的。"他耸肩道,"我努力保持。"

休格回过头看他站的地方,她发现他为了节省一次爬楼梯,提的水大大超过了警示线,而手臂上落下了红色的新月痕迹,光在地上的脚丫与裤腿被溢出的水溅湿,散着水蒸气。

"你是这栋房子的男人。"她表扬起他,可却忘记了这讨好的话反而激怒了他。他生气地扭过头,朝楼下跑去。

她想,他是受了侮辱。然而,一个女人需要不断地花很多时间才能记住男人们所有的需求与喜好。在黎明朦胧的光线中,休格很快会得到谅解。

她脱下了自己全部的衣服,这是在过去三十三小时第一次全部脱下。她绿色的裙子有了雪茄、啤酒与汗渍的味道。她的胸衣被不防雨的束身衣染了颜色。她的背心与长裤沾满了男人的鼻涕。她把所有的东西扔到了桶里,赤裸着身体步入浴盆。长长的腿,瘀紫的臀部,最后是《伦敦娱乐指南》从未写到的平坦胸脯——一切浸没在泡沫中。

窗外,哈哈大笑声,喋喋不休的话语,货物搬运的叮当声越来越响,尽管她能在商店备货与客人进出的间隙寻找睡觉的机会,但想要睡着是十分困难的。她的意识已经行在涣散的边缘;她必须小心别在自己坐着的地方睡着。她真的很累,以至于她忘记了是否做过了避孕的措施。

当她转身去看看自己是否做过措施的时候,重重的发夹从她松开的发髻中掉下,滑落到了水中,头发披在了她湿漉的后背。避孕的物品放在了那儿,是啊,她想起来了,自己已经那个过了。感谢上帝。她没有真的记起是否插入了柱塞,只是看到它平躺在那儿(没有像卡罗琳那样绑着布,但却绑着一块真的海绵),它在盆子的边上已经湿透了。

她究竟做过几百次这样仪式了呢?多少块海绵与棉签被她废弃过?又有多少次她精心准备着这些愚蠢的材料?当然,这与她在教堂弄时的配方有所不同。

现在，除了明矾和硫酸锌盐之外，她还加了小苏打或是碳酸氢钠。不过实际上，自从十六岁来例假开始，她几乎每晚都要这么蹲着做这些事。

没有了发夹，她及腰的头发披散了开来，落入了温水中。她双手放在腿侧，从泡沫中颤抖地站了起来。最后，她终于可以把残余在身体的尿液排尽，虽然很少，却是十分痛苦，它们不会在她洗澡之前流出。黄色的液体滴滴答答地流在了肥皂水中，就像把黑色没有意义的话写进肥皂浮垢中。从她身体里排出的只是尿吗？难道没有别的什么残存在那个地方吗？有时候，她洗完澡再出去走半小时，还能突然闻到自己内衣里涌出股精子的味道。上帝，或是自然力，抑或是任何可以主宰宇宙的神力，究竟为什么这么难以洗涤身子里面？尿液，粪便，自大男人的精子，这些奇特珍贵的东西中，究竟哪一种顽强地贴在她身体里？

"上帝啊，上帝。"她低喃，骨盆的肌肉张弛着，"所有这些可怕，肮脏的创造。"

像是在回应落入温水的液滴，结霜的窗子噼啪地发出声响，温和的雨滴打在了上头，淹没了人与马混杂的噪声。休格从浴盆中起来，用一块白色的新浴巾擦干了身子，窗子上，霜发出了裂开的声响，变作了白色，随后被雨冲散，露出轮廓的屋顶映衬出光亮的天空。壁炉里的火熄灭了，她打着冷战，从头套入自己的睡袍，整个人精疲力竭。不过，她仍然记得，他的名字——喊，我，威廉。她得到了足够的赏金：有三个客人那么多。注意，她并不是贪婪：她不会快乐地想要什么都不做就得到一切。

她拖拽着自己的身体——是啊，是啊，上了床。

她咕哝着，拍打了下身旁的床幔。她的反应就像是一个生气的女人准备杀了挡住她路的人或是事。她下了决心抓住脏污的床单要把它们拽下床垫，但是她没有力气了。因而，她放弃了挣扎，熄灯后爬到了床头看着镜子的那块干净的地方，拉起毯子裹住自己的身体，长长地叹息了一声。听着倾盆大雨的声响，她仍睁了会儿眼，慢慢地，才阖上。如平日，她的灵魂飞离了她的身体，去往了黑暗中未知的另一个方向。而地球上，她脏污的浴盆与湿漉漉的床仍在广阔错综城市众多衰败的建筑中一栋；早晨，它又会等待着回到她身体里。更现实的是：梦想的现实。在那些飞翔的梦中，休格旧的生活已同书本的章节一样，结束了。

第七章

拉克姆香水公司的继承人，正穿着一身新做的衣服，因为缺觉的缘故，头晕沉沉的。他站在会客厅看着屋外的雨，思虑着自己是否坠入了爱情的悬崖。回来的时候，他被出租车夫无礼地敲了竹杠，到家后，他按了四次铃，才有人开了门，而洗澡水则等了快一个时代。此刻，他正等着自己的早餐——只不过，这些都不打紧，他想，她是千载难逢的女孩儿。

他拉紧了饰带，窗帘分得更开阔了——宽阔得如它们能及的宽度。倾盆大雨跟着他一路从城市到了诺丁山，这使得先前的少许阳光变得更加珍贵。透过法式窗户，苍白的光滤了进来，照在会客室的灯上，就像一层灰烬。九点半了，灯仍旧亮着！不过，这没有关系。雨，是美丽的：究竟雨能够有多美！想象下，它能洗涤多少的污垢！想一下：离这儿东南方若干里的地方，同一片天空下，那张浮在脑海中的床上，躺着一个淘气的天使，她的名字叫休格。在她的身体里，有他留下的痕迹。

他塞了根香烟在嘴唇里，借火点燃了烟，当他离开卡斯特威太太那儿的时候，他立刻就燃起一个想法：他必须完全让休格属于自己。这是个虚无的梦吗？一点儿也不是。他只要足够有钱，富裕，很富裕。

玻璃的这一头是朦胧的烟雾，另一头则是一片雨景。他想若是在大都会某个高度看的话，所有的物体都是连织成网的，即便不是在这雨中，也是在他的命运之中。是啊，在这么一个

第七章

明亮的灰色日子，休格睡着，而他，要将拉克姆帝国紧紧抓在手里。让她睡吧，直到时机成熟让他收起线，喊醒她。

房子的某处发出细碎的声响，听脚步与声音不能辨析究竟是谁，轻得几乎吞没在了倾盆大雨中。威廉觉得雨天让佣人们变得轻佻。事实上，他经常注意到这事儿。他想他该为庞其写篇有趣的文章，题目叫《佣人与天气》。愚蠢的家伙们漫无目的地撞前撞后，随后站在原处好一会儿后，再一次猛地做起动作，瞬间消失在楼梯或是钻入走廊——就像小陌一样。太逗了……他们已经让他等了许久的早餐，这些时间几乎已经够他把这文章写了下来。

轻微的头晕与饥饿让他不得不坐上最近的那张扶椅。他透过烟雾，在擦亮的客厅地板上看到了法式窗子下有水滴流入了屋子，这完全是雨滴执着的力量。它不规则地沿着地板，朝着他缓缓地淌来。它还有很长一段路，此刻，正颤抖地等待另一阵风。威廉做不了什么，只是入迷地坐在那儿，看着它过来。正想着这水会不会流到他左脚的拖鞋上时，莱蒂来了，告诉他可以用早餐了。倘若早饭还没有好……那他该怎么办？他会礼貌地朝莱蒂打招呼，倘若……他会责罚她。她的命运，其实，都在她自己手上。

只是最终来的女佣不是莱蒂，而是克拉拉。

"先生，你需要请……"她以自己的方式转达，几乎从不考虑他高兴与否，"拉克姆夫人今天一起用早餐呢？"

"是，我……要干什么？"

"拉克姆夫人，先生。"

"我的——夫人？"

她看着他，好似他是个愚蠢的人，难道还有另一个拉克姆夫人吗？

"是的，先生。"

"那么，她身体好吗？"

"先生，我看不出她的身子有什么不妥。"

威廉沉思着，忘记了指间的香烟，突然火烧到了自己。

"太好了！"他说道，"真是件让人惊喜的事儿。"

威廉意识到自己坐的位置是双人的，他需要等待对面空位上的人。他吹了下被烫到的手，甩了甩。他想把手指浸在冰冷的水或酒中，可是，这儿只有茶，随后有一小罐牛奶，这小罐牛奶他一会儿（或许是安格尼斯的？）还要喝。

餐厅是依照《圣经》上比例来建的，了无欢乐的宽敞。一些佣人会在上头放些火，这样的话，盈余的热量会装在桌下被厚重的亚麻桌布遮起来。他们用贫乏的脑子思考下，将窗帘拉得开些就更好了：这儿有再多的光，都不会嫌亮的。

莱蒂来了，手里端着一浅盆吐司与松饼。瞧她那惊慌的样子，可怜的人。她看上去一点儿也不像数月前，他告诉她，"因为蒂丽不在这儿了"，她每年都能多赚两英镑的样子。她的脸孔并没有不悦！但他知道问题所在：安格尼斯，这栋房子的女主人，本该决定那些多出的活该分配给谁，而她却没有这么做。因此，那些活只能由佣人们自己分配。

"一切还好吗？莱蒂。"当她倒茶的时候，他问道。

"嗯。拉克姆先生。"她一缕头发松落了下来，一段白色的领口低了些。他决定不发表意见。

"莱蒂，把火弄小些。"她把吐司放在架子上正要离开，威廉叹息道，"只要一分钟，我们就会烧起来。"

莱蒂不解地眨着眼睛。她大部分时间都在通风良好的走廊里，而她的卧室在阁楼，因此温暖于她而言并不熟悉。她自己的廉价火炉容易堵塞，所以，她的房间仍然是冷的，而现在随着她做的活儿加多，她就更没有时间去通自己的烟道。

当莱蒂跪着做事的时候，威廉用纸巾擦拭了下眉毛。为什么安格尼斯会选择今天早上与他一起吃早饭呢？难道说精神失常的她会有千里眼吗？她是瞥见了自己与休格之间背着她做的事吗？上帝都知道他那么多次的通奸，她都在安静地睡觉，难道说，她是嗅到了他身上欢乐的余味吗？是吧，一定是这样：他的欢乐让整栋房子变作了暴风雨前的宁静，而她安格尼斯受了刺激。她只要一分钟没有意识，她的病房就会被笼罩起来；接着，她的眼睛像娃娃一样快速翻动，空气的变化使她更有了生气。

威廉偷偷地抬起黄油瓶子，挖出少许金色油脂抚慰自己烫伤的手指。

现在，让我们留下威廉，跟着莱蒂离开餐厅。她没有任何推论，只是在通往厨房的长通道里瞥见了安格尼斯正在下楼——安格尼斯是你来这儿必须见的人。倘若你现在能够有机会在她与丈夫相见前，好好地端详她，那真是太好了。

那么，这位，就是安格尼斯·拉克姆。她正小心翼翼地从螺旋式的楼梯往下走，浅浅地呼吸，皱着眉头，咬着唇瓣。她不情愿地将自己的重量落在地毯铺着的阶梯上，一只苍白的手紧张地抓住扶手，另一只则缠在睡衣领下的胸骨上。这件晨间的睡袍是普鲁士蓝色天鹅绒料子的，与她优雅的身段相比，它会绊到她藏在软灰色拖鞋里的脚趾，害她摔倒。

你一定会想自己之前好像见过她：你确实见过。她是完美的维多利亚式女人；当时威廉娶她的时候，她是那般的完美，曾经是古雅的，而现在七十年代已过去了一半。安格尼斯的身材与举止已经不符合新的风尚,尽管如此,她仍旧保持着完美;她的普通无法突然被抹去。她优雅如一千幅画,一万张老明信片,十万罐肥皂。她是瓷般女性的模范,五尺二的身材,一双蓝色的眼睛,长长的金发柔顺细滑,樱粉的唇瓣纯净小巧。

"早安,莱蒂。"她停在楼梯扶栏旁,朝莱蒂打招呼。她还需要面对自己的丈夫,因此没有理由在下楼梯的时候,冒着风险,边说话边走路。

当他妻子到了的时候,威廉立刻转过了注意力。
"安格尼斯,亲爱的。"他立刻从桌前拉开了凳子。
"不用这么忙乱。威廉。"她应道。
战斗因此开始了,这种老式的战斗是在确立两人间究竟谁才是标准的制定者。所谓的标准就是所有人遵从一个契约:谁不符合它就会被人关注?而他们之间哪些才是最需要的公平判决?枪,已经打响了。

待到妻子坐在位置上,威廉才生硬地回到了自己的座位。他们坐着,彼此间如死寂般的宁静。随后,他们听到了不远处的房间里,女人焦虑的嘶嘶声。厨师一定是给了不少东西,发出嘶嘶声的人(莱蒂和克拉拉?)正在争论着谁能多腾条胳膊。

安格尼斯平静地在松饼上涂抹黄油,并没有在意自己要做什么。她吃了一口,确定这只松饼是由面包屑做的,便又放回了盘子。一薄片萨利伦甜饼仍在温暖的纸巾中包裹着,这,更符合她的口味。

一两分钟后,莱蒂流着汗来到了拉克姆夫妻的桌前。
"如果您可以……"她弯曲着膝盖好让自己能够更好地托住颤抖双臂上两只又大又重的盘子。

"谢谢你,莱蒂。"安格尼斯说着,人往后靠了靠,看着自己丈夫的反应,直到食物一盘一盘地端到桌上:只有家里女主人现场看着,才会有一顿美妙的早餐。

鸡蛋冒着热气,培根卷的薄片刚巧可以涂上黄油,卷裹均匀地寻不到一条缝隙,土壤棕的蘑菇,卷起的菜肴,果馅油炸饼,动物肾脏都烤得恰到好处:所有这些美食甚至更多,都摆在了拉克姆夫妇面前。

"亲爱的,我希望你今天有个好胃口。"威廉玩味道。
"噢,是啊。"安格尼斯应声。
"你感觉好吗?"

"很好，谢谢。"她切了下蛋，蛋黄是橘黄色的，柔软得让人馋涎欲滴。

"你看上去很好。"威廉观察道。

"谢谢。"她扫了下墙壁试图得到些启示。尽管她坐的地方见不到窗户，但她想起昨晚伴了自己整夜的雨击打在楼上的窗户。"一定是这天气。"她喃喃自语，"让我今天感觉良好。真是奇怪的天气，你觉得呢？"

"嗯。"威廉赞同道，"你发现了吗？这天很潮湿，但却没有那么冷。"

"是啊，冰冻都融化了。不知道是不是有'冰冻'这个词。"（这是多大的安慰！在这样潮湿的天气中，他们间竟能有这样绵长的对话。）

"嗯，虽然没有这个单词，可你却为英语语言创造了很有意境的词汇。"

安格尼斯笑笑，只是威廉已经低下头在看自己餐盘里卷起的食物包的是牛肉还是羊肉。因此，她只能保持着自己的笑容直到他抬头看到自己。只是，此刻，尽管她的嘴唇保持了同样的姿态，但却看得出似乎有些难以名状的病症。

"你听到……那些争执声没？"威廉指了指发出嘶嘶声的方向。

"我没有听到，只是听到下不停的雨声。"

"我猜他们可能不知道谁该做什么，毕竟蒂丽已经不干了。"

"可怜的女孩儿，我挺喜欢她的。"

"亲爱的，他们在指望你，给他们指导。"

"噢，威廉。"她叹口气，"这些事儿太烦琐无聊了。他们很清楚自己需要做什么；难道他们不能自己协调吗？"她再一次笑了起来，愉快地回味起他们互相分活儿干的那片记忆，"这不就是你一直说的什么主义吗？"

威廉急躁地撇嘴。无论什么主义都不是让某个佣人无政府地做事。不过，没有关系，没有关系：像今天这样的日子，没有必要操心这事儿。至少在威廉·拉克姆家，佣人间的问题很快会结束的。

此刻更亟待解决的问题是：谈话走进了死胡同。威廉搜索起大脑试图找些妻子感兴趣的话题，可脑子里却只有休格。休格在每一个角落。当然，自他上一次与安格尼斯共进早餐的三四个礼拜间，他还是见过两人彼此熟识的人。

"我遇见了柏德烈和阿什维尔……唔，周二的时候。"

安格尼斯头侧歪着，尽可能集中注意力去倾听她感兴趣的事。她讨厌柏德烈与阿什维尔，但在这即将到来的伦敦季，她需要借着宝贵的机会，大量找人说话，因此，她得装作对这两个厌恶的人很感兴趣。

"他们现在在做什么？"她说道。

"他们刚写了本书。"威廉说，"是关于祈祷的，讲述祈祷效果。我猜一定会引起不小反响。"

"我肯定他们喜欢。"安格尼斯挑了些蘑菇,小心翼翼地叠放在一片吐司上。时间是一点一点地消磨,而永恒却是难以消化。

"亨利上周日没来看我们。"她提道,"先前一周也没有来。"她等了会儿丈夫,见他没有接话,便补充道,"我挺喜欢他的,你呢?"

威廉眨了眨眼睛,颇是沮丧。她与自己讨论自己的兄弟就像他们是在一个派对上认识的人?或是说她在告诉自己,她比自己更关心亨利?

"亲爱的,我们的门可是随时朝他开着的。"他说,"也许他觉得我们不够虔诚。"

安格尼斯叹息了声。"既然这样,我会尽可能地虔诚。"她说。

威廉觉得自己再继续这个话题的话,只能惹来麻烦。因此,他趁着香肠还热,吃起了香肠。他的脑海里,一位头发耀着红色光泽的裸体女人正脸朝下地躺在床榻上。他尚看不到她的胸脯。在他思绪的深处,他试图翻过她的身体,缠住她的腰际,然而,什么事都没有发生——安格尼斯打破了寂静。

"我在想是不是……"她紧张地把手放在了前额,接着,另一手抓住了自己,滑到了脸颊两侧,"这天是不是一直这么下去了……下雨,我的意思是……雨会一直下个不停,干燥的天反而会变得不寻常?"

她的丈夫看着她,她明白倘若自己愿意等待,她还是可能得到回复的。

"我的意思是,"她深深地吸了口气,说道,"我想……整个世界是不是都适应着一直不停的雨,倘若有一天,天不下雨了,丈夫和妻子们像现在这样坐着一起共进早餐……会变得非常非常奇怪。"

威廉皱了皱眉头,停了一秒嘴里的香肠,接着又嚼了起来。接着,他又为自己切了一口,雨笼罩的餐厅发着暗淡的光亮,一把银刀刮擦在精美的瓷器上。

"唔……"他嗯道。嗯声有很多目的,一致赞同,困惑,一个警告,一嘴香肠——无论安格尼斯更倾向哪一种。

"亲爱的,继续。"她无力地促他。

威廉再一次折磨自己大脑,想要找出两人彼此的熟人。

"克鲁医生。"他开了口,但很快意识到这并不是与安格尼斯相谈的最好话题,于是他转了话题,"克鲁医生同我说了他的女儿艾米莉的事儿。他说,她,再也不想嫁人了。"

"噢?那她想做什么?"

"她大部分的时间都花在了女性社会救助上。"

"工作，然后呢？"安格尼斯的声音听上去并不赞成。

"是啊，我想很难叫出其他名字。"

"当然。"

"……尽管这是慈善活动，她是一名志愿者，她期望自己做……好吧，不管她要做什么。用克鲁的话说，他明白她整天待在避难所，甚至自己留宿在那儿。有一次她离开避难所后去看他，整件衣服都散发着臭气。"

"噢！这不奇怪啊！"

"他们声称自己取得了惊人的成果，尽管，坦白地说——至少医生是这么告诉我的。"

她凝视着威廉的肩膀，仿佛在期待高大的父母莅临重塑礼仪。

"威廉，实际上——"她扭动了下身子，"这样的话题，在早餐桌上。"

"嗯，是啊……"她丈夫点头道歉道，"的确是……"他啜了口茶，"只是，只是我们必须面对邪恶，难道你不这么想吗？作为一个民族，我们不该有所胆怯。"

"什么？"安格尼斯渺茫地期待这个话题终结，因为她已无法把控它的走向，"什么邪恶？"

"卖淫。"他清晰地表达了自己的观点，目光直入她的眼底，忽而意识自己让她浑身不适。在他的认识中，善良的拉克姆是软弱的，而他的妻子则鞭辟入里于一个单词，纠结于四声。安格尼斯浮雕般的脸孔因大口吞入了空气变得惨白。

"你知道。"她吸着气，"当早晨，我从自己窗口往外看的时候，玫瑰灌木——枝丫在上下抖颤——就像一把伞打开收拢，打开再收拢，再打开……"她突然紧闭了嘴，好似吞咽下了无限重复话语的风险。"我以为——我的意思是，当我说我想，其实并不是说我实际上认为——可它们看上去就像已经陷到了地里。拍打起来就像巨大的绿色昆虫被沉入长草的流沙中。"话落，她拘谨地坐在椅子上，手裹住膝盖，就像一个孩子刚刚尽了努力背诵诗文。

"亲爱的，你还好吗？"

"很好，谢谢，威廉。"

停顿了些许时间后，威廉执着地说了下去："问题在于会改善吗？或者有可能改善吗？噢，搞社会救助的组织声称她们中的部分已经过得很体面，可谁知道是不是真的？诱惑本身是件极有力量的事。倘若一个妓女很清楚自己一个下午就能挣上一个裁缝一个月的钱，她还能如此安分地工作吗？你能想象吗？安格尼斯，那些缝纫大堆大堆棉布的工人们赚着微薄的工资，而当你想要改变，却只需要几分钟而已……"

"威廉，求你了！"

懊悔的针蜇了他的良知。安格尼斯的手揪住桌布，使得亚麻布皱了起来。

"对不起，亲爱的，原谅我。我忘记你还没有恢复。"

安格尼斯撇了下嘴唇，似笑似惧地接受了他的道歉。

"让我们说些别的事吧。"她小声道，"我给你再倒些茶。"

他想要开口阻止，因为这些事该由佣人们去做，可她已经一把握住了壶柄，晃动着手腕努力地抬起它。他立刻从座位上弹了起来帮她，只是她已站了起来，娇小的身子支撑起大瓷壶。

"今天真是个特别的日子。"她边沏茶边说道，"我想要……"缓慢地倒着，"把我们的脑袋放一起——厨师和我——我们的脑袋一起为了做你最喜欢的巧克力和樱桃蛋糕。你已经很久没有吃了。"

她的话深深地触动着威廉——灵魂因此颤动。

"噢，安格尼斯。"他说道，"那一定非常完美。"

她站在那儿，纤小孱弱地为他倒茶，忽而压垮了他的心。他对她是多么的卑劣，多么的不公平！不仅仅是今天的早晨，而是从她开始厌恶自己开始。难道她拒绝自己的爱，开始待他像对待暴君，甚至让他最终变作了暴君，真是她一个人的错吗？他早该意识到她不是一朵随意开放的花，她是在温室中成长的，美丽，值得拥有。他每天都该赞赏她，美誉她，照顾她，由她随心所欲。他难以自持伤感的泪水，抽出手放到了桌上。

倏地，安格尼斯的手臂开始颤抖，机械地抖动起来，茶壶的嘴口敲上威廉的茶杯砰砰地发着声音。瞬间，朴子撞飞出了杯碟，棕色的液体溅上了白色桌布。

威廉跳站起来，可此时，安格尼斯的手已从壶柄上脱了开来，人靠着桌子摇摇欲坠，而眼睛则睁得奇大。威廉试图用肩膀与双臂环住她去安抚，却不想她止不住地痉挛与震颤，干呕地呼喊了一声后，整个人倒在了地板上。若是你的话，可能会扑向地毯。不管她是以何样的姿态倒下的，她摔下的时候并没有发出重重的敲击声，而她玻璃蓝色的双眼也仍旧睁着。

虽然这不是威廉第一次见她躺倒在自己的脚上，可他仍旧难以置信地盯着她，他脑子里一片空白，甚至仇怨地猜疑她是不是在密谋摔倒。她，同样地朝上凝视他，目光静默而怪诞，好似在说自己已无法再摔得更远。她的头发依旧整洁，身体就像睡觉那样摆放着。浅浅的呼气，起伏的胸口，计人了然这蓝色睡衣里娇小的身子是成年女人的。

"我犯了个错误，今天起床了。"目光从她丈夫的身上挪向天花板上石膏

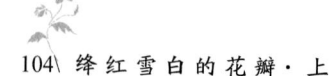

雕琢的玫瑰花丛,虚弱地说道,"我以为我可以,实际上,我不能。"

偶然间——至少对拉克姆夫妇而言——就在这一刻,简妮进来清理早餐的桌子。

"简妮!"威廉咆哮道,"去克鲁医生家喊他立刻过来。"

女孩行了屈膝礼,准备去执行主人的命令,可她却在去的路上被她女主人的声音喊住了。

"简妮不能去。"横卧的拉克姆夫人指着地毯上小撮积累的陈灰,"厨房里还需要她。莱蒂在忙着收拾床。简妮,去告诉阿特丽丝,让她去,她是唯一可以去做这事儿的人。"

"是,夫人。"

"让克拉拉过来。"

"是,夫人。"女孩儿没有等上主人的话,匆忙地离开了。

威廉·拉克姆在妻子身旁,尴尬地搓着手。那一次,还是她刚得病的时候,他把她抱在怀里,从一间房抱到另一间。现在,他明白仅仅抱着她是不够的。他清了清喉咙,竭尽全力地去展示自己的懊悔。

"亲爱的,你伤到了没?我是说,你的骨头?我是不是该去惊动克鲁医生?你觉得呢?我想都没有想,就激动地做了。我猜,你现在不需要医生,是吗?他拥着她:这是个不错的提议,她可以选择同意或是不同意。"

"你能这么想真是太好了。"她疲倦地应道,"可惜太迟了。"

"没关系,我可以把她喊回来。"

"没有必要。倘若你一个主人穿着拖鞋去追一个佣人,这才是最糟糕的事儿。"

她转过头,看向即将有人进来救助自己的门。

克拉拉几秒后到了餐厅。她看了眼自己主人,又看了看拉克姆夫人。这只是自然的反应:自然地关联,睁眼看人的时候,总是先看直着身子的男人,再看躺着的女人。而威廉发现克拉拉的眼神还含了控诉他暴行的愠怒:他从未对生命中的任何人进行过暴行!倘若他曾经做过,那么这可怜的小野兽该就是第一个。

不管怎样,克拉拉已经忽略了他;她正扶着安格尼斯到自己肩上(或是说安格尼斯正自己努力地抬起身子?——这做得非常大惊小怪),肩并肩,两个女人走出了房间。

现在,我们该跟着谁?威廉,还是安格尼斯?主人,还是女主人?在这重要的时刻,主人吧。

安格尼斯的摔倒尽管充满了戏剧性，却并没有大的意义，她之前也摔倒过，之后也还会摔倒。

另一边，威廉径直走向自己的书房，一旦坐在那儿，他就会做些先前没有做过的事。他读了父亲的文件，又重复地审读了一次，接着，看着外头的雨，沉思起来，直到他开始理解它们。他被自己突然的觉醒吓了一跳——他已经准备好了。拉克姆香水公司的历史正在他身前的桌上耀着光芒，垂直的阴影像纹路一样印在上头：是雨淌在他床上的痕迹。他泰然自若地用笔写着。这是一个刮着暴风雨的重要日子，他会将自己带入一个毫无规则的未来。

他无所畏惧地展开自己的思维，进行肥料，种植面积，精华与稀释配比的数学计算。如果他遇上毫无意义的单词，他会在父亲巧妙安排的参考书上寻到根源。比如说《经济类植被词典》，《香水与香精培养百科全书》。截至咋晚，忽略拉克姆香水公司的内部事务对他而言还是个无法承受的奢侈事儿。

当然，他希望自己能把安格尼斯从痛苦中解脱出来。每一次，新的经济事宜出现：少了佣人，拒绝了个马夫，她都会把事情变得更糟。一个马车夫和马车都比克鲁医生的处方对她身体有吸引力。可是，安格尼斯不是他为什么眯眼看着父亲褪色潦草的笔迹，忍受父亲粗糙的乡下拼写与思维，努力思考从干树叶中萃取精华的技术的核心原因。核心原因是：倘若他想要得到一个完整的休格，需要花上他一大笔钱。这笔巨款让他无从选择，或许只能靠一笔大财产来支付。

他暂停了手头的工作，擦了擦眼睛，眼睛因为缺乏休息十分干涩。他朝后翻阅父亲为启发他准备的手写文书，再一次读了一两段。

他父亲记录薰衣草生长周期的时候漏了个环节（倘若生长周期是从花被切断后开始算起）。在这一页，过滤过的新精油被描述成"仍旧有气味"，但在下一页，这些气味显然已经没有了，但却没有任何文字表述它是怎么被去除的。威廉手放到头发上，感觉头发从头皮上竖了起来，于是忽略了这种感觉。

仍旧有气味——君在何处？他略写了几笔，决定用自己幽默的细胞继续严酷的考验。

楼下的餐厅，简妮正在忙着做一件重要的事。她正要去清理被蒂洛森小姐形容成"灾难"的早餐桌子。她怯于去问"灾难"究竟是什么意思（她一直认为，这是与海军相关的词）。她现在搬了拖把与桶准备面对最糟的事，围裙因为放了抹布与刷子压低了些。她发现这是一顿被遗弃的完美早餐，走近观察，还有一壶泼洒的茶，但地板上没有碎片。只有简妮自己带来的桶，桶底留了少量的面包碎屑,既不属于未铺地毯的区域,也不属于拉克姆家其他地方。

简妮迟疑地伸手去拿冷培根片,三份中的一份仍躺在银盘里闪着光芒。她用自己粗短的手指捏着培根,一口一口地咬着。偷盗。只是上帝没有兴趣去惩罚她,因而,她吃得愈加起劲,最后吃完了整片肉。这肉实在是太美味了,她希望自己能够再拿一片回家给自己的弟弟。接着,喝口茶吞咽下一块松饼。她留下了拉克姆夫人吃剩的内脏,因为她不知道那些是什么。拉克姆夫人的食物都由厨师和她自己共同决定。

她就如每个人说的那般坏心思,弯下疲累的身子就坐在了拉克姆夫人的椅子上。尽管只有十九岁,她的腿已经曲张得犹如裹住的猪肉,一旦有机会,她便会由着它们享受。她的双手像龙虾一样红,当她的手指放在女主人白瓷上的杯耳上,对比甚是鲜明。她羞怯地伸长自己的小手指,想要看看自己提拿杯子的姿态是否与女主人有所不同。

然而,上帝对她的容忍止于此。铃声响起,她猛地跳了起来。

"进来吧,莱蒂。"拉克姆说道,但他却错了:又是克拉拉。这些佣人在玩什么呢?难道这房子已经在他辛苦工作的时候彻底地陷入了混乱?他记得:十五分钟前,他让莱蒂去文具店了。

"克鲁医生来了吗?"

这一次又错了,克拉拉告诉他比阿特丽丝与医生还没有来,但是,柏德烈与阿什维尔来拜访他了。克拉拉一脸鄙夷地说他们过来找他决斗,要拉克姆选择好自己的武器。

"我马上去见他们。"他说道,"让他们不用拘束。"

倘若有一件事是柏德烈与阿什维尔肯定会做的,那就是把他的家当自己家毫无拘束。当威廉在工作中得以喘息会儿,他下了楼,发现两人正深陷在吸烟房中的扶手椅上,疲倦地踢着对方的脚竞争坐上光虎头标本的资格。

"嗨,拉克姆!"阿什维尔用学校里的那套打招呼。

"哦,上帝,比尔。"柏德烈高呼道,"你的眼睛看上去比我还糟糕,难道一晚上都做那事儿?"

"是啊,不过我正在开始新的一页。"威廉反击道。他正等着这一时刻。像今天这样的日子,无论上帝给他多少挫折——缺乏睡眠、烫伤手指,安格尼斯摔倒在地板上,一堆沉闷累赘的文件,单身朋友的调侃——他都不会允许自己胜利的光芒被这些阴影笼盖。

同柏德烈与阿什维尔为伍的时候,他永远是个光荣的单身汉。除非威廉自己提起安格尼斯，否则的话，他们绝对不会在意她的存在。不过，坦率地说，在拉克姆家，她的影子遍布每个角落，否认她的存在比否认在英国而不是在法国更难。椅子上的椅罩是她钩织的，桌布上的装饰是她绣的，每一只花瓶底下，蜡烛台下，甚至是小摆件下精巧的桌巾或是装饰垫都是拉克姆夫人的工艺。甚至，连同杉木雪茄箱外的小绣花外套（柔软的五色丝线）也是出自安格尼斯。但是，习惯于妻子对每样暴露在外的物件装饰成洛可可的方式的威廉已经变得视而不见。

某种意义上来说，柏德烈与阿什维尔否认拉克姆夫人的存在说辞是体贴而不是无情。它巧妙地让婚姻根据它所需要休息的时间而休息，就似一个病人无法快速地康复一样。威廉感激他们，他发自内心地感激他们愿意扮演三只聪明猴子的一部分（好吧，是其中的两只），看上去不邪恶，听上去也不邪恶……他不知道当他们说安格尼斯坏话时，他们是否是狼狈为奸。他希望不是。

"可你必须告诉我们。"在他们已经闲谈抽烟了几分钟后，阿什维尔说道，"你现在必须告诉我们福克斯夫人的秘密。现在，比尔：她有什么优点？——我的意思是，除了贞操外。"

柏德烈插话道："和妓女一起工作能有优点吗？"

"这真的是必须的吗？"阿什维尔说道，"对一个被雇的女人来说？"

"和卖淫这样的腐败事儿扯上了联系。"柏德烈抗议道，"难道你没有发现吗？"

威廉将雪茄弹入壁炉："我相信福克斯夫人一尘不染，就是上帝在世间的代理人。这是亨利告诉我的印象，自从他邂逅她，就是这么认为的。当然，我想不是在某一天，因为他并不经常来找我。"

威廉往后靠在了椅子上，盯着天花板，似乎这样能够更好地阅读起漂浮在那儿，某段过去了的对话。

"'她真的是太好了，威廉。'这就是他不住地同我说的话，'非常非常的好，她会让某个幸运的男人拥有一个圣洁的妻子。'"

"是啊，但他怎么看她与那些妓女有接触？"

"他还没有告诉我。我无法想象他会非常喜欢。"

"可怜的亨利。罪孽的阴影来到了他与他的爱人之间。"

威廉摇着手指佯作反对，"现在，现在，柏德烈，你知道亨利可能非常反对你用那样的词儿来联系他与福克斯夫人。"

"什么词儿？邪恶？"

"不，不，是爱人！"威廉斥责道，"任何说他爱上艾米莉·福克斯夫人的词儿。"

"可这显而易见,就像他的鼻子长他脸上一样。"阿什维尔嘲讽道,"那他们经常在一起是干嘛呢?是在辩论《圣经》无法抗拒的魅力?"

"是啊,是啊,就是这样!"威廉惊呼道,"你必须记得,他们两人都是虔诚的教徒。在英国或是国外,每一次在教堂的改革或是失责,对他们而言都是无法忍受的事儿。"

"那他们为什么不听听我们的新书?"柏德烈喃喃道。

"至于福克斯夫人在社会救助所上班,用亨利的话是这么形容的:她做这一切是为了上帝。你知道:灵魂取回后会被圈起来……"

"不,不,老伙计。"柏德烈纠正道,"灵魂是进入胸怀,羊是进入圈子。"

"至于亨利。"威廉坚持地说道,"他仍然固执地要成为一名牧师。教堂牧师,教区牧师,还是副牧师?他解释得越多,我就越搞不懂其中的区别。"

"什一税。"柏德烈眨眨眼,"按比例放入口袋。"

阿什维尔哼哼一笑,从外套里取出包在薄纸中,压成了块的土耳其软糖。"这太荒谬了,"他咬了一口,把剩余的又放回了口袋,"像亨利这样阳刚味十足的男人——我们这伙儿最好的舵手,游泳冠军,当初他赤裸上身在仲夏公园跑步的样子还历历在目呐。他怎么会和一个病恹恹的寡妇一起?你别告诉我,就因为她有一颗洁白如雪的灵魂——我可是能嗅出了一个男人的欲火!"

"可他怎么能忍受她的样子?"柏德烈吟道,"她看上去就像一只灵缇犬!那么长的脸,布了皱纹的前额——还时常专注地皱一起,就像一只狗在倾听口令。"

"现在。"威廉告诫,"你是不是太过关注外貌美了?"

"是,但该死的,威廉你会娶一个长得和狗一样的寡妇吗?"

"亨利从来没有说要娶艾米莉·福克斯!"

"噢噢噢,丢人!"柏德烈手拍拍自己脸颊。

"我能担保这是事实。"威廉断言,"我的兄弟除了和福克斯夫人聊谈外,没想从她身上要任何其他的东西。"

"哦,是啊。"阿什维尔脱下自己的外套,回到他的观点,冷嘲道。"聊谈?两个人肩并肩地走在公园里,或是在城里温馨的茶室,或是在海边,时不时地盯着彼此的双眼。我听说他们已经一起去泰晤士河坐船了——看《帖撒罗尼迦书》[①]!"

"毫无疑问就是这样。"威廉坚持道。

[①] 《圣经新约》一书。

阿什维尔耸耸肩："你这做牧师的念头是有了多久啊？"

"噢，好些年了。"

"在剑桥的时候，我从没有发现。你呢？柏德烈？"

"什么？"柏德烈正翻着阿什维尔放在一旁的外套，找土耳其软糖吃。

"父亲禁止谈论这些。"威廉解释说，"所以亨利只能私下想这事。不过很抱歉，这些事儿对我而言不算是什么秘密。他总是很虔诚，我们还很小的时候，他就是如此。他总是因为我们是一天一祷告而不是一天两次祷告的家庭而倍感遗憾。"

"他该数数自己求保佑的次数。"柏德烈沉思起来。"他已经数过了，"阿什维尔嘲讽道。"我们家就是一天两次，我还觉得是欠自己无神论信仰的。一天一次已经很虔诚了，像亨利一样的可怜虫才会想当牧师。"

"不管怎么说，我父亲都很失望。"威廉说道，"他很长时间都认为那只是同名叫亨利的人，所以想把他的业务交给亨利。只是，事与愿违，当然，"他直直地看着他们的双眼，"现在成了我。"

柏德烈与阿什维尔默然了，他们非常惊愕拉克姆会用这种方式来讲述拉克姆香水公司，那对他而言是个有难言之隐的话题。这，让他们吃惊不已！他们感觉从昨天到现在，威廉·拉克姆变了。

他极想告诉他们关于休格的事，当然是赞许她的话，这是报复自己在过去几年里，与柏德烈，阿什维尔好得就如同同性恋一样。他几乎能一下想象到他们的反应："好吧，那么，让我们试试这个休格！"随后，他能做什么呢？收回所有的事儿？开始假意地贬低休格，就像一个口吃的老农民向抢掠的士兵说自己的女儿不值得被强奸？没用的。像柏德烈与阿什维尔，都是视女性尤物为公共财产的男人。

"所以。"他先发质问，"你们听到过其他关于你们曾经和我形容的那个惊艳女孩儿？"

"惊艳女孩儿？"

"那个很惹火的女孩儿——拿着小皮鞭——是某个人的私生女……"

"露西·菲茨罗伊！"柏德烈与阿什维尔异口同声。

"喔，上帝，你怎么会突然提起她。"阿什维尔说道。两个人转向对方抬抬眉毛，互相使起眼色。

"是啊，真他妈古怪。"

"我们有她的新闻，哦，就在上次我们第一次和你聊她过后三个小时。对吗？

柏德烈?"

"两个小时四十五分钟。"

"新闻?"威廉提到,"什么新闻?"

"不是个很愉快的故事,"阿什维尔说道,"一个她的仰慕者毁了她的面容。"

"毁了?"威廉忽有了共鸣,好似自己因为休格的缘故开始仁慈地分析起来。

"是啊。"柏德烈说道,"用她自己的皮鞭。"

"狠狠地鞭打她。"

"尤其是脸和嘴。"

"现在,她已经不再受鞭打。"

柏德烈发现自己的雪茄已经熄灭,便从唇边挪去,扔进壁炉前检查了下是否有剩余。

"好吧,就像你想象的。"他说,"乔治尼亚老鸨没什么高期望了。即便是她能等,那女孩儿脸上都会留疤了。"

阿什维尔目光低垂,他挑刺地看着裤子上的线头。"可怜的女孩儿。"他哀叹道。

"嗯。"柏德烈佯笑,"那是个什么样的战斗场景!"

阿什维尔与拉克姆脸一抽搐,"柏德烈!"其中一人喊道,"那是骇人听闻!"柏德烈咧嘴笑笑,惭愧得像受了惩罚的小学童。

就在这时,淫猥的房间门突然打开了,简妮喘着气,窘态地经过门槛。

"对,对不起。"她脚蹒跚着,好似一涌肮脏洪水扑打她的背,威胁她不要进入这烟雾缭绕的男人场所。

"怎么了?简妮!"(女孩儿看着柏德烈,难道说她不清楚谁是自己的主人吗?)

"先生——请您——我的意思是——"简妮像在舞池里忽高忽低地漂浮的样子,行着比演绎解手姿态差些的屈膝礼,"哦,先生——您的女儿——她,她都是血,拉克姆先生!"

"我的女孩儿?都是血?上帝,什么?在哪儿都是血?"

简妮焦虑地畏缩在旁。

"浑身都是,先生!"她恸哭起来。

"好吧,嗯。"威廉慌乱无措,惊愕地发现这样突发的事件竟然降临在他的身上,而不是其他的人。"为什么不是……呃……她叫什么名字……"

简妮预想自己要遭受责罚,几近抓狂道:"先生,保姆不在那儿,他去找克鲁医生了。我找不到普莱弗尔小姐，她也不该离开的，还有，蒂洛森小姐，她不该——"

"是，是，我现在明白。"蒙羞感瞬间燃烧起拉克姆的肩膀，就像赫拉克利斯身上那件涅索斯的致命毒衣。现在，他房子里的佣人太少，而那些留着的人显然不适合应对这一突发的事件——甚至让整个事变得更尴尬——他有妻子，可妻子却不能扮演好自己的角色。因此——有客人，或是没有客人——他都必须离开他们，亲自去看看这件事。

"很抱歉，朋友们……"他说道，但阿什维尔已经立刻敏捷地调整了情绪命令抽噎的简妮，"好吧，别光站这儿——去把孩子带到这儿来。"

"是！"柏德烈插话道，"这就是雨天早上所有必需的元素：戏剧，流血——女人的魅力。"

威廉点头后，简妮飞跑了出去，现在他们听到：孩子如受伤小兽的哭声。先是柔和，而后（兴许是幼儿房门打开的时候）声音十分明显，甚至超过了雨声。愈来愈响，预示着孩子正在下楼的路途中，直到它非常响亮且伴随着忧虑的嘘哄声。

"索菲小姐。"简妮送着威廉与安格尼斯的独生女进入了吸烟室。"求你了。"可索菲·拉克姆不会因为她简妮的大声请求而温柔。

在这样喧闹的环境中，你会好奇：威廉竟是一个父亲！你已经花了这么长时间去观察他，即便是在最私密的情况下，你竟然都不晓得这件事！他的女儿长什么样子？她多大了？三岁？六岁？你无法说出来。她的面容因为血与哭泣而扭曲着。围裙沾满了鲜血，中间胀起的地方是索菲一只沾了血的手，她的手穿过布捏着只洋娃娃，洋娃娃软软的腿溜了出来，悬挂着两只拙劣缝制的脚。索菲握着握着，努力地将两条腿聚拢，一直尖叫着。血汩汩地流在她的脸上，滴在她蓬乱的金发上，溅到了波斯地毯与自己苍白赤裸的脚趾上。

"到底怎么回事？"威廉喘息道，此刻，柏德烈已经从座位上弹起，将简妮赶走，跪在血淋淋的女孩儿面前，用手查看她后脑勺。

"她怎么了？柏德烈？"

可怕的停滞后，柏德烈郑重地说着情况："我想这是……鼻血！鼻子出血！快点告诉我，孩子：谁来看管这个洋娃娃？"

威廉溃倒在椅子上，安慰而生气道："柏德烈！"他的声音盖过了索菲不停的哭泣。"这不是一个好笑的事！孩子的生命是脆弱的！"

"胡说。"柏德烈呸了一声，继续单膝跪在孩子面前："鼻子上挨了一下吗？

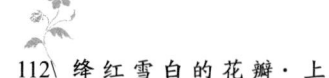

是怎么发生的呢？索菲？"她继续尖叫地哭着，柏德烈拿起娃娃的脚以此引起她的注意。见她没有反应，他掀起她的围裙，发现了娃娃。

"现在，索菲。"他告诫道，"你必须把你的小伙伴儿放下，你会把他吓死的。"索菲哭泣声瞬时降低，而柏德烈则继续推动，"你哭得这么伤心，他会认为自己要成了孤儿——把所有的事而都抛弃了！现在，来吧，把他放下来，或者，把他交给我一会儿。瞧，他的眼睛害怕地睁大了！"这是一只胸口刺着"唐宁"的印度娃娃。有一双大眼睛，巧克力棕瓷做的头一直摇晃着，与破布做的身体，罩衫与灯笼裤做成的棉麻骨架形成了鲜明对比。索菲看着她面前的印度娃娃，明白了他的恐惧，伸手把他递给了面前的男人。

"现在。"柏德烈继续道，"你得向他证明，你一切都好，特别是脸上不能有这么多的血。"索菲的哭泣已转成了轻轻的呜咽，尽管她的鼻子仍旧冒着绛红的血。

"阿什维尔，把你的手绢给我。"

"我的手绢？"

"讲点道理嘛。阿什维尔，我自己的还很时尚。"他的目光并未离开索菲，一手拿着她的娃娃，伸过另一只手臂放在身后，不耐烦地晃动手指直到拿到了手绢。随后，他开始认真地擦拭索菲的脸庞，因为力量的缘故，她脚下摇晃起来。当他擦拭的时候，他看到简妮正在他眼角处，于是以学院歌咏的调调吩咐道："来吧，简妮，我现在需要一块湿布，可以吗？"

佣人张着嘴，茫然不前。

"湿布。"柏德烈少了些耐心，"一块布，一半是湿的。"

当手绢掠过露出他唯一女儿的脸孔时，威廉点头让简妮立刻去做柏德烈吩咐的事。索菲只是抽泣，抬头看擦拭自己脸庞的陌生人，本能地信任他。

"看！"柏德烈指着印度男孩儿娃娃，拉住她的注意力，"你看到了吗？他感觉好多了？"

索菲点点头，最后的泪水从她红红的大眼睛中滚落在了颊庞，她伸手去要自己的玩具。

"好吧。"柏德烈判断道，"不过记住！你不能再把他弄得浑身是血。"他用两只手指捏起她的围裙随后抬了起来，这样她便能看清裙子有多湿。她不假思索地让他单手把讨厌的裙子从她头上脱去。

"现在。"他温柔道。

简妮取了块湿的法兰绒回来，正要用它去擦拭索菲的脸，不想柏德烈取了布，自己干完了所有的事。索菲·拉克姆的特征显露了出来，面颊不再肿胀，看上去朴实严肃，很显然不像任何一块珍珠香皂的广告模特——也不像拉克姆公司的广告形象。她大大的眼睛是青花瓷蓝色的，突出而阴郁，卷曲的长发松垮无力地挂着。最重要的是，她曾有一只孩童圈养的宠物，那只被遗弃的宠物平日里除了给予吃住，偶尔被宠爱之外，没有任何生存下去的理由，最终它死了。

"你的小伙伴有些脏呢，我们必须洗干净他。"柏德烈对她说道，"争分夺秒地洗干净他。"

她把自己的小手放在他手上，一起用海绵擦拭印度男孩儿的后背；她能同这位陌生人做任何事，任何事。

"我知道一个小娃娃弄了满头的草莓酱。"他说道，"可谁都不知道，等到知道的时候，已经晚了，她的头发和焦油那么硬，最后不得不全部剃光。最后，她得了肺炎。"

索菲不安地看着他，羞羞地不敢提问。

"不过，她没有死。"柏德烈说道，"只是打那以后，她就彻底成了一个秃头。"他舒开自己眉毛，撇嘴表现出一副头上只剩了眉毛的样子。索菲咯咯直笑。

这般的笑声与尖叫是你在她父亲吸烟房中唯一听到的声音。保姆总是告诉她，她什么都不懂，但她明白彬彬有礼的孩子既不能被听到也不能被看到疯疯的样子。现在，她这么大惊小怪一定会受到惩罚，她必须变得安静，甚至尽可能地隐形，以逃避随后而来的惩罚。

现在，即使索菲默默地站着不出声，耸耸肩膀好似可以少占些空间。威廉吃惊地在想她究竟长到多大了。她婴儿的样子仿佛还是上个星期的事，那时，她睡在这个房子的另一间房中的婴儿床上，小得几乎看不见，安格尼斯则躺她身旁轻轻地啜泣。她怎么已经不再是学步的孩童了呢？她是……该怎么说呢？一个女孩儿！这并不是因为他见她的次数不多，所以没有见证她的成长——她每周都要见她几次！可不知为什么，她在自己的印象中并没有这么……大。上帝，他现在记起当他父亲把那只丑陋的玩具给索菲宝贝的时候——这是他去印度做生意时买的，这男孩娃娃本坐在印度唐宁茶吉祥物大象背上，而那大象则是一个装满茶叶的罐子。那一天，不正是他父亲当着所有佣人的面大声地命他最好立刻"钻研熟悉"香水生意？是啊，这个长着朴实脸孔，脚上沾着血的女孩儿就像长疯了的蔓藤，她就是时间的化身；多年隐晦的威胁与被动的节约。他是多么渴望自己如同女性杂志描述的那类父亲，像举着战利品一样托起自己的女儿到半空，而钟爱的妻子则在旁看着他们！可他再也没有令他钟爱的妻子，而女儿则被这般的不幸侵扰。

他清了清嗓子："简妮。你不觉得柏德烈先生已经做得够多了吗？"

现在该听谁的？简妮，我建议。柏德烈先生与阿什维尔先生总是要离开的，而威廉·拉克姆也会随后立刻重新温习起拉克姆公司的文件。接着的几个小时，他几乎不会走动，除非你疯了似的想要知道把敦提黄麻拆成原棉的廉价替代品，又或是如何制作治疗头疼的百花香囊。你更想与简妮，索菲一起在幼儿房里等待比阿特丽丝回来。

简妮蹲在索菲身侧的地板上，抓捏住自己的肚腹，忍受着她此生最糟糕的胃痛。这定是因为她偷吃了拉克姆家的早餐而得了上帝的责罚，她感觉整个内脏正在被刺穿。她不停颤抖，手臂环住自己膝盖，索菲那条被血浸透了的围裙则叠在上面。究竟什么才是她该做的呢？厨师会惩罚她，让她就此离开厨房吗？保姆会因为拉克姆家孩子受伤而责罚她吗？普莱费尔小姐会放下清扫餐厅匆匆转而调查索菲哭闹的事吗？蒂洛森小姐会因为……不管什么原因，她总觉得蒂洛森小姐会责罚她。这是为什么呢？这些该死的，无法完成的任务，迫使她要面临被责难与千把个女孩儿挤走她的窘境。好吧,让拉克姆先生不要解雇她吧！她能去哪儿？她的家离这儿太远了，尤其是下着这么大的雨！她最终会这么做的！她所有的荣誉就是她的名字，只是她知道自己没有胆子去实现它！不，请不要如此：她会更加努力地为拉克姆家工作，是的，她会的，比先前更努力地工作；她只是需要更多的时间去明白她现在的职责是什么。

"那人是谁？"

简妮转向索菲·拉克姆，陌生的声音正问她。她斜过眼，尽量不去看索菲放在裙子前转动的布里斯托尔陀螺。她害怕这会让自己更反胃。

"对不起，索菲小姐，您能再说一次吗？"

"那人是谁？"孩子重复道，陀螺倒在了一旁。

"哪个人，索菲小姐？"简妮痛苦地挤出几个字。

"那个好看的。"

简妮努力地回想一个好看的人。

"不认识他们，也从来没有看到过他们。"她辩护道，"除了拉克姆先生。"

索菲再一次玩起陀螺。"他是我爸爸，你还会不认识吗？"她皱着眉头说道。她在教简妮生活的基本常识：在她想来，佣人也一样需要学习。"他的爸爸，我爸爸的爸爸，是一个非常重要的人。他有长长的胡子，他去了印度，利物浦，每一个地方。他就是你在肥皂和香水上看到的拉克姆。"

简妮的肥皂是厨师每个礼拜用剩的，她这辈子都没有见过一瓶香水。她笑着点点头,尴尬地佯装自己听懂了。

"一个好看的人。"索菲再次说道,"他从来没有到过我们家吗?"

"我不知道,拉克姆小姐。"

"为什么没有来过?"

"我……我过去成天在洗碗槽那儿干活。现在,我依然在厨房做事。有的时候,我会端些菜,有的时候,做些其他的事。我很少会出来。"

"我也不出来。"这是一个难以启齿的欢乐事,与低层的佣人建立同志关系是被禁止的。小索菲直直地看着简妮的脸孔,心想是否有任何不寻常的事发生,她们可以分享这样的亲密感。今天是个特别的日子,新生活的开始,就像故事书中一个友善的开头!索菲努力地睁开双眼,露出笑容,她正让眼前的佣人说出自己内心的想法,建议她在睡点之后可以秘密地交谈。

简妮回笑,脸色苍白,高跟鞋晃晃悠悠。她张嘴想要说话,忽而腿往前一跌,一团呕吐物从喉咙喷出,落到了幼儿房的地板上。两人张大嘴,尖叫着反胃,她再一次地呕吐起来。胆汁,苦茶,厨师的稀粥,发着淡淡光色的小口培根喷溅到了打亮的地板上。

几秒钟后,幼儿房的门打开了——是比阿特丽丝回来了。在拉克姆房子剩余的地方,就像经历了魔术棒的施法,一切恢复了平静:克鲁医生上楼进了拉克姆夫人的房间,拉克姆的校友已经离开,莱蒂从文具店回来,雨,愈下愈小。只是在这儿,幼儿房内,本该是最受控制的地方——所有的事都是这么不妥:令人恶心的呕吐物。索菲蓬乱作一团的头发,光着脚丫;女帮厨从头到脚,既没有拎着桶,也没有拿着拖把,只是愚蠢地站在房间中央,盯着脏污发愣,这是……什么?索菲的围裙竟染了鲜血!

比阿特丽丝·克利夫怒意滋长,巨蟒般的眼神满盯着拉克姆的孩子,她忍耐着,就像她是自己命中的克星。这个不配拥有富裕未来的继承者的无用女儿让人省不了五分钟的心。在这般凝重的端视下,小索菲畏缩地抬起脏兮兮的手指指向简妮。

"她干的。"

比阿特丽丝的脸抽搐了一下,但稍后通过以往的些许经历推断,这不过是孩子语法的问题。

"现在。"当第一缕阳光从幼儿房的窗子照入,将呕吐物映出令银色时,她的手叉在了腰上,说道,"重新开始!"

第八章

在我们继续之前,尽管……如果我错解了你,请原谅,我有种感觉,你看拉克姆家的格调——铮亮光洁的楼梯,佣人穿梭的通道,煤气灯照亮的华丽房间——你一定会认为它已经很老。然而,事实正相反,这是一栋新的房子。新到就如拉克姆认为法式窗子外的雨绝对不会成缕地进入会客室,他唯一能做的就是拿出那位曾经担保窗子完全密封的木匠名片。

在亨利·卡尔德·拉克姆的童年时期,诺丁山仍旧是肯辛顿教区的一处小村庄。曾经奶牛吃草的地方正是五十年后,威廉与安格尼斯这次并不顺利的早餐之地。波尔图·贝罗是农村,就像诺丁谷仓。沃姆伍德·斯克鲁伯斯(斯克鲁伯斯英语为灌木丛)真的是灌木丛,而牧羊人丛林的确是一处能够找到牧羊人的地方。拉克姆家餐厅那些建筑材料,在那个时候,还未从采石场与森林中被开采。威廉单身的父亲一心扑在自己的工厂与农庄里,没有时间来管理房子的事儿,甚至也没有时间去理继承人的事。

他结婚的头几年,亨利·卡尔德·拉克姆住在威斯本一座极大的房子里,但却喜欢开玩笑地说自己真的家是帕丁顿站,特别是在他与那些势利之徒对话占下风的时候。每天,他只是去看狗,而不是关心自己的工人是否正常工作。工作对亨利·卡尔德·拉克姆而言并不是一个肮脏的词汇,尽管如此,令人费解的是,他仍然没有为自己赢得雇员的忠诚。对他工厂里的那些劳力来说，他的样子就是戴着高高的礼帽，一身黑色西装经过他们头顶的铁道，然后鼓舞大家团结一心。之后呢？薰衣草田的工人看上去并没有与他彼此过分热络，毕竟，他本质上还是一个简单的市井商人。这或许是因为他探访这些乡村劳力的时候穿的衣服做作让人感觉不如他平时偏好的那些装束。

另一件他认为自己缺乏声誉的原因是他对机器的执着激情。传播在城乡之间的流言说他追求一个机械砂轮机比追求一个女人还激动。想象他突然与一个长相不错的女人结婚该是件多么让他们惊愕的事啊！他，每次还带着她过来。

不过，倘若他妻子来时并没有引起他们的注意，那么她九年之后的离开也没有让任何人觉得惊讶。毕竟，她通奸的事儿早就不是什么新鲜事。受害者得知真相的时候是最难堪的。随后是无尽的猜测，他是否与她已经完全脱离了关系，而他是不是已经远走他乡？这有什么关系呢？她留下了两个尚在襁褓中的婴儿，从他生命中蒸发。尽管如此，在经历了悲伤过后，他便额外招了个佣人代替婴儿的母亲照顾他们，自己，则继续他的工作。

时间逝去，孩子并没有受到任何负面影响，生意也日益兴隆。终于，老拉克姆开始有了些想法，打算让自己的儿子，继承人，做生意。在1850年代，诺丁山大部分地方已不再是农村。斯托克成到镇西部，仍旧有大量的吉普赛人与猪圈，试图把一半教区变作赛马场的计划流产，在拉德布鲁克广场群立的房子变得更适宜居住。在1860年代末期，这儿被视作是杰出人士首选的宜居之地。同样，因为铁路通达，也是亨利一旦需要掌握公司运营就必然经常使用的交通工具。

因此，老亨利为自己的继承人在切普斯托别墅区买了一栋又大又漂亮的房子。这栋房子不过十年房龄，装修顶级。至于威廉，老亨利的第二个儿子将永远生活在这栋房子里……当然，长幼对男孩儿而言是一种排序罢了。

现在，未来就在这儿，拉克姆帝国的历史已与创立初期的目的背道而驰。老亨利某方面的交易已完全实现：不但为人稳健有魅力，而且借贷谨慎毫无差错，平日里与上流社会，地方官员，及那些年龄相仿的名门望族打交道。只是小亨利，他的长子却像是生活在布里克地区一间狭小房子里的修士。而威廉，则享受了钱能买到的最好教育，生活在切普斯托别墅区的房子里，过着无需独立谋生的惬意生活。离威廉离开大学已经有些年头，他还没有赚过一个便士！这就是为什么，威廉决定离开自己的父亲背负起那些责任，同时，他也会写些没有发表过的诗词来消遣。是时候让他感知铁门上精雕"R"字记号正紧紧地环绕着他！

房子就像紧紧绷着的弦。庭院遭到了遗弃，特别是房子周围与厨房后头。没有四轮的马车，没有马匹的马厩。车夫狭小的平房再也没有住过任何人。威廉在他热爱绘画那些短短的日子里，将那儿变作了工作室，现在再一次地被弃置一旁。这座粗陋的绿色房子就像玻璃棺材，填满了各种杂草，因为缺乏园丁看护而恣意地生长。这让人只觉着非常遗憾，却又是一种自然而然的事：老亨利，已经竭力地去治愈家庭对威廉的打击，因此，这家的佣人血液已从边缘被拉陷入困窘的心。

房子里，除了如你一样的外来人，没有一件事能给人留下印象。你或许会羡慕很多高顶的房间，深色铮亮的地板，数百件古董店淘来的古董，以及最重要的是，你会因为这些佣人而印象深刻。这儿所有的一切都被认为是理所当然的。对拉克姆家日益缩小的熟人圈子而言，这栋房子充满了腐败的气息：就像取消的宴会，消弭的草地派对里溢出的气息，安格尼斯席间打破玻璃杯的声响，尴尬的再见声，闷闷离去的客人。空空荡荡的房子里，桌子摆满了美味佳肴，空空的地板上落着被遗忘的主人重重的脚步声。不，任何人都没有理由会回到拉克姆家，哪怕没有任何事发生。

安格尼斯·拉克姆的卧室里，窗帘厚厚的，几乎总是紧紧拉着，那些彭布里奇马厩里好管闲事的窥探不到任何细节。那些簇起的窗帘将不幸锁在里头：安格尼斯的房间必须在白天用蜡烛点亮，蜡烛油燃烧的味道极重——她不相信煤油灯。当她探险似的离开时，她会因为害怕烧着房子而掐灭烛火，因此她的房间待她回来的时候，漆黑得如墓地一般。

这就是早上当安格尼斯大胆尝试与丈夫共进早餐后回来，我们所见到的一切。她与她的女佣站在卧室门口，因为走了长长的楼梯而气喘吁吁。克拉拉无法一边拿着蜡烛，一边扶住自己的女主人，她只能用手肘推开门，两人毫无方向地在黑暗中进了房间。因为安格尼斯的房门开着，偶尔之间，她听到楼下大门猛地砰上了，她丈夫离开了家。他是去哪儿呢？她惊愕地看着房间，好似这儿与刚刚离开的时候完全不一样了。

白色的织布机放在了那儿，但是角落里是什么呢？一副被绷带绑起半窒息的骨架吗？它一旁呢？一只大狗吗？

克拉拉点燃了一盏煤油灯，神秘的东西终于露出了脸：一个裹着布料的裁缝假人，一旁站着蓄势待发的银色杜宾犬，一旁还有台缝纫机。

"拉克姆夫人，把手给我。"

安格尼斯拒绝听她的话，她的反应丝毫不像位年长的女人，反而更像一个从噩梦中惊醒被带回床上的孩子。

"一切都会好的。拉克姆夫人。"克拉拉回了些睡衣，"你现在可以安静地休息。"与女主人说了些敷衍的话,她替安格尼斯脱了衣服,送她到了床上。随后,她给了安格尼斯最喜欢的梳子,安格尼斯便机械式地开始梳理自己的头发,她担心自己因为摔倒而缠结了头发。

"我看上去怎么样?"

克拉拉正在把女主人的晨衣叠成枕头大小,听到安格尼斯的问话,便停下来开始赞扬。

"好看。"她笑着说道。

她的微笑是虚伪的。安格尼斯知道克拉拉所有的笑容都是虚伪的。这些笑容尽管是虚伪的,但却算得上尽了责,而笑容背后也没有隐藏任何敌意。安格尼斯了解这些,心里只觉着欣慰感激。在她与她的女佣间有一种共识,她会给予她们一辈子的工作,克拉拉会满足各种奇思妙想,应对各种失败,也从来不会有抱怨。从黎明到午夜,偶尔棘手的时刻,她都会扮演成一个安慰者。她会替安格尼斯守护各种秘密,不管有多愚蠢,只要安格尼斯要她一小时忘记,她都会使劲地擦拭自己的记忆,就像去掉一滴溢出的牛奶。

最重要的是,她会唆使自己的女主人违背来自于两个邪恶男人——克鲁医生与威廉·拉克姆——的指令。

对安格尼斯而言,与克拉拉一起生活就是一场游戏,她能玩得非常安全,就像和一位亲切的密友一同做些适度的养生活动。在克拉拉的帮助下,她再一次学会了伦敦季必备的社会技能。比如,她会让克拉拉扮演成这样或是那样的夫人,随后两人一起演些小剧,这么一来,安格尼斯便可以锻炼自己的反应。虽然克拉拉的演技不好,但安格尼斯并不介意。若是演得太像,她反而会失去勇气。

现在,柔软整齐的头发令她恢复了精神,她放下自己的梳子,仰靠在枕头上。

"克拉拉,我最近看的书呢?"她温柔地吩咐道。佣人伸手递了过去,安格尼斯打开它翻到章节"在敌人面前捍卫自己"——这里的敌人是指日益衰老的年龄。她尽可能地跟着书上写的那样,按摩起脸颊与两鬓,尽管她还不熟练"朝着皱纹相反的方向"按摩,但因为她还没有皱纹,便也无所谓了。书上还说"交替双手以免疲劳",对她而言,她一定是疲劳的。但是,倘若她只有两只手,那她怎么交换呢?她怎么能知道"紧而温柔"的按摩次数是否真的正确?倘若没有像作者建议的那样使用按摩油会有什么后果?书本从来不会提出人们真正想知道的事。

厌烦继续做练习后,她又翻到了下一页。

脸部皮肤的皱纹与苹果表皮皱起的原理是一样的。水果的果肉缩皱起来,

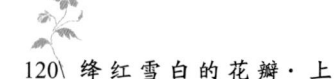

果汁干涸。

安格尼斯立刻轻关上书本，"克拉拉，拿走吧。"她说道。

"是，夫人。"克拉拉知道自己要做什么：远处有一间特别的房间收藏那些令人讨厌的东西。

接着，安格尼斯偷瞥向缝纫机。

克拉拉并没有漏过这一幕。"或许，夫人。"她说道，"我们能继续做您的新裙子？最难的一部分已经完成了，不是吗？"

安格尼斯面露喜色。能做点什么事，打发些时间是件值得幸福的事。只是，她不会忘记很快克鲁医生就要来了。

上帝，她为什么要反对威廉阻止比阿特丽斯去请克鲁医生？他真的想那么做——想要穿过房子，冲到大街上，说出取消的话！可她居然阻止了他！疯了！然而，当她躺在地板上的时候，有一段短暂的瞬间仿佛有了中毒般的力量要凌驾于她——拒绝他伸出的橄榄枝，站起来对他那般——诚然，在他脚旁时满心是报复。

安格尼斯看着半成的裙子，想象它穿在自己身上时如绸制护甲的模样。她羞怯地朝着克拉拉微笑，而克拉拉则回笑。

"是。"她说道，"我相信我会把它做好的。"

几分钟后，缝纫机呼呼的声音消弭在时钟的滴答中。当她们踩完缝后，两个女人停了手里的活儿，把裙子从机器上挪了下来，把它放在了假人上。一遍遍地，重新把衣服罩在缺乏性别的架子上，每修整一次，便多一分女子的气息。

"我们在编织魔法！"拉姆夫人咯咯直笑，几乎忘却了克鲁医生正在自己的路上，挎着包，摆动着戴了手套的拳头。

她的缝纫并不只是消遣。她需要至少四件甚至更多的裙子，如果她有希望参加明年的时尚季，那么她来年将会参与。倘有一件事动摇了安格尼斯神志清醒的信仰，那就是她今年必然要错过了。而只有一件事能恢复她的信仰，那么就是补偿这个损失。

的确，从出生以来，她都在无所事事地打扮着，尤其是在公众场合要扮得美丽。然而，这并不是她要做这些美丽裙子的缘故，她期许这些煞费苦心的设计会扫过他人的地板。参加时尚季对她而言，最重要的是证明她没有疯。因为，她不确定清醒与疯之间的界限是不是死亡。她，已经为自己选择了一条线。倘若她还能只把自己控制在右边，她会是神志清楚的，首先是这个世界的眼睛，接着是她丈夫的眼睛，最后，是克鲁医生的。

第八章

那在她的眼里呢？在她自己的眼里，她既不是神志清楚，却也不是疯癫；她就是简单的安格尼斯……安格尼斯·皮高特。倘若你不介意的话，看看她的内心，会看到一幅美丽的画卷，就像祷告卡上绘制的处女的少年时期。这是安格尼斯，但却不是我们知道的她：这是一个永恒不老，毫无瑕疵，不是尤恩的继女，也不是任何叫做拉克姆男人的妻子。她的头发丝滑柔软，裙子褶边多饰，胸部显得平坦，这是她第一次步入时尚花季。

安格尼斯叹了口气。事实上，过了许多年，她仍然还记得自己第一次参加时尚季时，追逐下一季时那份雄心是谦逊而适度的。她梦想出入上流社会，而当她成为尤恩庄园主继女的时候，这愿望已经完美达成，现在很明显因为威廉的缘故而减弱了，倘若他还有未来的话，也不会同她曾经想象的那样成为一名著名的作家。他会成为一家香水公司的老板——当他最终敦促自己接受这些责任后，他会变得非常，非常有钱，随后通过社交活动缓慢地提升地位。不过，直到那时，时尚上流社会的最底层仍然是拉克姆能期望的最高层。安格尼斯知道这一切。她并不喜欢，可她知道，她已经决定充分利用这点。

那么，她在期待什么？她没想成为男人们眼中的美人。因为那样只会徒增忧愁。同样，她也没有想要成为其他女人羡艳的对象，她只想那些女人礼貌而冷漠地看她，随后背地里恶意地讨论她。坦白地说，她并没有真正打算参加下一个时尚季的交流，相反，她打算悄悄地溜滑过去，不去注意任何人，只与最空灵的地方说话，随后倾听那些听不到的回声。这些，是她从过去的经验中学到的，也是最安全课程。其实，最重要的是，她寄望自己不再穿这反复洗涤的睡衣，而是穿上漂亮的裙子，走出自己狭窄的卧室，感受被接纳的欣喜。

"您知道的，夫人。"克拉拉说道，"温普尔夫人看到你穿这裙子后打算换绿色了。我在镇上遇到她的女佣了，她说温普尔夫人正在吃力地穿这样式的裙子，只是，她长得太胖了。"

安格尼斯天真地笑了起来，她很明白这不过是个谎言。克拉拉总是编造些这样的事。她感觉好了不少，头已经不疼了，她甚至想让克拉拉打开窗帘……

但是，门外传来敲门声。

克拉拉没得选择，只能由着部分裙子落到地板上，留着穿着绸裙的女主人孤零零地坐在那儿。她起身，歉意地笑笑，匆忙地请医生进入房间。长长的影子斜入房间。

"你好，拉克姆夫人。"医生边进来，边说道。充满女性香水味道的私密房间被他高高的身躯填满。他把诊包放到了安格尼斯床旁的地上，坐在床垫的边缘，朝着克拉拉点头。这点头意味着她可以离开了，同时，也是一种命令。

安格尼斯已经把椅子从缝纫机前拖到了医生跟前，她知道，当她看着克拉拉离开，门锁关上的时候，她仍然忍不住要尝试蠕动下巴。

"我很抱歉总是在这情况下让您过来。"她说道，"因为，不幸的是，我的意思是，我还是幸运的，不过对您而言，就不是了——我其实现在挺好的。就如你看到的这样。"

医生并不吱声。

"是我丈夫喊您过来的，我肯定……"

医生的眉毛皱了起来，他并不是一个放任不同说辞的人："噢，威廉的意思是您自己坚持要找我过来的。"

"是啊，是啊。我真的，真的很抱歉。"安格尼斯边说，边注意到他对自己所说的话习惯性地微斜着头，好似他勉强地去接受她滑稽可笑的谎言，"我想，那个时候的确感觉很不好，我担心会变得很糟。不过，现在，我觉得都好了。"

克鲁医生双手理了下帅气雕刻的胡须："您看上去面色不好，拉克姆夫人，或许，我只能这么说。"

安格尼斯试图用忸怩的笑容来遮掩自己愈加升起的惊慌："啊，可能是粉涂多了，不是吗？"

克鲁医生疑惑地看看，安格尼斯明白，这是他所有表情中最险恶，也是最让人恼火的表情。

"但我是不是曾经提醒过您。"他说道，"为了您的皮肤，不要再用化妆品了？"安格尼斯叹了口气，"是啊，医生，您说过。可事实上，它们已经被我处理了。"

"所以……"

"所以，是的。"她悠悠地叹息了声，"唉，脸上的就不是粉了。"

克鲁医生用指尖压了压胡子，深吸了口气。

"拉克姆夫人。"他劝说道，"我明白您不喜欢检查，可您喜欢的和对您好的，往往不是一码事。很多疾病若是能及时发现的话可以避免发展到无可挽回的地步。"

安格尼斯靠回自己的椅子，垂下了眼帘。她无言可对，因为她已无数次挫败于此。

"我太累了，不想检查。"

"太累了那么你一定是病了。"

"我太虚弱了,不想检查。"

"但检查能让你的病转好。"

"您每周都给我检查,就是少检查一次,能有什么坏处呢?"

"话可不能这么说。只有疯女人才会愿意自己的身体每况愈下。"

"当然不是。这就是为什么我要征询您的意见,而不是像那些庇护所病人一样,直接忽略您的意见。"

"可我真的是太累了。"还有诸如此类等等的借口。

难道她疯了似的在臆想克鲁医生在欺负她们?他在滥用医生职权吗?她已经遵照医生嘱咐病人的方式,脱离了整个社会,错过了重要的变迁。女王是否也会被她的医生威胁?她一定会解雇他的,对吗?她多么希望自己能够告诉克鲁医生,她再也不想要他的服务了,他被解雇了。

然而,就如大多数时候一样,她总是默许,随后回到床上。好的医生会打开窗帘,这样太阳光能够照亮他的工作。安格尼斯聚焦在熄灭的蜡烛上,数着烛台杆上变硬的蜡滴数。她数漏了,又重头来过,再次数漏。当克鲁医生把她睡袍掀到腿上,她便竭力地不去注意电动检查工具从脚趾到发根的周身游走。

与此同时,威廉·拉克姆先敲了敲门,随后拉了卡斯特威太太的门铃,不耐烦地等开门。湿漉的冷风吹上他的长裤,打扮入时的妓女经过时扫睨过他。梳顺整齐,抹了油的头发扯着头皮隐隐生痛,时间过去了一分钟,为什么他自己家会是那么差劲!

另一分钟逝去,门栓打开的声音传来。狭小的门缝中,女人瞥了瞥他,疑惑地打量。

"休格不空呢。"艾米·豪利特不客气地说道,"您最好晚点儿来找她。"

"事实上,我是想和卡斯特威太太说些事的……"威廉说道,"是桩很正式的买卖。"

"这儿没啥事好说的。"女孩儿冷嘲道,"只有交易。"

他立刻吃惊地在想男人怎么会亲吻拥抱这么一个爱冷嘲热讽的女孩儿呢?威廉再次尝试:"我得强调,我的确是有让卡斯特威太太很感兴趣的事。我肯定。"

当豪利特小姐把门开大些时,她已转了身。

在卡斯特威太太的客厅里,这里和上次威廉,不,亨特先生来的时候几乎没有变化。和之前一样,他被墙上玛丽·马格达利的画震惊,火焰意燃烧,卡斯特威太太坐在她自己的桌前,一身猩红色衣装。拉斯特小姐与她的大提琴在这个时候并没有出现；她的凳子上空无一人。艾米·豪利特没精打采地坐着，起了皱的裙子落在地上，狡黠地看着他走近。双手放在头两侧，头微倾斜，艾米吸着烟，接着，做出一副令人吃惊的姿态：张开嘴，杂耍式地将香烟贴在自己舌根，几乎要吞灭它一般，接着，又用牙齿夹住仍燃着的烟。她又吸了起来，眼睛一眨不眨。

"希望您能原谅艾米的态度。"卡斯特威坐在一张扶手椅上朝着威廉打手势道，"她这方式可是能吸引很多像您这样的男士。"

艾米得意地笑笑。

"当然，我并不想冒犯……先生……"她突然卡壳了他的名字，礼貌地放弃了执着，扭过头耸耸肩。

"亨特。"威廉说道，"乔治·W.亨特。"

卡斯特威太太眯起双眼，成了缝的眼睛几乎看不到充血的白色，留下黑色像吮吸甘草一般吞咬亮光。她比先前他记得的要更打眼，更令人生畏。

"那么，我们能为您做什么呢？亨特先生。"她低吟，涂了唇膏的嘴因为发出的元音而皱起，"我们可不喜欢您这么快就回来。"

威廉深深地呼吸了一口气，向前靠了过去，开始了他的计划。他的话语诚挚，快速，紧张。他的亨特先生是一位羞怯的男人但却是位富有的男人。他富有的缘由呢？哦，他有一位退休的搭档在大型出版公司，每年有两万英镑的收入，他有很多头衔，与麦考利·科纳姆·迪格比，勒·法努，威廉·安斯沃斯一起工作。事实上，他正要去与自己的老朋友威尔基·威尔基·柯林斯会面。他抬手看了看银表，示意会面将在四个小时后。但首先……

他谈论着自己的事，就像在为自己辩论，他小心地问问题。问问题（或是亨利·卡尔德·拉克姆在反复强调威廉刚刚读的那些东西）对潜在搭档而言是至关重要的。问问题，可以敦促老人表达对伙计你希望做生意的艰难的同情，随后她会证明你有了答案。威廉头上冒着汗，汗滴聚在他的眉头，字句从唇间倾泻而出。

他看着对方的眼睛。几分钟后，他从卡斯特威太太的眼睛里判断自己的话已经得到了理解。当谈到价格时，她立刻变得很直率，当他告诉她将如何扩充那儿时，使劲儿地点起头。

"所以，"他最后总结道："单独拥有休格，你是不是考虑下？"

对此，卡斯特威女士回答道，"抱歉，亨特先生，不行。"

威廉惊愕地看向艾米·豪利特，就像她会迅速地替自己拉起防御。然而，艾米只是颓然地坐在椅子上，剔着指甲，犀利的眼神中只是稍瞬即逝地闪过同情。

"这是为什么呢？"他惊呼道，竭力地压制自己的声音，他怕被那个藏着的强壮男人一把抓住领子，"我想不出有任何反对的理由。"亨利·卡尔德·拉克姆会怎么建议呢？用那些伙计刚与你说的再反击。

"你刚告诉我，平均一个晚上，休格接待的男人是一个或是两个，最多三个。现在，我给您的正是您告诉我三个人的费用。我愿意为休格支付她觉得合理公平的价格。对您而言，利润并没有改变，只不过是从一个男人口袋里而不是从几个男人口袋里罢了。"

卡斯特威太太不再反应慢半拍地用自己长满皱纹的手轻拍前额，以挫败威廉的口气来回应。她开始翻找自己桌子的抽屉，提出散乱的文件。随后，她手指穿入剪刀柄里，练习似的使用起来。

"事情比您想的要复杂多了，亨特先生。"她边低声说，边把手摊在自己的桌前。她眼眸闪烁，将自己的注意力一切二，一半给了威廉，半留在了她手头令她着实不耐烦的工作上，"首先，我们不过是一座小房子，您这般的算法是不合理的。倘若我们认为的三分之一不持久——"

忽而，一声门铃将两人震得一颤。

艾米·豪利特呻吟了一声，仰头看起天花板。

"那男孩儿在哪儿？"她感叹了声，突然从座位上弹了起来问道。

"亨特先生，我很抱歉。"当艾米再次暴跳地去做睡着的克里斯多夫的活儿时，卡斯特威太太朝他表示了歉意，"我们这儿有个小规矩，客人之间是不能互相见着面的。所以，不知您是否可以移步到另一间房间（她手里拿着剪刀指了指），待上那么一小会儿……"

她和蔼地点点头，威廉便照着做了。

"病痛。"克鲁医生刚刚说道，"正在抵抗。"

他取出块白色手绢擦擦手，放回口袋，弯身看了第二遍。她，拉克姆夫人带给他的诊费使得他检查认真。

不是休格，不是休格，你捣乱，和猪头三似的。想想威廉，当他在另问房内局促站着的时候，他的耳朵贴靠门板。她已经不空了，你已经改了主意。你已经软了下来。

"……今天早晨……"他听到卡斯特威太太的话声。

"……休格……"那是个男人的声音。

威廉脖子里的体毛刺得自己难受，他正忍不住要跳出藏匿自己的地方，挥上重拳将外面那个男人打翻在地上。

"不缺其他乐趣。"

他的心脏暴烈地跳动;他感觉自己的未来已到了悬崖口,正等着被人救起,或是被人推下。这怎么可能?几天前,休格还未曾出现。现在,他站在那儿,紧紧攥着拳头,真想杀人!

然而,气血上涌只是徒劳。会客厅内的那个男人已经被豪利特小姐哄得神魂颠倒。好好地服务他,该死的家伙。威廉希望她鞭打他的某个地方,就因为他点了休格的钟。

"不需要酒,随后……麻烦您能快点儿……就像把一千零一夜塞入那短短的几分钟一样……"

威廉听到交易的声响。对于一个几乎听闻不到外头的封闭房间,能如此清晰地听到对话,听到硬币叮当作响的声音,简直不可思议!

"亨特先生。"

谢天谢地。

只是现在,威廉是否注意到他究竟在一个什么样的房间?狭小的医务室,储备充足的绷带与瓶瓶罐罐的药。每一瓶子都透着重重信息,表示着画了双叉杠的骷髅与婴儿头骨的堕胎药,一瓶瓶添加了防腐剂的香水,生产自……生产自……(他走近细看,他发现了玫瑰的记号,还有"R"字装饰的符号)……比切姆。

"亨特先生?"

"拉克姆夫人?"

安格尼斯·拉克姆躺在千里之外的床上,侧着身子,这样克鲁医生可以更深入地检查她的身体。

"好的。"他心不在焉地低语,"谢谢。"

他正在寻找安格尼斯的子宫,根据他的常识,子宫应该在距离外部四英寸的地方,然而,他中指已经达到了离外部四英寸的地方(他已经测量过),却仍然没有探及她的子宫。

"您刚才说我哪方面没有考虑进去?"威廉征询道。

"很多,很多。"卡斯特威太太叹道。令他不愉快的是,卡斯特威太太已经忙起了手里的剪纸,她把纸剪成了碎片,从威廉坐的位置看去,那些纸像是书上撕下来的。"我还想到一件事:我们的房子,倘若不是有协议,那就属于成熟商圈,法尔赛德捆绑在一起。您知道法尔赛德吗?哦,当然,您一定知晓。"她再次打量了下他,剪刀迂回地剪了起来,"现在,您,亨特先生,对休格十分仰慕,你该也很清楚她的确是很迷人的——对法尔赛德而言,她也是一张王牌。

至少,老板们都这么认为。所以,我们也是行了方便,当然,这严格意义上而言是不能用钱来衡量的,这是一种价值。现在,若是休格即将消失——哪怕理由很好,可是,亨特先生,我想法尔赛德会觉得他们会变得很'穷',您懂吗?"

一个小小的人影立在威廉身侧空着的地方,斜了一剪灰色的影子在卡斯特威太太身上。

当他看着这位戴了光环的女人从天主教徒图画册上撕下书页摆弄在桌上的时候,他想,她是疯了。他该怎么和一个疯了的女人讨论还价呢?是不是他亮出自己真实的姓名能更好地说服对方?从她拆散马格达利书籍看来,哪一种身份更能让人信服——一家颇有声望香水店真正继承人的身份,还是一个在著名出版机构有虚构伙伴的人的身份?她提法尔赛德究竟是什么意图?是简单一提,还是期望他买了这该死的地方?

要对方说的只要一次,一个"是"字——这就是他父亲一直用绿色墨水标注的话。其余的,不过是细节而已。

"夫人,当然,您说的不过是细节。"他说道,"难道我们不能……(一道快乐的灵感闪过)喊休格自己下楼吗?这是决定她未来的紧要关头——恕我冒昧直言,您一直在提障碍和麻烦,夫人。"

卡斯特威太太拿起另一张废弃的纸。这张纸的背面有出租图书屋的章子。

"亨特先生,还有一件事您没有遵从。您不该考虑休格喜欢什么的可能性——原谅我,我并不希望冒犯您——她可能更喜欢多样性。"

威廉由着这话滑了过去,他知道愤慨是无济于事的徒劳罢了:"我强烈要求您——不,恳求您——允许休格为自己说话。"

让她来结束吧,让她来结束吧,他牢牢地盯着卡斯特威太太的眼睛,默想着。他未曾想过比这更热忱的其他事,这番激情的愿望让自己都不由怔愣。若是他得到了这件事,那么他有生之年一定不会再向上帝祈求其他。

卡斯特威太太从剪刀抽回自己的手指,把椅子往后推了推,人站了上去。天花板上悬挂了三条绸作的带子;她拉了一根。她在喊谁呢?一个驱逐他的强壮男人?还是休格?卡斯特威太太的眼神并未透露任何的信息。

全能的神,这让人生厌的情境竟然比牵着安格尼斯的手进行婚礼还要难。如果只是这个疯了的老鸨打算在她身上冒险,那就和当初尤恩如出一辙!

坐在卡斯特威太太的淫窝里,等待着休格,或是那个结实傻笨的男人出现。他记得被邀请到自己的吸烟室去见一位烂醉如泥的老贵族,在那儿,他被告知安格尼斯与自己结婚的详细条例。他试图回忆法律义务,记忆却已被抽离。因而,当尤恩说阿维农后，狡黠地问他："好吧，这西装怎么样？"他竟无言以对。

"这意味着，你已经拥有了她，上帝帮助了你。"尤恩清楚地说道，手头又为他倒了一杯。

现在，楼梯上的阴影，那是……？是啊，是她！蓝色斜纹的长袍与拖鞋，头发松散凌乱，睡眼惺忪，而黑色的水滴飞溅在她衣衫的胸口。他的心本是要杀了卡斯特威太太，然而此刻，瞬间化作了柔情。

"亨特先生。"休格停在了楼梯一半的地方，温柔地说道，"很高兴这么快又见到了您。"她为自己不修边幅的模样表示歉意。楼梯暗涌的风撩动起她下巴与脖子里的发丝。他先前怎么能没有注意到她的颈脖竟是如此的纤瘦？她的唇瓣：它们苍白而干裂，就像蕾丝的边——她喝水太少！当她亲吻他的手指时，他是多么期望能够为她的唇涂上润滑油。

"休格，亨特先生有个关于你的提议。"卡斯特威太太说道，"亨特先生？"

老巫婆！她竟然都没有喊休格坐下——就像他给的条件荒诞得一定会在女孩儿走到楼梯最后一阶前就被拒绝。只是，在他与休格之间彼此一视间，他已经有了勇气。这一眼仿似在说，我们彼此相识，不是吗？你，和我。

他礼貌地请她坐下，随后她坐在了莱斯特小姐的椅子上。他重复了自己简短的说词，但这一次，他不再拘束于可恶的卡斯特威太太。他面朝着休格的脸孔说着，她的眼睛依旧深邃，她用红色的舌尖舔了舔自己的嘴唇，同样的舌……就在这一刻，拉克姆！他不再那么紧张，当他重复说起自己杜撰的乔治·W.亨特的事时，不禁扬起个神秘的笑容，这已成了他们彼此私密的故事。当他谈及自己的算法时，他加重了语气与一丝不苟的态度。在"外交辞令"上，他再次提及卡斯特威太太的顾虑，随后将这些顾虑算成一本账。他安慰地说，所有的人都会因此而更有钱，没有人会感受一丝不便。

"可你还是没有说到，"老女人的声音穿过房间驳道，"你会给休格多少？"

威廉怔愣了下。这问题对他而言是如此的粗鲁而无教养——这其实不关她什么事。这不是一个低档次的妓院！

"我会支付给她钱。"他说道，"不管多少，只要她快乐。"他微朝休格方向点头，告诉她自己的意思。

休格眨了几次眼，抬手穿过自己散乱的橘黄色头发里。接二连三的事实与数据让她有些茫然，好似她刚刚早上才醒来就开始讨论约翰·斯图尔特·穆勒的政治经济学原理，而不是在讨论一个煮熟的鸡蛋。最后，她张开了嘴。

"好吧。亨特先生。"她狡黠一下，"我愿意。"

是！她说的是愿意！拉克姆几乎不能自已。只是他必须，必须控制自己的孩子气，他可是一个出版商呐！

因此，他转头看向卡斯特威太太的书桌，他看着她起草一份合同，在上面写着：1874 年，10 月，24 日。费了些墨水与力气，好似她明白他会签任何文字，哪怕是一张只有一个字的纸。呵，任何一张纸！然而，她想要的更多。他看着她的钢笔留下的字，这些字简练而顺畅……以下称作"房子"……全能的上帝！她是在用布蒙起他的眼睛，他能说……可这又有什么呢？对他即将拥有的财富而言，她的贪婪不过是鸿毛而已。

倘若他打算反悔，那么她能做什么呢？难道通过妓院法院去追诉一个虚构的人？女王会听到"卡斯特威"与"亨特"的案件？停止自己的乱涂乱写吧，女人，留些空间让大家签名！

回首再看这儿，安格尼斯手里的合约曾是格外同行者——比这儿对他的要求还少很多。在这份婚姻财产协约中，一方会得到父母的保护，尤恩并没有给予安格尼斯很多珍贵的东西（威廉现在才反应过来）。她的嫁妆并不是丰厚的财产——不过只够一个年轻女人一两年就会花完的钱——同样，也没有注明威廉该什么时候独立。协议上也没有提及该为自己妻子提供多大的衣橱供她存放时尚的衣装，同样也没有该如何保证安格尼斯的生活质量。在尤恩庄园主眼中，最重要的事，是他能带走安格尼斯的衣服，首饰，书籍以及她的佣人。这么说，他只是借自己转手她。毫无疑问，这狡猾的老醉鬼已经知道了究竟是什么药毒害了他继女清醒的头脑。

房子隐约传来门砰卜的回响，豪利特小姐的男人离开了。威廉斜睨着休格，她已陷靠在扶手椅中，头依偎在弯起手臂里，眼睛闭着。睡衣的袖子滑了下来，露出她前臂胜雪的肌肤，还有紫青的手指瘀痕。他的吧，肯定是他的，对吗？他突然一怔，意识到这份合约并不只是这些女人得信任他，他也得信任她们。如何阻止她们在他背后一如往常地拉客？没办法，除非他不告诉她们就突然到访……疯了，他一定是疯了——他勾唇扬笑，兴奋地签上与女人，老鸨谈判的虚假名字。

"我很荣幸。"他拿出十个几尼，这十个几尼是廉价卖了些安格尼斯长期不用的东西，"来庆祝我们的协约吧！"

卡斯特威太太拿了钱，脸孔瞬时又泛出惬意与厌烦。

"亨特先生，我相信你能想象比你签字更高兴的是……"她继续道，"休格，亲爱的，起床了。"

安格尼斯盯着床边柜的象牙色把手看，上头每一处细小的划痕与刮伤。医

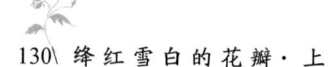

生头颅的影子穿过她的脸孔,他的手指离开了他的身体。

"很抱歉事情看上去并不如我所想。"

这话对安格尼斯来说就像是火车月台对面传来咔嗒咔嗒的串音。她闭上眼睛,脸庞挂着汗滴,做起了梦。这是一个她常常会做的梦,但从不会在醒着的时候做它。梦就若一场旅途。

克鲁医生说着话,试图将她从梦中拉回。他温柔却紧紧地将一个黑色触头放在拉克姆夫人裸露的肚腹上。

"你这儿有感觉吗?我碰的地方?你的子宫移位,比正常的高,应该是在……这儿。"他的手指从她身下金黄色的丛林中抽离,安格尼斯已经瞥见了,这是她生命中第二十次见到这番情景,之前每一次,她都羞赧不堪。然而,这一次,她并没有感觉羞赧,因为他的手指滑动(就像她梦中感觉的一样)似乎并不在自己的身体里,而是在某一种表面:或许是窗玻璃。她在一辆货车上,火车已经驶离了站台,某个站在月台外的人把手指放在她车厢隔挡的玻璃上。

安格尼斯闭上眼睛。

在休格的房间里,当休格跪在他脚前的时候,威廉解开领子。她用脸紧紧地贴着门襟,呢喃出声。

威廉衬衣的扣子呆板难解,他穿着最得体的衣服就是为了给卡斯特威太太留下好印象。当他挣扎着去解的时候,他瞥见先前曾放着纸的写字台。阳刚气味的纸,不是着了色彩的宣纸页,亦不是花纹图底的信封,食谱合订本,训诫里水彩画的插图,更不是谜语,时尚媒体里的脑筋题。不,这些都不是,在休格桌子里并不整齐的堆栈里,涂了潦草字迹,有脏污褶皱的纸片。在它们上面,放着一本印刷的册子,密集的文字,空白处用墨水标注的注释。

"不管你在这儿做什么,我能明白绝对不是一件简单的体力活。"他说道。

"比起取悦男人而言,都算不得什么。"她喃喃,轻柔地用双手抓住他的臀部,"来吧,要我。"

床幔已经拉了上去,就像剧院的巨幔,在床头的镜子里,威廉看着镜子里自己被牵着,拙笨地靠近还沾了自己与休格味道的床单时那种反应。

"亨特先生。"她低语。

"哦,喊我威廉,真的。"他说道,"那就让我来安你的心:你不用再为任何事而操劳,除了……"

他温柔而疯狂,她的思绪飞扬。有这么多现金的男人,不管是谁,都是毫无伤害的。如果他想把她的名字放在合约里,为什么不呢?

但上帝，她必须不让他看见自己的桌子。否则的话，她的母亲吃了一惊愕，竟然这么早就应了铃声。她已经在深埋于枕头里的那个梦中死了。他怎么能让睡意沉沉的她想起去清理自己的桌子？没拧断她脖子就下了楼已经是他最大限度能做到的事。这是为了什么？没人能够责怪她，因为没有人想到她即将保证不变地忠于一个男人了……

不过，她将愈加地小心她的未来：她的稿纸不能这么敞开在那儿，让他随时能够嗅到。她桌子最上面刚才放的是什么呢？当她拎起自己的睡袍为男人多腾些空间时，她在拼命回忆……会是那个可怕的小册子吗？……哦，上帝，是的！她不敢再往前想，倘若她不再让他离开，他或许已经把鼻子凑了过去。

她书桌抽屉躺着医药小册子，这是从特雷弗广场的公共图书馆的阅读室偷出的书。对他而言，书上的话并没有什么让他错愕的，他之前也看过：

若是没有伤女人作为构造者和孩子母亲的作用，没有女人会是一名严肃的思考者。很多时候，女性"学者"是一群年轻的病人或是雌雄同体的阴阳人，否则的话，她会是一位非常健康的妻子。

让我们对那些引诱我们去做一些廉价的女性脑力劳动，病态比赛之类的声音紧闭耳朵。对子宫的保养于未来而言比那些女性的乱涂更有作用。

不，不是这内容，而是休格手写的评论该是她新恩客无论如何都不能看到的：浮夸的蠢人！这儿，残暴！那儿，错误，错误，错误！在那儿，用愤怒的墨水潦草地涂写着总结的话语：我们等着瞧！你这个毫无价值的蠢货！新的世纪就要来临，你和你的仁慈都去死吧！

当克鲁医生在自己的背包里翻找医用盒子的时候，他发现自己的病人床上，有一本杂志没有被他收走。这是伦敦期刊回顾，这些正是安格尼斯最纯净的想法，她读期刊正是想知道自己会对无法目睹的画有什么看法，而那些她没有读过的诗歌，无法经历的当代历史又是什么样的。否则，当她参加下一季时装季的时候，被问到看法的时候会十分尴尬。

"原谅我，拉克姆夫人。"他说道，仍然没有察觉她已经不再听他说话。他已经拿起了令人厌恶的东西，放到她并不在看的眼睛前让她辨认："这是你的期刊吗？"

他并没等待结果，警告对于借口而言纯属多余。不管是伦敦期刊回顾，还是亨利·伍德[①]的《阿什利亚特的阴影》，并没有什么区别。过分激动，过分沉重，

[①] 19世纪，英国女作家。

或是过分悲伤的阅读，太多的梳洗，太多的阳光，紧身的内衣，冰激凌，龙须菜，脚炉……这些都可能会引发子宫的脆弱。不管怎样，他都会进行医治。

克鲁医生看了会儿安格尼斯耳后一片白色皮肤，随后，取出一条医用水蛭准确地放在哪儿。安格尼斯选择在这不恰当的时候在自己的梦中冒险，期间，现实的世界已经再一次地变作安全。她发现他已用钳子夹着水蛭穿过空气放到自己身上。当她再度陷入无意识之前，她感到冰冷的仪器触碰了耳后，尽管她感觉不到水蛭吸吮，却也能想象一条螺旋血水管从内脏通抵头脑，就像一条黏稠介质中蠕动的绛红色虫子。随后，她又坠入了自己的梦境，当克鲁医生放了第二条水蛭的时候，载了乘客的列车再一次地运转。

医生温柔地拿手将她的头转了一百八十度，放到枕头上，因为同样的诊疗方式必须在另一侧做一遍。

"抱歉，拉克姆夫人。"

安格尼斯一定不懂：她的旅程已经到尽头。两个老男人抬着担架将她从铁路终点，抬向女修道院的门口。一位修女打开了巨大的铁门，门上的常春藤与蜀葵沙沙作响。一位老人轻轻地将担架放在阳光下的草地，脱下帽子。修女跪在安格尼斯身旁，将冰冷的手放在她的眉毛上。

"亲爱的，孩子。"她温柔地责难道，"我们该怎么办呢？"

激情退却，威廉正细细地端详自己的"奖品"，目色一池爱怜。她躺在他的臂膀上，看上去似是睡了，睫毛静静地垂着。他用手指梳理着她的发丝，赞起那些藏在红色发丝间他未曾发现的颜色：赤金丝痕，金色线缕，赤褐细丝。她的皮肤就像是他从未见过的尤物：四肢，臀部，肚腹，有……他该怎么称呼它们呢？虎纹。皲裂干燥的皮肤间或着红色的肉体。它们是匀称的，仿佛她是一位非洲原始人，或是一位完美主义者在她的皮肤上刻了印记。倘若克鲁医生在这儿，他一定会告诉威廉，休格得的是一种罕见的皮癣，在某些地方，这般样子的皮癣被称为鱼鳞癣。他或许会开个相当贵的药膏，而那药膏并不会比休格已经使用的廉价油对她手上和大腿的条纹更有帮助。对威廉而言，这反而是诱惑的，更符合她动物的本质。她闻起来也像一只动物：或是那种他闻起来的动物气味，因为他并不是一个动物爱好者。她的性充满了各种芳香，她的发丝闪烁着自己的汗水与男子的体液。

他箍紧了她的肩头，唤起那个他等了一个多小时才开口的问题。

"休格？"

"唔。"

"你……喜欢我吗？"

她嗓音嘶哑地笑了起来，转过头，鼻子靠着他的脸颊。

"噢，威廉，是的。"她说道，"你是我的救星，不是吗？我的斗士……"她用粗糙的手轻轻抚摸他，"我简直无法相信自己会有这么好命。"

他舒展了下身子，疲倦地闭上了眼睛。她暗咬了下蜕皮的嘴唇，扯出一块楔形的皮，虽然不是很大，却是要掉了下来。她必须让它留那儿，否则，它会流血。她这一次会要求多少钱呢？他大而柔软的手放在她的胸口，他的心脏敲击在她削肩的肩胛骨上。在他的脸上，是喜悦的笑容。这对她而言——不，她怀疑从她第一眼看他的时候——他就故意在装作幼稚地寻找一张温暖的床睡上一觉。倘若，她把他油腻的金色卷发从汗水淋漓的眉毛梳开，他会给她任何她想要的回报。

此刻，他深深地呼吸着，几乎没有任何的意识，直到听到轻柔，迟疑的敲门声。

"该死的。"他埋怨道。

休格知道这敲门声。

"克里斯多夫！"她低声喊道，"怎么了？"

"我很抱歉。"锁孔传来孩子的声音，"卡斯特威太太让我捎个口信。说提醒那位先生，他还有个约会，是和威尔基·柯林斯先生的。"

威廉转过脸朝着休格怯懦地笑笑。

"有事儿要做了。"他说道。

几个小时后，安格尼斯·拉克姆感觉克拉拉女性的手机械地透过被褥在安抚她，而她则深深地陷在梦里无法辨识它们。

梦，已经到达了神圣的结局，现在已经再一次从最初开始。她在通往女修道院的路上：一辆货车车厢正特意为她而准备，车厢看上去十分像自己的房间，她躺在窗边的铺位上，墙上贴着相当不错的墙纸，上头还挂着父母的肖像。

她从枕头上直起身子往月台看去，那里熙熙攘攘的，尽是来回走动的乘客，提拿行李蹒跚走路的男孩，颤抖翅膀在半圆形屋顶的鸽子，在远处，最靠近站台的街上，马车正焦躁地踢着。用手指弄着玻璃的恶心男人已经离开，在他的地方，一位笑容满面的老站长漫步而来，透过玻璃喊道："小姐，您还好吗？"

"还好。谢谢。"她应了声，随后倒靠在自己的枕头上，外头，汽笛的声音鸣响，火车颠簸地滚动起来。

一个小时，或是更晚的时候，威廉·拉克姆安坐在书房里翻找桌子，他惊愕了下，意识到他曾经读过的拉克姆公司文件不见了。一本大皮革边本子翻开地

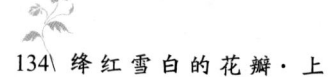

放在那儿,在里面是他自己微有些方形模样的笔迹,还有一些没有答案的问题。他会迅速地答完那些问题。

马德拉白葡萄酒的酒精引发他轻度的头痛,他撕下拉克姆香水公司信笺外的棕色包装纸,取出一张,小心翼翼地放到了桌上,用自己的手肘压着,钢笔蘸了蘸墨水,在公司玫瑰色徽印下写道:亲爱的父亲……

第九章

现在跟着我,离开这污秽的城市街道,远离恐惧与欺骗气息的屋子,离开伪造而肮脏的合同。爱,已然存在,跟着我去教堂。

这是四个月之后,一个寒冷的晴日早晨。天空清澈无染,下着如毛的细雨,一只麻雀飞过。通往教堂的路上,湿漉暗色的草缀着白色细小的花芽,它们即将绽放成水仙花。成熟的花儿就要被发现了。什么?休格?你怎么想到的会是休格呢?不用担心她,她已经讲话了!你试下想想威廉。我向你保证,所有的事已经了如指掌。父子之间的交流已经愈加地热络,权力的更迭趋于平稳。哦,刚开始的时候,老人怀疑一切,他不相信威廉关于拉克姆公司在细节上的一些描述,威廉要求下放主管的职责无异于为了一场奢侈的圣诞节宴会诱骗资金。不过很快,老人便信服威廉的出现与基督救世主一般充满奇迹:他成了行业的领袖。现在一切苦尽甘来,威廉的耻辱已成过去,我们无需再停留。

就如我所说,成熟的花都在教堂中:半透的灰色花瓶,攒动的无边呢帽。不仅仅是花,这儿还有把鸟与蝴蝶装饰在帽子上的时尚女人。她们离开长凳,鱼贯而出教堂,彼此看着对方的裙子与软帽,唯独古怪的艾米莉·福克斯朴素而无修饰。她昂着头好似她真的很美,她支撑着身子好似她真的很强壮。走在她的身旁,一如既往的,是亨利·拉克姆,他本该是拉克姆香水公司的继承者，如今却（现在众所周知）失去了这些。

亨利是一位英俊的男人，高于常人，比他弟弟高，眼睛更蓝，下巴更坚实。与他弟弟不同，他的头发并不是金色的，端坐的时候，腹部紧收，坐姿高雅。早前那些年，在他还未曾放弃继承权的时候，是年轻女人们趋之若鹜的对象。她们发现他是位严肃过头的男人，她们互相暗示这位继承者需要一位挚爱的妻子，而当他宣布自己对钱毫无兴趣之后，那些女人便一哄而散。这些女人中的一位——今日正在这教堂里嫁给亚瑟·基尔洛，一位冰柜厂厂主——甚至曾经吻过他的眉，想要看看会否治愈他的羞怯。

这并不是我所说的爱。我说的爱，是真实的，是两人彼此间的感情，互相的感情。

亨利走向他教堂的门厅——好吧，很遗憾，这不是他自己的教堂。他进入教堂前深深地呼吸了口气，他对香水毫无兴趣，除非每周墙壁内的环境飘着远多于外头的香水味，他方才会意识到它们的存在。今天，那些女人们身上散发着浓郁的香水味，一起谈论着《圣经》上的内容，而远处的那些，则在讨论着即将到来的伦敦季。

因为仪式结束的缘故，他同福克斯夫人勉强地徘徊着，碰上些机会与诺丁山经常做礼拜的人八卦。她们摇着牧师的手，亨利赞他驳斥了达尔文理论，随后两人继续自己的路。流言蜚语紧随其后，几个月来的每周日都会如此，他们向来不予置评。已经说了很多亨利·拉克姆与福克斯夫人的事，倘若他们都不掉入他们的圈套，那么不管谁，再怎么努力去谣传他们的事，能会有什么用处呢？

亨利与福克斯夫人小心翼翼地走下砾石小径，朝教堂院落走去。他们并没有相互扶着，只是各自拿了一把收起的伞当作路杖。台阶尾的轨迹特别陡峭，到抵院落主路前还有一段不少的路程。他们走在这样的路上，右侧是黄色的墓石，左侧则是深青色的常青树。

"今天早晨真的很美。"艾米莉·福克斯说道。她的确只是这个意思！她并不是在打算开始一段对话！你待在一个名声不佳的房子里太久以至于变得愤世嫉俗，爱冷嘲热讽。这是一个美丽的周日早晨，有个人在表达她的愉悦罢了。她满怀着对上帝创世的热爱，满得无法再满。上帝的光芒是广阔而无止境的，它们从各个地方涌向她……你正在想什么呢？你肯定是在错误的伴侣身旁待太久了！

"是啊，很美。"亨利·拉克姆赞同道。他环顾了周围，邀请自然的光芒涌入自己，然而，自然却并不愿顺从他的意愿。他朝着绿色的亮光处眯眼望去，渴望与她感受同样的美妙。

然而，尽管太阳透过树叶就像戴斯为在伯默顿的乔治·赫伯顿画的画一样，对他的吸引甚至还及不上福克斯夫人紧身上衣的缝线。尽管活泼的麻雀蹿飞在树叶的间隙，跳跃在鹅卵石上，它们都无法与福克斯夫人走路时优雅的姿态相提并论。光落在她的脸上，泛出让人妒羡的景象。

她是多么的美丽！她穿得就像一个天使——穿着灰色哔叽的天使。他或许在想"这是片百合花田"，她们对他而言太过普通而华丽，他无法拿她们去与福克斯夫人的低调之美相提并论。她的声音，轻柔如乐，就像……就像轻吹的低音管，比起麻雀的低唱与女人的浅吟更让人心旷神怡。

"我是不是忽略了你，亨利？"她突然说道。

他脸红道："福克斯夫人，继续吧。我只是在欣赏……上帝的奇迹。"

福克斯人人将伞柄挂在自己腰带上，这样她可以抬起自己戴了手套的双手到前额。陡峭的路迫得她生汗，于是快速地擦了擦厚重刘海后的皮肤。

"我只是说。"她说道，"希望这场关于人类起源的争论结束……不管以什么样方式结束。"

"原谅我，福克斯夫人，你说'不管以什么方式'是什么意思呢？"亨利的问题总是很温和地提出，好似在担忧是否伤害到她。

"好吧。"她叹了口气，"就是说能够一劳永逸地解释我们来自哪儿：来自亚当，还是来自达尔文先生的猿人。"

亨利停住了脚步，他吃惊了。每一次他们见面，当他想要说什么的时候，她总是先说了同样的话。

"不过，我亲爱的福克斯夫人——你不必这么严肃！"

她一边看着他，一边舔了舔嘴唇，并没有说出任何话平息他的警语。

"亲爱的福克斯夫人。"他再次说道，阳光斑驳地落在他们前方的路上，"相信一个结论而不是另一个结论的区别……为什么呢？实际上，是信仰与无神论的区别！"

"哦，亨利，它不是，真的不是。"现在，她的声音有些不耐烦了，有些愠怒地提醒他事实，她要说关于她救助所的事了，"要是你能知道我工作周围的这些混蛋！你最好看看在我们教会与市政厅那些毫无意义的争论。它看上去就像一件撑开的衬衣与另一件衬衣间的罩子。'我知道它所有的一切，女士，'他们说'我们在选择谁才是我们的祖先：是院子里两只猴子还是两个赤裸的人。'他们大笑，因为他们彼此都一样无聊！"

"在他们眼里，或许是，但在上帝的眼里却是不同的。"

"是，但是亨利，难道你不明白他们并不会被上帝领到这儿看我们争论。我们必须接受他们其实并不在意生命起源于何处。比这些更重要的是，他们在蔑视我们的信仰。他们，亨利，在那个世界还未曾被城市与工厂侵蚀污染内心的时候，是教堂的主心骨。想到他们曾经勤恳地耕种，简单而虔诚的时候，我就有多么心痛……看那儿！"

她指向远处的一处牧场，离牧场不远的地方，林立密集的工业建筑，矮小的工人，一车车的木材与泥土，还有一个巨大而深藏秘密功能的机器。

"我猜，是另一栋大楼。"福克斯夫人叹道，转过身背对起那幅景象，裙撑靠着墙，"先是建好大楼，随后是商店，最后是……"她闭上眼睛表示不屑于商业化，"全世界的供给者。"她戴着手套的手擦了擦瘦削的手臂，颤抖道，"不过，我想你父亲肯定会高兴的。"

"我……父亲？"亨利反应迟钝，对他而言唯一的父亲通常是指圣父。

"是的。"福克斯夫人提到，"更多的房子，更多的人——更多的生意，不是吗？"

亨利小心翼翼地靠在离她最近的墙上。他反感把给自己名字的父亲与牟取利益的商人相互联系，但他仍浑身不自在地要为他辩护。

"我的父亲和其他人一样都喜欢自然。"他指出，"我相信他不希望更多的掠夺。不管怎么说，也许你还没有听到过，他已经打算把拉克姆公司的业务交给威廉打理了。"

"噢？他生病了吗？"

亨利不确定她的思维里是否有拉克姆，于是应道，"我的父亲壮得和头鲸鱼一样。而威廉呢，我不知道他是怎么走过来的。"

福克斯夫人微笑。亨利与他弟弟最本质与最不可调和的不同是她私下窃笑的笑点。

"多么让人意想不到。我总觉得你弟弟有很多的计划，但却没有实现。"

亨利再次脸红，他意识到自己的家庭都是恣意挥霍的人。他，亨利，在生命中成就过什么？是不是福克斯夫人也看不起他，觉得他未能把握自己的命运吗？

为什么人们总是强调她鼻梁很长？这是她脸上最完美的长线。

她仍旧靠着墙，头转过来，眼睛闭着。他们彼此是如此的相近，他能听到她的呼吸，看到她的气息从微张的嘴唇间溜出。他沉迷于幻想中，尽管蔑视自己，却又无法自拔。他想象自己是一个教区牧师，正在教区一处黑土上铲土，艾米莉在他身侧，沐浴在金色的阳光中，手里捧着秧苗准备栽种。

"告诉我你在想什么。"她问道。

他努力地脱离这喜悦满满的白日梦,回归到现实中。福克斯夫人的举止发生了变化。她看上去比先前要少了些生气——几乎变得沮丧了。在人类的历史上,简单的表达排序是极普通的,它们扭曲着内心。

"你看上去很悲伤。"最终,他成功说了出来。

"噢,亨利。"她叹了口气,"事情一旦开始就不会停止。你知道的,对吗?"

"已经开始了?"

"事物是发展的。机器胜利了,我们已经搭上了去往二十世纪的一辆快车。过去已无法复原。"

亨利沉思良久,发现自己实际上对过去还是将来都不过是抽象的印象而已。只有两件事在他脑子里愈加地清晰:幻想在教区花园里与福克斯夫人一起掘地,另一件则是迫切地去除她的不快乐。

"过去大多是牧场。"他畏缩于自己毫无意识流露的智慧,"这不过是一种准则。你认为一切会随我们所愿而保留下来吗?"

"哦,能这么想就好了。可现代社会正在泯灭正义。亨利——以任何可以想象的方式。"

想到她救助的那些妓女,他脸红了起来,然而,她说的远不止这些。

"上个星期。"她说道,"我在城里,去拜访曾经探访过的可怜人家,恳求他们再听听救世主的话。我累了。我感觉走那么远路让自己心烦。当我明白自己在做什么之前,我正在地铁里,被一个引擎牵扯住,黑暗与光亮交替着,让我如痴如醉,不过六便士的费用便就穿梭在地球中。我没有告诉任何人,我就像一个鬼魂,沉浸在其中,忘记了自己的站头,再也没见到那家人。"

"我……我承认自己并不完全与你的论点相同。"

"亨利,这就是为什么,我们的世界会结束!我们愚蠢地去想象末日是挥舞着带血战斧的反基督徒引发的。反基督正是我们自己的欲望。亨利。我的六便士,让我完完全全忘记了自己的职责——为靠凿铁路,干脏累沽的贫苦家庭争取社会福利,为各种形态的花费,为侵害我脚下本该是坚固的土地。我坐在自己的四轮马车上,欣赏着因我而闪亮的黑暗隧道,我的周围没有迷雾,除却愉悦,任何事都无需顾虑。我不再是任何意义中,上帝的造物。"

"你对自己太苛刻了。简单地乘坐地铁并不会引发世界末日。"

"我不太确定。"她说着,勾起一道笑容,"我想我们正在进入一个奇怪的时代。一个我们道德更加繁复而最终依靠我们对社会发展妥协的时代。"她抬

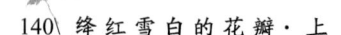

头仰望天空，就像在与上帝确认事实。

"我能看到世界正在混沌，而我们只是看着，并不确定我们应该，或是能够，对它做什么。"

"可你还在为社会救助所做工作！"

"因为我必须做些力所能及的事。每个灵魂仍是无比珍贵的。"

亨利努力在找回他们达成的一致点。当他全神贯注地赞同每个灵魂都是珍贵的时，他无法不去注意自己与福克斯夫人靠着的墙冰冷而潮湿。福克斯夫人用自己的裙撑来抵挡住这种感觉，而他却什么都没有。于是，他建议一起往前走。

"原谅我，亨利。"她说着，顿挫地打着手势，"我是不是又害得我们迟到了？我身心总不能一致，想法徘徊，身体却生了根。"

"一点儿都没有。我只是自己有点儿累。"

"你真好，亨利。"她再次跨出大步，"你知道，我真的是在说达尔文。教会先前已经错了，我的意思是在科学的细节上。没有一次坚持说太阳围着地球转？——但凡说了其他的话，就要让他们去死？现在，每一本课本都告诉我们地球绕着太阳转？这难道真是问题吗？我并不奇怪和我一起工作的女人仍然相信地心说。让她们接触宇宙学或是人类起源不是我的事儿。我只是在将她们从身体和心灵上的死亡上拉回！"正巧她走的时候，精巧的拳头放到胸前，"噢，倘若你只知道她们存在于道德上的无政府状态中……"

令亨利羞愧的是，他极想了解福克斯夫人的妓女们对于道德上的无政府状态。啊，她目睹着堕落！他能做的就是克制自己不再假借关心城市公共环境，实则私下偷瞟其他事地去提问她。有时候，他得收拢自己嘴，不在她揭露更多的时候急着接话反驳。

奇怪的是，即便他这么控制自己，与福克斯夫人谈心的时候心无杂念，可当她推动谈话的时候，总会无缘无故地勾挑出他的欲望。

举例来说，不久之前，他与福克斯夫人信步在蛇形长廊中，讨论着来世。

"你知道，亨利。"那时，她说道，"我经常怀疑是否有地狱。死亡本身是多么残酷，哦，我的意思并不是你和我有可能去承受的痛苦，而是我工作时，那些悲惨人的死亡。我们的教义让我们相信，他们会去往地狱，然而他们的地狱是什么样的呢？当我看到一个女人在肮脏的病痛中慢慢死去时，她每多活在世上一分钟，便多一分钟让人深觉残忍的痛惜。我不知道她是否就是最糟的情况。"

"好人还是有好报的。"他被她的异端邪说吓了一跳，立刻驳斥道。他吓一跳的缘故并不是因为他害怕上帝生她的气，上帝不会误会她的好意，但教会会激愤地砍了她美丽的头颅。

"天堂只有在看到那些卑鄙的人接受惩罚后才会给予回报。"她反驳道。

"当然,这是当然的。"他匆匆道,"我的意思并不是我希望看到罪人忍受痛苦,只是做好人的话,一定会在天堂,我们不能有任何厌恶的感觉……"

艾米莉探身出蜿蜒的长廊,朝着一只又灰又肥的鸭子挥手,鸭子一下钻入了水里。

"我不知道我们复苏的灵魂将来会不会有能力感觉愤怨。"她说道。

"那么,感觉……不公平。"

她笑着,涟漪拨弄的湖面映出她的脸孔。

"那些复苏灵魂的事看上去太古怪了。"她伸出绸缎包裹的手臂掠过水面,搅动着指头去吸引水面下任何东西。

"他们肯定能感觉到什么……"尽管她看上去不在听,只是盯着波光粼粼的水,等待鸭子浮出水面,亨利仍坚持不懈,"我们不是东方学者,会期待自己的神如一缕青烟一样消失。"

他清了清嗓子:"福克斯夫人,你认为呢?天堂上的灵魂是怎么感知的?"

"噢。"帽檐下,太阳斑驳的光影落在她神秘的瞳孔中,唇瓣舔过,善良得就似水里的叶子,"我想……是爱。最美妙的……无止境的……完美的……爱。"

这是她常做的事!只是几个词,某个音度,她便天真又轻易地打碎他柏拉图式的盔甲,而他则在无可救药地想些道德败坏的事。他的脑子里满是各种可怕而生动的场景:福克斯夫人的裙子被树枝勾住,撕裂了开来;流氓正在侵犯福克斯夫人,在他重重打跑流氓之前,流氓已经扎破了她的胸衣;福克斯夫人的衣服着了火,他立刻做出了反应;福克斯夫人深夜梦游到了他家,穿上自己的睡衣。

一旦他被此唤醒,性饥渴便开始在他耳边窃窃私语。他会引导福克斯夫人描述自己和失足女人的工作,他想知道那些他渴望知道的事,和另一些他想象的事。

"那些可怜人穿什么呢?"当他们走在圣詹姆斯公园的时候,他会借这场合询问她。

"多少都是最时髦的款式。"她并不怀疑,只是回答,"有些人则穿着旧款式。我看到过她们有些人没有刘海,头发还是中分。尽管我并不是最擅长于评论这些事儿,但我觉得她们的打扮应该总体落后于时尚几个月。你为什么问我这些事呢?"

"她们的衣服……不松垮吗?"

"松垮?"

"她们不是……喜欢炫耀自己的身体吗？"

她开始沉思，想要针对这些问题作出更严肃的思考。最后，她答道："我想是的，但与她们穿着衣服打扮的方式并没有那么多的关联。同样一件裙子，我穿着可能很得体，而她们穿着或许就是放浪。她们站着，坐着，扭动，或是走路，都会极不得体。"

亨利想知道妓女的坐姿，这一想法是可耻的。她会如何做呢？她会如何扭动？幸运的是，在这种特殊的场合里，柏德烈与阿什维尔救赎自己，因为他们经常穿过公园朝她们而去。

现在，在这阳光明媚的周日早晨，在上帝赐予的春意盎然的景色中，亨利·拉克姆在他严肃的衣装套子中再一次地陷入内心的骚乱。福克斯夫人已经叫了起来："噢，倘若你只知道她们是混乱的……"

这，就是他迫切想要知道的。因此，他询问她细节，随后，她说了。

当他们继续漫步的时候，她详述了社会救助的故事。在这些故事中，没有任何不着衣衫的人，没有任何拥抱，但他仍然听得耳根发热。她说不久之前有一次和自己社会救助的姐妹去往家园，发现那儿有个不久于人世的女孩儿。当福克斯夫人表达自己对女孩儿健康的关注后，老鸨反驳说那女孩儿手活很好——比医生的都好——当福克斯知道了事实后，她自己看上去反倒显得面色不好，需要躺在客房中休息。

"我得承认她的性变态行为震惊了我。"

"是啊，的确很让人震惊。"亨利小声抱怨，"诡秘放浪的事。"

"不，不，不是那事儿震惊了我。是她对药物的拒绝！这些人状态乱七八糟：上帝与医生都是坏的；而妓女则是好的！"

亨利怜悯地咕哝了一句。在他的脑子里，颠倒的场景充塞着肉欲：一群蠕动着粉红色身子的女人像池塘里的青蛙一般翻来覆去。

"我看上去是不是不太好？"福克斯夫人突然问道。

"不，一点儿也不！"他呼道。

"好吧，至少。"她说道，"这让我这块儿感觉不适。"她的手放在了胸口，"想想被那些邪恶女人抓住的可怜女孩儿们，她们必然遭受了非人的对待。"

亨利竭尽可能地不去想象那些可怜的女孩儿被人如何对待，努力释然地去观察面前联合大街的消遣活动。

"看那儿。福克斯夫人。"他说道，"没有我们认识的人吗？"

一个矮个胖圆的女人穿着奢侈的紫色镶黑饰裙子——最新款的丧服——朝

着他们小步走来。几乎用了整只鸟羽毛的染色帽饰快速地抖动着,她的遮阳伞是大陆式的。

"可能你认识她吧。"福克斯夫人说道,"我肯定没见过她。"

事实上,有两个女人朝着他们走来,只是佣人的名字并不重要。

"早上好,布雷奇露女士。"当她距离不过叫一声就能触及的地方时,他打起了招呼。作为回应,她从黑色袖套脱下一只紫色手套,端雅地伸了过来。

"早上好,拉克姆先生。"她眉眼微蹙地看了看福克斯夫人,"我想我还不认识您的朋友。"

"让我来介绍下艾米莉·福克斯夫人。"

"很高兴认识您。"布雷奇露女士微笑点头,不假思索地同自己的女佣一起用黑色的靴子踩在鹅卵石上发出声响。

亨利直到确保她们听不见的时候,方才转过身对福克斯夫人说,"你已经被忽略了。"他的声音因愠怒而阻塞。

"我肯定会幸存,亨利。记住,我习惯了被门猛烈地撞我的脸,还有被人骂脏话。你看!我们在威廉大街了。上帝有没有给我们信息,向右转,去看看你的弟弟?"

亨利皱着眉头,如很多时候一样,心神不安地听她同情那些亵渎神灵,那些需要接受更多审判的灵魂。

"我想布雷奇露女士是从威廉的房子里走出来的。"

"当然不是从教堂来的。"福克斯夫人评论道,"但告诉我,亨利,我不知道你的弟弟这么容易就有贵族拜访。"

"好吧,他们勉强算是邻居。"威廉告诉他很多关于这女人的事,好像他迫切地对她产生着兴趣。

"邻居?他们中间肯定还隔着一打房子。"

"是,但是……"亨利回忆起上一次与弟弟的对话。自杀是其中的一部分,对吗?"喔,是啊。威廉是唯一一个不因为她丈夫弃她而去,反对她的人。"

"弃她而去?"

"是啊,我想是用手枪结束的生命。"

"可怜的人。难道就不能用离婚来代替吗?"

"福克斯夫人!"

一只杂交小狗刚巧在威廉·拉克姆家门口满怀期待地昂着头,随后,毫无羞耻感地舔起了自己私处来。

"别去瞧它，福克斯夫人！"当亨利引她穿过的时候，阻止道。

艾米莉转过身，看到铁门前的狗正可怜兮兮地用自己褐色眸子盯着她的时候，只觉得它是多么可怜的小东西。

"是威廉的吗？"当他们一起走向拉克姆房子的小径时，她问道。

"据我所知，他没有养宠物。"

"或许我们上次和他见过面后，他就养了。"

"我想象不出什么情况下，他会养一只杂种犬。"

亨利站在他弟弟的门前，拉了拉门铃，这扇本该是他自己的，花环上还刻着华丽的黄铜R字。在绳索停止摆动前，他发现拉克姆房子自几周前独自拜访后已经变了很多。或许是铜字R闪着光芒，抛光得简直像金子一样。或许是因为门铃应声不再是数分钟，而是几秒钟，也或许是因为莱蒂与他们打招呼的方式异常热情，好似刚刚学会谄媚。在她身后，会客室里每一件物品都一尘不染地耀着光泽。

"进来，进来！"威廉·拉克姆走到楼梯的一半，欣喜地朝他们挥手。亨利简直不认识他了：深卷如木耳的胡子爬上了他的上唇与下巴，头发则剪得更短，厚厚地贴在头皮上。他并没有穿上最好的衣服，只是套了件去了夹克的便装，另外，还添了件踩线到脚踝的翻领睡衣。他手上挥舞着一柄放大镜，一根雪茄，脚上则穿了双色鞋子。他脸上洋溢的笑容，令人惊愕地新奇。

因此，在开始伟大展览之前，提醒你，千万别滑倒在刚打蜡的地板上！

"跟我来这边，跟我来这边。"

这所房子的主人，威廉·拉克姆带着哥哥亨利和他的同伴参观了每一处。萦绕在拉克姆家忧伤的气息已经消散。所有的窗子都已经换过，花园里的旧阶也成了新的，会客厅门也嵌入了法国窗子。处处都是油漆，墙纸胶与新鲜空气混杂的味道。在亨利的视线中，有三个工人还在客厅里粘贴着最后一些新墙纸，而安格尼斯则已经离开了自己的床，监督审视着他们的工作。

亨利没有注意到庭院周围的篱笆已经不再锈蚀，而是换作了崭新的玫瑰粉。不，哈！哈！在他自己的世界中，是他的弟弟，从未更改！那么，庭院变作了什么样子有什么区别呢？园丁的名字叫希尔斯——真的！难道是那个服装讲究的男人？希尔斯！哈！哈！有些倔犟的人一定要把温室周围不规则生长的植物回归到有人打理的状态。

并不只是房子与它周围有了改变。威廉·拉克姆还吃了很多不错的炸鱼，至少是为他烹饪的。

所有错位的事如今已经恢复正常。简妮已经不再做过多的事，她又回归到一个普通女帮厨的身份了，她很高兴只需要负责拖把，抹布，刷子。一位新的厨子已经招聘到位，她也会帮助莱蒂做些事情，这样，莱蒂可以快速地应付到访者与家里人。还有一位女佣也快到这间房子了。威廉现在拥有了一家子的女人，他已经没法招更多的人，除非他住上更大的房子。他能雇佣一个男人，但位子一直空着，不知道该雇佣什么样的人。园丁是一位令人印象深刻的人，此外重要的是，雇佣男佣人的需求并不那么强烈。一位马车夫？嗯……是啊，但他事实上，他拖延着去雇佣一位马车夫，除非他有一辆马车。他认识谁呢？他可能真的不需要马车。如今，他已经很忙了，忙得没有时间浪费在坐马车上炫耀。不过，或许安格尼斯需要有一辆马车迎接即将到来的伦敦季，因此，他会为她买一辆。

请注意，雇佣男佣人就像是在对决。女佣则不相同：任何的一家店店主或是精打细算的主妇都能雇佣得起一两个。不过，园丁已经是个很大的尝试，不是吗？草坪将结束混乱无章的状态。

是啊，威廉·拉克姆改变了：朴实无华。他现在处于忙碌的状态，一天二十四小时根本不够用。香水生意是个奥吉尼斯王的劳力活，但总有人去做的，现在老头已经彻底撒手（什么？不，父亲很好，这不过是种修辞罢了）。但，重点是，这是件工作量大的活儿，七天一周无休息的活儿。不要皱眉，亲爱的哥哥，这也是形容而已。怎么做礼拜呢？尽管很期望去，但却要监督好工人。什么？安息日？哦，静点儿，静点儿。这份工作只是几张快要结束的纸而已，这些家伙求着今天过来把它做完。我不该怀疑犹太人。

为了阻止哥哥的责备，威廉开始赞颂其香水：它不可思议的机埋本身使是一个奇迹。气味，如他解释，就像是敲击在我们嗅觉神经上精准的音度。气味，也有了音乐中的八度音阶。我们发现顶端的音符让我们陶醉地费尽手帕；中间的那些音符，是改性过完全固化的香氛，随后，更多的挥发物消散开来，初味，或是后味，音符留予共鸣：哥哥，后味是什么呢？薰衣草，如果你愿意的话！

威廉以主人的身份招待亨利与福克斯夫人，茶水与蛋糕及时端到了他们面前。当客人们发出赞许的声音时，他将他们与自己比较。

关于福克斯夫人，他想：阿什维尔是对的——她的脸看上去就像条灰狗。我想她看上去的确是一副病态的模样。

至于他的哥哥亨利：他出现得很不自在，好像自己被热水烫了似的。这看上去很奇怪，两人同时出现的时候，总是亨利更有型些……我们在这阳光明媚的周日下午来了，互相瞧着，随后让我展示一个男人如何征服生活，如何让生活顺应自己。

"谢谢你们来看我。"当他们离开的时候,他说道。

福克斯夫人没有深思地抢了亨利的话,先开了口,应声道:"不用客气,拉克姆先生。很难想象你能有这么多的精力去盯着打理房子的事。这……太让人吃惊了。世界太迫切需要这样的精神力——特别是在其他的领域。"

"你太客气了。"威廉说道。

"是啊,太客气了。"安格尼斯在仅仅说了二十来字的谈话末尾又添了三字。尽管她穿戴着美丽的蓝灰色衣裙,她却仍然缺乏与人说话的技巧。

"我希望。"当威廉将自己的客人转交给莱蒂的时候,他说道,"你们能过得愉快。"

亨利对这样的建议有些恼火,而福克斯夫人则可能用着上帝赐予的一天自私地娱乐。亨利说道:"我相信福克斯夫人与我会……恰当地安排好自己。"

这时候,莱蒂送亨利与福克斯夫人出门。

拉克姆房子再次落了安静——至少,这般的安静让客厅中打磨墙壁的工人们收起了工具。威廉,嗓子有些嘶哑,点燃了一根烟。安格尼斯坐在身旁,迷离的眼睛盯着一块她并不会吞下的饼干。她用并不适合自己的茶吞咽下了草酸片。五分钟后,她开口道:"今天是星期天,是吗?"

"是啊,亲爱的。"

"我以为是星期六。"

"星期天,亲爱的。"

接着,又是久久的寂静。安格尼斯偷偷地搔挠自己的手腕,她已经不习惯于穿着日常紧身的衣袖,哪怕这些衣袖质地是纯棉的。她双手紧扣,阻止自己去搔挠,问道:"他们真的是犹太人吗?"

"谁,亲爱的。"

"今天在这儿的工人。"

"所以我多付了些给他们。"威廉扑哧一笑,"他们兴许是。不过,你知道,让我的宝贝妻子等待任何事都是让人折磨的。"

安格尼斯低下头,玩弄起自己纤小的手指,疑惑着。她焕然一新的丈夫正打算适应这一切。倘若今年能够参加伦敦季,她将不得不关注日子。

与福克斯夫人说了再见后,亨利看着她离开,随后转身回到自己戈勒姆·莫莱斯的家,那是一栋在陶器与猪舍交杂土地上的房子。与威廉见面后,尽管福克斯夫人临走前的建议并不是在评价自己弟弟低俗与不虔诚,但他仍心有惶恐。

"他只是一个有着巨额财产的男孩儿。"她劝道。毫无疑问,她是对的,但是……还是颇为尴尬。回到自己的家,是种安慰,他局促的房子没有任何的改变,所有的东西都很素朴而具功能性,没有一个佣人——除了自己是上帝的佣人之外。

事实上,亨利的家已接近破旧了。在这片区,这是最小的房子,除却写字间大小的后院,并没有庭院。至于卧室,用基督展开的双手便能触及两侧的墙壁。卧室密封得不好,容易透风,夜晚的时候,煮猪肉的味道便会从窗子里吹进来,但却从来没有扰到亨利。大部分人类做的事比这糟糕多了。

无论如何,他怀疑太多的闲适会让人思想匮乏。他跪在炉边,多添些引火的物品,点燃它们,又一勺一勺地加了煤。这让他想起这些都是从上帝的土地中挖去的,每一根枝条与木炭对于那些不见天日的地下工作者而言是不幸的。为了让焰火燃烧,他从鼓噪铁路造成灾难,介绍时尚滑冰以及探访黑人统治的伦敦新闻画册上扯了几页。他的拳头里攥着皱起的纸,纸上是一篇颂扬《奇迹的电》的文章,他已经读过,只是印象并不深刻。"普洛普教授以一个故事震惊了在座的听众,故事称倘若我们不依靠电机,未来将无法分清白天与黑夜。"一幅地狱的景象。

当火烤热了屋子,亨利的猫蹑手蹑脚地自某处走进了屋子。她的名字就叫"咪咪",这样可以不用像对待人类一样对待她,或许可以在她不可避免犯错的时候,减轻对她的责打。她躺在灰黑的地毯上,容许主人轻抚她毛茸茸的侧面。

很快,亨利适应了标准的周日下午。当咪咪睡在起居室时,他坐在邻近的写字间,读着《圣经》。遗憾的是,将他至圣所与外部隔开的墙壁太薄,他无法真正地得到安静。生命在继续,并不怯于让他知晓。

对附近任何一个以不被上帝认可的方式度安息日的背叛者发出的声响,亨利失望地蹙眉。他什么事都没有做,只是参加了两次礼拜,拜访了自己的弟弟,与福克斯夫人聊天,读些虔诚的文字。不过听那儿,透过窗户!不是在嘶吼的命令中,一个巨人的物体被放到了马车上产生的声音吗?不是在主人口哨唆使中,犬只不停地吠叫声吗?听,那儿!不是一个孩子喋喋不休叫喊"套环"的声音吗?难道整个世界变作了一群周日工人与愉快的制造商,他们手舞足蹈跟在自己的弟弟威廉后面进入一个自我笼罩的烟雾中?

对亨利而言,安息日比检验顺服程度的意义要深厚得多,就像这么多上帝的教义,看上去严厉专制,但实际上却仁慈明智得如一位母亲的熏陶一般。并不是因为亨利对母亲有非常清晰的记忆,他的母亲像雨中夜晚的雪人消失在自己的童年中。他只是有感而发罢了。现代生活的喧嚣不允许我们有片刻的安宁,唯有服从第四戒律,才能拥抱神圣的宁静。不能说亨利看待遛狗或是踢球刻板得如学者,其实他也曾在十二月冒险横渡过剑桥康河,那时的他划起船来像个魔鬼,防守也像个魔鬼,越野跑起来更像是添了蒸汽动力。这番努力赢得了什么呢?他的名字被雕刻在了镀银奖杯上,穿烂的鞋子,他宁愿忘记的密友们的崇拜。柏德烈紧紧地握手,在一个晴朗午后的板球赛中赞许他。"一流的运动员,那个卜拉克姆!"可怕的是当他憎恶社会的弊病时,他也离开了过去曾经优渥的生活。亨利希望上帝能够原谅自己在英国遍体鳞伤的时候还在玩愚蠢的体育项目,甚至还与那些亵渎神灵的人结交。现在,他读起《圣经》,直到喃喃自语的声音与上帝的冥冥之音被安息日的破坏者们打破。

在这周平时,亨利仍是个不安分的人。他将柴火砍成比他所要更小的块;他走向福克斯夫人在的贝斯沃特街道,为了防止走那儿的时候碰巧遇上她,他穿过了海德公园;没有特别差事的时候,他不会全程走在去绿色公墓的路上。但在周日,他休息了,他读读《圣经》,也希望所有男人女人都做同样的事。

现在,我们留亨利继续读自己的尼希米书,重新回到威廉·拉克姆繁忙的工作中。他抽着烟斗,徘徊在大幅裁剪的思考中——哦,不,那不是威廉,不是吗?那是另一个短发中等身材的男人:希尔斯,园丁。那威廉在哪儿?工人们已经离开了,拉克姆夫人已经退回楼上。那这间房子的主人呢?倘若你问莱蒂,她会告诉你主人去了城镇。

周日在伦敦的中央会相当愉悦——也比诺丁山更真实。我们发现威廉在路堤花园那,看着一群不虔诚的人在玩耍。人们无视着教义,在泰晤士河上划船,钓鱼,玩足球,放飞鸽子。他并不参与他们的活动,他只是穿过他们,走在笔直的路上,而他们则在他经过的时候逗他。没有人会错误地将他归入抓紧空闲日紧张游乐的贫苦工人,他穿着高级衣服,迈着自信笃定的步伐。

世界是多么愉悦和谐的马戏团!他想看看这儿鸽子爱好者的滑翔之梦,那儿在泰晤士暗色河水上咯咯直笑的淑女们。久久之后,他重新发现自己有的不是参与者,而是旁观者的乐趣。快活,是的,但他必须用在某处地方。

别再想过去!要朝外看!看任何优秀人的座右铭,尤其是一个人的银行突然由负消息转成鼓舞人心的调子时。在经历负债降低,资产递增时,那些零乘零,亩乘亩的数字,威廉很难忘却。或许,更确切地说,他不再追求内心;相反,他看着威廉·拉克姆,拉克姆香水公司的老板,做这些事,做着那些事,努力实现成果。

威廉旁的另一条路,一个男人踩着脚踏三轮车,前额上的汗水在阳光中闪耀,他的双眼因为集中紧盯前方的道路而突出。他的帽子紧紧扣住他的头以防垂落,在帽檐下充满了滑稽卷曲的头发。可怜的家伙!他最好把那些头发剪短,就像拉克姆香水公司的老板一样。长发是过去一个时代矫揉造作的表现,现在要展望明天。

当威廉走在路上,摸了摸自己鬓腮的胡子;它们看上去与唇上新长的胡子很是般配,不像金色的发色,胡子是深棕色的。他站在镜子前照自己并不是虚荣心:这繁茂的棕色是他所喜欢的,一种更抽象的美感;这甚至可以不是毛发,而是烟草,桂皮,新外套的涂层。

一只足球滚到了他的前面,他不假思索地迅速踢还给了踢球的人。他的皮鞋亮铮,而他的钱足够买上上千双。

他也很高兴,一些安息日营业的酒馆用了些先令和免费啤酒贿赂了警察,而他感觉自己越走越渴。或许,他该喊辆车直接去灌瓶厂,而不是绕道穿过公园,只是天气太好了,他不想就此错过。还有一个原因,是他的消化问题:他中午吃得太多了,适当运动可以加速消化。

如果说有一件事是他今天下午不想发生的,那就是躺在休格的臂膀上,而一只盛满了他自己排泄物的夜壶正在床下发着恶臭。他能在她房间里安装一个抽水马桶吗?噢,未来,未来。

到达灌瓶厂的最后半英里路显得很长,他喊了辆出租马车。他并没有感觉自己累,但工厂周围的环境毫无吸引力。在工厂的两旁,整条路停满了租给摊贩的肮脏手推车,蔬菜与水果黏滑在路上,离清扫还有很长的距离。

然而,在这肮脏的避难所中,一座独特的工业小城用渐渐变黑的红砖外地幔来做伪装。当老拉克姆近日领着年轻的拉克姆走过拉克姆的三间工厂时,拉克姆对这所灌装工厂产生了兴趣。它让人迷惑的外表,一旦走入,便诱出魔力般的内里:玻璃与金属的缩小版水晶宫,像旋转木马般连续转动。令他吃惊的是,它超人的魅力同高雅的艺术评判毫无不相容的感觉。在第一次探访这间工厂之后,威廉一直在思考着这地方若是没有工人,所有的机器静止,会是什么样子。

终于,他站在了工厂前巨大的铁门前,他感觉转动钥匙的时候,满心激动。几步之后,他转动第二把钥匙打开雄伟的双重门。

他的工厂宽敞,黑暗,静谧,就像一座教堂。没有父亲在旁陪伴,没有工人与蒸汽的干扰,他看着这儿的一切,第一次明白自己继承了多大规模的财产。

他虔敬地走过广场大小，布满木屑的地板，抬头凝望着大阳台，横穿的斜槽与罐子，从炉子通向天花板的柱管，暗暗的格栅与发亮的桌子，巨大的香水荣誉勋章。均匀分布的图案是多么美丽，水晶与横木的几何构造，上千只小玻璃瓶已置在那儿。当他还是孩子的时候，这该是多么美妙的玩乐场所！但是他的父亲只在亨利孩提时带他来过，而威廉却从未来过。那么孩提时，亨利是怎么看待这所供电的，皇帝的皇冠给了他吗？威廉不记得自己的哥哥曾谈过那次来访。毫无疑问，亨利即使在那时候，也在追求一种与人不同的圣地。

"啊，我对那男孩儿报以太多的希望。"当威廉的父亲带着他一起走在这儿的时候坦白道，"他的智力与体力是如此地充沛。我想他能够成熟地成为……好吧，不管怎么说比一个牧师要强得多。"

该怎么把亨利虔诚的思想净化成更有用的呢？威廉曾想表述，但他知道父亲已无动于衷。他让这件事就此翻过。最后，他选择了陈词滥调的"外交辞令"。

"没关系，父亲。我们只是在不同的道路上变得更成熟。所有最好的，呃？在这儿去往未来！"他把手放在了自己父亲的后背，这么亲昵的手势很少也很大胆地出现在他们彼此之间，他们彼此很清楚这意味着什么。幸运的是，当他打算看着儿子去承受一个痛苦圣诞节时，内疚感鲜见地出现在老人的脑袋里并拯救了他，他轻拍了威廉的肩膀以作回应。

现在，威廉徘徊在这间工厂后面的院子里，他在看堆起的煤，大量绳索凌乱垂放的手推车。他脱下一只手套，就像在公共场所触摸纪念碑一样摸了上去，那是一摞等待装货的板条箱。周日不活动是件多么可惜的事！哦，威廉当然不怀疑工人需要些休息，并从事一周一次的宗教信仰，但是，这还是可惜。一个短篇故事跳入他大脑，故事叫做"不虔诚的机器人"。故事是将发明家设计出机器人在周日工作，在故事的最后，机器人所在地区的牧师进入工厂，说服机器人工人去度安息日。哈！

突然，威廉被身后哗啦一声巨响震了下。他立刻转身，当他低眉看地上的时候，却只发现一只小狗从大堆的柴火中探出身。它长得非常像徘徊在拉克姆家的那只，只是它是雌的。

动物对威廉来说无足轻重，他注意它，是因为它可能破坏了他的财产。于是，他抄起废弃垃圾里一根烧焦的棍子，朝它挥舞。狗立刻逃跑在锯屑灰尘扬起的迷雾中。威廉很满意这样的结果，他转过身，这才发现自己关上了身后所有的门，那只不请自来显然无处可逃，他瞬时变得懊恼不已。

他看了眼手表，感觉自己饿了，该回主门。他希望能在那儿看到那只狗在等待自己，温顺地讨求驱逐，然而，事与愿违，他有些后悔用叮当作响的钥匙关住了它。

在卡斯特威太太楼上的房间里，休格正在写着她的小说。附近，艾米·豪利特正在用中国扇子和一位男教师调情，他每周日到这儿，就是为了这么一个目的。楼下，克里斯多夫正在与凯蒂·莱斯特玩拉米纸牌，纸牌放在一堆熨烫好的床单上。卡斯特威太太在假寐，她颓然地靠在自己的桌前，剪贴簿上亮着黏黏的胶水，胶水正在慢慢地固化成毫无光泽的釉面。银街的吵闹声如此温和，以至于休格听到了男教师疯狂的叫声。她试图去听那些字，它们却好似无法透过廊中的墙壁传来。

休格下巴靠在了握笔的指节上。纸页上，她落在一句未写完句子上的真丝肘臂间闪着光影。小说的女主角刚砍断了一个男人的喉咙。问题是如何精准地描述血即将流淌。流淌太过于温柔，溅出则意味着粗心大意，喷射显然贴合，只是她已经在另一段里用过这个词，而那一段不过才几行之前。这男人曾征服了一些事，而大多数时候则不是；"漏血"这样的表述对她在男人身上造成的野蛮伤害而言太过无力。休格闭上了眼睛去想象，在脑海中血红的剧景，血从脖子的伤缝中涌了出来。当卡斯特威拉动警铃的时候，她惊讶得乱作一团。

她匆忙地看了眼自己的房间。所有的东西都整齐干净。她已经藏起了纸，除了桌上留着的一张。

喷涌，她写道。她最后终于决定用这绞尽脑汁逼出的必要词汇。钢笔尖已经干了，潦草的字迹已经从缺了墨水看不清楚到凝固的污点，但她会在之后让它们重新清晰。现在可以开始换上行头了！还够些时间小便，随后倒到窗外：她的亨特先生非常厌恶臭味，这一点，她已经铭记在心。

数小时后，威廉·拉克姆躺在温暖而飘着香气的床上，从踏实的睡梦中醒来。他目光呆滞而满足，迷糊着不知自己在哪儿，是什么时候了。天花板上有煤气灯，只是蒙在薄纱后面，透过窗户，他能看到的只有黑暗。纸的瑟瑟声告诉他，自己并不是孤身一人。

"什么鬼地方？"他喃喃自语。

在他的审判，是一个人。他抬起头，发现休格用枕头靠着背，显然是在读《伦敦日报》。她穿了件紧身衣，手指上留着钢笔的墨水渍，然而，她还是那个上回他见过的女人。

"几点了？"

她彻底从床上起来，露出整个臀部。她片状的鱼鳞癣延展到臀两侧，好似千次鞭打留下的疤痕,只是这疤痕完美对称,仿佛是被一位完美主义者刻意"造成"。

她伸手递给他外套,弛软的口袋还挂着表链。

"上帝!"当他查看表盘的时候说道,"十点了!晚上十点!"

她噘起嘴,用沾了墨水掉皮的手触了下脸颊。

"你工作太辛苦了。"她低吟,"就是这样,你休息得不够。"

拉克姆恍惚地眨眼,透过头发缝隙去看手表,时间所剩无几。

"我——我必须回家了。"他说道。休格抬起一条裸露的腿,放在另一条腿的膝盖上。

"我希望,"她笑道,"这是你家外之家。"

在拉克姆的房子里,几只钟已经鸣响过十一下。每个人已经躺在床上,除了一个佣人仍然在辛苦地收拾最后的灰尘碎片、木材刨花,还有工人施工留下的碎渣。这是一个喧闹的周日,但最终则以安静画上一天的句号。

安格尼斯·拉克姆从床上坐起,黑暗中,只有窗户处透过的月光像光亮的被单遮在她的膝盖上,她想上帝是不是生气了。倘若是,她希望是生未来你的气,而不是她。倘若她早些知道今天是周日,她一定会什么事都不做,或者几乎什么都不做。

晚饭吃的鲑鱼沉沉地在自己的胃里。实际上,这本来是留给威廉的,但他没有回来吃晚饭。因此,莱蒂打算把这些光泽的小东西拿回厨房,这样的话,厨师会搅碎它,随后作些别的什么菜,放在早餐、馅饼或是诸如此类的。丢掉这条完美无瑕的鱼身体看上去暴殄天物,于是,安格尼斯吃了它。这条鲑鱼虽然小,但对她而言却是很大,只是她却停不了嘴。她想看到盘子里的鱼骨头被吃得干干净净。现在,她躺着,只觉得胃疼。暴饮暴食,在一个周日的晚上。

威廉在哪儿?在早期他们结婚的日子里,他很少这样外出。随后,他每回外出后回来都会喝醉。而现在更多的时候,他出去后回来都是清醒的。然而,他去了哪儿呢?这么冷的天,商店都已经关了门,他出去做什么呢?伦敦季还没有开始……

一定是复杂的机器让英国文明嗡嗡作响,人必须好生地照料。它本身并不会出问题,即便是一尊简单的落地大摆钟,倘若没有好好地使用,也会停歇工作。她怀疑,倘若人们不去润滑它,缠绕它,混乱修补它,整个社会就会停止运转。

门铃响了。他已经回来了!安格尼斯想象莱蒂匆忙地提着灯,从刚擦亮的楼梯上下去，穿过新的走廊地毯，为她的主人打开门。楼下如此的安静，她能听到她丈夫在客厅的声音：不是话语，而是那声调与感觉。他听上去很高兴，还有些威严，清醒得就像一位牧师。现在，他和莱蒂在上楼，威廉说："可怜的女孩儿，你回去睡吧！"显而易见，他并不想吃晚饭，幸运的是，他贪吃的妻子已经吃了那条鲑鱼。

安格尼斯无法明白究竟是什么改变了他。只是数月前，他迟回家还会故意地制造出声音，随后在上楼的时候咒骂。他那么狂暴是因为她提到了钱，还是他的父亲？这些已经彻底没有了，好似这些狂怒什么都不是，只是一个噩梦罢了。老拉克姆和小拉克姆瞬间亲密无间，而她，安格尼斯也再次手头宽裕了，除了健康外，她什么都不再想了。

她听到了脚步声——几乎感觉到了他在经过自己的门。这并不寻常——他们已经几年没有同房了。的确，担忧他今晚突然打破他们之间不言而喻的协议，进入她的卧房的事，瞬间变得急剧起来。然而，她必须承认最近他变好了——甚至还有了从未有过的魅力。他问她所有的事，几乎不再说些残忍的事情，只是昨天他说倘若缝纫机只是个消遣，她没有必要做自己的裙子：她可以同以前一样让裁缝做裙子。

对她而言，做衣服更好，她深知这道理。这是大脑的训练，让她的手指更敏捷，比起织锦活儿而言，这并不乏味。说到织锦活儿，现在如果有更多的钱，她想争取一些给格伦的兰西尔亲王做绣花的活儿。完成它，会让人印象非常深刻。这件事已经放在她心上许久，然而，现在她不得不提醒自己过去数月自己还病着。牡鹿的大部分已经完成，而令人产生兴趣的风景也是如此：只是想着天空，想着那些山，让她整个心都沮丧起来。没有人可以为她做些什么吗？有没有一个女裁缝可以在女性期刊上建议她？是啊，她将和威廉提出这事儿。

安格尼斯的眼睛因缺乏睡眠而疼痛，她在鸭绒被里看着窗上的图案。窗框的影子将矩形的光分成了四块，对她来说，就像基督十字架。这是个信号吗？上帝生气她命令那些贴墙纸工人们工作？她只是说话而已，并没有下达任何的命令！倘若她保持沉默，他们会将护壁板顶木条贴到错误的高度！说到底，她真的不知道今天是周日。

她烦躁不安地从床上下来，拉起窗帘，彻底隔开了十字架，将整个房间蒙入了更深的黑暗中。她跳回鸭绒被中，把被子拉到了颈脖，试图伪装自己仍在旧房子中，回往天真的童年。缺乏明显的对比下，她会更容易想象从那年熟睡在自己家到现在的几年时间里，周遭的一切没有任何变化。

然而，即便是在这完全黑暗的地方，她记忆中的老房子也因现实而变质。尽管她极尽努力，她都无法将自己变回童年的自己；她无法抹去尤恩农场主在记忆中出现的样子，即便他不可能真正替代自己的生父。每一次她努力追忆自己父亲的脸孔，那熟悉的照片却难以进入她的视线，反而，她继父轻蔑的样子，总是隐现在黯淡的寂静中。

窒息在啜泣的恐惧中，她从身侧抓过一只属于威廉的枕头抱在胸口。她紧紧地抱着枕头，将自己的脸埋入它蕴满香气的亚麻中。

除了威廉书房里的一盏灯，房子里所有的灯都熄灭了。整栋房子的人，除了威廉外，已经都进了被窝，就像所有的玩偶回到了玩偶之家。倘若拉克姆家是这般的一个玩具，你从屋顶往下窥探，你会看到威廉穿着衬衣坐在桌前，忙着写信工作。没什么有趣的事。我保证。在另一间房里，在远处一头，你会看到一个孩子的身影蜷成一团在一张微有些小的童床上。那是索菲·拉克姆。还有一间房，你能看到安格尼斯裹在白色的床褥中，金色的头发披散在外头，就像一只奶油蛋糕，一半白，一半金。在你手中提起的倒扣屋顶，佣人们横七竖八地倒在阁楼的蜂房里，寒酸的财产丢弃在橡木旁。

在威廉结束总账打算舒展身体之前，又点燃了午夜蜡烛，好让亮光更持久会儿。他感到满足：另一个烦闷冗长的周日已经在多娱乐显现与少信仰中度过。他丢弃了白天的衣服，穿上睡衣，熄灭了灯，将自己塞入被窝中。只是片刻的功夫，便温和地打起了鼾声。

安格尼斯，也渐渐进入了梦乡。一只放在枕头上纤细的手滑落到了床边缘。随后，威廉的一只手从睡梦中开始移向床边，刚巧是安格尼斯的方向。瞬时，他们的手完美地成了条直线，就好似这真切地就是一所玩具之家。我们能想象，倘若移开这屋顶，若干的墙壁，拆却两间卧室，让两者相通，这对夫妻的手便会像项链的搭扣一样相连。

然而，威廉·拉克姆开始做梦，翻过身，又转向了另一边。

第十章

安格尼斯的卧室，窗户从来不开，而房门也总是关着，每一个夜晚，里面只是她的呼吸。她呼出的气一滴滴地从枕头落到地板，接着，一口接一口，它们腾起，堆积在彼此上方，就像清晰可见的羽毛，直到在屋顶上筑巢，按时成长。

现在是早晨，你简直无法相信你是在卧室：这感觉就像世界上最小的工厂，整个晚上都在将氧气消耗转换成二氧化碳。你本能地转向窗帘；它们拉在了一起，就像静止的雕塑。针一样细小的阳光透过天鹅绒上的缝，穿进这黑暗的屋子。它们落在了安格尼斯的日记本上，本子翻在昨天一页，光打在她简单的字迹上。

你眯起眼在极小的靛蓝字句中读到她的劝诫：*真得快点出去。*

你扫过床，以为会看到她仍蜷在鸭绒被下的身子。可她，已经离开了。

安格尼斯·拉克姆有件新的事儿要做。每天早晨，倘若她能够做到，都会到房子外的路上独自走走。即便这样能杀死她，她却感觉很好。

伦敦季临近，重新恢复某些重要技能——比如能够不需支持地走路，已经变得十分紧迫。她需要走比在家里更多的路。参与在社会中，并不是某样自然天成的事儿，这需要反复练习。在宴会厅走上六个来回，从头到尾算来，也接近了一英里。

因此，安格尼斯开始走路。令她吃惊的是，克鲁医生竟然会认为她的这番决定是好的，只是说她缺乏这方面的细胞。既然他不反对，每周的几个早晨，克拉拉会送她到门前，随后，她会拿上太阳伞，蹒跚着步子走在步道上，不安地听着走在荒芜鹅卵石上的脚步声。

杂交狗已经在拉克姆家前门扎了根，它几乎每一次都能看到她，只是安格尼斯并不怕它。它并不上前盯着她，也从不对她吠叫。不管她什么时候慢吞吞地走过，哪怕微风拉扯着她的裙子，拍得阳伞晃动，她得顶风撑着自己，狗都会使她更安心，摇着尾巴，打着哈欠，一副友善的模样。它用自己如此矮胖的深棕色肉身体，以她从未知晓的温柔目光提醒她舍给自己一块超大的星期天烤肉。她的靴子有次差点踩到它的粪便，不可否认，自此之后，她就开始厌恶它了，可她并不表露自己的嫌弃，除非伤害了它的感情，或是挑起它的恶意。另一次，她看到它在舔自己身上一块红色的地方，好似蜕皮的手指，但她并没有意识到这是器官，只是把它当作了狗类的附属品，某种类似于鳍或是脊椎的东西，而实际上，狗却是痛苦地忍受着发炎的疼痛。它朝她笨拙地扫过可怜的目光。

人是多种多样的，安格尼斯见到的很少。诺丁山虽然不像往常那般的宁静，但却也还不是大都市的一部分。如果一个人选择自己在路上走，完全可以集中精力在脚上，一脚，一步，不会与别的行人相碰。金斯顿公园马路是最繁华的，因为沿着这条大道会有公共车子。她必须尽可能地避免它。

每一个早晨，她走远一点。每一天，她变得更强壮些。五套新裙子已经做好了，现在在做第六套。感谢希尔斯的打理，花园看上去非常的美丽。威廉一直情绪很好，尽管他看上去突然间老了许多，比如说鬓角多了胡须，唇上也添了小胡子。

自从她上次摔倒后，他们就没有一起共进晚餐，但两人染上了一样的习惯，便是看着对方进午餐。安格尼斯觉得这样一起更安全。而早晨的走路则给了她更健康的胃口，因此，她不会不顾尴尬玩弄吃了一半的墨赛尔，而威廉则狼吞虎咽地吃着大份，问她是否一切安好。

今天，他们两人同时吃得很有食欲。厨师做的冻肉卷是用火腿分层猪大排，煮熟的舌头，蘑菇与香肠做的。这是一道看起来非常高雅的菜式，味道好吃到他们把莱蒂喊回了两次，让她再多切一些丝。

"我在想这是什么。"威廉喃喃，从肉冻里剔出些东西。

"亲爱的，是开心果仁的碎屑吧。"安格尼斯告诉他，她非常高兴自己能说出他不知道的东西。

"那真想不到。"他说道，令她惊愕地拿着白花花的碎片放在鼻子下面，认真地嗅了嗅。他刚刚闻了所有的东西：花园里新栽的树，贴好的墙纸，油画，餐巾纸，信纸，他自己的手指，甚至是自来水。"我的鼻子必须是最敏感的器官。"他会在解释两片不同花瓣之间细节区别的时候，这么告诉她。安格尼斯很高兴他有决心管理好自己的职业，尤其是这让他们再次变得相当富有，然而，她并不希望他在伦敦季，男女混合的场合闻任何东西。

"哦，我告诉你了吗？"威廉告诉她，"我今晚要去见伟大的弗拉特利。"

"亲爱的，和香水有关吗？"

他伴笑道，"可以这么说。"之后，他又开始研究梅子牛油布丁，直接递给了她，"不，亲爱的，他是一名表演家。"

"是我必须认识的吗？"

"我有些怀疑。他在拉姆里音乐厅演出。"

"哦，好吧。"

没有再多说的必要，但安格尼斯意识到自己没有了唠叨下去的话题，一分钟后，便又提到："拉姆里还是拉姆里吗？"

"亲爱的，你的话是什么意思？"

"我的意思是，它还没有被提升吗？"

"提升？"

"变得更高……变得更时尚……"她想不出"档次"这个词。

"我认为没有。我期望自己被布帽男人与缺牙女人包围。"

"好吧，要是这样吸引你的话……"她做了个鬼脸说道。牛油布丁对她而言太油腻了，她开始感觉吃了那么多的冻肉卷后有些反胃，然而她对一小片午餐蛋糕毫无抵抗力。

"人不能总是独自生活在高级文明中。"威廉嘲讽道。

安格尼斯吞咽了自己的蛋糕。这，比她想象的要油腻得多，她怀疑这里面添加了什么她必须知晓的东西。

"假如你……"她犹豫道，"假如你看到那儿的人，在拉姆里……我的意思是某个重要的，我想要在伦敦季见到的人……记得告诉我，好吗？"

"噢，那是一定的，亲爱的。"他抬起一片午餐蛋糕放到鼻子底下嗅了嗅。

"小葡萄干，提子干，橘子皮，浸在雪梨酒里。杏仁，肉豆蔻，葛缕子……香草。"他咧嘴笑着，期待鼓掌喝彩。

安格尼斯淡淡一笑。

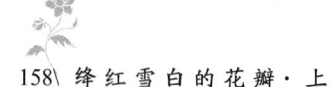

距离拉克姆家以西半英里不到的地方，艾米莉·福克斯已经做好出门的打扮，只是此刻还留在厨房里，拿着手帕咳嗽。天气对她来说糟透了，空气里一定夹杂了什么东西让她头疼胸闷。她必须确保自己明天会恢复，否则，她会错过社会救助巡视。

她咬牙思考自己是否应该去父亲家问他要些药，但感觉这样只会让他担忧。除此之外，谁知道他是不是会带着他的药箱与器具匆匆去什么地方了？艾米莉的父亲是詹姆斯·克鲁医生，他是位非常忙碌的男人。

想到这儿，她吞了口治肝盐，接着又喝了口热可可把味道驱散走。可可的另一个作用就是让她热起来，不仅仅是她放在杯柄上冷冰冰的手，藏在她身上敏感的胃，还有整个身体。事实上，她突然地很热：前额溢出了汗，整个手臂感觉在紧紧的衣袖中发热。她匆忙地穿过厨房的门，朝花园走去。

她的房子比亨利的大，而她的花园也有更多的花草。尽管她丈夫在这些植物全盛的时候常走在里头，现在却都有些蔓生了。他喜欢奇怪的味道，伯特伦总是试图种些异国他乡的蔬菜，在那些日子，他可以给厨房做这些菜。这儿还有些雅葱，长在野草中，把最差的一些砍掉，就会露出好的来，只是整个夏天野草长得很疯狂，待到冬天，它们只是这般躺着。它们现在恢复了生命，茂盛发绿，当巨大的棺材形外形中，伯蒂种了那些人形大的巨型芹菜。他们称呼这种芹菜叫——荆棘蓟？这种植物在疲死的土地中繁盛生长。

伯蒂对那些经久不衰的东西总是漠不关心，她着迷的都是朝生暮死，惊人壮观的。尽管，他是一个好男人。两个人的房子于她一个人来说太大了，她因为他的缘故——为了他的记忆。他做了很少刻骨铭心的事，他从来不说自己深奥的想法以及任何他有的想法，最好纪念他们结婚的事，便是留在他的房子里。

现在，她站在花园里，手依旧握着杯热可可，她发热的眉毛被微风吹冷了。她很快又好了。她没有生病。她昨晚开了窗，房子里的空气非季节性地暖和。疼则是她自己的问题。

她喝下了剩余的可可。她已经振作起来，感觉整个人更机敏了。它怎么做到的呢？她猜测，一定是某种秘密的原料，让她萧条的血液像注射了苏醒剂，甚至是一种兴奋剂。在她自己看来，她几乎不比她社会救助打交道中的瘾君子好多少——那些头脑疯狂的佣人在红眼朝一旁转动的时候，只能集中精力去看基督教条不超过两分钟的时间。她笑了，在微风中倾斜着头，用下巴按在杯子的边缘。艾米莉·福克斯：可可女魔王。她能想象自己在一张两便士的刊物封面上，上头是她蒙着脸，穿着男人的裤子与披风，为了躲避警察，跳跃在屋顶上，她超人的力量完全从这邪恶的可可种子而来。地面上的警察伸展开粗短的手臂徒劳地抓向她，他们目瞪口呆地发怒与挫败。只有上帝能让她下来。

她睁开眼睛，睫毛抖了几下。她腋下的汗水变凉了，脊柱不觉有冷意袭来。她喉头发痒，令她咳嗽起来，咳着，咳着。她拒绝继续：她知道那会通向哪儿。

回到房子里，她冲洗掉牛奶盘，擦过火炉顶上，将可可等东西移走。她的熟人中很少有女人像她一样能够做这些活，哪怕是用刀子架脖子上威胁，也都不会做。她的女佣萨拉并不同她住在一起，得明天才回来，这所有的活儿，她会按照方针尽可能地帮助女孩儿去做。她和萨拉，她感觉，更像是姑妈与侄女，而不是主人与佣人。

噢，福克斯夫人知道外面传着很多关于她的流言蜚语。那些女人们认为她是文明社会的耻辱，是卜层阶级的伪装，是雅各宾派的丑陋嘴脸。她们想要将她踢出自己的圈子——甚至更希望将她踢出自己的视线范围。

姐妹们对她的厌恶让她不觉悲伤，但她没有做出努力去安抚，或是抗争，因为她渴望欢迎自己的并不是那些时尚女人的家庭，而是那些穷苦生活的人。

总之，这一切得失只是烟云！在未来里，她相信所有的女人都会有有用的工作。现在的体制无法容忍，因为这是反上帝与善行的。任何人不能让低一层阶级的人接受教育，不能用更好的食物与未被污染的水去养育，改善他们的房子与道德，总是期望他们继续无所欲，只是被奴役。任何人都不能在报纸上披露悲惨情境，也不能让人生出愤怒的举动。如果在日报上报道了贫民窟的名字，如果所有我们兄弟姐妹遭受的痛苦被披露，会不会出现基督徒们卷起袖管要求补偿援助？甚至那些没有道德烦扰的女士们与先生们也会发现佣人的攻击很快会缩水，而他们中最富有的人将必须亲自摆弄起异国来的玩意儿，比如拖把与抹布。

福克斯夫人预测，下个世纪，女人像自己这样涂抹面包片的，不再会被人看作是怪胎。英国将满是在更公平社会工作的女人，而她们的屋檐下将不复有佣人。她自己的女佣萨拉，与病了的祖父生活在一起，每隔一天过来做些粗重的活儿，得到些公平的工资，这样她就不必再回头做妓女。萨拉原本能值黄金的价值，但即便如此，她都会适时离开，因为卖淫迟早是要被根除的。

艾米莉想知道短距离地走路是否有益于自己的胸。她有一包棉手套和另一包袜子要交给莱弗斯夫人。她正在准备些东西，下月带去爱尔兰。芬尼亚会！八卦好事的人毫无疑问会说这样的话，或是说她天主教徒！莱弗斯家只有几分钟远的路程，如果两只包重量差不多的话，艾米莉可以一手夹着一只包。

福克斯夫人家的房间除了自己的小卧室之外都杂乱地堆满了各种箱子，包，书，还有包裹。说到底，她的房子是社会救助还有其他的一些慈善组织的非正式仓库。艾米莉走上楼梯，把鼻子伸进曾经的主卧，确信自己要找的东西不在里面。在地上，相当不稳当地堆放着《新约全书》。这些书要翻译成……成……她这会儿记不起哪种语言，它们是一个不久前从《圣经》宣传社会归来的人带回的。

她找不到袜子与手套，于是回到楼下切了另一片黄油面包——她在这间房子里随时有的吃。通常在周一，还会有些周日剩余的烤肉。昨天福克斯夫人让萨拉随便吃，但她没想过萨拉的胃口会和拉布拉多狗一样厉害。

当她嚼着面包的时候在想，对那些在我上面的人而言，我只是一个可怜的寡妇，在贫穷的浅滩中划桨，对那些在我下面的人，我是天堂里饮食奢侈的人。我们所有人会厌恶，会妒忌，除了最穷的人，那些并不低于他们的人。

艾米莉决心认真地寻找袜子和手套。她甚至戴上了自己的软帽，严肃自己的意图，好似这样就能防止她放弃。让她高兴的是，她几乎很快地找到了包，它们正叠放在衣柜另一只最高的包裹上。但把它们拉出来的时候激起了一片灰，在她与之抗争前，她一直在咳嗽，咳嗽，咳嗽，咳到她弯了膝盖，泪水从面颊流了下来。她颤抖的手使劲地压住嘴。随后，当一切结束后，她坐到了楼梯地板上，摇摆下身子让自己更舒服些，盯着光束穿过雾气玻璃落在她前门的那块地方。

福克斯夫人没有想过自己会生病。在她看来，她和任何气血虚弱的女人一样健康。当我们谈论她的不足时，并不是她认为自己丑。上帝给了她一张长长的脸孔，但却是一张她满意的脸孔。它让人想起迪斯雷利，但更柔和些。这也无法阻止她有了丈夫，不是吗？虽然她从没有另一个，但一个丈夫已经足够了。现在回到健康话题，尽管伯蒂面颊红润，随时露齿而笑，但并不是她的健康出现了问题，而是她的丈夫。这刚好证明流言蜚语不能决定一个人的生命，而是上帝决定的。

她小心地呼吸，抬起双脚，走过那些包裹。她一手抓住一只，掂量着重量。她将它们放到了门前，停留了小会儿，在离开之前，照照镜子里的头发。

世界远离东方，亨利·拉克姆也走在街上。这一天是多么地适合走路啊！

亨利走在他从未走过的路上，这条路蜿蜒，昏暗，他不得不看着自己的脚步唯恐鞋子踩到了狗屎，因此他不得不谨慎地看着每一处小巷与隐秘的楼梯井以防出问题。他僵硬地走着，他的决断只比恐惧多了少许，他只是希望能在这种情况下，他没有办法去祈祷没有一个他的熟人看到他走进了这么一个邪恶气息的迷宫。

亨利知道哪些天福克斯夫人在社会援助工作，哪些天在家里，她的日程刻在了他的记忆中,所有周一,她都会休息。这就是为什么他今天走在圣贾尔斯,碰巧还是某些她会走经的地方。他忍住不因为恶臭而咳嗽,更费力地朝前走。

几分钟后,所有的体面一扫而光,牛津街实而直的线条暗藏其中,他已经约莫大半忘却,道路陷没的噩梦从他的大脑中抹去——路面沉降,摇摇欲坠的房子,品行肮脏的肥胖居民。

亨利真实地想,这季度的城市就是地狱边缘一片虚拟化的停尸房。报纸说社会较过去五十年代已经发展了很多,但是那又能怎么样呢?他已经看到了切断的狗头腐败在排水沟里,它伸出的舌头沾满了虱子,他看到两个半裸的婴儿被丢弃在鹅卵石上,他们憔悴的脸孔因愤怒与欣喜而扭曲,他还看到了一大群幽灵从破了的窗户里朝外凝视,他们的眼睛空洞,他们的性别难以区分,他们的肉体简直比他们身上褴褛的衣服还灰暗。四周的建筑好像来自地下,只有昏暗的楼梯井,或许,还有些快要散架的梯子。潮湿未烫的衣物从这扇窗挂到那扇,缀着烟灰的斑迹,微风中到处是破烂的床单,就像一面旗来区分血迹褪色成褐的花束。

亨利·拉克姆来到这儿只有一个目的:变得不同。他并不是福克斯夫人那种人,但确实是不同的。

他到后的几分钟,一位丑陋的中年妇女靠近他,或许,她的实际年龄要年轻些,穿着拖地长裙,但却是打着补丁的。她没有戴帽子,裸露着脖子,咧着嘴,露出所有剩余的牙齿向他打招呼:她是一名妓女?

"给几个便士吧。先生,为一位贫穷的修女。"她是一位乞讨者。

"是你需要食物吗?"亨利说着,心里不禁怀疑上当受骗。他渴望自己慷慨,却幻想他在检测她呼吸中的酒精味。

"你说对了,先生。食物是我要的东西,我饿了,我从昨天开始就没有吃过东西。"她紧握肿胀的手,目光贪婪地看着他。

"我能……"他犹豫了,抵住她掠夺性的目光,因为那目光拽着他的灵魂就像他是一条多汁的虫,"我需要陪你去一处有卖吃的地方吗?我会给你买些你要买的食物。"

"哦,不,先生。"她回道,脸上暗淡无光,"我的信誉,先生,对我来说很重要,因为我还有孩子要养活。"

"孩子?"他无法想象她已经有孩子了,她看上去并不像自己在教堂里见到的那些胖得没皱纹的母亲。

"我有五个孩子,先生。"她说着,手在空气里空悬好似她会在某一刻突然抓住他的臂膀,"五个,两个还是婴儿,他们真是闹腾得可怕,我的丈夫因此无法入睡,实在是忍无可忍了,先生。所以,我必须不停地摇他们,摇到他们安静。我在想,先生,如果您能给我自己几个便士,我会为我的宝宝买些药,这样他们就能像天使一样安静地睡觉。"

当这般的惨境叩击他心的时候,他的手几乎已经伸到了口袋里。

"但是……但是你必须阻止你丈夫打你孩子!"他郑重其事道,"他会对他们造成不可弥补的伤害。"

"啊,是啊,先生,可他真的很累,成天工作,他需要晚上安静下,但是孩子们实在是太闹了,就像我说的:'当一个安静后,其他的孩子就会尖叫',真是太糟糕了,六个孩子,先生。"

"六个?你刚才说你有五个孩子啊。"

"是六个,先生。只是其中一个太安静了,你几乎不知道她在那儿。"

两人僵在这肮脏的公共街道。他的掌心里放着一枚硬币,行动踌躇。她舔了下嘴唇,担心说得太多,影响他对自己的慷慨。

"孩子们不会因为要恶作剧哭泣的。"亨利仍想象着天真的孩子们在小床上的模样,"你丈夫必须知道这点。孩子们哭是因为他们饿了,或是悲伤。"

亨利叹了口气,抛开自己的恶意。慈善不能没有信任,或是说至少愿意冒险。好吧,这女人喝了很浓的烈酒,在她的行为里正自然地透出谄媚:是什么?善良不会进一步地破坏她;也不会影响她的家人。不管他们家究竟有多少人,是否是她的过错。

"这儿。"他说着,把手中的钱递到了她颤抖的手里,"用它买点吃的吧。"

"谢谢您,谢谢您。先生。"她扯着乌鸦似的嗓子说道,"因为这小小的硬币,先生,您为一位穷夫人与她家庭准备了一顿好饭菜。真的很感谢您,先生。"

亨利皱着眉头在想,她已经朝着两栋楼房间黑暗的小弄堂跑去。

"寡妇吗?"他喃喃,然而她已远去。

在一个更理想的世界,亨利或许可以有更多的时间来反思自己施予的恩惠,思考下一步该做什么。此刻,各种情绪在脑中互撞。尽管如此,他闪光的钱币已经被这条街其他的人看到,这无异于天空上突然闪过烟花。每一处缝隙,每一处角落衣衫褴褛的人聚集在他的周围,他们浑浊的眼睛里满布贪婪的红丝。亨利鲁莽而焦躁地大步向前。他血液中的某种物质,将他的恐惧带入了某些其他的东西:夸张敏捷的感觉奇怪地在他身体里恣意流动。

第一个抓住他的家伙像一只跛足逃窜的狡猾鼬鼠。他骨瘦如柴的手里抓着一把鞣革刀,扬在半空中好让亨利看得清楚——只是这对新来者而言,好似一个毫无伤害的物品,他不过是归还而已。空气,对亨利而言,并没有危险,只是一出引发幻觉的闹剧。

"给我些钱。"小人喘着气,就像黑猩猩一样扮着鬼脸,挥舞着的肮脏刀片离亨利的胸口仅剩一臂的距离。

亨利看着攻击者的眼睛,这家伙比自己矮半个头,体重也少一半。

"上帝会饶恕你的。"亨利扬起自己善意的拳头吼道,这拳头与小偷的头盖骨刚好成了对比,"当然,你要再往前,我发誓我会把你撂倒。上帝也会原谅我。"

这让面前的家伙吓得往后一退,险些被地上松垮的鹅卵石绊倒。他转过身,慌张地逃走了。另一些圣贾尔斯的居民停止朝亨利走来,他们同样撤了下去,因为不敢肯定他是否真的同看上去那么好欺负。

只有一个人没有停下,也只有这个人继续往前靠近他。这是一位骨瘦如柴的年轻女人,她穿着一件百叶裙子,披了男人的黑色外套,还有一条用带花边窗帘改制的围巾。同那位乞讨的女人一样,她没有帽子,但妖精似的脸孔却是新鲜,而她的头发是红色的。她大胆地走向亨利的路,随意解开了自己的围巾,露出段长满雀斑的胸骨。

"摸我的手,一个先令,先生。"她说道,"碰其他任何地方是两先令。"

话落,她站在他的影子里,等待着答案。

一种完全意料不到的平静感涌上亨利·拉克姆的心头,这种空洞的宁谧是他从未经历过的,甚至在他没有做梦的睡眠中,也从未出现。这样的时刻是他长期都畏惧却又期待的,他堕入这肉欲的尘世,福克斯大人则认为人该持尊严与泰然。他多次幻想自己能看到这样一个女孩儿,或是暧昧如她一样的女孩儿;现在她正活生生地站在他的面前。令他欣慰的是,他发现她完全不是个迷人的女人——只不过是一个孩子——眼睑上挂着些硬皮,下巴高高扬起的孩子。

在今天鼓起勇气来到这儿之前,他有多么担忧自己善意的日的到头来不过是虚伪地用地理巧合这样的故事来掩饰幻想。他因此心神不宁,焦虑不已,倘若上帝会保佑自己教区的话,那他在更贫穷的街道遭遇面前这样一个毫无防御的女孩时,采取的第一件事就是侵犯她。事实上,她是一名妓女,恣意放荡地向自己索要金钱并提出换予她肉体任意部分的女人。那么他希望什么呢?她浅浅地呼吸着,双唇咧着,在他影子里抬头看着他,等待他的应允,她没有意识到自己的这番凝视刚巧给了他预料之外的礼物——认识到了他的本性。他现在知道:不管他欲望什么,不管他贪求之心往后会如何,那都不是一具削去了皮肉的小残骸。

"你身体的哪一部分都不该是你出售的东西,小姐。"他温柔地说道,"它们是一个整体,它们属于上帝。"

"我的身体属于任何一个能给我两先令的人,先生。"她坚持道。他的脸抽搐了一下,手伸进自己口袋:"给你。"

他给了她两先令:"我会告诉你我想要什么。"

她垂下头,目光里闪过一丝对死亡的恐惧。

"我想要你……"他犹豫了,明白这世界太过邪恶,而自己太过缺乏道德的指引,有个声音告诉他"随她去吧,别再做那样的事了"。但他极力地装出笑容,表现出并不那般严厉的姿态:"我想你把这两先令当作不再需要……"当这些话脱口而出时,她疑惑的表情让他清楚地意识到自己正在失去她。

"啊……我的意思是,这可以代替你可能做了某些其他事能挣到的钱……"她皱着双眉,不知所措地咬了咬下唇。

"我的意思是……看在上帝的分上,小姐,无论你要去做什么,请不要再做了!"

顷刻,她咧嘴大笑。

"我明白了,先生!"她信步离开——那扭身的姿态比他所见过的体面女人销魂得多。

到现在为止,亨利已经要够了。他累了,渴望安全,恪守自己在戈勒姆学院学习的礼仪。肾上腺素的爆发让他吓跑了鼬鼠男人,现在已退回平静,而外加的那些情绪不再令人兴奋,而是一番疑惑。

他步履沉重地回到了城镇更好的一些地方,那儿,他能招呼到公共汽车,开始心生畏惧的工作,摆脱今日所获悉的一切。尽管如此,当他匆忙地穿过复杂的街道,短暂凝视每一处小巷胡同时,他碰巧看到了早先逃离圣贾尔斯的那个……不是吗?是的,就是那个他给了钱买食物,有暴力丈夫与五个,或是六个孩子的女人。

她坐在一处开着的贫民窟门口,侧望着外头,她的裙子拖了一半在极脏污的石头台阶上。在她身后,就在那栋房子里,头发黑糙得像把烟囱刷的男人无精打采地坐在门那头。他穿着一件针织外套,蓝色的围巾,军装夹克,松垮的裤子刚巧可以供给女人搁放自己的头。他们正在分享一瓶新烈酒,来来回回地拿在手里,极其满足地狂饮着。

亨利停住了脚步,瞪眼看着这场景,离那儿不过二十步的距离。他攥着拳头站在那儿,失望地看着夫妻两人,极其愤怒地难以挪动脚步。女人在大口喝酒的时候发现了他,立刻大声呼道:"看,道格!是我们的救世主!"他们张着嘴吐出浓浓的酒气,抽搐地大笑,边喘息边喷溅着口水。

亨利,站在那儿,说不出话来,脸颊灼烧,拳头握得异常的紧,连同指尖都深深地嵌入了掌心。

"让他走吧。道格。"那女人显然发现自己沉浸在烈酒的乐趣被面前这皱眉蠢蛋打扰了,"让他走。"

易怒的男人笨拙地踩过她的裙子,差点倒向了阶梯,好不容易在他面前摆正了自己。

"滚!!"他吼道。当这招并没有影响到这位不速之客的时候,他转过身,脱下自己的裤子,露出灰白色瘦骨嶙峋的屁股朝向亨利惊愕的目光。他又转过身确定是否吓到了对方,此时,裤子滑到了脚踝。随后会如何?没有察觉到亨利并未因为见到陌生人的生殖器而胆怯。

亨利·拉克姆,还差几码就被溅到,不过,他仍然往后跳了几步,厌恶地喊了一声。女人大声抱怨起来,她看好戏的情绪瞬间因为那散发热气的液体溅到了她的裙子变作了怒气。

"你弄到我了!你个蠢蛋!"

接着的光景,他们开始打了起来,他猛地一巴掌打在了她的耳朵上,她踹踢起他的腿。他提起裤子,试图一脚踩上她裙子控制住她,她毫不犹豫地用杜松子酒瓶砸向他的头,用力一拳打向他瘦削的前额,将他打落在延展的阶梯上。

"上帝!"当一长条银色溢出的液体流到地的时候,她尖叫道。瓶子竟竖了起来(奇迹般地并没有破碎),当男人在她脚旁捂着自己流血的前额时,她抓起耀着亮光的瓶颈猛地对准自己的嘴,拼命地吮吸里面残存的液体。

亨利,可怕的诅咒终于破了,他终于可以背过身,不去看那些曾经熟悉的穷人,挫败地回往自己的家。

今晚,坐在拉姆利音乐大厅里的男人戴着布帽,女人则都已经没了牙齿,威廉·拉克姆品味的事实,是他出现在这儿,不用担心会被人看低了年龄。现在,他财富的基础已经稳固,而他升至管理层的事实已经被公认,至少在那些做生意的人之中,知道谁是谁了。他几乎可以去往任何的地方而不被人诟病。

"这是威廉·拉克姆。"现在,他衣着上的针线都是最好的,而样式也是最新款的,即便是不认识他身份的卑微人群,也会因为他的这副打扮将他看作是富裕的绅士——一位为了分散注意力而去玩些惹火娱乐的绅士。

当然，他不是唯一一个在今晚去往贫民窟的人。拉姆利的观众大部分是平民，少部分是经验丰富的绅士们。但威廉喜欢想象他海狸皮外套，鹿皮裤子与自己的新大礼帽会引人注目。不，不，不是他那顶旧的新帽子，是他的新帽子——难道你没看到它短了不少吗？这不是比林顿＆乔伊的帽子，也不是"始建于1732年的制帽匠"斯塔妮弗斯的。

拉姆利并不是进门就脱下帽子与斗篷的地方，那对看重打扮的人而言显得有些呆板，不过，这至少可以允许人进行服饰华丽的攀比。即使如此，这还是很难预测会有多少同威廉一样层次的人今晚来此，当整个音乐厅座无虚席的时候，无论从哪个角度观看人群，都被过时的软帽所遮掩。今晚的议程到此都是顺利的，观众的热情与百来盏煤气灯使得整个大厅热了起来，普通人脱下夹克露出贴身的衬衣，而女人则打开廉价纸头粘在一起制成的扇子扇了起来。

威廉·拉克姆的前面一排没有这样的女人——这让他颇为遗憾，因为他并不介意扇动的扇子有些余风可以吹来。他终究会同那些无礼的人一样感觉到热意，他前额同样开始冒汗，他衣服的夹层好似煨火一样热了起来。汗水刺痛了他的新胡子，逼迫他忍不住去挠动。音乐厅的人太多了！难道没有人离开吗？

他的新阿尔特斯大衣放在了座位的后面，新手杖则横放自己的膝盖上，这样，他可以幻想出这银色的把手能够防范小偷。他还戴着一副条纹的狗皮手套，即便是在鼓掌的时候，他都没有察觉这样会让他看起来就像在打死一只啮齿动物。

他的身旁坐的是柏德烈与阿什维尔。他们也穿得十分讲究，尽管比拉克姆要差些，但他们知道对于拉姆利而言，已经很好了。他们也同样把自己区别于平民；他们已经有些腻烦帕斯萨那山音乐大厅，因此他们想自己为什么不闲逛到拉姆利看看这儿演什么呢？看完演出单后，他们真的是冲着伟大的弗拉特利来的——"感觉中的感觉：魔法师的放飞：听他的吧！！意大利举国震惊！法国在他的脚下！一个人的风中和鸣！"

他们已经耐着性子看完了一位漂亮却穿着毫不时尚的丰满女孩儿唱完了幽默的民歌，接着，是表皮先生的"伦敦初秀"，老男人竟然古怪地从自己裸露的躯干上拉下了弹性十足的皮肤，随后用金属钩子将它挂了起来。这时，已经八点半了，伟大的弗拉特利仍旧没有出现。威廉与他的两位朋友和着那短小精悍的男人在远处舞台上反复发出鸟被各种动物追击的啼叫声，发着牢骚。

"快让弗拉特利上来！"粗野的声音响了起来，这让威廉感觉普通人想要什么的时候，无礼表达也是那么方便。另一浪激烈的质问声也爆发了出来，动物印象派艺术家在憎恶的厚云下欢腾。

最终，在八点三十五的时候，吹着小号的意大利人应着众人的强烈要求上了台。

"晚上好，伦敦！"他大声地喊道，打开双手引来一片掌声，随后，他压住了自己的胸口就好似里面藏了看不见的鲜花。尽管他涂了发油的黑色小胡子与黑色大衣，以及他的身高让人怀疑他是不是真的意大利人。但在掌声退却的时候他已经开始了带着欧洲大陆口音的序言，这让阿什维尔这样世故的人一听便明了了。"犹太人，我下赌注任何你喜欢的一样东西，是犹太人。"他朝威廉喃喃道。

"我非同寻常的道具。"伟大的弗拉特利解释道，"它就在我的身后。无论我去哪儿，我都带着它。"当他打着手势往自己肩头看的时候，观众们嗤嗤笑了起来。"它要求没有风，没有接触，没有挤压……"音乐大厅后面人群中爆发出女人低沉的哄笑。"它是微笑的声音。我请你们仔仔细细地去听。我的第一首曲子，是非常非常美丽的英国古曲……空气。它……就是《绿袖子》。"

弗拉特利用食指按住嘴唇让大家噤声，随后弯下腰。一脸严肃的副手推着装在滚轮车上的大黄铜烟斗扩音装置穿过舞台，直到铮亮的嘴几乎贴到那位伟大男人的后背。最后挥舞了一下，掀起大衣尾部，便开始放屁。

几秒钟后，《绿袖子》的曲子毫无差池地震响在空气中，精准得就同任何梳状滤波器甚至是巴松管拉伸一点奏出的一样。笑声开始迭起，从抑制的笑声到嘶哑刺耳的大声荡在音乐厅，威廉与他的伙伴，坐在离前段很远的地方，他们必须往前凑着，才能专心地听到。

十点钟声刚敲过，房子里已一片死寂，安格尼斯躺在床上。她知道即便不向佣人们询问他丈夫是否还没有从城里回来，她已对房子里任何关门声都异常敏感起来，她从地板或是自己的床脚感应到了这种声响。她静静地躺在黑暗与宁静中，想着，只是想着。

在安格尼斯头颅里，左眼后一两寸的地方长了一个鹌鹑蛋大小的肿瘤。她没有暗示自己它的存在。它傻傻地留在那儿，她热情的头颅毫无异议地留给了它地方，就好似这位短小的客人不可能引起丝毫的麻烦。它睡了，柔软而椭圆的样子。没有人发现过它。X射线影像在二十年后才出现，克鲁医生再如何为安格尼斯的身体做检查，都无法以解剖刀切开她的眼睛。只有你和我知道这肿瘤的存在。它是我们的小秘密。

安格尼斯也有自己的小秘密。她是孤独的。在掩着窗帘，缺乏空气，密闭的房间里，在浓厚的香水与她自己呼出的空气里，她因孤独而窒息。回首往日，她想不起任何能够滋养她被遗弃的心,只有贪婪的胃能够得到足够的食物——甚至越过了它真正所需。夜宵,她独自吃;晚饭,她独自吃;早茶,她因为身体不适而没有吃;午饭,她同威廉共进;然而当他不在家的时候,她甚至感觉自己更加孤独,于是,她再一次吃了很多。

这一夜,并不比大多数的夜晚更孤独:她生命的每一天几乎都在重复。长时间地做缝纫,随后看窗外园丁们做事,接着思考是自己梳理头发还是让克拉拉帮她梳理。她渴望真正的友谊,可惜却没有。克鲁先生从未诊出她病因中的这个秘密,但她确信这比克鲁医生找到的病由更让自己脆弱。如果他知道,他会做什么呢?他会给她开什么样的处方,来缓解她夜间睁眼躺在床上与一个不爱自己的男人生活在残忍世界中的痛苦?

噢,的确,她的梦会打开双臂欢迎她进入怀抱。然而,在失眠的那些时间里,她只得孤立无援地躺在大床上,就像夏洛特小姐①一样躺在两倍于自己的船上,漂浮在黑暗的河水上。

安格尼斯渴求的不是一个男人,也不是一个女性情侣。她不明白自己身体的本质,任何事都不知晓,而也没有事是她想要知道的。她的孤独,尽管让自己生痛,但却不是生理上的,它高高地悬在空气中,重重地压在家具下,弥漫在床具里。假如有那么一个人靠在她大床的一旁,一个喜欢信任她的人,一个她也同样喜欢和信任的人!而世界,却没有这么一个人。亲爱的克拉拉收钱后才表现出自己的认同,当她一天的活干完后,便匆匆上楼,陪伴拉克姆夫人,以此获得可观的收入。另外的一些佣人很少会这么做,她们害怕她,只是她们不知,实际上,她也同样有些害怕她们。养一只狗是不可能的;如果有一种没有爪子的猫,或许她就可以有一只。威廉的哥哥亨利非常好(她想现在该是朋友的那种好,而不是与她分享被子的那种好),但他太严肃了:安格尼斯喜欢脑子里装些欢乐的事,而不是世界上各种弊病与问题。那么威廉呢,她已经永远不再信他。无论他现在做了什么,无论他让自己如何富足,无论他午餐时说话多么亲切温柔,无论他给予了她随意积攒多少衣服,帽子与鞋子的自由,无论他有多努力争取她的同情,她都无法原谅他。与撒旦吃饭必须得用长勺,而与自己丈夫吃饭,安格尼斯·拉克姆的勺子得像桨一样长。

清醒的时候,她找到友谊的希望是如此的渺小,难怪安格尼斯更喜欢看到修道院的修女们。她们欢迎她,关怀她,不为其他,只为了能看到她的笑容。一个尤其长相甜美温和的修女……安格尼斯去往女修道院的场景总是匆匆结束,心

---

① 英国诗人丹尼生所著。

胸狭窄的上帝总让她睡眠短暂。去往女修道院的旅程需要坐上火车穿过农村,有时甚至需要几乎一个晚上,因此,留给一个修女的时间是少得可怜的——只是在她醒来前的几分钟。在其他的一些夜晚,旅途比任何时间都难——火车拉着她穿过绿色模糊的景物——在她眼泪滴入枕头前,神圣的姐妹们已包围住了她。在那些夜里,回程必须很长,待到早晨,她已经忘却了所有的事。

安格尼斯不相信能有一件事同梦一样。她信奉的哲理中,有些事发生在人醒着的时候,有些则发生在人睡觉的时候。她意识到某些人——特别是男人——对眼睛闭着,还盖着被子时发生的事总是不以为然,然而,她自己却是深信不疑的。把那些晚上的事当作不真实的事驱散就像把她自己认定成有虚构能力一般,她本能地明白自己是没有能力去创造那些事的。那么只有上帝可以做到了。这就是男人们在自己荒谬的自负与恬不知耻地亵渎神灵中,这般不认同自己的缘故!他们会否认这是他们生命的一部分,他们会说这根本不存在,尽都是幽灵之说而已!

安格尼斯想男人与女人的不同在他们所写的小说中并没有说得那么明确。男人总是假装把所有的事放在某个高度,所有在故事中的人物就是他们想象的木偶。当安格尼斯明白小说家没有虚构任何的事,他只是把很多的事实拼凑在了一起,从报纸,从真实的士兵,水果商贩,罪犯,或是将死的小女孩儿那儿——任何他的故事需要的地方得到各种信息。而女性小说家则诚实得多:她们会说,亲爱的读者,这是发生在我身上的故事。

因为这个原因,安格尼斯更喜欢女人写的小说。她每个礼拜都会买《伦敦期刊》与《休闲时光》,克莱蒙芒缇娜·孟塔古,欧丽芬特夫人,皮尔斯·伊根(确定不是男人吗?),哈里特·刘易斯等等人的笔会告诉她最新的服装设计。因为特殊优待,穆迪的流动图书馆会把里德尔夫人与伊丽莎·琳·林顿的书做成合订本给她,这样,她便可以及时地阅读到全本。

甚至当安格尼斯卧床不起的时候,小说仍是一剂良药,它们不变地让一个高贵而富有魅力的人进入她的生活。而这世界并没有那么慷慨,她发现同情女主角几乎就像是同情有血肉的真实朋友。然而,当人想到这事儿的时候,会多么排斥"血肉"这样的词汇。

近来,安格尼斯·拉克姆没有太多的时间看书。她大部分走路的时间都是在为伦敦季做准备。首先,她被自己的缝纫机绊住,做了一套又一套的衣服,要不然就在迅速翻阅杂志上的插图。得以英亩计算的料子已经过了针;更多的料子仍等着制衣。九件完成的裙子已经挂在了她更衣室的架子上;第十件半成品正在黑暗中的卧室假人上。

当然，十件还不够。威廉说任由她自己随性地叫裁缝做裙子时是多么地真挚，那么他究竟真希望她有多少呢？他是否已经意识到因为自己的话，她已经花了他多少钱？她多么恐惧回到他们不久之前那种用性交换的状态，他易怒而无法容忍自己从与她的性中得到满足，她也无法控制他的狂躁与不喜欢，那时的她整天以泪洗面。

可惜，她不能同其他淑女一样使用缝纫机——将她们过往参加的伦敦季服饰再次剪裁更改。在一个疯狂的新年下午，她偶尔看到一本杂志上有新颖的缝纫图，于是剪坏了她所有的裙子。她仍然清楚地记得（奇怪的东西要么记得，要么就忘记！）致命的文字如此写道："残布与过时的窗帘不该被闲置。把它们变做你自己不费力气的消遣，也是令你孩子快乐的工具。"整洁的图表与简单的说明将时尚分解，"只需要短短一刻钟的缝合时间"，栩栩如生，立体模样，浅唱的鸟儿便出来了。

一种让人极度狂热的诱惑强烈到今天都能唤起她的回忆，紧紧地扣咬住她。当时，房子里没有什么多余残留的东西，但她头脑发昏地非要用残余的布料。尽管克拉拉恳求她等到早晨再动手，她可以从贝斯沃特的怀斯利收来一堆的破布，然而，对安格尼斯来说，一分钟的等待都无法忍受。她开始盯上了自己的"旧"裙子——"我不会再穿这些裙子了。"她坚持道，随后用她的裁缝剪刀把它们剪成了碎条。傍晚，地板上混乱地堆放着搞坏的舞会礼服，女士修身上衣，还有成群做好的可爱小鸟：柔软的缎子鸟，耷拉着像病了一样；坚硬活泼的鸟是硬衬裙所做；白丝鸟在安格尼斯踩踏缝纫机的微风中战栗；黑天鹅绒鸟非常安静地站着。奇怪，她的这些裙子是怎么立刻毁了呢？好似剪刀戳破气球一样突然。另一些或多或少保持它们形状的已是……丑陋不堪。那些她来来回回用剪刀剪的，最后被用来做更多的鸟。

"我一定是，"此刻，安格尼斯叹息地倒在枕头上，"疯了。"

她的眼睑在黑暗中阖上。附近的某一处，一辆货车呼啸鸣笛。太阳升起——比起以往而言，并不慢，只是几秒的功夫，就如满了燃气一般。宽广的大世界耀闪出蓝绿色的光芒，路途的颜色，所有的不愉快已消失殆尽。

在安格尼斯的卧室外，在男人与历史学家称之为"真实世界"里，夜晚尚未结束。在更贫穷的街上，杂货店，奶酪贩子，小饭馆还没有打烊，他们的客人有卖火柴的，有卖水芹的，还有一些路上的过客。这些人进来喝东西是补偿自己数小时站在寒风中的痛苦。乞丐孩子也涌了进来，纠缠着店主给些卖不掉的火腿碎片或是荷兰奶酪带回家给父亲做晚饭。而对父亲而言,有不计其数的酒馆彻夜开放。

在距离拉姆利音乐厅不远的地方是这"真实"世界的街道——那三位微醺的富裕绅士,柏德烈,阿什维尔,拉克姆先生,摇晃着漫步穿过。他们几乎没有在意黑暗,寒冷与飘着的细雨,他们只是觉得他们争辩呼叫的声音竟没有回音。

"渣子!"柏德烈喊道,诉诸旧校无礼。

"深水虫!"阿什维尔反驳道。

"耳聋的白痴!"柏德烈放声大骂。

"塞满了耳屎!"阿什维尔唏嘘到,"那是'矿工的女儿',否则,说什么也没法说服我。"

"那是'不要哭泣,我美丽的新娘',或是'我是一名救世主杀手',傻瓜,要不要我唱给你听听?"

"两个有什么区别,笨蛋?你必须放屁来说服我!"

威廉·拉克姆不打算对这场争辩发表只字片语,只是满足地看看手表。

"比尔,你是什么意见?"柏德烈问道。

拉克姆为难地皱皱眉头:他只是非常渴望今晚能炫耀下自己的新手杖。他把伞忘记在了家中,现在却下起来雨。

"上帝只知道。"他耸耸肩,"整个事儿真是该死的败笔。我几乎没有听清一段完整的表演。拉姆利对这样一个演出而言真是个太差劲的场所。它应该在某个更小,更私密的地方演出,而听众应该是教养足够好的人。"

柏德烈用手掌拍拍前额,随后收了回来。"拉克姆主已经开口了!"他宣布道,"颤抖,乐队!"

"一所教堂。"阿什维尔说道,"那是该给伟大的弗拉特利的,对吗?嗯,比尔?小众的人,每个人都举止优雅,穿着华丽……"

威廉朝排水沟吐口水,长篇大论不过才刚刚开始:"我很高兴你这么容易就高兴了。在我看来,我们今晚被可耻地欺骗了。想想更穷的那些人吧,他们浪费了自己的薪水去看这么一场……这么一场充满空气的诈骗活动!"

"你听到了吗?阿什维尔?想想更穷的那些人!"

"辛苦工作了整一周去听一场放屁,他们得到了什么?"

"他妈的!"

"我要回家。"拉克姆说着,在汽油灯照亮下的蒙蒙细雨中找辆出租马车。

"啊,不,比尔,不要让我们这么孤零零的。"

"不，该死的，我要回家了，天又冷，又下雨。"

"嗨，还有很多干的地方留给男人的，是不是啊，阿什维尔？"

"又暖又湿。呵呵。"

说着，柏德烈得了灵感似的，解开自己外套，开始在口袋里翻找。"我刚碰巧拥有我的人……忍受我，朋友，当我在笨拙地摸索……"他突然拿出一张廉价新约书那么大小的传单，挥舞在路灯下，"一个广告，显著地登载在最新一期的《伦敦娱乐指南》上。一年发展，没有多余的花费，所有的谎言证实是真的，所有的处女保证原封不动。我已经仔细地研究过了。有些房子自从上一版后已经上升了一些台阶。特别是有一个……"他轻弹了下已经折角的地方。

"啊，是啊，就是这个：卡斯特威太太，银街。"

"上了一个台阶，一个跳跃，一个飞跃！"阿什维尔说道。

"休格。"柏德烈讲道，"那个女孩儿，休格。话语无法形容她的公道，这儿说了。普通的价格享受奢华的服务！一块珍宝！血脉不停膨胀！这房子给了四颗星！"

"四颗星！让我们立刻去那儿吧！"阿什维尔改了方向，在空气中挥动手杖，"马车！马车！哪儿有马车！"

当威廉想象休格已经背叛他，如往常一样接客，他的血液瞬间凝住。随后，他提醒自己这该是娱乐指南杜撰的目录。出现在那一页上的休格并不是那个他真实认识的休格。

当柏德烈与阿什维尔来回在雨里蹒跚走路，愚蠢地喊着"马车！""休格！"时，威廉开始在想自己最后一次见她还只是三天之前。他记得自己给她解释她的无知时，她脸上的表情。

"我是威廉·拉克姆，"他告诉她，"拉克姆香水公司的老板。"为什么她会不知道呢？

当他把包里的小猫放出来的时候，引得休格惊喜与欣赏，他期望他能拥有更多跳出的小猫，而得到更多来自她的惊喜与欣赏。他想对她而言好运看起来就像是一个梦，他将这梦变得更真实，他说，她能得到她想得到的，香水，化妆品，肥皂……对此，她自然地回应他要一份拉克姆公司的宣传资料。

"马车！马车！"阿什维尔仍在叫嚣，"来吧，矮胖子！让我们去那角落试试！"

"站那儿，阿什维尔。"威廉警告道，"难道你就没想过你要的这女孩儿可能没空吗？"

"该死的比尔,你的冒险精神去哪儿了?让我们碰碰运气嘛!"

"我们的运气!"

"三个男人。三个洞——多美的算法啊!"威廉笑着摇摇头。

"我的朋友,"他佯作严肃地说道,"我希望这是段愉快而幸运的经历……她叫什么名字?……哦,休格,我后悔自己和你一起身心疲惫了。你可以下次见面的时候告诉我一切。"

"同意!"柏德烈说道,"再会!"接着,他抽出阿什维尔的胳膊,一路上唱着:"去卡斯特威太太那儿!去卡斯特威太太那儿!"

"再见!"威廉在他们身后大喊,然而,他们已经离开。

雨,已不再细小,巨大的水滴拍击在他的阿尔斯特大衣上,让他变得湿漉漉的,只是眼中仍看不到任何出租马车。然而,奇怪的是,他烦躁的情绪自他孤独一人开始滋生;柏德烈与阿什维尔过去也经常这样,只是今晚更像一剂鱼肝油。在醉了的朋友中保持清醒是多么无聊的事!或许他该喝更多的酒,可该死的,他并不希望如此……为什么两杯能暖胃非要喝上半打呢?为什么当一个女人已经能满足了还要再找另一个呢?为什么他在变老?

"您需要一把伞吗,先生?"女人的声音响在他的身侧,他晃悠地朝她看去,她是一位衣衫褴褛,清秀棕色眼睛,眉形美丽,下巴如刀削一般的年轻女人。无论哪一个角度看去,都是使人不由想要亵渎的尤物。她在一把破烂散架的伞下避雨,而她另一只手上则拿着一把看上去要更挺实的伞。

"我想是的。"拉克姆说道,"给我看看你有些什么。"

"先生,刚好还剩一把了。"她歉意地回道,转而朝着天空,好似在说,"一开始,我有成打的伞,只是已经都卖光了。"

威廉把雨伞拿在手上掂了掂,用一只戴着手套的指头滑过它乳白色的手柄,往里头窥视起铮亮的黑色内里,检查起伞的质量来。

"很漂亮。"他喃喃道,"瞧这儿,如果我读得准确,该是属于一位贾尔斯·戈登先生的。他怎么会丢弃这么一把伞呢!你知道,小姐,他可就住在附近,我们该问问他,他过去用这把伞的时候感觉如何,不是吗?"

女孩儿咬了咬嘴唇,美丽的双眉激动地拧在了一起。

"先生。"她哭诉道,"一个老头给了我那把伞。我不想有什么麻烦。我以前从不做这样的事。只是一把不该到我手里的雨伞,而……"她无助地打着手势,好似这能让他信服一个经济逻辑:一把上流社会的高级伞比她这样一个下流社会的女人更值钱。

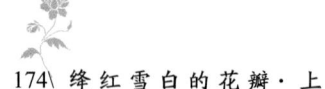

这一刻，他们彼此僵在了原处。她空了的手在胸前不自在地扭动。防卫，使人心生邪念。

随后，他生硬地说了句"这儿"，递过些硬币给她——这些硬币比伞的价值低，但却多于她可能壮胆向自己献身的报酬。

"在我看来，你太可爱了，不适合去监狱。"

"噢，谢谢您，先生。"她哭泣着跑向最近的胡同。

威廉蹙额，思虑自己是否真的做对了。一辆出租马车在转角处响起了铃声，在这华丽的时刻，他感觉自己买这伞是多余的，更何况他不希望另一个男人的伞躺在自己家中。后悔于自己唐突的买卖，他扔了手中的伞：或许那个女孩儿会再一次发现它，或许，她不会，好吧……在这样的街道，任何东西都不会成为废弃物。

"您想去哪儿找乐子，小伙儿？"车夫问道。

家。

当拉克姆抓住手柄，离开淤泥登上车时，他脑子里只是这么一个目的地。

第十一章

休格辛苦工作后将纸轻放在自己的前额上。夜已过半，卡斯特威太太这儿发了霉似的安静，空气里浮着蜡油的味道。蜘蛛网似的头发结在一起，令她不禁会窒息在生活中。

休格从书桌上直起身，眨了眨眼睛，无法相信自己会在深思用什么词的那小会儿时间里睡着了。放在她脸孔上的纸脏污了，但仍耀着光芒；她踌躇地翻过床，看着镜子里的自己。苍白的额头落着一排小而无法理解的紫墨水字。

"该死的。"她说道。

几分钟后，她躺在床上，看着自己写的那些字句。一个新的人物出现在了她的故事中，那角色正和其他所有人一样承受着同样的命运。

"求你。"他祈求着，丝绳将他的双手绑缚在床柱上，"让我进去！我是个重要的男人！"，血脉贲张。我没有留心他，我正在磨尖我的利器，我的刀剑。

"你告诉我，兴奋的你。"最后，我说道，"我的刀该割向你哪儿才能让你愉快？"对此，男人不予理睬，他的脸孔变得灰白。

"尴尬的选择已带走了你的话语。"我提到，"不过，不要害怕：我会向你解释关于他们的事，他们的作用……"

休格皱眉，额头向后衍生着皱纹。她感觉这儿少了些什么。只是，那是什么呢？一长串早前出现在她手稿中的男人，已经激发了她哥特式的残忍，遣他们去往惊悚的命运总是充满了愉悦。今晚，对于最后一个幸存者，她无法召集需要的东西——歹毒的火花，在她的文中燃烧。面对他血液溢流的样子，她听到身体里有一个声音在引导自己：噢，看在上帝的分上，让那可怜的活人活着吧。

你变软弱了，她自责起来。来吧，把刀插入，深深地插入他的喉咙，他的后臀，他的内脏，直没刀柄。

她打着哈欠，在暖和干净的毯子下舒展身体。她已经独自睡了几日；毯子里没有别人的味道，只有她自己的余香。如平时一样，总有半打干净的床单放在床上，中间用上了蜡的帆布衬布衬着，这么一来，每当床单弄脏的时候，她就可以扯走它，铺上新的一层。在威廉·拉克姆进入她生命中前，这些床单从来都是单调重复地不停更换：现在，它们一直放在那儿，每天都有半打。克里斯多夫每天早晨上楼来收脏污的床单，现在，他发现她的门外什么都没有。

奢侈。

休格滑向被窝更深的地方，她的手稿沉甸甸地压在胸上。这是一个类似于破布口袋的东西，有许多不同大小的纸，硬纸板将纸夹在中间，里面题了很多标题，但所有的都被画去了。在这些墨水被抹去的痕迹下，有一件事仍旧留在了上头。

"休格著。"

她的故事以日记的方式记录了一个红发及腰，淡褐眼眸的年轻妓女的生活，她同自己亲生母亲一样在一栋房子里工作，而她母亲则是令人生畏的女人：杰提森太太。少许想象的羽翼扑闪着，例如，谋杀——她自己生活的故事——好吧，至少是她早年在教堂弄的时候。一个赤裸哭泣的孩子被卷在了血迹斑斑的毯子里，诅咒着这个世界。这是一个拥抱仇恨，亲吻憎恶的故事，也是一个佯装服从，伺机报复的故事。这是一个残忍之人的目录，人类的"废渣"排起了长龙，肮脏，杜松子酒的恶臭，威士忌的恶臭，麦芽酒的恶臭，粗糙油腻的指甲，泥污的牙齿，斜视的目光，衰老，惨白，肥胖，假腿，成年的，竖起的巨人——所有等待他们连根拔起最后的少许天真，狠狠地吞噬他们。这个故事有好结局吗？没有，像威廉·拉克姆之流会溺爱任何一件事。女主人公必须只看到贫穷与退化；她一定从未走过教堂弄到过银街，而任何一个人也从未给过她任何她想要的，特别是让她过上更简单的生活。否则，这本小说会是一部无法平息怒火的构想，她冒着成为她所憎恶的人的风险，写下那些"读者，我嫁给了他"这样罗曼蒂克的词。

不，有一点是可以肯定的：她的故事不会有一个幸福的结局。她的女主角报复着自己憎恶的男人；世界仍然掌握在男人的手中，这样的报复不会被宽恕。

因此，她故事的结局早已设置好了，女主角终将死亡。她想，女主角的死是不可避免的，而她相信，读者亦是这么觉得。

她的读者？为什么？是啊。她打算一旦手稿完成，她就交给出版商。只是，这世界，谁会出版它呢？你或许会说谁会读它呢？休格不知道，但她非常自信一定会有这样的机会。毫无价值的情色文学已经出版了，而这类值得尊敬，反映社会改革的小说应该也可以。可为什么，只有在数年前，威尔基·柯林斯出版了一本名为《新妓女收容所》的书，书讲述的是一个叫梅尔西·梅里克的妓女屠弱而低声下气地祈求被赎身的故事……这本书该让人愤怒地扔到墙上去，但是它成功地向世人证明了女人在他们的生活中不只是一根刺……是啊，世上还该有更能包容的思想，渴求并不美丽的真实——尤其是在更复杂宽容的未来，真相就在眼前。为什么，她甚至能够靠写作来生活：自来个忠实读者的三四个就足够了；她不会去垂涎罗达·布劳顿所取得的成就。

她扑哧一笑，又一次惊醒。她的手稿从胸口滑了下来，散落了几张在床单上，第一页在最上头。

所有男人都是一样的。书上如此写道。倘若有一件事是我在这世上学到的，那就是男人都是一样的。

我怎么能坚持自己这样的信念？显然我不认识所有将要认识的男人。相反，亲爱的读者，或许我可以知道！

我的名字叫休格……

休格睡着了。

亨利·拉克姆撕开红色的，包着苍白带粉色鸡脖子的包装纸，这些肉是他从一个卖宠物食物男人那儿买来的。他扔了些在厨房地板上。他的猫立刻扑了上去，抓住肉塞入嘴里。它圆滑的肩膀在吞食的时候震颤起来。从前，亨利怕它吃坏自己，会在旁低声让它节制少吃；现在他只是旁观，默认了这番自然本性的贪婪嘴脸。他明白在未来几分钟里，它会躺到火炉旁，像平静无罪的月亮一样躺着。它会在他的抚摸中喵喵发声，舔一舔他已经洗过的手，因为他的手对它而言闻起来就像是血肉的礼物。

从猫的身上能学到什么呢？亨利在思考，或许，所有的生物在不饥饿的情况下都能平静，仁慈。

可如何解释那些已经有足够食物的人的罪孽？或许，他们在另一方面很饥饿。他们急需恩惠，急需尊敬，急需上帝的宽恕。给他们那些食物，他们会放下小羊羔。

亨利穿着厚实的编织袜子静静地走进他的客厅，跪在炉边。果真，他刚拨弄着火，他的猫已经贴了过来，轻叫两声，准备睡觉。突然地，他发现自己记起，他经常这么做，当他第一次见到福克斯夫人的时候——或是说至少是他第一次开始注意到她的时候。他清楚地回忆道，尽管现在看来他可能没有在意她的美丽真是匪夷所思的事，当时她只是说自己几周都在他身旁做礼拜。

那是1872年，8月。她照亮了光明的火种直到成了北肯辛顿祈祷与讨论大会的暗箱。她就像他的祈祷的答案，因为他心里怀有念想，不打算将基督教弄得与虚伪的N.K.P.D.A耶稣会一样。

是特雷弗·麦克利什在八月的那一天激怒了她。一位了解最近发展的理学士开始怀疑接受圣餐的方式。"已得到证实，"他说道，"疾病是通过人与人之间传播的，尤其是盛水的器皿被共享的时候。"他认为得有一个新的饮水交流的方式，应该把酒倒在若干个独立的杯子里，这些杯子该和接受圣餐的教友人数相等。有人问擦拭杯子边缘是否也不能有效地驱除细菌时，麦克利什坚持称那样是不会渗透的。

事实上，麦克利什在这个问题上曾经向集会提出过这个请愿，并向坎特伯雷大主教写过匿名信。亨利对签名的前景并不看好，他相信整个事是荒诞可笑的，但又害怕这么说会被人指控天主教原始主义。随后，一个年轻女人开口了，在他们中间，她是一位新人，她说，自己是福克斯夫人，"先生们，真的，《圣经》说，这是诡辩。"

麦克利什的脸垮了下来，而福克斯夫人则打开了《圣经》的《路加篇》，十一章，W.37—41，在没有人请她阅读的时候，她把每一行都读得响亮，尤其强调了以下的字句："现在，法利赛人洗干净了杯子与餐盘的外面，但你们内心的那部分却满是贪婪与堕落。"

看到麦克利什将自己的请愿书收到了桌子底下，脸涨得通红，亨利心中窃笑，对福克斯夫人的出现不由生出喜悦来。那样一个女人，美丽因为虔诚的增长虽有所钳制，但却精通《圣经》，那几乎是一个奇迹。亨利渴望再听她说下去。他爱听她说。

当威廉再次到休格这儿的时候，他带了两本读物，两本都是上次他们见面的时候，他答应给她的。

"噢！你记得！"她像小狗一样抱住了他，尖叫道。她穿得就像要外出，深蓝与黑色的丝绸，没有一丝线头，也没有任何褶皱。她柔软的袖子在挽着他手臂的时候沙沙作响，她的头发芬芳且沾了少许的水。

他透过她的肩膀发现她的卧室十分干净：她总是这么为他准备。墙纸上有些白色方块没有被烟熏上颜色，因为那儿曾经挂着情色挂画，尽管数月前，那些画已经被摘了下来，它们的消失一定会让他激动，因为这是休格为了取悦他而做的事。她是怎么放上去的呢？啊，是啊："这房间不再是一个人'工作'的地方，现在是你和我的！"她有一条金舌，在很多方面不仅仅只是舌头。

他抓住她骨感的肩膀，深情地抵到一臂的距离。她朝他咧嘴笑笑，比上次美了两倍。他见了她许多次，每一次都感觉之前都是模糊的，此刻才是真实清晰的！她的嘴更丰满，她的鼻子更完美，她的眼眸更明亮，而她的眉是在赤褐色中透出深紫来。他之前怎么就没有发现呢？

"是啊，是啊，我当然记得。"他回笑道，"我的上帝，你是多么可爱的宝贝儿呐。"

她低垂下头，脸庞涨红。是，是涨红，他发誓没有人能伪装脸红！他能分辨她真的是受宠若惊。

"先看哪一本？"他拿过两本书册放在眼皮底下问道。

"随便哪本，听你的。"她后退回床边，说道。

他递过他刚从菲利普·柏德烈和艾德沃德·阿什维尔两位先生的书上抄下的副本《祈祷的功效》。他解释道，这本小册子已经引发了轰动，特别是书名。神职人员已经同柏德烈，即柏德烈主教的儿子有过了"非正式"的谈话。大量的诽谤诉讼威胁着他们，但当这本书披露姓名首字母和地方却使那些人徒劳无功。

落座在床沿上，休格迅速地翻看这薄薄的一册。她知道像柏德烈与阿什维尔这样的男人，他们大声交谈，却私下窃笑，他们装作自己很希望夺取少女的贞操，而实际上，他们内心的欲望则来自护士长的温柔拥抱。

"倘若，保守估计，每天有250万英国的少年为他们父母的健康祷告的话，我们能否得从现在的死亡率来推断，万能上帝的少年将来会被建议自己的父母由其他人来保护。"

啊，是啊，她明白男人们能做好。他们经常半醉，半呆，他们不断努力工作，他们不能花钱，他们不会离开。现在她是不是得表扬他们的手工活了？休格重新演绎了她神秘记忆中，威廉告诉她的，那些关于他即将褪色青春中的密友。她会冒险吗？她笑了："多么……"（她打量起他们俩，决定赌一把。）

"幼稚。"

这一刻，威廉的眉毛蹙了起来，他露出不赞同的神色，甚至可以说是愠怒。随后，他又允许自己展示出比自己朋友更有优越感的姿态，以及他对他们不成熟的把戏表示出烦恼。他与休格之间的气息瞬间变作了爱人间甜蜜和谐的芬芳幸福。

"是啊。"他几近惊讶地说道，"不是吗？"

她将自己调整得更舒适些，一只手肘靠在床垫上，这样可以使得自己的臀部挺在后裙中："你觉得他们是不是没有其他更好的事做了？"

"是的，没有了。"他申明道。为什么他以前从来没有意识到这有多古怪！他两个交往最久的朋友，他与他们之间有一条深深的鸿沟——除非他重新同他们一样闲暇，他才能跨过这条鸿沟，抑或是他们发现某件更值得去做的事。这是多么厉害的洞察力啊！这居然出自如此一个令人神魂颠倒的女人嘴里，她真是他想要赢得的美好未来。说真的，这些是在他一辈子最奇怪而重大的时刻。

为了弥补柏德烈与阿什维尔的书让她兴致缺缺，他不好意思地递给了她一本1874年拉克姆香水公司的冬季产品目录。春天的尚未完成。休格再一次令他吃惊，她直直地看着他，问道："告诉我，威廉……生意怎么样了？"

没有一个女人问过他这样的问题。这是一个比谈论男性与女性生殖器有悖常理得多的话题。

"哦……很好，很好。"他回道。

"不，真的。"她说，"生意怎么样了？竞争一定很可怕。"

他眨了眨眼，困惑地清清嗓子，说道："好吧，嗯……我敢说拉克姆香水公司生意还是上升的。"

"你的对手呢？"

"皮尔斯与雅德利很平稳，芮谜与罗兰健康发展。尼斯贝特去年做得不好，生意或许会下滑。辛顿情况不佳，可能有致命的问题……"

对话变得多么古怪！他们之间是否已经没有了一切可能的阻隔？最初是文学，现在是这个！

"好啊。"她佯笑道，"你的对手们都走下坡路吧，接着，会一个个断气的。"她打开了目录，开始扫睨上面的内容。威廉离她坐得很近，一只手臂绕过她的后背，膝盖压入她温暖的裙子里。

"冬季结束的时候，肥皂，沐浴油这样的东西总是卖得很好。"他打破了寂静，告诉她这事。

"噢？"她说道，"我猜是因为冬季人们不情愿去洗澡。"

他轻笑，他们一起已经十五分钟，两人却仍然穿得很完整，就像任意一对夫妻那样。

"可能吧。"他说道,"主要是因为伦敦季。女人喜欢早早地囤积,这样当五月到来的时候,她们必须勇敢地面对人群,她们没有别的东西买,只有那些艳丽善良包装的东西。"

休格聚精会神地阅读着。当拉克姆触及她脸的时候,她深情地贴上他的手,亲吻他的手指,然而,她的眼睛并未离开目录的纸页。甚至当威廉跪在她脚畔,提起她的裙子时,她仍在阅读,只是将身子挪向床,好让威廉有更多的自由,佯装不去注意他对自己做了什么。这游戏激起了拉克姆的兴奋。尽管柔软的布层将他裹在黑暗中,一旦头蒙在里头,纸的翻动声便穿了进来;越贴近他的脸,他越能感觉女人兴奋的气味。

当结束的时候,她肚腹朝下靠在床上,仍旧在读着书。她响亮地读着,背诵着条目,在努力中喘息不已。

"拉克姆薰衣草牛奶,拉克姆薰衣草泡芙,薰衣草香蛾球,拉克姆大马士革玫瑰滴露,拉克姆雷文油……"她斜眼看着细小的印刷字,转向自己这一侧,"高级萃取工艺赋予瞬间恒久的颜色。绝非染料。"看到目录边缘的字,她不禁挑眉。

"当然,它是一种染料。"威廉放声大笑,顺耳又尴尬,又兴奋于这番坦率,她正吸引着他坠入亲昵。

"拉克姆雪尘,"休格继续道,"你的阿基里斯的脚踵有恶臭吗?试试拉克姆脚霜吧。它可不是一块肥皂,它是一块药物制剂噢。拉克姆眼线,打造完美金色,让人因你的美妒羡,十先令六便士,绝非染料。拉克姆年轻粉饼……"

拉克姆发现她的法语口音一点儿不差,还比大部分人都好。腰部以上,她的仪表就如所有他认识的淑女一样,她背诵起公司的产品就像在吟诵一首诗,而她腰部以下……

"拉克姆咳嗽水。不含任何毒性成分。拉克姆沐浴液。一瓶可用一年。你的脚闻起来如何?扫除你脸上的尴尬,使用拉克姆硫磺皂,无铅制品,一先令六便士……"

忽而,他焦躁起来:她是在嘲弄自己吗?她的声音就像软绵的猫叫,并无任何毫无失礼的地方。

"你在嘲弄我吗?"他问道。

她放下手中的目录,俯身抚起他的头颅。

"当然不是。"她说道,"所有的事对我而言都是那么新鲜,我想学习。"

他叹了声，奉承而自感羞耻地说道："倘若你想填补自己学历上的空缺，最好还是读读卡图卢斯，而不是一本拉克姆的目录。"

"噢，威廉，这不是你写的吧？对吗？"她说道，"这是你父亲时代写的，是吗？"

"毋庸置疑很多人写的。"

"一个都不如你写的高雅，我敢肯定。"她盯着他，温柔地挑战道。他伸手去拿裤子："我不知道从哪儿开始。"

"哦，不过，我可以帮你提提建议。"她勾挑地朝他展着笑靥，"我非常擅长提建议。"

她再次拿起目录，食指放在某一行上："现在，我碰巧发现当我读到'你觉得脚臭吗？'时，你缩了回去。我得说，这是相当粗俗的措辞。"

"啊，是的。"他呻吟道，仿佛听到了老人的声音，回想到自己用滑稽的绿色墨水写下那些丑陋字句，舌头不由在皱起的嘴里微微舔鼓起来。

"所以，让我们想些配得上拉克姆公司的字句吧。"休格将裙子抖散到脚踝，说道，"威廉·拉克姆的。"

他困惑地打开嘴唇要反驳。她迅速地像只小鸟一样扑向了他，蜕皮的手指抵住了他的嘴唇。

"嘘。"她噤声。

千里之外，那个威廉在上帝面前发誓要爱的女人，带着这份珍爱与尊贵正在镜子面前端视自己的脸孔。一个紧绷生动的瑕疵生在了她的前额上，刚好在纤细金色发际的下端。毋庸置疑，这让她愈加频繁且细致地用海绵去擦拭自己的脸，然而，它仍在那儿。

一时冲动，安格尼斯用拇指和食指去挤压那疙瘩。痛楚立刻像燃起的火焰一般遍布她眉宇之间，只是疙瘩仍旧原封不动地在那儿，她变得更生气了。她本该更耐心些，涂上些拉克姆遮瑕霜。现在，事情迅速地变质。

在她便携式的镜子里，她看到了自己眼中的恐惧。她从前就有这疙瘩，同样的位置，现在这疙瘩被证实是某种病的征兆，甚至更糟。只是上帝会在这伦敦季的夜晚宽恕她。她想象自己能用通过内耳粉红色的贝壳感受贫乏大脑的脉动。

为什么，噢，为什么，她的健康状况会这么差？她从未伤害过谁，也没有做错过什么。她究竟对这具脆弱危险的肉体做了什么呢？当她尚未出生的时候，她可以有一次机会选择很多不同的肉体，选择不同的地方，选择不同的命运，拥有属于那些命运的朋友，亲人以及敌人。或许，这个地方，这具肉体，抓住了她最愚蠢的幻想，现在，她在这儿惊魂难定！或许是淘气的小鬼在她选择的时候分了她的心……她想象自己在天堂，在精神的世界往下看，看向那些美丽的新肉体，试图在做决定是否选择安格尼斯·皮高特肉体时，其他的灵魂将她挤掉，纷纷奔往他们回往人间的肉体上。感谢上帝，克鲁医生从没有发现她藏匿起关于唯灵论与来世的书籍。若是被他发现了，那就是要了她的命！

啊，这些复杂的想法到头来无济于事。她必须平和地对待自己的身体，无论这是一个多么错误的选择，倘若她想好好参与即将到来的伦敦季，她必须顺畅无阻地用起这副躯体。

因此，安格尼斯继续为自己壮胆，逼迫自己去做一些小的任务——梳理自己的头发，修剪自己的指甲，写写日记——努力地忽略自己笨手笨脚的不幸。小碰擦与伤痕毫无防备地出现在了她的皮肤上，瘀伤像麻疹似的爬满她周身，颈部，手臂及背部的肌肉上，她前额光泽的疙瘩仍旧悸动作痛。

拜托，不，拜托，不，拜托，不，她不断地说着，好似捻动的念珠一样不断循环：我不想再流血了。

对安格尼斯来说，子宫出血是件恐怖而不寻常的事。没有人会告诉她这是女性的生理期，她也从来没有看到过书上有些过这样的字句。克鲁医生或许会是唯一一个能告诉她这件事的人，然而，他认为结了婚，生了孩子，已经23岁的病人根本不会不知道这么一个简单的道理。然而，他的认为是错误的。

只是，这并不是那么奇怪：当她十七岁的时候，嫁给了威廉，之前她只来过几次例假，而从那以后，她一直在生病。每个人都知道，生病的人会流血，流血代表了严重的疾病。她的父亲，她的亲生父亲就是死于流血，难道不是吗？不管是受了什么伤，就是那么去世的，她还是孩子的时候，就记得这件事。同时，她还记得羊羔躺在血池里，她的护士说动物"生病"了。

因此，现在，安格尼斯，是"生病"了。她时常会流血。

她没有辨识出任何问题来。苦恼自从她十七岁时就开始伴随了她。婚后，她靠祈祷与禁食，让自己脱离了苦恼几近一年。随后，它每过一个月或者两个月又来困扰她，倘若她用饿的方式来逃避，那么可能三个月才来困扰她一次。她多么希望这是最后一次，现在，她祈祷自己幸免于此直到八月。

"伦敦季后吧。"她向那些意图催她生病的恶魔承诺，"在伦敦季后，你再来找我吧。"然而，她感觉肚腹已经开始鼓胀。

在威廉去墩提，或者可能是地球上什么别的地方出差后的几天，休格决定去偷窥下他的房子。为什么不呢？她无所事事地坐在卡斯特威太太狭小的房间里，而她的小说正卡在最后一个男人身上，无法决定他的命运。

她与威廉在未来拉克姆目录字句上的合作非常富有成效——于她，或是于他而言，都是如此。他热情地记录了她的建议，从口袋里拿出一只老信封，上面写了他自己的地址。"怎么恢复你头发与生俱来的华美呢？"她说着，同时，将他的地址记在心上。

现在，休格坐在从城市去往北肯辛通的公车上，她的周围是老人与让人生敬的年轻女人。在这随意的周一下午，她在去往寻找威廉·拉克姆先生夜晚躺着的家的路上。她穿着自己最过时的一件衣服——宽大松垮的素蓝色毛裙，这位三十岁不到的可怜女人与穿着最新款衣服的女人相比，如此格格不入。的确，休格已经让一两个女人产生了同情，但至少没有人会怀疑她是个妓女。在公车的范围内，人们没有选择，只能面对面地同一旁的乘客坐着，因而，事情可能会变得复杂。

"已经到高街了。"一位老人同与休格坐得极近的妻子喃喃道，"我们在那儿有过美好的时光呐。"

休格越过他们皱纹满布的头，看向外面的光景。这是一个阳光明媚，绿意盎然，宽阔广袤的地方。公车缓慢地停在了站头。

"切普斯托别墅转角！"

休格在老夫妇前下车。他们不紧不慢地跟在她身后，但他们接受了在她身后走，就好似她是受人尊敬的，就如同他们自己一样。显然，她掩饰得已十分完美。

"好冷呐，不是吗？"当阳光落在休格流汗的背上时，老人与老伴说着。

她想，我年轻。阳光落在她身上与落在那对老夫妻身上是不同的。

休格缓慢地走着，好让他们走到自己前头。她脚下的路非常平滑，就像鹅卵石镶成的地面；她想象一大群的铺路工人在温和市民的凝视下，耐心地像拼拼图游戏一样铺着路。她继续走着路，嗅闻着空气，盯着美丽的新房子，力图将诺丁山吸入自己的胸怀。她在努力想象男人选择这么一块地方做家，透露了他何样的心迹？这，远离了城市的喧嚣，是我的威廉呼吸的空气。她，这般地提醒自己。

至今为止，她所知道的威廉·拉克姆很难填入一本书中。她记忆里涂满了他关于文学的评点，最新的是乔治·艾略特俏皮话。但威廉·拉克姆作为一个家里的男人，一个市民的那一面呢？她所拥抱的情人，是一名叫人难懂，无法辨识的人。

现在，她走在去往他家的路上，决心了解关于他更多的事。这儿，是如此的宁谧！如此的宽敞！每一处，都是绿色环绕的大树！寥寥的行人隔着很远，他们没有在售卖东西，只是毫无负担地闲庭信步，沉思冥想。这儿，没有恣意而为放声大笑或是悲鸣，没有眩目堆叠的腐朽建筑，也没有工业的喧嚣与粪便的腐臭，只有窗户垂下的帘子与树木上的鸟儿。

一所大房子，在路的尽头，新刷的铁栏栅围着。休格走过的时候，戴着手套的双手拂过曲卷的铁线。仅是小会儿，她就认识到这铸铁雕刻的花纹是字母"R"，成百成百地重复着，藏在花饰中。

"找到了！"她窃语道。

她整了下软帽，眼睛扫向她眼中看到的最大"R"字。她敬畏地张开嘴，仿佛要吞下整栋房子的所有东西，房子里的枕头，门廊，车道，以及花园。

"我的上帝。我亲爱的威廉，你该让我比你现在给我的更好。"她温柔地预言起来。

然而，当拉克姆家前门被打开的时候，休格本能地一下从门上抽回了手。她匆忙地绕过转角到了另一块地方，左右看了看，希望自己没有被人发现。她能做到的就是不跑，但慌乱仍然在脚底回弹不止。一阵厉风不知从哪儿吹了过来，或是这风本就在她的背后，轻轻地推着她？风刺着她的脸庞，几乎吹走了她的软帽，此刻，风又拍打起她的裙子。她躲藏到了第一座公共纪念碑后：这座大理石柱子是用来纪念克里米亚战争（1853—1856年）失去生命的人。

她从柱基后窥视，脸颊贴在一个已经不在世的年轻男人名字上，微妙地暂离了平滑的大理石表面。一个金发碧眼，身材绝佳的娇小女人从彭布里奇·克雷森特下来，她穿着一件巧克力镶奶油色的裙子，走路时步伐轻快，裙子微微飘起。她偌大的眼睛盈着一湖蓝水，让人在二十码外的距离都能为之倾心。

休格确信，眼前的这女人是威廉·拉克姆的妻子。

他曾一次两次暗指她们间的差异，然而却没有说出她的名字，因此，休格不知如何将匹配的名字安置在这位年轻美丽，近在咫尺的女人身上。"总是病恹恹的"，或许，除了丰满的胸部，拉克姆夫人的身体完全还带着孩子的气息。而且，不只是她的身体长得还很孩子气，休格发现，她走路的时候还咬着下唇。

当拉克姆夫人到达纪念碑的时候，奇怪的事发生了：整个北肯辛顿经历了奇妙的气象变化——太阳被暗灰色云层遮蔽，然而，却继续耀闪着光芒，衬出云朵轮廓的光影。在下面，克雷森特与所有镀有特殊光的东西都闪着不自然的光泽，每一块鹅卵石、树叶、灯柱亦是如此。所有的东西骤然间引人注目。

拉克姆夫人突然止步。她恐惧地抬头看起天空。休格在纪念碑前隐藏处看到她雪颈处喉咙惊悸地吞咽，眼眸透出恐惧的光泽，前额的疙瘩暴出红色。

"圣徒和天使保佑我！"她尖叫着，原地转了圈后落荒而逃。她的小脚藏在翻起的裙褶里，朝路那头跑去的时候就像一粒珠子滚在一串字符串上，她前行的路直得不自然，速度更不自然。拉克姆夫人的踪迹就像漂亮的巧克力色珠子，扭成了一条项链，消失在了拉克姆家的大门中。

片刻之后，太阳再次露了出来，世界失去了诡异的清晰。所有的一切归于平常，众神受人供奉。

休格站稳脚，用手掌拍了拍裙子上的灰尘。她懒怠地走着，好像刚从熟睡中醒来。所有她能想到的是：为什么威廉从来不告诉我他的妻子有如此美丽的声音？在休格听来，就连拉克姆夫人惊吓时发出的声音都像让人追逐着要听的珍贵鸟儿的鸣叫。倘若一个男人可以在任何时候听到这般愉悦的声音，他怎么会不愿意尽可能地多听到她声音呢？什么样的耳朵会倦于这般的声音？这声音是她出生到现在听到的最美的声音：低音时不像自己那般嘶哑，高音时纯粹悦耳。

回家吧，你个傻子。当几滴雨落在柱基的时候，她提醒自己。净洁的空气飘入你的大脑。

几天后，亨利·拉克姆拜访自己弟弟威廉，绝望地向他吐露，他在这世界上除了福克斯夫人之外已经没有了别的红颜知己，只是他难以向她启齿自己这个秘密。

必须说到，在拉克姆兄弟两人之间，关于隐私这样的话题并不常见。尽管他们同一血脉，尽管亨利在很多方面都相信威廉，但亨利不得不注意两人之间的不同。举例来说，祷告这样的事就从不是威廉所关注的，尽管他们彼此分享——从过去的那些谈话看来——殷切热情地渴望改善世界，改革英国社会的想法。

在威廉看来，他的哥哥是个阴郁的家伙。当他与柏德烈，阿什维尔谈到哥哥时说：亨利就该是个狼人，恣意占有处女，随后当村民举着闪耀的火把围住城堡大声要他血偿的时候，他懊悔地鞭笞自己的身体——然而可叹的是，从没有这么生动的场景伴随他的哥哥。相反，亨利在他渴求任何事的时候，总是毫无价值地愤怒，而哀叹与犹豫则伴着他。要是他成为拉克姆香水公司的老板，会是如何悲剧的一件事！放弃声明是威廉认为这穷笨哥哥做的最明智的事情！

然而，威廉近来决定对自己的哥哥要慷慨热情，好让他原谅自己的短处。现在，这是作为拉克姆公司主人必不可少的一部分：接受家庭中有困难的成员拜访，并提供自己的意见。

在多雨的下午，亨利最终勉强说出了一个秘密。尽管春天已经辐射了拉克姆家，室内对于两个男人而言仍旧是太冷。的确，驱除冬季是一个必须遵循的社会规律，但安格尼斯却早早地去做了，现在，在她的吩咐下，会客厅的壁炉已经统统不再使用。尽管那儿已经洗刷空置，男人们仍不由自主地紧挨着壁炉而坐。喜林芋[a]已经放在了燃火的地方，绣着番红花，知更鸟，其他春色记号的蕾丝窗帘垂在那头。亨利往前靠了靠，靠近自己弟弟与壁炉，试图取暖，而实际上那儿并没有任何的火。

"威廉。"他说道，他眉宇间的皱纹如孩提七岁那年初现时一样依稀可见，"你觉得与柏德烈，阿什维尔总混在一起是明智的吗？他们出版了一本书，你知道的——《祷告的作用》——你读过吗？"

"他们给了我本复制版。"威廉承认道，"孩子还是孩子，不是吗？"

"孩子，是啊……"亨利叹声道，"但却有男人的杀伤力。"

"噢，我不知道。"威廉双手抱胸打消自己的寒意，看了看钟说道。

"他们肯定是在告诫……啊……改变信仰是错误的，不是吗？……让我们这么说吧。你觉得有多少人会因为看这本书而去注意祈祷的不同？"

"每个灵魂都是宝贵的。"亨利激动道。

"唉，这些都会被淡忘的。"年轻的弟弟忠告道，"阿什维尔最新的书《现代愚人记》遭遇了两个月的抨击，然后呢……"威廉张开一只手模仿起一缕烟来。

"是啊，但是他们把这书传播到了整个英格兰，还为此进行了旅行，把书给工人俱乐部等地方，好似这是一只双头长颈鹿。他们大声地读着，模仿虚弱的老牧师与生气的寡妇，随后征求听众的问题。"

"你是怎么知道这些的呢？"威廉问道。这些事对他而言，也是头回听说。

"我常常撞上他们！"亨利喊道，仿佛在叹息自己的笨拙，"我确信他们在跟着我……不可能总是那么巧。不过你，威廉，你必须小心——不，不要笑——威廉，他们开始声名狼藉了。如果你和他们交往过甚，你也会声名狼藉的。"

威廉耸耸肩，漠不关心。他现在已经很富有了，不需要担心闲言碎语。他发现上流社会的趋势便是追寻声名狼藉，给当事人添油加醋。

"他们是我朋友。亨利。"他温柔地斥责道，"很久了，最好的二十年。"

"是啊，是啊，他们也曾是我朋友。"亨利低吟道，"可我不能像你一样和他们一直保持关系，我不能！他们对我而言是尴尬。"亨利放在膝盖上的大手关节不由发白。

"很多时候，我很难坦白这件事——我真希望简单地摆脱他们，他们的脑

---

[a] 一种观赏植物。

子里还是以前的我。我真希望某天早上醒来,那些认识我的人都成了陌生人,就像……就像……"

"牧师?"威廉提示,怜悯地看着亨利的一双手,它们抓着他笨拙的膝盖就像抓着讲道台的边缘。

"是啊。"亨利耷拉下头承认道。哦,看在上帝的分上!

"你还没有……没有做牧师吧?"威廉在想亨利这么难以启齿的秘密是不是就在内心斗争这件事,于是,他开口问道。

"不,不。"亨利急躁起来,"我想我还没有准备好。我的灵魂还差得远……啊……任何方面的纯洁。"

"但那不是你所想要的吗?——原谅我做出错误的判断——这不是你的想法吗……唉……当你成为牧师的时候就能纯洁了。我的意思是,过程本身也会引发一种转变。"

"那不是我要说的想法!"亨利抗议道。

然而,暗暗地,他内心恐惧于此。真正的事实是他不情愿迈出第一步成为一位教士,至少从他认识福克斯夫人以来,他恐惧主会剥开他的灵魂,告诉他不仅配不上这衣领和讲道台,甚至还配不上任何形式的基督徒生活。

作为一名普通信徒,他不能幸免于糟糕的评价,尽管他已经深刻做了自我批评,仍然有人认为他对自己是宽容的:他不相信自己的罪恶取消了努力成为一个体面人的资格。只要他是一名普通信徒,他在思想与言语,甚至在实际上都不纯洁。随后,他忏悔,决心将来做得更好,除了自己与上帝外,不让任何人失望。没有其他人因为他的罪恶而被拖累;他是一个自己灵魂的舵手,当他驾驭它在黑水中航行,没有一个无辜的人冒着遭遇海难的风险与他一同。然而,如果他渴求领导别人,他就不能做这么一个贫穷的船长,他必须成为一个比现在更强壮,更好的男人。严肃的士师①比他自己更有权利——甚至,有义务去谴责他。他的堕落无疑书写在了他的脸上。任何一个人都能猜度到他的灵魂因为肉欲而腐烂。

或许,这是相信他的秘密必须不被福克斯夫人以外的所有人怀疑的原因,他的弟弟更是如此,他是这世界上最后一个让亨利在这下雨的午后坐在褶边布装饰的炉边吐露真话的人。

"威廉,我……我上周和一个妓女说话了。"他说道。

"是吗?"威廉问道。他突然从几近昏沉的状态中被这趣闻唤醒,"福克斯夫人带她去参加会议的吗?"

---

① 希伯来语"审判官"的意思。

"不，不。"亨利扮着苦脸，"我和她是在街上遇到的。事实上，我……我和妓女在街上聊过段时间。"

这一刻，他的话戛然而止，兄弟两人第一次彼此互相看了眼，随后盯着对方的鞋子。

"只是说话？"

"当然，只是说话。"倘若亨利发现自己弟弟的双肩已经失落地垮塌下来，他不会继续下去，"我已经养成了在伦敦破旧地区走路的习惯——高街——不，不是这儿的高街，是圣贾尔斯的——同喊住我的人对话。"

"我猜，大多数是妓女吧。"

"是啊。"

威廉困惑地挠了挠脑后。他希望自己有根拨火棍捣下炉火，而不是滑稽的喜林芋。

"这是……一次排练，或许，对未来的职业来说，就是次排练？圣贾尔斯作为你的教区，你有关注过吗？"亨利沉沉地笑着，"我是个疯了的蠢人，在玩火。"他说道，字母的发音苦涩着重，"如果我没法意识到自己，我也会被消耗殆尽的。"他的拳头紧握着，眼睛里闪耀着怒火，几乎好似这是威廉的，而不是他自己的欲望，而这正威胁着自己的安全。

"好吧……嗯……"威廉皱着眉头，时不时地交叉双腿，"我知道你一直都是个敏感的人。我相信你不缺乏决心……无论如何，你会发现自己醉心于她们的路。迷惑我们今天的，可能明天再也抓不住我们。嗯……这些妓女，现在，她们对你而言意味着什么？"

然而，亨利心神不宁地看着他。

"她们只是孩子，有些真的是孩子！"

"好吧……就像我常说的那样，这真是丢脸的事。"

"他们看着我，就好像我该为他们的不幸负责。"

"好吧，他们很善于……"

"我试图说服自己这事儿是可怜的，我该赋予自己的同情，我希望自己不仅仅可以像……像她那样帮助他们。我想让他们不止相信我并不歧视他们，而且他们如同我一样也是上帝创造的。然而，当我回到家，躺在自己床上，打算睡觉的时候，我的脑子里并没有任何援助那些失足女性的场景，反而是一个拥抱的场景。"

"一个拥抱？"上帝，这才是最后的关键：肉欲！

"我看到自己抱着她们……一下全部抱住了。她们变身成了一个无脸的女人。我不该叫她无脸,因为她是有脸的,只是,很多女人的脸拼起来的。你能明白吗?她是她们的……"他在把无脸女与三圣主相比,但在濒临亵渎神灵的时候咬住了舌头,"……她们普通的身体。"

威廉性急地揉了下眼。他累了,在墩提的宾馆睡得很差,随后在火车上也睡得不好,回到家后又接连工作了几个小时。

"所以……"他再次加入,决定就是杀了他,他也要让自己哥哥回到点上,"你到底在想象什么样的普通身体?"

亨利抬起脸,透出一股令人担忧的气息。或者,这不过是一抹透过窗子照进的光?

"就是拥抱!"他称道,"我感觉自己能抓住这女人一辈子——将她贴着——静静地,什么也不做,只是抓着她,安慰她,从现在开始,任何事都会好起来。我发誓,这不是性欲!"他怀疑地笑了起来,"我明白这多像性欲,只是,这真的是不同的……"他打量着威廉,沮丧起来,"或者,我分辨不清自己信仰什么。"

威廉笑脸回应,他希望自己传递了同情。这就像他想的,天主教牧师必须接受年轻人的忏悔。大量耸人听闻的消息从内疚的大包袱外剥离,只是为了露出一小块乳脂松糕。

"因此……"他叹道,"我还能为你做些什么呢?兄弟。"

亨利往后靠在了自己的座位上,显得精疲力竭:"你已经做了,威廉,听我说这些胡言乱语。我知道我是个蠢蛋,伪君子,把自己的罪恶粉饰成优点。你知道的,我今天去往圣贾尔斯的路上,停在了那儿。"

威廉愣怔地咕哝了下。经过全面的考虑,他宁愿亨利追求最初的理想,这样他就能丢下他负担重重的哥哥一个人安静。这次拜访已经吞噬了他很多宝贵的时间。和那些该死的经营黄麻的犹太商人签订的新合同看上去是在墩提一次不错的收获,不过看上去比他想的要少了些好处,他需要在布袋板条箱到港之前,多花些时间去重新考虑下。

"好吧,我很高兴自己能有些帮助,亨利。"他低声道。随后,他的目光落在了亨利的球形便携包上。包在他兄弟身旁,鼓得就像填满了乞丐的乞获物。"但是,你要是不介意我问的话,这是什么?"

在亨利离开之前的最后一次,他脸涨得通红。他默默地松开包,任它鼓起的地方映衬在光线中。一块荷兰干酪,一些苹果、胡萝卜,一片面包,肥肥的烟熏香肠,可可罐头,还有些饼干。

"他们总是说自己饿了。"亨利解释道。

然后,好一会儿后,当亨利回家,阳光已经落下,最重要的一些词已经写成了草稿,威廉将自己的脸孔贴在了温暖,且软硬适度的枕头上。困意袭来。当他埋入堆起的羽绒枕头深深地呼吸时,一只柔软的,女性的手抚在他的脸颊上。即便是在梦里,他都知道这手不属于自己的母亲。他的母亲已经走了。"她变作了一个坏女人。"父亲说道,所以,他母亲走了,同其他坏人在一起。威廉与他必须成为勇敢的孩子。因此,谁是这个抚摸他的女人呢?一定是他的护士。

他陷入了更深的睡眠,头穿透了梦的外壳。卧室瞬间广阔无垠,包含了整个宇宙,至少包括了他所认知的世界。船只驶入了港口,因为摆满了他不想要的麻袋而嘎吱作响:这真糟糕,黑暗的天花板正映着这般的阴郁。然而,别处,太阳照耀着他的薰衣草田,今年,这多汁的作物定然会比他父亲时期更加丰产。整个英格兰,不管商店还是小铺,醒目的 R 字都放在架子突出的位置上。像布雷奇露女士那样的贵族名媛都会去翻找拉克姆公司的春季目录,互相发出认可的声音,买上一款卓越的产品。

一声响亮的呼噜——他自己的呼噜声——半唤醒了他。他身下僵硬,身子懒洋洋,漫无目的地躺在毯子下,一副迷失的模样。他转过身,靠在修长热暖的女人身上,好让自己舒适地贴紧她的背颈,抵住她的后臀。他用一只手将她贴靠自己,呼吸着她发丝上的香气,继续睡了起来。

早晨,威廉·拉克姆意识到这是他六年来第一次整夜睡在一个女人身旁。他与很多女人做爱,很多夜晚他都睡了,然而,却从来不是两人同床而眠!

"你知道吗?"在他完全醒来前,他低声与休格说道,"这是六年来我第一次整夜睡在一个女人身旁。"

休格吻了吻他的肩膀,几乎就要脱口而出"可怜的家伙",但立刻改口道:"好吧,那么值得期待吗?"

他回吻了休格,捋过她红色的头发。透过他满意的气息,他白天专注于账本时的纠结虚于表面。墩提,墩提。当他想起自己给休格昨晚看的新签书信,他眉头上的皱纹不由堆起。

"我该起来了。"他边说,边抬高手肘。

"现在至少比邮局来收揽信件要早上一小时。"休格静静地提醒道,对她而言,读懂他脑子里在想什么,是这世上最平凡自然的事,"我贴好邮票的信封都在这儿。你还可以多睡会儿。"

他的头再次落回了枕头上，昏昏沉沉的。真的这么早吗？银街已经这么吵了，手推车，狗，行人的震颤让人不觉以为是到了上午。他床边的她是怎样的女人呢？当他像抓着猫一样抓着她的胴体时，他的脑子里还能想着黄麻商人与他的合同。

"我写的语调……"他焦躁道，"你确定没有太卑躬屈膝吗？他们知道我的意思，不是吗？"

"清楚明白得就和水晶一样。"她说着，坐了起来梳理自己的头发。

"但，不是太清楚？这些家伙，如果我理解错了，他们会给我制造麻烦的。"

"意思完全正确。"透着橘色的光环，她拖慢着自己金属牙齿发声的节奏，向他保证道，"所需要的只是措辞柔和罢了。"在他们睡之前，她对他基于自己的意见作出的修改作了评论。

他转到自己一侧，看着她梳理头发。随着她肌肉线条的每一次变化，虎纹的线条在她特殊的皮肤上细微地挪动，臀部，大腿，延伸至背脊。伴着她每一次的梳理，如瀑的长发任意地披落在她苍白的背上，过了少许时间，才被梳得有条有理。他清了清嗓子想要告诉她……他对她的宠爱增长得是多么地快。

忽而，他闻到了臭味。

"哎呀……"他苦笑地做了下鬼脸，笔直地坐了起来，"床下有夜壶吗？"

休格毫不犹豫地停止了梳头，俯身看床沿下，拖出了一只陶瓷夜壶来。

"当然。"她说道，推到了一旁让他看得清楚，"不过是空的。"他流连于她的身体，咕咕囔囔道。他没有猜到她半夜偷偷地从他身旁溜走后做了多少的动作，现在才能引发这样的结果。威廉只是浸没在此刻的情境下，捂着鼻子，查看臭味的根源。他赤脚下了床，敏感的鼻子仔细地搜寻起休格卧房的每一处地方。他尴尬地发现臭味竟然是来自自己的鞋子，它们躺在昨晚他踢掉它们的地方。

"我肯定在来这儿的路上踩到了狗的屎尿。"他皱着眉头，羞耻失落地看那摊污泥，既不能打扫干净又无法容忍，"那儿的路灯太少了，该死的。"他穿起袜子，找寻自己的裤子，打算把丢人现眼的鞋子从休格完美的房间里扔出去。

"城市就是个肮脏的地方。"休格不自觉间已换上了奶白色的睡裙，"广场上，水里，空气中，都是垃圾。我发现，甚至在法尔赛德到这儿的短路上都是垃圾——我该说曾经是，是吗？——人的皮肤上一层的黑灰。"

威廉扣上衬衣，端赏她清醒的脸孔，明亮的眼睛和白色的睡袍。

"对我而言，你非常干净。"

"我尽了最大努力。"她笑着，冰淇淋色的袖子穿过胸前，"尽管我猜还有些你的拉克姆沐浴香料的作用。你还有能让饮用水干净的东西吗？我想你不会想要看到得霍乱的我吧！"

她想，他靶心似的双眸猛地抖动了。

"尽管我想，"她继续自己温柔动听的语声，"威廉，你难道没有厌倦在城市生活吗？你不想住在更舒服，更干净的地方吗？"她的话戛然而止，准备吐露更多的细节，"像诺丁山，或许，贝斯沃特……，"只是在她说出它们之前咬住了自己的舌头。

"嗯，事实上，我住在诺丁山。"他坦白道。

休格由自己的脸表现出稍许因为赢得他信任的笑容。

"噢，多么不错的选择！"她叫道，"你不认为那是个完美的地方吗？没有远离城市，却更文明。"

"的确是令人满意的，我认为……"他说道，紧拧下自己的领子，"有人说那儿不时尚。"

"我可不觉得那儿不时尚！诺丁山有些地方远近闻名。比如说，在威斯特伯恩路与彭布里奇广场中间的街道，有很多可圈可点的地方。"

"那恰恰就是我住的地方！"

她仰身轻笑起来，低沉的声音从她雪白细颈的喉咙里发出。威廉·拉克姆总是选择最好的，这轻笑声便是表达这意思。

"我该早猜到。"她说道。

"你猜到了几乎所有的事。"他伤感地反驳道。

她看着他的眼睛，体味他的语调，确定他没有生气，只不过是折服的色彩。

"女人的直觉。"她眨眼道，"我感觉到了。"她的双手抚摸着自己的胸，移向小腹，"在我身体深处。"

她想自己该让他走了，于是从床上起来，走到写字台前，在已经没有她写的手稿而只有他给黄麻商人信件的桌面上，拿起信件，"我们最好把它寄了。"

威廉穿戴整齐，赤脚走到书桌旁。休格伴作端庄地站靠在他的肩旁，看着他重新阅读信件。她看见他满意了新的内容，装入她递过的信封，随后看着他写上地址，随后并无遮掩地将自己的家庭地址写在上面。随后，她满意地闭上了眼睛。秘密的果实已经向她公开化了。对她而言，已经没有什么秘密，她只剩了她嘴里的问题。

"感谢上帝。"他再次祈祷。

威廉走了，休格坐在自己的书桌上，完成了最后那段麻烦的章节。

我握着匕首的柄，然而我发现自己缺乏拿刀突然切向那男人肉体的力量。

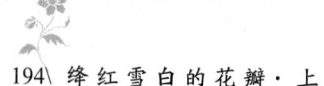

意志的力量，或许，是体力的力量，杀一个男人并不是一件简单的体力活。我做得太糟了，此前，我已经做了很多次，然而，今晚，我却做不到了。

然而，这男人必须死：因为我截留了他，他就无法逃脱！亲爱的读者，我该做什么呢？

我收起自己的小刀，随后拿起一只柔软的棉枕头。我无助的情人停止了与镣铐的挣扎搏斗，脸孔上的表情少了痛苦。甚至当我将污秽的液体倒入布中，他仍然没有放弃希望，只是在想象我在擦拭他灼烧的眉宇。

好似同情，我屏住了呼吸，将淬过毒药的布条塞入他的嘴，他的鼻子，封住他的七窍。

"我的朋友，美妙的梦。"

第十二章

　　亨利·拉克姆丝毫不习惯，狂喜得好像要死了似的。他在福克斯夫人的家，坐在她丈夫曾经坐过的凳子上，吃着蛋糕。"亨利，允许我耽搁你一会儿"。在她身姿曼妙地走出客厅前说的话。在他看来，她仍旧站在自己面前，姜黄色的裙子照亮了整个屋子，她温柔的举止加热着整个空气。他极不情愿让她就此离开。

　　"再来些茶，拉克姆先生？"

　　亨利猛地抬头，嘴角的蛋糕屑掉到了膝盖上。他忘记了福克斯夫人的女佣，萨拉。对他而言，她已经不存在了。然而，她站在那儿，毫不起眼地靠着福克斯夫人凌乱单薄的纸堆，前臂放着茶盘，脸上堆着傻傻的笑容。从她笑脸中，亨利清楚地看出自己必然是一副愚蠢可笑的模样。

　　"够了，谢谢。"他说道。

　　他所有的快乐瞬间离他而去——确切地说，他已经将它推向了一臂之外，去更好地审读它。这样的快乐究竟是什么？不过是女性的诱惑。诱惑是一件很可怕的事。

　　假定他不是一个罗马天主教徒，那他既想要成为一名牧师，又想要成为福克斯夫人的丈夫，成为她，这位寡妇的另一半，是完全没有问题的。然而，撇开她并不想与自己这样一个迟钝笨拙的家伙一起的事，在亨利的脑子里，还有宗教的障碍。

　　这诱惑……这迷恋……这爱情，倘若他敢于在上帝面前说出这样的话……这爱会有偷走时间的力量——无数小时，无数的日子——而那些时间或许可能用于对上帝奉献的工作。好的工作总是很吝啬时间，爱一个女人则会消耗它。在一打场合中效法耶稣可能要耗去一个早晨，甚至需要更多能力做别的；深思祝福，甚至是构想的祝福——而与心爱的人在一起则会吞噬一个人走路的时间，随后一无所成。

亨利明白！太多的时候，时间就在同福克斯夫人见面与下一个梦的小缝隙中流逝。她只需要朝他笑，他怀着她的笑就会忘却所有其他的事。日子这般流走，生命仍在继续，他一直沉湎于对这份笑容的记忆中。这该怎么办？

亨利啜了口茶，在萨拉的凝视下浑身不自在。她盯得很直接，让他感觉自己没有希望逃脱她的眼神，去捡拾大腿膝盖上的碎屑。这女孩儿是怎么了？或许，就佣人而言，他们在新地方处理掉下来的东西不会同那些从来不掉东西的人一样沉默而谨慎。亨利的前额沁出汗水，许是因为茶里的热气腾起造成的，至少他期望是这样。这个社会救助所庇护的女孩儿是否与自己在圣贾尔斯见到的妓女有所不同呢？在她邋遢的衣服下面，藏了赤裸的肉体，一段罪恶的，逼真的故事。这位叫萨拉的女人并不漂亮——至少，于他而言，并不美丽。她提醒着旁人自己堕落时挑逗人的样子，只是他是个别不受感动的人。福克斯夫人戴着手套的手握着自己比任何一个淫娃荡妇更能诱惑他。她的年纪与福克斯夫人相仿，个子也接近，几乎相近的身形……他怎么会对一个人执着痴迷，而对另一个人漠不关心？上帝在教他什么呢？

佣人走开了，亨利料理起裤子上的碎屑。伟大的基督教哲学家们会怎么评论这样的事？一个女人，他们提醒他，繁华与衰败就像一朵花儿。十年或是二十年就能消磨光她的美丽，再多些十年更多眨眼而过，最终，女人凋零，归于尘土之中。万能永生的上帝，相形之下，是所有美人的缔造者，在造物的第一周，捏出了人的形状。

然而，让一个美丽的女人热情地爱上上帝是多么困难的一件事呐！这莫非真的是上帝计划的一部分吗？是不是像麦克列许这样厌恶女人的男人只适合与衣服为伴？福克斯夫人会变成什么样？她说过自己不过是一刻的……她姜黄色裙子的景象已经从他跟前的空气中消逝，而她声音的温暖痕迹也已经在静默中蒸发。

亨利坐在伯蒂·福克斯的椅子上，悲伤地笑着。他要做什么？他希望打动福克斯夫人，传递给他成为神职人员的勇气；但是，倘若他能赢得艾米莉的芳心，他还需要在意这世上其他的事吗？在遇见她之前，他整个生活是悲惨的。如果她是他的话，她能抵抗住动物本性的引诱吗？他总是对上帝的赏赐心情沉重，但一有机会能在一位漂亮寡妇家喝上杯茶,他就难以抑制在座位上摇晃的冲动,这是多么羞耻的事!上帝保佑男人在世上更快乐!

但那是什么声音?从楼上福克斯夫人楼梯与走廊那儿模糊地传了过来……那是……咳嗽?是啊,令人惊骇震动的咳嗽就好像他在黑暗肮脏的贫民窟地下听到的咳嗽声一样……这会与他爱上的女人发出的一样吗?

亨利坐在那儿,又听了几分钟,心里充满了焦虑。随后,福克斯夫人回到客厅,脸颊涨红,看着却是相当平静好看。

"亨利,很抱歉让你等了这么久。"她说着话,音调平和,就像吞饮过了止咳糖浆。

安格尼斯将最新一期《伦敦新文化报》放在了膝盖上,心烦意乱中。有一则报道刚告诉她英国女人的平均寿命是 21917 天。为什么,哦,为什么这些报纸总喜欢说些不让人愉快的事?难道没有别的好事说了吗?这个世界堕落了。

她站了起来,任由报纸坠落在地板上。她走到了床边,查看了窗台上的灰尘。这季节的第一批昆虫已经孵化出来,对细致的人来说是一种不幸。她把手放在窗台边缘,热湿的前额靠在冰冷的玻璃上,朝下看着花园。老杨树正在爆芽,只是被绿色真菌折磨着,底下的草坪被剃得干干净净,镰刀与锄头将深色的土翻了出来。希尔斯在花园里做的事让安格尼斯不由得忧愁起来。并不是说他来之前,拉克姆家的花园不让自己觉得有失颜面,只是现在他们把花园带入了地狱,她思念起树周围的雏菊,铺路石间长出的深绿色芽菜,此时,什么也没有了。希尔斯在等待,他说,草会"安好"地长回来。

安格尼斯感觉泪水涌了上来,手紧捏着窗台,竭力地抑制着。然而,一滴,一滴,为了雏菊,为了野草的泪水从她脸颊滚落,更多的泪水在她更频繁的眨眼中滴下。

21917 天。她的日子更少了,因为她已经活了很长时间。她还剩下多少天呢?她忘记了曾经学习的算术,这挑战太不可思议了。只有一件事是清楚的:她生命中最残酷,最灰暗的日子是可以数出的。

她知道并非总是如此。女人在摩西时代的生命是前所未有的,至少在英格兰是如此。甚至在今天,东方与帝国的远处,睿智的男人们,也许还有睿智的女人们,已解决了年龄与物理伤害的问题,并能让人毫发无损地活下去。在安格尼斯刺绣篮子里藏着的唯灵论册子暗示了这个秘密,里面有些已经确认的奇迹画像——埋葬了六个月的圣人浮现了生气与笑容,异国的黑人在火上跳舞等等之类的。毫无疑问，还有其他的书，比如古代禁忌的知识，具体解释了所有的技巧。每一样对人类的认识都发表了出来——只是穆迪的流动图书馆是否会让一个好奇的女人看到则是另一回事了。

噢，在这儿想它有什么用呢？她被诅咒了，一切对她而言太晚了，上帝已经转身，花园被摧毁了，她的头疼了，她的裙子没有一件颜色合适，杰洛尔德夫人嘲弄地回了她的信，她的梳子总是跟着头发，当她极度想要出门走路的时候，天却噩兆似的变黑了。安格尼斯哽咽着，慢慢地推开窗，将自己扭曲的脸孔伸向新鲜的空气中。

在楼下的地上，女帮厨简妮从门里出来刚好在安格尼斯的窗下，她去取一大桶肥沃的土培植地窖里的蘑菇，安格尼斯看到女孩儿朴素的黑裙纽扣因为白色围裙紧勒而张了开来，露出背上的肉。忽而，她对自己雇佣的这个女孩儿生了同情。两行泪从眸中夺眶而出，滴落在女孩儿呆着的地方，只是一阵风在它们到达已经撤退的身体前吹向了别处。

当拉克姆夫人从窗台边退回，为了平衡，调整自己的双腿，她感觉已经要开始流血了。

拉克姆夫人之后的举动会很快被告知她的丈夫，但是在引起佣人们注意之前的那几分钟，威廉毫不知情地坐在自己的书房里，几小时都没有想起过安格尼斯。

尽管在他的脑子里病痛这词汇已经很久，但并不是发生在他妻子身上的。担忧已在他的大脑中滋生，并在那儿以惊人的速度成长，如一株焦虑的杂草。休格关于霍乱的嘲笑一直提醒他一些残酷的数据：每一天，伦敦那些缺乏卫生条件的地方疾病蔓生，这样的病例不仅仅只是那些妓女。是啊，休格像一朵鲜活的玫瑰，然而，让她自己承认却并不容易，她周围所有的一切都是污秽，潮湿，腐烂的。谁知道她那些朋友会带来什么样的病？谁知道有多少传染病在卡斯特威太太围墙外徘徊，它们会不会渗入休格的卧室？她应该得到更好的，所以，他得这么做。难道他得蹚过粪便横流的沼泽去见自己的情人吗？很清楚他必须做些事——解决方案是多么的简单！他毕竟是有钱的！为什么，在过去的两个月中，根据账本，薰衣草水单独销售———串古怪的敲门声打断了他的计算。

"进来吧。"他说道。

门打了开来，莱蒂激动道："噢，拉克姆先生。我很抱歉先生，哦，拉克姆先生……"她的眼睛盯着转椅套，从威廉到她刚跑上来的楼梯前后打量，身体谄媚地摆弄着。

"怎么了?"拉克姆提道,"你找我什么事,莱蒂?"

"是拉克姆夫人,先生。"她尖声应道,"已经去喊克鲁医生了,先生,但是……我想您可能还想自己去看看……我们刚关上门……没人会打扰……"

"哦,看在老天的分上!"威廉惊呼,因为心焦而生气,"告诉我情况!"他边扣上马夹,边疾步跟着莱蒂下了楼。

在福克斯夫人的客厅里,福克斯夫人正在拜访者的面前做一件相当不礼貌的事。她正在折着一沓放在膝盖上的纸,将它们塞进信封里,舔舔封口,而嘴上则一直继续着谈话。这是亨利·拉克姆第一次目睹她的这番举止,若是几个月前,他一定会惊愕地好似看到她举着镜子照自己的脸蛋,开始剔牙,而现在,他已经习惯于此。一天时间对她完成所有事而言是不够的,因而,有些事必须同时去做。

"要我帮忙吗?"亨利问道。

"给你。"她说着,递给他一半纸。

"这些是什么?"

"圣经律诗。"她说道,"给夜间庇护所的。"

"哦。"他在折叠之前瞧了眼纸,圣歌31的字句立刻出现在眼前:"上帝,求您怜悯我吧,因为我是不幸的:我的眼睛遭受着悲伤的折磨,我的灵魂,我的肚腹……"等等,劝告给予了勇气。福克斯夫人的字迹非常清晰,她已经抄写了很多遍相同的短文。

亨利折了起来,塞入信封,舔舔后压紧。

"夜间庇护所里那些不信的人能读吗?"他问道。

"贫困能降临在任何一人的身上。"她说着,手里继续折着信,"不管怎样,这些诗都会交给看守或是寻访的护士大声朗读。他们会醒来,从一排床的通道下来,你知道,背诵些东西会让他们认为更有助于对付失眠。"

"伟大的工作。"

"亨利,只要你想,你也可以这么做。他们没有让我——他们说他们不能保证我的安全,好似这掌控在除了上帝之外的任何一个人手上。"

气氛凝固了起来,除了折叠纸与舔信封的声音外,再也无其他的声响。这是不需言语的朴素分享,对亨利而言,异常地满足。他很乐意在未来的五十年坐在福克斯夫人的客厅,帮她一起做事。忧伤的是,伦敦只有这些夜间庇护所,信封很快就装满了。福克斯夫人斜睨了眼,舔舔嘴唇,好似她厌恶的辛辣味道在粉舌上——也同样在他的舌头上。

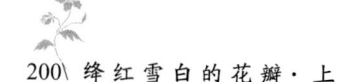

"答案是可可粉。"

莱蒂领着自己主人穿过小通道,自从这房子落在他名下之后,他走过的次数还没有超过六次,小通道已被佣人们用以急跑。现在,他与威廉·拉克姆站在了厨房的门口。她打着手势与他交流,倘若他们两人都没有发出一丝最轻的声音,倘若他们进入厨房时极鬼祟,他们就像是观察一件奇妙的事。

威廉迫切地想要抛弃这愚蠢的行为,抵住诱惑,按着莱蒂建议的那样推开门。悄悄地,就像舞台的幕布被拉开,门也被推了开来,展露在眼前的,不仅是刺目的灯光,高高的天花板,准备好的饭菜,还有两个女人正忙着,这一点也没有震惊到他,因为她们都不是自己的妻子。

在那儿,安格尼斯与厨房女帮佣简妮并排地坐在石头地板上,两人背朝着他,脚跟朝着天花板,双手与膝盖趴在地上,轮流把洗涤刷放入一只盛放肥皂水的大桶里。忙个不停的时候,两人对话起来。

安格尼斯磨的速度要比简妮慢,但却同样充满活力。她纤小的手肌腱凸显。她裙子的边角粘贴在了湿漉的地板上,她裙撑背面来回地敲在上头,穿着拖鞋的脚蠕动着。

"好吧,夫人。"简妮说道,"我会同样把所有的盘子都洗干净的,但事实上,您不会希望所有的洗指碗都那么脏,是吗?"

"不,不,当然不是。"安格尼斯擦洗道。

"嗯,我从没有这么做过。"女孩儿再次说道,"我从来没有做过,我在这儿,就是听厨师朝我喊,叫骂我,随后把这些洗指碗递给我,我没法不做,它们盛放过蛋糕,蛋糕油脂到处都是。哎呀,坦白说,夫人,这是洗指碗,通常都是很干净的……"

"是啊,是啊。"女主人同情道,"你这可怜的女孩儿。"

"这是……这是血……"简妮指着木质遮泥板的老污迹评论道,现在拉克姆夫人已经在它们面前,"溢出那么久,但是你还能看到,不管我怎么去擦拭都只是这样。"

拉克姆夫人弯下身去看,肩膀碰到了简妮。

"让我试试。"她上气不接下气道。

威廉选择这一时刻插入。他大步迈入厨房走向安格尼斯,鞋子踩在湿漉的地板上发出尖锐的响声。安格尼斯转过身,仍然手脚趴在地上,看着他。简妮没有转身,目瞪口呆地蹲下了身,像是一只狗等待着被打。

"好啊，威廉。"安格尼斯平静地眨着眼睛，一缕头发悬在她沁汗的眉前，"克鲁医生在这儿了吗？"

威廉并没有像她所期望的那样，无力愤怒地回应。反而，他弯下身，一手抄起她裙撑下，一手抓住她的背，用力把她从地板上举了起来。当她停在他胸口的时候，他大声说道，"克鲁医生没有我的允许不会来这儿。我会让他给你开点安眠药，随后让他走。他来这儿又频繁又长，在我看来……这对你毫无好处。"

说着，他夹着她离开了厨房，穿过若干门与走道，到了楼梯。

"克鲁医生来的时候告诉我。"威廉与他身旁，走在阴影下上楼梯苦闷的克拉拉说道，"告诉他，一片安眠药，不要多！我会处理自己的事。"

一旦他的妻子完全地躺在自己的床上，威廉·拉克姆便认为是安然无恙了。

"你知道，亨利。"当福克斯夫人整理他们之间堆得摇摇欲坠的信件时，她低声道，"我庆幸自己没有孩子。"

亨利猛地吸入一嘴的可可："哦？为什么？"

福克斯夫人靠回自己的椅子，由着自己的脸孔被窗帘滤过的阳光照耀。亨利从未发现她两鬓有淡紫色的静脉，颈脖处还有喉结——如果女人有这"亚当的苹果"，有什么作用吗？

"我有时想，我只是有限衡量……"她闭上眼睛，在寻找一个妥帖的词，"……自己赋予世界的力量。如果我有孩子，我无法给他们最好的，我猜想，鉴于现在……"她朝着自己房子里那些杂乱堆积，让人一半满足，一半怜悯的慈善物品做起了手势。

"是不是说，"亨利试问道，"你认为所有基督教女信徒都应该没有孩子？"

"哦，我从没有说'应该'。"她回道，"尽管如此，一股巨大的力量仍需释放，你是不是也这么认为？"

"只是上帝的戒律是什么？'子孙绵延'？"

她笑着看向窗子，因为午后的阳光，眼睛便眯成了细缝。外面的天兴许是多云，但倘若一个人已沉浸在幻想中，可能是壮阔的军队从房前阅兵而过，无数成群结队的人遮蔽了太阳，路上是百万车的尸体。

"我想已经有很多的增长了，不是吗？"福克斯夫人叹声道，"我们已经往世界填塞了太多受惊挨饿的人，不是吗？挑战对他们而言有什么关系呢？"

"尽管这样，新生命的奇迹还是在继续……"

"噢，亨利，如果你只能看到……"她正打算说起自己在社会救助所的经历，然而，还是决定就此打住，在喝热可可的时候，说起满脸红疮的孩子存放在妓女的柜子里，而死了的，则被肢解后抛入了泰晤士河。

"坦白地说，亨利。"她换了方式说道，"生育并没有什么独特之处。真实的慈善活动在某个方面来说……打个比方女人就和母鸡一样，孩子就好似下蛋。受过精的鸡蛋除了能生出更多的小鸡外，与普通鸡蛋没有什么差别！一只母鸡能生很多鸡蛋！"

亨利脸红到了耳根，深红色与他金色的头发成了鲜明的对比："你肯定是在开玩笑。"

"当然不是。"她笑道，"难道你没有听过你的朋友柏德烈与阿什维尔怎么说我吗？我严肃到了骨子里。"她突然倚靠在自己的椅子上，头懒洋洋地枕着椅背，精疲力竭的样子。亨利看着，担忧而陶醉，当她深深地呼吸，胸口在她紧身衣里起伏的时候，两侧柔软的衣裳后凸起的小点清晰可见。

"福克斯夫……夫人？"他结巴道，"你还好吗？"

当克鲁医生到达威廉·拉克姆家的书房时，自己如往常一样受到了礼貌的接待但却没有感觉到尊重。对比先前的四五次到访，他从拉克姆家人的反应更加肯定了这想法。过去的时候，他都是在座椅上聊天，接过威廉的雪茄，看他的目光都是尊敬。今天，克鲁医生感觉自己好像传唤来送药的，而不是像一位杰出的精神科专家被邀请过来。

"她现在可以睡了。"他说道。

"好的。"拉克姆说道，"请原谅我，不想讨论妻子复发的细节，如果真的复发的话。"

"如你所愿。"

也请原谅我，威廉想到，如果你再次提出送安格尼斯去疗养所的话，我会赶你走。我是一个富有的人，家里没有什么事是我不能照顾到的。如果安格尼斯疯了，需要护士，我会雇佣她们。如果有一天，她不可理喻地需要强有力的人控制住她，我也可以雇佣得起。医生，我会比任何一个男人更怜悯她：请注意你的言行。

威廉告诉医生，往后上门问诊每周一次改成每月一次，接着，感谢他的来访，并将他交给莱蒂送走。他想象，当克鲁离开的时候，他的脸上一定挂了难堪丢脸的色彩，这是错误的想象，像克鲁医生这样的男人有很多人类的镜子在反射他们的重要性，而同样有一面镜子会显示得更为客观，随后，他们便会转向另一边。

医生的下一个病人是一位老女人，那位老女人很崇拜他。他顺便看了拉克姆的镜子后转向别处，因为灯光是不同的。安格尼斯·拉克姆有注定的结局，他只需要等待。

克鲁离开了，威廉想看一下自己的妻子，去确定下她是否已经安静地入睡，然而，很快又改了主意，因为他明白她厌恶自己走入她的卧室。虽然如此，他仍希望她安好，甚至想到她脸上安静的表情。

奇怪的是，自从他认识休格以来，他对安格尼斯的感情与溺爱比以前多了，她不再是他的一个负担，而是他的一个挑战。就像掌握拉克姆香水公司一样，在休格的鼓励下，可憎的事会不可思议地变作有意思的冒险，而征服安格尼斯的病似乎也成了证明他能力的一部分。他明白自己的小妻子需要疼惜：他会给她她所渴望的疼爱。他明白她讨厌自己，他会容忍她所有的事。

威廉平静果断地回到了自己手头的工作中：计算该需要多少钱把休格从那危险的住所挪出来。

当她的丈夫在考虑这些细节的时候，安格尼斯·拉克姆，已经服了安眠药，进入了梦乡。特别为她而准备的火车车厢正停在她的梦中，被蒸汽环绕。她已经裹在其中，睡在窗旁的床上，枕头垫在头下，可以更方便地看到窗外。火车站，管事的人敲了敲车窗问她是否还好，她应声"我很好"。随后，车外传来汽笛声，她又在通往女修道院的路上。

两个星期后，我们发现威廉·拉克姆在他有意向的地方做了最后一次检查，从今晚开始，他会从自己忙碌的生活中挤出尽可能多的时间来做这件事。最后一个工人装完最后一件家具走后，威廉可以检查整体效果，是否像玛丽伯恩修道院的漂亮房间一样，真切地看看是不是值当那么大笔钱。

他徘徊在前面的通道，大题小做地重新布置着水晶花瓶中的大束红色玫瑰，将花的茎叶按照需求剪切，以达到最好的插花效果。在剑桥那些风流的日子里，他没花心思在这些审美细节的学习上。休格说出⋯⋯好吧，坦白地说，她说出了他的"一切"。这些高雅的房间很适合她——房子就似珠宝的盒子，而她便是其中珍贵的珠宝。

与卡斯特威太太之间的协议已经签署了。老妇人遵守了条约，她还能做什么呢？他比起数月前签署协约的时候已经身价十倍——相比之下，她的地位却反而下降了。在乳白色正午的阳光中，他再次拜访她，她不再像之前那样穿着火红的衣服咄咄逼人，花哨的服饰显得灰白，在阳光的照射下，灰尘清晰可见地点缀在衣裳上。他给她看了最好的家具厂商，布商，砖瓦匠，玻璃商人，还有很多乔治·亨特雇佣的工匠所开具的发票，同时还出具了一张价值一千英镑的银行存单。当然，用的是本名而不是一开始的乔治·W.亨特。

卡斯特威太太看上去对他的印象很是深刻，不管他叫什么名字，她并不需要撕毁老合同，一样让休格成为他的私人资产。

"既然这样，我已经尽自己可能照顾好她了。"这是她最后的话语，"我相信你也会这么做的——为了我们永恒的利益。"

现在，威廉看着这些房间，放逐着她可怕、蜡色、脸孔布满皱纹的记忆，他相信这儿的一切井井有条，完美之至。他相信他的爱巢是理想之地，完美的内饰，男人与女人品味彼此和谐融合。他坐在其中的一张椅子上，接着又坐在了贵妃椅上，用不同的有利位置观察四周。他打开又关上了所有的门、窗、盖子，以及碗橱架、书架、古董架，以确保黏住或是发出嘎吱声响。

浴室是需要关心的。他是否有了一个能洗热水澡的地方？水管是丑陋的，像拉克姆工厂里笨拙的装置。休格或许会更高兴有一个又大又独立的浴盆？啊，但他希望她感觉，这些新的"热情"浴缸是最新款的。热水喷头的操作说明书可能有些小复杂，可能水会猛地喷了出来，这是事实，不过休格是一位非常聪明的女孩儿，他相信她不会在洗澡的时候把一切弄得像末日来临。这些"热情"的设计是最安全的。"在将来，每一个人会有一个。"推销员如是说道。对此威廉禁不住给这家伙上堂商业课，几乎回应道："不，不，不，宁可说：普通人只会一直在快溢水的桶里——只有时尚和幸运的人才会有这样的浴缸。"

随后，他慢悠悠地走进卧室，以十分之一的速度审度起床来，指尖感受被褥与床罩，沿着倾斜的枕头随时能瞥见墙上的不带任何色情意味的中国画，墙纸的花纹在灯光中闪耀。所有的一切，他相信符合她的品味。

从外看来，房子平凡普通，几乎与那些左右的房子一模一样。入户后的第一条通道面朝街道，但里面做了半暗的玄关门廊，以防止邻居的窥视。房子没有楼上的房客，威廉为了安全起见，决定租两层楼，将楼上的房间留空。

威廉看了看自己的手表，现在是1875年，3月17日晚上9点。此刻，他需要最后再去一次卡斯特威太太处，将休格接到她的新房子里。

亨利·拉克姆在文明发展的边缘行走，在入睡前行走，在黑暗中行走。他不是天生的夜猫子，他是亨利，太阳升起，他便起床，而太阳落下，他则止不住打哈欠。然而，今晚，他离开了温暖的被子，匆忙地在自己睡衣外套上些衣服，用长的冬季外套裹住自己没有刮胡子的脸孔，走了出去。

起初的几英里，两旁是房子与街灯，然而，这些渐渐地变得稀疏了，最后只剩了远处吉普赛人的帐篷发出的亮光，来自大西部铁路诡异的光环，还有上帝洒在人间的暖光。满月的光落在他的身上，巨大的影子跟在他的身后，敏捷地跳跃在不均匀的地上就像一群黑色的老鼠。他并不理睬，只是全神贯注于自己笨拙的双脚，鞋带未系，慌张不已地大步向前。

他想：我是一个怪物。

尽管刺骨的寒冷与黑暗影响了他寻找自己的路途，他的眼里仍然能看到艾米莉·福克斯——或是说眼里只能看到她柔软地躺在枕头上，赤裸而放荡地邀请他扑上身。这场景简直与他第一次将床单抛到身旁，拒绝浓浓色意的睡眠时一模一样。然而，尽管冷光清晰，他朋友的照片却是令人可恨的虚假。现实中，他从未偷瞥过福克斯大人除了脸孔与手之外的别处肉体；任何低于脖子，高于手腕的都只存在于他邪恶的幻想中。他已经赋予了她一副属于自己设计的身材，毫无痕迹地将她与那些希腊女神，水中仙女的油画合在了一起，最邪恶的部分由魔鬼提供给了他。只有脸，是她自己的。

然而，是的！她柔声细语道，幽灵似的苍白手臂疲倦地抱了起来。

是啊。

亨利倚在大运河一座矮桥的木栏杆上，解开衣扣，大声地释放自己的情感。

"哪儿？"休格喃喃，"我们要去哪儿？"

当他如往常一样让她穿得如出点小远门那样后，出租马车已经嘎吱地驶过所有威廉可能带着她一起去的地方。一开始，她以为他有些感伤，要去法尔赛德玩玩。他近来总有些莫名其妙涌上的感伤，总是追忆起他们之间的交易好似他们已经彼此认识了很多年。只是并不如此，当她看到出租马车继续前行的时候，她明白，他们并不是去法尔赛德。现在，他们经过了最好的酒吧、餐厅，也转过了克雷门公园最差的路。

"我也想知道。"威廉温柔地挑逗起她来，在微暗的车厢里抚摸着她的肩膀，"而你得去自己找答案。"

休格恶作剧与猜谜似的说了所有的可能。"多么让人兴奋啊！"她呼吸着，鼻子贴到了窗上。

威廉发现，这孩子般的好奇心是多么可爱——这与他新婚时带着安格尼斯到他们新房时相比，要幸福得多。那时，不管他怎么说，她总是往后看；休格则毫无掩饰地向前看。安格尼斯是多么令人心烦，爱哭鼻子，让人担忧，他希望他能把她敲昏迷，直到舒适地待在新房子里才起来。而对休格，他喜欢她坐上自己的膝盖,就在车厢里,在颠簸的路上,坐在自己身上,与整个马车一起震动。然而,除却抚摸了她的肩膀,他什么也没有做:这是她生命中重要的时刻——两人的生命中——不该任意地变质。

此时,休格睁大眼睛,望着车厢外黑暗的地方。威廉是在带她去往自己诺丁山的家吗?不,他们在埃奇威尔路右转,而不是直行。他是想要引诱她到原来城市的一处僻壤,谋杀她,随后弃尸吗?在她自己的小说中,她已经描写过很多相似的谋杀,这于她而言看上去很是真实,不管怎么说,妓女不总是死在男人的手上吗?就在上周,根据艾米所说,一个无头的女人在汉普斯特荒野被发现……

她侧脸看了下拉克姆消除了自己的顾虑:他矜持与欲望交替的目光耀闪。因此,她转过自己的鼻子靠向玻璃,调整着自己呼在上头的白气范围。

在旅途的终点,她下到一处漆黑的地方,一座非常现代的平台出现在眼前。两棵巨大庄严的树使得路灯变得暗淡,伸出的枝条架成了哥特式。随着马车离开,墓地般的死寂瞬间弥漫了周围,休格被一只手臂拉到了这些漆黑的陌生新房子中的一栋。

威廉·拉克姆在她身旁,朦胧的影子隐在黑暗中;她能听到他的呼吸,在他找寻钥匙时碰到她裙子发出的沙沙声。这儿是多么宁静,她竟能听到这么低的声响!这是一个什么样的地方,能够把整个空气变得如此空灵?

一下子,她被一种未知的强烈情感操控住了。她的心脏砰的一声,双脚绵软,开始战栗——好似她很快就会被谋杀。火柴像撕裂布匹一样发出声响,她看见威廉的脸孔在弯身开门的时候耀闪着撒旦似的光亮。他鬓须的特征对她而言完全陌生。

这个男人正在改变我的命运,她想当钥匙转动,门开启的时候,我的命运就像抛出的硬币。

威廉打开了玄关的灯,让休格站在灯下,他则到前头每间暗暗的地方打开灯,随后,他转过身,温柔地将她搂在臂膀里。

"这儿。"他戏剧化地打开自己的双臂,"是你的,所有的都是你的。"

良久,周围静谧无声,男人,女人,一瓶红色的玫瑰,构成了此刻生动的画面。当拉克姆带休格去往起居室的时候,休格惊愕得大呼:"噢,威廉!"

"噢,亲爱的上帝!"

每一回,她总是逢场作戏于他给自己的小惊喜,而此时,她不需要演戏,因为早已卷入了让自己眩晕的惊愕中。

"你都发抖了。"他发现道,拿过她的双手放在自己手里,好感觉是不是真的,

"你怎么发抖了呢?"

"噢,威廉!"她的眼眸湿润,目光来回于他与他身后难以置信的奢华房间,"噢,威廉!"

起初,他很是吃惊她会这么感激自己,他从未怀疑过她的欲望。当他意识到她真是受宠若惊地激动,他满是骄傲,满足的机器在内心世界里加速运转。她看上去好似要昏倒了,他不得不用臂膀揽住她,将她的脸孔转向自己。他敏捷地解开她下巴的丝带,将她帽子脱下,卸下她发髻上的发针好让她披散的金发卷像新出的羊毛一样落下。他感觉到她内心闪过的疼痛:好似这顷刻的幸福会一闪而过!

"那么。"他故意挑弄道,"你不想看看你的新房子吗?"

"噢,是啊!"女孩儿叫道,从他怀里跳起。他看着,喜不自禁,好似她在房间里起舞,让自己身体的每一寸熟悉这儿的一切,将掌心放在每一件物品的表面,接着,飞快地穿过门到另一间房间。在这一刻,威廉忍不住回想起安格尼斯在切普斯托别墅第一天时,像生了病的暴躁孩子,对他所布置的一切熟视无睹。

"我希望自己做了能想到的所有事。"赶在她站在书桌前的那刻,他一把搂住了她窃语道。她恍惚地接受了他的亲吻,盯着自己在漆面桌子上的倒影。

"这是什么房间?"她问道。

他将自己的胡须蹭埋入她的颈脖,说道:"缝纫间,穿衣间,书房,随你所想。我没有放很多东西在这儿——我想你可能希望放两件你在卡斯特威太太那里的家具。"

"她知道?"

"当然,她知道。这都安排好了。"

休格的脸孔瞬间变白。噩梦瞬间出现在她面前:一个穿着血红色衣服的老女人,爬上楼梯进入她的卧室,打开橱门露出一堆白色的《休格的堕落与重生》手稿。卡斯特威太太绝对不能去碰那些手稿!在那些手稿上,有一个叫做"杰迪森太太"的女人,她犯了很多,很多的罪过,尤其是暴力对待了自己无辜的亲生女儿:坚强的女主角。

"我的房间……我的旧房间……"她支吾道,"什么……什么样的安排呢?"

"不用担心。"拉克姆笑道,"我脑子里可清楚你的隐私。在你没有动之前,没人会去碰任何和你有关的东西。我已经安排好了,你随时可以去搬你的东西。"他抚摸她的面颊,好让血色重新回到她的脸庞上。

休格困惑地走到法式窗子前,看着自己在玻璃上被分成四块的映像。四块窗格角度微微有些不同，因而她映在上头的模样也不尽相同，直到她靠近玻璃，才变得透明，所有的影子都消失得无影无踪。外头，是墙围住的花园，在黑暗中难以辨得清晰，但却种满了……好吧，是某种绿色植物——生动地证明她的新家是在地面上，比起银街而言满是绿色萦绕。她的怀疑抛到九霄云外，而愉快的心情再次回来。

"哦，威廉。"她再次叫道，"这些都是给我一个人的吗？"

"是的，是的。"他笑道，"单独给我们的，我已经租了这儿一辈子。"

"哦，威廉！"

她扯开自己的手套，丢在地板上，如此，才能将手放在摆放于书柜与浮雕修饰的墙纸间的书本书脊上。她跳跃式地一间接着一间看，而威廉则跟在她的后头，每一次她都像跳着同一支庆祝的舞，平添触觉上的熟悉。"这一车的东西"是威廉·拉克姆买给她的！这填满了魔术的地方：无用的，有用的，丑陋的，美丽的，独创的，不切实际的。所有这些，她所知道的，是昂贵。

"让我给你好好看看，给你好好看看！"他继续说道，"这是浴缸，有热水的。很容易使用，甚至一个孩子……"

他向她展示享受摩登时代所有奢侈物品的方法，并告诉她毫无风险。

"重复一遍我说的顺序。"见她已经相当茫然，他便敦促她道，"让我知道你明白了。"

接着，她便照做了，一件件，都照做了。

他揪住她评估床头，古怪的是，连她解开靴子的时候，都没有发现穿衣镜，除了擦亮纹理的深色木头折射了自己的样子，竟然没有照的镜子。威廉皱眉，思考自己是否做对了决定：他没法自己野蛮地用螺丝把镜子拧进光泽的柚木里。哦，他想起自己是多么喜欢休格旧床上的镜子，他呆傻的男子气息湮灭在她湿润美丽的身子里。他甚至想要走到家具制造商那儿说道："我在考虑，是否可以……"

只是很快，他又改了主意："刻一个装饰性的'R'字在那儿，靠近顶端的地方。"

现在，威廉小心翼翼地在张望休格的脸孔，正如她已经为他准备好了身体。

"你想那镜子吗？"他问道。

她笑了："当我有你看着我的时候，我还需要什么来看自己呢？"

此刻，她只穿了件背心，而他的裤子已鼓胀起来。他将她推倒在床垫上，凝视她睁大的双眼，她则盯着床顶的篷帘——是，这是最上等的比利时蕾丝！就似威廉想象的那样，他抑制自己不去告诉她每一处细节：当他选家具时是多么的困难，他觉得那是非常难懂的事，所有他经历的谈判……故事最好的方式，是不戳穿童话般礼物的秘密。

上帝，她已经比任何一次都湿润了！眼下的她是何样的？是因为他吗？

"但亲爱的威廉，"当他进入的时候，她喘息道，"没有厨房。"

"厨房？"他已离喷发毫秒之距，"你不需要厨房，傻瓜！"他呻吟道。

"我会……给你……所有你要的……"他终将自己的种子射入她的身体。

接着，休格躺进他的臂膀中，亲吻了他胸口上百次，让他宽恕自己在这美妙的时刻走神。她说，自己招架不住他的慷慨。对她而言，一下子拥有那么多，她贫穷的脑子已经慌乱，不过他能证明，她的身体如实反映了她的心情。

"不过，"威廉叹息道，"我累了。"这一天忙碌不堪。她想自己怎么在新房子里吃饱是对的。只是，他和他钱包会每周给她寄补贴，这对于她独自生活而言绰绰有余得多。他毫不犹豫地向她推荐在玛丽伯恩路有很多非常出色的饭店，包括艾尔兹乌斯酒店的早餐馆，那家的鸡蛋饼很不错。沃里克的鱼也是极好，她喜欢鱼吗？是的，她非常喜欢鱼。哪一类鱼呢？噢，所有的鱼。她并不担心如何让自己的房间保持干净，也不担心洗衣服：他已经为她雇佣了一个女孩。

"哦，不，威廉，这实际上并不必要。"休格反对道，"我很喜欢家庭生活，当我想做的时候，你会知道的。"这完全不真实，她承认自己从未做过任何家务活，但假如这些房间都属于她自己，她会让它们真正地成为自己的房子！

的确，当她与威廉一起躺在他们的新床上，她越来越渴望自己独处。她无法相信这礼物不会随着他消失而消失，只有等到他离开。她怎么才能让他离开呢？她频繁地亲吻他的胸口，就像紧张痉挛似的；接着又温柔地抚摸他，期望能强迫他立刻做出决定。

"我必须走了。"他轻拍了下她肩胛之间。

"这么快？"她低声道。

"有事儿要做呢。"他已经穿上了自己的衬衣，"不管怎么说，我希望你熟悉起你的小窝来。"

"我们的小窝。"她抗议道。这些都是你的裤子，你个傻瓜！那儿！

数分钟后，当他抚摸着她说再见后，她亲吻他的手指，说道："这就像我所有的生日一块儿到了似的。"

"亲爱的上帝！"拉克姆说道，"我甚至还不知道你什么时候生日呢！"

休格没有选择自己混乱的脑子做出回应，笑着，以完美的句了来回应他，结束这次的交易。

"从现在起，今天就是我的生日。"她说道。

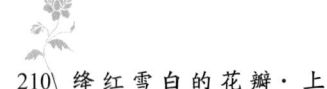

当门关上后,休格静止不动地躺了一两分钟,以防止威廉再度回来。

随后,她晃悠着自己的双腿慢慢地在床上滚来滚去,随后,双脚落在陌生的地板上,站了起来。她的背心更皱了,耷拉地褪在自己胸下。她不乐地用手掌抚平,心下琢磨威廉自吹自擂的已经想到了"一切"是不是也包括了熨斗这样的小东西。她一件件地重新穿上衣服。从自己的手提袋里拿出一只衣服刷子,梳理自己的裙子,这样,裙子便恢复了美丽。接着,她换上一面手拿镜,打理了番头发,离开卧室前,又咬下干裂唇瓣上的一两片皮。

"慢点儿,慢点儿。"她大声提醒自己,"你现在有的是时间。"

首先,她去了书房。是,她的书房。她站在法式窗户前,看着外头的花园。早晨,花园里会有阳光,不是吗?露水在整洁的草床上闪耀,那是一些外来的植物,她不知是何名字。在卡斯特威太太那儿,她透过小窗子,除却肮脏的屋顶与叫人烦躁不安的人流外,什么都没有;而这儿,她有草,有很多美丽的绿色植物。

客厅中的红玫瑰是另一番景象:它们毫不夸张地抓住了她的鼻子。在扔进垃圾桶之前,她该把它们留在瓶子里多久呢?她总是很厌恶去修剪花,特别是玫瑰——它们的味道,错过花期后纷纷落下的花瓣都让她不喜。她只能忍受风信子,百合花,兰花——那些最终以一整枝枯萎的方式结束花期与根茎为伴的花儿。

不过,这花香象征着威廉·拉克姆为她做的精心准备。他有过多少的麻烦,他已经偿还了多少她与他的交往中的麻烦事儿!在她房间里发现得越多,她便越加发现他的深思熟虑:手套架子与手套粉,鞋楦与环架,生火的风箱,热床的锅。这些东西真的是他想的吗?还是他在经过摄政街的时候,随意地买了所有眼里看到的东西?当然,还有一些古怪的物品躺在那儿。一只磁性的刷子放在盒子里,用来卷头发,并且能够治疗头疼。一只填饱的貂鼬在衣橱的最前头好似在等待剥皮做成一件廉价货后挂在里面。银器,玻璃器皿,陶器与黄铜器在壁炉台上争相斗艳。两张铺了东西的桌子并排放着,一张大于另一张,但却少了些吸引力。她想这是因为拉克姆在买了一张后又跳出了第二个想法,于是买了第二张,随后让她做最后的决定。这样的信号是不是代表他会感谢她所有期望做出的更改?太早下这结论了。

那些该死的玫瑰!它们糟糕的气味充斥着整个房子……但是,这不可能,不可能全是从一个花瓶传出的。一种神秘的香水在空气中弥散,好似整个建筑用沾湿肥皂的海绵擦过。休格掰转手柄,打开法式窗户,夜间新鲜的空气扑入她的鼻孔。她将脸转入黑暗中,深深地呼吸,嗅到了湿草的气息,却没有她熟悉的味道:肉与鱼,马车与小马的粪便,排水管里汩汩而出的脏水。

当她站那儿闻着窗外气味的时候,一股热流从她的大腿侧流入裤子中;她脸孔一抽搐,一手抓着自己,另一只空着的手关上窗。该怎么做呢?如果她打开衣橱的门,刚巧发现自己想要的东西:大银碗与毒药粉,会是多么让人吃惊的事呐?她打开了衣橱的门。

空无一物。

她跑回卧室,翻了床的两侧。没有夜壶。拉克姆究竟是怎么想她的呢?一个……?她试图找到一个词,如果存在这个词,可以逃避她的……总之,她刚好想起自己有一个浴缸。亲爱的上帝,浴室!她很快蹒跚去了那儿。

这是可怕的小房间,铮亮的茶色木地板,亮闪的三色墙——护墙板上镶着青铜瓷砖,黑色的墙纸就像包围房间的缎带,屋顶上则刷了芥末黄色的涂料。所有这些形成最奇特的光芒投在了陶瓷浴缸,洗脸盆与马桶上。

休格坐在马桶上。它与卡斯特威太太楼下那只很像,只是闻起来竟是荒谬的玫瑰香:其实是水的缘故。我很快会解决的。她想着,赶紧清空疼痛的膀胱。当她解手的时候,她打开了洗脸盆的水龙头,打算用一条奢侈的棉浴巾清洗自己。她发现,每一处水平面都放满了拉克姆的产品:各种大小颜色的肥皂,浴盐,瓶装的软膏,霜膏,盒装的粉。"R"完全一致地朝着外头。她想象得出威廉花了很长时间在这儿,把所有的容器摆好后,站到远处,眼睛眯成一条缝去看着"R"的位置,这让她又惊又喜。他是多么想取悦她!而他希望被重视的欲望是多么地重!她只能用所有这些东西来涂抹自己,随后向他赞扬对她有效的那些产品。

然而,不是今晚。休格转了下马桶杠杆,所有变戏法似的浪费的东西,都会被某处的一个地下工作者给吞食。

走出浴室,她发现这房间其他的地方是奢侈而寂静的,同时,还缀着各种发亮的物体,她才刚刚意识,这都是自己的。倏忽间,她的肩膀开始颤抖,眼泪夺眶而出。

"哦,亲爱的上帝。"她抽噎道,"我自由了!"

她再一次陷入亢奋的情绪,疾跑在各个房间中,这一次表现得更糟糕:不是少女,不是闻乐起舞的欢愉,而是像贫民窟躁狂的婴儿,发出令人厌恶的咕噜声与哭泣声。

"这些都是我的!都是我的!"

她从花瓶中抓起玫瑰,将它们的根茎碾碎在自己拳头里,疯狂地在水里搅动,溅出层层水花。她将花朵拍击在最近的门框上,随了花瓣飞舞,她莫名地发出恼火而满足的喘鸣。她转了过来,将手里已残败的花束鞭打在墙上,直到地板上落满了红色与碎散不堪的茎叶。

接着，她又羞愧不安于自己恣意的狂欢，她绊到了书柜——雕工精美，打磨闪亮，正面是玻璃，用黄铜锁锁着。这些书柜都是她的，所有都是她的——她将门大大地敞开，从架子上选了最重要，也最有分量的一卷，把它放到壁炉前的扶手椅上，坐下身阅读起来。至少，是装作阅读；她的心早已飘远，她承认自己并非真的在阅读。她装成端庄的样子坐着，手肘搁在扶手椅上，一副娴静的姿态。一手抚着书放在膝盖上，另一手关节撑着脸颊，搁在化妆品书上。休格盯着印刷的纸页，玻璃般通透的眼眸竟没有看着上面的字，而只是独自坐在那儿。高雅精装的房间里，装作端庄读书的样子，她被一本厚重的书籍钉在了她自己这间房内。

在无限的时间里，她就这么坐着，偶尔翻过一页。她看着，从某一处苍白，杂乱图案把手指挪到配图上。只是鱼鳞癣折磨着它们，它们或许能成为出身良好女人的手（可能就不会有这样情况的烦恼了，不是吗？）翻过书页。休格确信在某一处安静的宅邸里，一位真实的女人必然在这一时刻与她一样坐在那儿，看着一本书。她们彼此就像一个人，一起读书。

最终，拼写变得越来越细，细得完全不清楚。她承认自己并没有读这本书，她一点儿都没有关于这本书的印象，甚至不知道它叫什么名字。她像一名画师，在意识到光线昏暗时，顺从地抱起他的材料，关上自己的书，将它放在椅子旁的地上。当她站起来，她发现穿着混乱，双腿颤抖，汗从前额滴到了脚上。

她蹒跚着进入卧室，重重地坐在床上。一只水晶壶与大玻璃杯放在床头柜上：休格抓起壶直接往嘴里倒起水来，毫不在意水溢出嘴角，她至少喝了两品脱。当她满足后，重重地倒在枕头上，脖子与胸口黏了湿漉的头发。

"是啊，我自由了。"她再一次说道，只是少了狂喜。她闭上眼睛，身子感觉已是沉睡的麻木。她摇晃着自己的身体去查看卧室的衣橱。空无一物。所有拉克姆为她选择的东西都是基于他自己所需，他没有选择睡衣。他能在带她从卡斯特威太太那来这儿的时候告诉她单独带上件睡衣！……啊，那会打乱他安排大惊喜的计划。

精疲力竭后，休格关上了所有的灯，回到卧室脱下衣服，由着它们成堆地落在地板上，挂在床上。只是一会儿过后，她又爬了出来，她饥饿困乏的身体抗议被甜蜜地遗忘。跪在床边，她抬起褥子的一角，却确定她已经知道的事：这张床，不像卡斯特威太太那儿的，没有那些干净的替换床单和上过蜡的帆布。拉克姆弄脏的床单是唯一的一条床单。她把它从床上抽离，浑身赤裸地躺在光光的床褥上。

明天，你能买上所有你想买的床单。她告诉自己，就好似温暖奢侈的床单已经解决了一切。感激的心情毫无意识地传播进了她的大脑。早晨，她会去想那些拉克姆没有想到的东西；早晨，她还将设计独立生活的盔甲。

　　在早晨，她会发现自己忘记熄灭壁炉，壁炉将会被燃尽的灰弄黑。不会有热量从卡斯特威太太楼下客厅里过热的壁炉里飘散到楼上，克里斯多夫也不会拎着一桶煤块等候在她门外。她将必须第一次承受自己生命中全然陌生的新一天。

第十三章

沿着一条并不熟悉的路走进城市,优雅年轻的女人被早晨的雾霾与出租马车马嘴呼出的热气笼罩,她感觉似乎自己从未到达过这儿。她想自己认识这些街道就像认识自己的手背一样,然而,她不得不承认自己套在新的白色狗皮手套里的手也有些陌生了。

伦敦季已经开始,越来越多的上流人士离开自己国家来到伦敦。牛津大街人流阻塞,因此赶马车的人突然转向更小的街道,敏捷地穿梭在繁复错综的社交迷宫中。优雅的年轻人被马车拉着经过一座暴发户建造的高雅新房,接着,她伸长头看向老富豪们更古老而宏大的建筑,再接着,是古老的公寓。它们曾经是自己的同行与政治家的,如今极其拥挤肮脏,拥满了成群的农奴。来自每个马厩与楼梯井改造房子的男人与女人眼眸空洞,他们半饥渴地等待着伦敦季,亟待找一份伦敦季带来的工作。他们几乎无法等待,已经开始从上流女人走过的路清扫马粪,接手年轻绅士的洗衣工作。

最后,车夫驾着他的马驶入大马尔堡街,所有的一切看上去瞬间变得很熟悉。

"就这儿!"年轻女人喊道。

车夫拉住缰绳:"小姐,您不是说到银街吗?"

"是,但这儿就好了。"休格重复道。她的勇气在溃散,在面对卡斯特威太太之前,她需要更多的时间,"我觉得有些晕——走走可能会好些。"

车夫狡黠地看着她。她对自己的开诚布公并不利于她,她并不是起初他所想的那样的女人。

"小心你的脚下,小姐。"他咧嘴笑道。

当她递过车费的时候朝他笑,话到嘴边又缩了回去——为什么不付部分,而是付了全程,是流氓无赖吗?不,她或许某一天同威廉一起的时候还要再见他的。

"我会注意的。"她拘谨地说道,迈开自己的高跟鞋。

此刻,太阳已越过了云朵的遮掩,伦敦西区四处落满了阳光。寒冷的空气转而变得温和,只是休格穿着裙子与外套却仍然颤抖,因为身上的背心与长裤在浴缸里洗了后直接放在了炉火前烤干,然而却没有干透,仍是湿漉漉的。她熨烫床单的时候,发生了事故,上面烫了个洞。她在想自己的补贴是不是够支付这样的过失,虽然今天早晨,拉克姆支付的第一个信封已经到了自己手里。他给了她相当多的钱,足够让一个不体面的女人被抓起来,除非她把银行票据换成硬币。不过,或许他往后不会给她这么多钱,只是现在刚开始而已。也可能是避免向拉克姆要一个洗衣服的女仆,她可以每周为自己买些新床单,新内衣!这想法真是充满诱惑而让人羞怯。

卡尔纳比街四处都是乞丐,他们中的大部分还是孩子。他们手里抓着毫无价值的花束,或是一篮篮的西洋菜;还有的,则毫无遮掩地摊出自己脏脏的手掌,露出瘀青疤痕的前臂。休格知道所有的把戏:他们将腐败的肉藏在褴褛的衣服里,装出一副可怜的样子;假的疮是用燕麦,醋与草莓酱做出的;眼睛下涂了烟灰。她知道人的痛也莫过于太现实,那些酗酒的父母会等着那个拿最少钱回来的孩子揍上一顿。

"嗨,小姐,给个便士吧,嗨,给个便士吧。"一个穿着土色衣服,戴着超大软帽的女孩装可怜地恳求道。休格没有零钱,只有些新先令,还有拉克姆的银行票据。她犹豫着,手指笨拙地挤在自己的新手套里,继续向前走着。刚才的那一幕一下就抛在了身后。

到了卡斯特威太太那儿,她从后面进去了。尽管这样进去像做贼一样,可没有客人在身旁,敲前门也同样是错误的。倘若能有魔法让房子里所有的人因她的到来消失就好了!只是她知道卡斯特威太太几乎不会离开客厅,凯蒂已经病得不会离开,至于艾米,一定会睡到中午。

休格来到楼道自己房间。房子闻起来一如以往:霉味,陈旧尿味的布条包

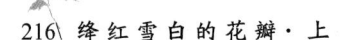

裹着水管，化妆品修补着皱起的石膏，雪茄的烟味与酒精，肥皂，蜡油，香水。

在她的卧室里，她吃惊地发现，四只大木头箱子正放在里面，盖子靠在它们边上，大头钉已缝好了边。拉克姆真的已经想好了一切。

"一个巨人扛它们上来的。"克里斯多夫经过门口，孩子气的声音让休格不禁一怔。

"说是得到你的命令后会回来的。"

休格转过脸看那男孩儿。他穿着鞋，头发梳理了，只是像过去她期待见到他那样，站在她的门口，双臂红肿裸露在外，等待一天的脏衣服。

"好啊，克里斯多夫。"

"他扛在了一个肩膀，只用了一只手指头，就像是它们是草莓篮子。"很显然，对一个男孩儿来说，不被拉入笨拙的成人世界很重要。休格突然的失踪对他的生活而言并没有什么兴奋的地方，甚至无法与陌生巨人令人吃惊地用一只手指提起木头箱子相比。克里斯多夫直直地看着她，好像非洲探险者站在茶叶罐上俯视野蛮人；如果她把克里斯多夫这样的小家伙视作可以信赖的人……她有了另一个主意。休格咬咬唇，几秒钟过去，克里斯多夫没有任何要走的迹象。

"它们是好箱子。"他评价道，好似在他年轻的生命中已经掌握了木匠的所有知识，"好木头。"

她转过身避免透出自己的情绪，开始打起包。她发现自己的小说安然无恙，显然，她不在的时候没有人碰过。她将它抱在胸膛前，随后快速地将它塞入最近箱子的底部。男孩儿的眼睛随着所有涂写的纸变得很大。

"你从来不寄信吗？"他问道。

"很久之前了。"休格叹息道。

接着，她把自己的书放了进去——其他人写的印刷书籍。理查森，巴尔扎克，雨果，欧仁·苏，狄更斯，玛丽·沃斯通克拉夫特，普拉特夫人。一本包含了剪报的马尼拉文件夹。少数廉价惊险小说：欲乱情迷或死亡的女人，鬼祟长相的男人，屋顶与下水道。介绍性病的小册子。大量清晰盖在扉页上的诗词，W.H.史密斯移动图书馆的财产。书上严厉规定所有含地图或图片的书籍必须仔细检查，是否"安然放在某个页码与条件中"。一本由社会救助所给凯蒂·莱斯特的新约，现代爱尔兰诗，1873年刊，这是一位来自科克郡的客人送的礼物，尚没有阅读。放着，放着，半只箱子就满了。

"你所有的都读过了吗？"休格又放了些鞋子与靴子在上头："不。克里斯多夫。"

"在新地方读更多的书吗？"

"我希望是这样。"

她用毛巾将冲洗的材料卷裹起来，折放在一双需要换鞋底和鞋贴的蓝灰靴子下面。不需要再把盥洗器带过去，因为她现在有自己的浴缸。

"好碗。"

"我不需要它了，克里斯多夫。"

他看着她放满了第二个木箱，长椭圆形的，看着像没有涂漆的棺材。这是休格最理想的裙子——拉克姆毫无疑问地参与。一件件，她装着衣服。深绿色的衣服，就是那件在雨天夜晚穿着见到威廉的衣服，他发现褶处有些细微的小霉点。

衣服装了两只半箱子，帽子与软帽则占了剩余的地方。休格弯下腰将装帽子的箱子压得更紧实些，此时，她发现另一个人站在门口。

"那么，你的亨特先生喜欢什么呢？"

艾米跨过门槛，克里斯多夫被遮在了裙子后面。她只穿了一半衣服，蓬头垢面，深色乳晕松垮地挂在衬衣里。一如以往，那母性的胸脯只是用来强调她有多么忽视自己的儿子——子宫诞生的多余物品。

"还不错。"休格回道，箱子沉沉地靠着。

"和你看到的一样，很慷慨。"她不自然地添了句。

"就像我看到的。"艾米说着，脸上毫无表情。

休格试图想些能够提起妓女兴趣的话题，不是脏话，便是男人，然而大脑里却塞满了她在与威廉上床时学到的东西。类似器械钥匙的味道？不同的是单方或是混合的香水？你知道吗？艾米，从我们现在已经知道的味道中，如果我们能混合正确，我们就能制造出除了茉莉之外所有的花。

"那么，大家都好吗？"休格叹了口气。

"和往常一样。"艾米回答道，"凯蒂仍然那样，还没死。至于我，我仍然站站街。"

"有什么打算呢？"

"打算？"

"这间房间。"

"她在找珍妮弗·皮尔斯。"

"珍妮弗·皮尔斯？华莱士太太那儿的？"

"我说些什么呢。"休格深呼吸了一口，渴望解脱。与艾米的对话从来不容易，而此刻却是例外。汗水从脸边淌下，她禁不住头晕地要转下楼。

"好吧。"艾米突然说道,"我最好赶紧去找爱慕我的人。今天就让我见到我的王子吧。"她懒散地走了出去,撞得克里斯多夫像根不稳当的柱子。

休格有些摇摇欲坠,用手掌抓着箱子边缘,样子十分疲劳。

"你知道,克里斯多夫。"她向男孩儿坦白道,"这对我并不容易。"

"我会替你做的。"他说着,走到她身旁,立刻弄起木箱盖子,"那男人留了锤子,钉子全在里面了。"说着,他举起盖子放到了箱子上,险些刺中了休格的指关节。

"是啊,是啊,你做吧。谢谢。"她说着,往后退了步,心烦于自己无法触碰他,亲吻他,不能搅乱他的头发,或是抚摸他的脸颊;同时羞怯地退回门前袖手旁观地站着——而那地方,同样那块地方,曾经是他多次为她放下热水桶的地方,"现在,管好你的手指吧!"

听着他欢快的敲锤声,她退在了后面。

休格因为卡斯特威太太糟糕的声誉而在房子的后门徘徊犹豫,她暗示自己不再道别便永远地离开这儿。任何事都没有发生,犹豫继续着。接着,她又试图逼迫自己离开。再一次地,失败了。逼迫只有是外界而来的力量,才会是她懂的一种语言。她转身回到了客厅。

卡斯特威太太安坐在平时的地方,忙于自己最常干的事:将圣徒的纸粘贴到剪贴簿上。休格并不吃惊,当她发现她再一次地用骨瘦如柴的手去剪纸,准备随时贴上去的时候,不禁心生凉意。卡斯特威太太的背弯着,脊柱要到了桌上,胸口深红色的衣服垂了下来,几乎触到了堆起的图片上,混乱的光环少女浸在雕刻出的灰,粉,蓝色的光影中。

"还没有结束我的工作。"她自叹了声,或许是在确认休格走近的事实。

休格感觉她的眉毛不悦地抽搐了下。她太清楚母亲确保自己不穷尽的劳动力;她每月花费小笔的开支在书本,杂志,印刷品及圣卡上,从全球每个角落寄过来。从宾夕法尼亚到罗马,宗教印刷商们毫无疑问对在伦敦银街还有如此虔诚的基督教徒表示很开心。

"好吧,现在。"卡斯特威太太用自己布满血丝的眼睛看着马德里圣经公告中从良的妓女照片,低声地说道,"你是不是打算说你的杯子要流出水来了?"

休格并不理睬那些商人的话语。老妇人情不自禁,喋喋不休地将年轻人美好的未来与自己悲凉的命运做对比。上帝自己可能单膝下跪在卡斯特威太太跟前向她求婚,她或许认为拒绝他便是对她承受痛苦的可怜补偿;休格不会被房子的火烧死,卡斯特威太太可能将她称为幸运儿,能有这么多为她而牺牲的不菲财产。

休格长长地呼吸了一口，看着凯蒂·莱斯特的大提琴箱子靠在壁炉旁空的扶手椅上。

"凯蒂看上去再也没法起来了。"她说道，微提了些嗓音好盖过克里斯多夫不断发出的上楼声。

"亲爱的，她昨天起来了。"卡斯特威太太喃喃道，熟练地用剪刀造出另一个人形纸片来，"我想，她弹奏得很动人。"

"她还在……工作？"

卡斯特威太太将剪画放在了已经十分拥挤的剪贴簿上，打量着该放哪儿。她有一套复杂的规定去决定圣徒该贴在哪儿，重叠是可以，但只是掩饰不完整的身体……这新的哭泣中的美人会粘贴到另一位缺失右手的人上面以此遮掩那人的缺憾，随后，剩余的楔形空间可以填入……从法国日历上剪下的微小的东西……？

"妈妈，凯蒂还在工作吗？"休格重复道，提了提嗓音。

"哦……原谅我，亲爱的，是的，是的，她当然还在工作。"卡斯特威太太沉思着，搅动起胶水壶，"你知道，她越走向死亡，就越发红了。我曾让那些人走，可你能想象吗？就是敲他们竹杠，也赶不走他们。"她的眼睛变得模糊，好似在说这并不完美的世界是如此地邪恶，她自己的悔意不过是自己太老而无法完全地利用起来，"要是只有疗养院知道的话，能赚上大钱。"

楼上锤打的声音戛然而止，楼房里瞬间落了安静。卡斯特威太太与休格彼此的命运在这嘎吱作响，拥挤不堪的教堂弄已经牵扯了十九年；那个啸叫的夜晚，打扮得破旧鄙俗的卡斯特威太太在旧房的摇曳烛光中，蹑手蹑脚地到了休格的床边，告诉她不再需要颤抖：因为一个不错的男人会给她温暖。离那一夜，已过去了六年。自那以后，卡斯特威太太就像一个噩梦，她的人性变得扭曲模糊。休格记忆飘向更远的时光，一个过去简单称作"母亲"的女人将她包在襁褓中，从不提钱究竟是从何而来，而那时，她的形象少了尖酸，多了些母性的疼爱。卡斯特威太太在这儿，此刻，正捣弄着胶水壶，时不时地用刷子涂刷纸片儿，随后上到剪贴簿上。

"我听说……"休格声音几乎有些哽咽不清，"我从艾米那儿听说你考虑用珍妮弗·皮尔斯来替代我。"

"亲爱的，没人可以替代你。"老妇人笑着，牙齿染着猩红色的斑点。休格脸部不禁抽搐，为了掩饰，立刻抽噎了下鼻子。

"我想皮尔斯小姐不会符合男人的口味。"卡斯特威夫人耸耸肩，"不是任何妓女都能符合男人的口味，亲爱的，男人仍然掌控着这个世界，而我们必须在他们面前弯下自己的膝盖，不是吗？"

休格的手臂开始发痒，尤其是前臂与手腕。她抑制着不去抓挠它们，好不让那些瘙痒的地方现出抓痕，而她则可以继续将话题转回珍妮弗·皮尔斯身上。

"她在鞭虐圈子很有名的。妈妈，这让我在想……在想你是不是想要改变这儿的风格。"

卡斯特威太太继续手中的活儿，将最新的从良妓女的肩膀往上推了推，刚好遮到临近圣人的臀部，胶水恰到好处。

"亲爱的，没有什么是永远一成不变的。"她喃喃着，"老男人们喜欢我和华莱士太太，我们……"她抬起头，睁大眼睛夸张地看着休格，"我们在市场上叫卖，必须发现任何还没有填满的空隙。"

休格抓着自己的前臂，紧紧地裹抱。你为什么要这么做呢？她想着。对你自己的女儿？她从未敢提出这个问题，正犹豫着是否开口。

"那，那你有什么打算？"她说道，"我的意思是说，你和亨特先生之间。"

"来吧，休格。"卡斯特威责难道，"你还年轻，你还有大把的时间在前头。你不该让自己漂亮的脑袋装满生意。把它们丢给男人，留给我这样枯萎凋敝的老人。"

老妇人耀闪的红眼是否是她恳求祷告的光点？那是一丝害怕吗？休格因为发狂的瘙痒而沮丧，让她不得不考虑离开。

"我得走了，妈妈。"她说道。

"当然，当然，亲爱的，这儿没有什么可以留住你的，不是吗？同亨特先生一起，向前吧，向上吧！"

她再一次露出自己猩红斑点的牙齿，似阴郁的新月，说着离别的话语。

几分钟后，在摄政街外，休格脱下了手套，将紧紧的袖子卷到了手肘处，狠狠地抓着自己前臂直到皮肤磨裂出姜黄色的纹理。只是担忧威廉·拉克姆不喜她挠出血来。

"上帝，该死的。"她啜泣道，衣冠楚楚的路人不安地远离她，"那些让人厌恶的污秽事儿！"

回到属于自己在马里波恩的那栋房子，休格躺在浴缸里，芬芳的植物皂水几乎盖过了整个身子。卧室潮湿的空气包裹在她的周围，墙壁芥末的颜色柔化了蛋黄。许多小"R"字透过薰衣草的薄雾闪耀在瓶瓶罐罐上。

十三岁，她想，我是十三岁。

在水下，她的臂膀生生发痛，而这样的痛比起痒来却更是让她欢喜。她一手拿着海绵，擦却脸颊上滴落的泪水。你明白，很久之前卡斯特威太太告诉她，倘若我们在这儿有一栋快乐而和谐的房子，我待你也不会与待其他姑娘一样有所区别。这方面，我们是一样的。妈妈，是什么呢？

　　休格闭上了双眼，紧紧地攥着手中的海绵。一块这样的小海绵好似游弋在大海中的活物。会更柔软，还是会更坚硬，抑或是更有质？她对海绵一无所知，也从未到过大海，更不知道伦敦外是什么样子的。而她自己会变作什么？威廉会厌倦她，将她弃如敝屣地扔回那条街吗？

　　自从他为她置办了这所房子后，好些天，他都没有来过。他说他忙疯了……可是他怎么能忙到抽不出时间来看休格？或许，他已经厌倦自己。如果这样的话，她还能守住这小窝多久？房子已经付了钱，而她的补贴都是由银行直接打来的，所以，除了威廉之外，她没什么可以害怕担忧的。或许乏味后把她赶走？也许她能在这儿万般孤寂地待上很多年……或许，他会买凶割断她的喉咙……

　　休格不由笑了出来。现在到了这个月的什么时候？好似她不在酝酿什么计划，而是在空想那些疯狂的场景。

　　一小瓶拉克姆牛奶泡泡浴能造出这么多的泡沫！她得在拉克姆来的时候好好地赞美下他。他会相信她的赞美是发自肺腑吗？她该怎么告诉他，自己内心欣赏的那些东西？她该用什么样的语气？

　　"威廉，你的沐浴液真是奇妙。"她浸没在氤氲的水中，说着话，语调听上去便假得如同妓女的吻一样。

　　"你的沐浴液棒极了。"她皱着眉头，手略略捧起水面上的泡沫，想要甩向空中，任它们飞散，不想它们却仍粘在了掌上。

　　"我爱你的沐浴液。"她低吟，而"爱"这般的词比任何虚伪堆砌的话更做作。

　　这些天，休格等待威廉的到来。他并没有来，为什么他不来呢？一个男人清醒的时候会有多少时间被已经建立并成功的事业所侵占呢？难道不就是简单地写写信吗？威廉该是不需要盯着每一株纤细的花朵，批准它的生长吧？

　　在第一次进入这栋房子的那个夜晚，她感觉自己被领到了天堂的某处一小角落。石板被擦得干干净净，她决定品味新生活的所有一切——孤独，安静，清新的空气，她的小花园，走在附近绿荫中的小修道院里，吃在最好的酒店。她能在鸟儿欢唱的时候写下毛骨悚然的小说结局。

　　然而，几乎只是某个刹那，光环开始从她奢侈的住所褪去，到了第五天，它已成了苍白一片。这地方的宁谧使她失去了勇气：每一天的早晨，她都比在银街的时候醒得早,郊外死一般的寂静,周围那些看不见的邻居或许早已不在人世。晨暮中的小花园在树荫下被铁栏栅隔离成神秘的事物。越过玫瑰花丛,她如鼹鼠似的窥视那条无论何时都无人踏过的石径。噢,一天早晨,她确实听到了声音,一个深沉的男人的声音,她急切地追到了窗边,才发现那发出声音的人来自别的国度。

每一个黎明,她都在洗衣、穿衣,随后无所事事:那些威廉用来装点书架的书籍多是浸泡、萃取、蒸馏方面的技术书籍,它们只不过装饰物,对休格而言,什么也不是……她会写自己的小说,当然得等到她的木箱子到这儿后。它们什么时候到呢?当威廉·拉克姆发话的时候吧。与此同时,她花了大把的时间在沐浴上。在马里波恩的酒店用餐的机会,起初是珍贵的,但很快又远低于她的期待。因为每一次她离开家去吃早餐或午餐的时候,都担忧威廉会不会在这时来这儿找她。除此之外,沃里克与埃尔德伍斯的食物并没有什么特殊的,他们没有她喜欢的蛋糕,只有燕麦饼那样食之无味的东西。她看得出沃里克的服务生们总在她全神贯注于煎蛋卷或是腌鱼的时候,窥视她并窃窃私语。而在埃尔德伍斯,当她向服务生再要点奶油的时候,他们竟然摆出那副嘴脸来。上帝!她怎么会知道只有妓女才会再多要些奶油!她不能再去那儿了,除非威廉带她去。

上帝,该怎么样抓住他的人呢?或许,他在自己去卡斯特威太太那天已经找过她了——她取消了所有出远门的计划,只是因为担忧他在自己不在家的时候到访。吃顿饭,或是去趟商店买些巧克力、SPA水,或是新床单之类的,她兴许已经错过他六七趟了。

最后,万幸的是在第六天的早晨……不,威廉没有来,只是发生了其他的事:诅咒。尽管该死的例假来了,休格却感觉更好了些:她头顶的乌云终于散去,她终于可以看到自己未来的路了。

她所需要的,不仅是不能让拉克姆甩了自己,而且更要阻止他生出这样的想法。她必须把自己编入他不可或缺的生活网络中,这样她对他而言就不只是一个调情的对象,而是一个朋友,一个家庭成员一样珍贵的朋友。当然,要在他生命中占据这么重要的位置,她必须知道所有的事,所有关于拉克姆的一切,她必须比他的妻子还了解他,甚至比他自己还熟悉他。

该怎么开始呢?空守在这房子里显然不是答案:这就像命运把她扫入排水沟一样。她必须行动,立刻行动!

在一个光线昏暗的阴天中午,即将迎来一场风暴。安格尼斯·拉克姆站在卧室窗前，努力眨着眼睛。眼前的幻影消失得无影无踪。它会回来的，只是此刻，它离开了。

她有这样的感觉是因为童年喜欢阿维拉的圣特蕾莎修女。自从那一晚，庄园主尤恩告诉她自己现在是她父亲之后，她便再也没有圣母玛利亚，没有十字架，没有玫瑰园，也没有更多的忏悔。为了保持她对信仰的热忱，抵御新教这头巨大的邪狼，她必须热情地祈祷。唉，十岁年纪的她，就揣着破落的武器像殉道者一样战斗。然而，对继父的各种抵触被新的国教营护士碾碎在脚底，她无法从自己的母亲那儿得到半点的帮助，因为她早已被新丈夫的邪恶所摄。安格尼斯不顾一切地呼唤特蕾莎修女，要与她偷偷对话，然而，很快听起来就像一个惊悸黑暗的孩子发出的窃窃私语。

现在，十三年后，看似神圣而秘密的东西再次来临了。奇迹就在空气中。

她漫步在拉克姆房子的上层，走入除了自己绝不能去的房间之外的所有房间。仆人们在楼下工作，因而他们的房间都是空着的。安格尼斯一间间地走进，站在他们的小窗前，从另一种视角去看拉克姆庭院。莱蒂的窗子尤其清楚，能看到切普斯托别墅后的马厩。只是，幽灵并没有出现。

安格尼斯朦朦胧胧地回到自己卧室。从她自己窗子往外看，在离巷边五十码的地方，她看到了幽灵！是的！是的！一个穿着白衣的女人，站在那儿，透过铁栏山，直直地盯着拉克姆的房子。这一次，在幽灵再一次失踪之前，安格尼斯抬起手，朝她摆手。

几秒后，白衣女人静静地站在那儿，毫无反应。安格尼斯不停地摆着手，精力充沛地摇着手，就像一只玩具般不肯停歇。最终，白衣女人朝她也摆起手，这副姿态微妙而犹豫，好似她从未用这种方式向一个人打招呼。阵阵雷声穿过了云层。白衣女人疾步离开了那儿，消失在树荫中。

到了午饭时间，安格尼斯的兴奋仍然没有减少，极度的亢奋似潮水般深入四肢百骸。外面天气恶劣，大量雨水敲击着窗子，风的声响从烟囱里传入，这一切，都让她手舞足蹈的内心更加骚动。她知道应该控制住自己，伪装成咋天那样端庄，因为她的丈夫是那样一个人，他会嫌弃她发自肺腑的快乐。因此，当她与威廉坐在餐厅常坐的位置上吃饭的时候，她同威廉一起轻声感谢即将收获的食物。微弱的灯光透过暴风雨的水滴照入房间，尽管莱蒂已将窗帘尽量地拉向两边，但屋内的灯光却远远不够，最后，只能在拉克姆夫妇之间放上蜡烛来区分两人截然不同的食物。

"亲爱的，我有一个守护天使。"当仆人们结束服务后，安格尼斯说道。

在这之前，她正用叉子将冷鸽子的胸部从生菜和洋蓟的配菜中分离。

"一个什么，亲爱的？"威廉比往常更全神贯注在听她的话，或者说他细心听着周围所有的声音。

"一个守护天使。"安格尼斯兴奋地重申道。

正盯着盘子的威廉抬起头，手边的盘子里堆满了热鸽子派与涂了奶油的土豆华夫饼。

"你是说克拉拉吗？"当他心里还想着同霍普森公司之间的问题时，他没有心思去揣摩这些女人间的玩笑。

"亲爱的，你不会明白的。"安格尼斯继续道，身子往前倾，精神奕奕已然忘却了吃饭的紧迫性，"我真的有了一个守护天使。一个神圣之灵。她站在那儿看着我们的房子，看着我们，每一个瞬间。"

威廉嘴角失望地抽搐，他试图男人地挤出笑容。他有种感觉，安格尼斯在服用了克鲁医生的催眠药之后的两天，她比在厨房被他看到那会儿要好上很多了。

"好吧。"他说道，"我希望她没有进来偷了新餐具。"

威廉切开派，停顿了小会儿后，避开繁盛的胡须将派小块地送到自己嘴里。因为嘴里吃着东西，他没有注意到房子里的空气正随着碾碎的花瓣变作香水润发油的味道。

"我想她可能是女修道院来的。"安格尼斯将自己所有的盘子推向一旁，苍白的拳头紧攥着一片餐巾，声音颤抖地说道。

"女修道院？"威廉边嚼着派，边抬头问道。新的枝状银制大烛台扭曲着光泽。或许这烛台对他们的小餐桌而言显得太大了。他妻子的双眼大小不一地睁着，右眼微圆而亮。

"你知道的。"她说道，"我睡觉的时候会去的地方。"

"我，我承认自己没有注意过你去了哪儿。"他牵强一笑，"我是说，你睡着的时候。"

"修女，她们是真正的天使。"安格尼斯的话好似总是被误解，"我已经这么想很久了。"

"安格尼斯……"威廉温柔地警示道，"还有别的话题聊聊吗？"

"她朝我挥手了。"安格尼斯仍然盯着话题不放，浑身愤懑得颤抖起来，"我朝她挥手，她也朝我挥手。"

威廉把刀叉放到了桌上，以严父似的眼神盯着安格尼斯，好似他的容忍已经到了极限。

"守护天使有翅膀吗？"他讽刺地问道。

"她当然有翅膀。"安格尼斯唏嘘道，"你把我当成什么了？"然而，在他眼里，她分明看到了答案，"你不相信我，是吗？威廉。"

"是的，我不相信你，亲爱的。"他感叹道。

瞬时，她鬓发边的青筋暴起，好似一条困在透明身体与肿大头颅间的虫子。

"你不相信我任何事，对吗？"她发出低沉而难听的声音，这声音，他从未听过。

"你说什么呢？亲爱的。"他口吃道。

"你不相信任何事。"她透着烛光怒视着他，话声中的每个音节都更刺耳，抑扬顿挫的声音在厌恶的咆哮中迸发："除了威廉·拉克姆之外，都不信！"她露出了完美无瑕的牙齿，"你是个骗子！一个傻瓜！"

"我求你再说一遍。"他惊愕得生起气来。但事实上，他害怕她这从玫瑰花蕾般嘴里发出的声音，陌生得像狗吠或是五旬节喋喋不休的声潮。

"求所有你喜欢的……傻瓜。"她啐他一口，"你让我恶心。"

他跳起来，一把掀翻了桌上的食物，刀叉四处散落，大烛台闪过光焰后轰地倒在了桌上，融化的蜡油与银座滚在一旁，他激愤咆哮地抓起蜡烛，手掌按灭了火光。

待到他回过神来的时候，安格尼斯已经躺在了地板上，只是不如以往那样斜倚身子，而是像扭曲的破布娃娃四肢松开，衬裙暴露地张着身体。这模样就似一位神射手击穿了她的脊柱。

22号普利奥里朦胧的走廊，当威廉·拉克姆第一次拉响门铃的时候，门立刻打了开来，他被迎进了屋子。开门的刹那，他有些头昏眼花，甚至认不出面前白衣裹着的女人。休格的头发刚刚洗过，与雪白绸缎的上衣衬得明显，如常的苍白颈脖泛着点红色。他不觉抓住了她，她已香气迷人，只待他尽情索要。

"进来，进来。"因他身后猛烈的雨打入了房门，她求他赶紧进来，猛地推他进入客厅。

"该让我结束这愚蠢的事了，由我来做……"当她领他着他进入时，他不禁喃喃。

"实在无法忍受了……"当她直截了当地跳过了自己肉麻的前戏培养后，他反倒有些不好意思。这时休格已经双手搭在他肩上脱去他浸满水的阿尔斯特大衣。

"新裙子?"他说道。

"是啊。"她承认道,脸更多些了红晕,"我用你给的钱买的。"她试图将大衣挂在衣架上,然而浸了水的大衣压垮了衣杆。她只得将大衣搭放在手臂上,由着金属杆子在地上滚来滚去。

"我没想特意买这些奢侈的衣服。"她有些烦乱地把大衣抬过自己头顶,将它皮毛的领子挂在一盏灯上,"只是我的旧衣服还没有到。"

拉克姆抬手拍了下额头。

"噢!天呐,原谅我!"他呻吟道,"我光顾着工作了。"

"威廉,你的手……"她抓住威廉的手,把他手掌翻了过来,掌心露出新烫的伤痕。

"噢……真是可怕……"她温软干裂的唇贴上他的掌心,轻柔地吻上。

"没什么。"他说道,"几支蜡烛惹的祸。不过,我岂能留你在这儿这么久呢?我明早会安排把那些箱子运过来。你知道,其实我是想着的……!"

随着"嘭"的一声,带水的大衣又落了下来。

"该死的!"他怨声道,"我应该给你买个好的挂衣柱。该死的犹太人说这比看起来牢固!瞧瞧,脆弱得像垃圾!"他踢了踢斜倚的雕塑,引去一阵黄铜回响的声音。

"没关系,我没事儿。"休格连忙安抚他,从地上捡拾起大衣,将它放到了起居室。火,在壁炉中摇曳,她发现放在书桌前直背椅上的衣服刚好可以烘干。拉克姆跟着,尴尬地觉着这白色绸衣里的尤物手里做的活该是穿着黑白衣服的女仆干的。她是多么的可爱!他想要抓住她……随后……好吧,坦白地讲,他今晚什么也不想做。他希望今天,他只是将头枕在她的胸上——披着完整白绸的胸上,随后,梳理他的头发。

"我总有站不住脚的理由。"当她将外套临时放在别处的时候,他不禁叹了口气,"我把你丢在这个没新衣服的地方好几天了。随后,这么狼狈地来这儿,好像刚刚爬出泰晤士河的落水狗一样——我真是蠢极了。"

休格直起身,自他进来后第一次仔细地打量起他,这才意识到他一定是遇上了什么事:这事一定是比洪水一样的天气与摇晃不堪的挂衣柱更严重。他扭曲的脸孔,弯身的姿势……他几乎同那一夜与他在法尔赛德初见时一样,弯腰驼背,像刚受了鞭打惊吓的狗一样露着猜疑的神色——只是,今晚他闻上去好似少了欲望。

"有什么烦恼的事吗?"她极其温柔而恭敬地问道,"你不是一个为些鸡毛蒜皮的事儿烦恼的男人。"

"啊，没什么，没什么。"他沮丧地应道。她是多么有洞察力！就好似他的心袒露在她面前一样。

"生意上的事儿吗？"

他重重地坐在扶手椅上，目光闪烁地看着白兰地酒杯在他面前闪耀着光泽——仿似这就是他此刻所要的。他从她的手里接过了杯子，她走到另一只扶手椅前。

"是的，生意上的事儿。"他说道。

他心情沉重，长长地叹了口气，期望能够解释事情的根由。然而，令他惊愕的是，她并不需要答案，却已经知道了他想要说的事！在这几分钟里，他与休格在谈论霍普森进退两难的事儿……好似她真的参与其中，是自己的生意伙伴。

"你是怎么知道这些事的？"他突然插嘴道。

"我刚看了下你放在我书架上的书。"她微笑道。是啊，事实上，那些冗长紧密排版的乏味文字只有为了当下这样的机会下才能让人勉强看下去。

拉克姆敬畏地摇摇头："我是在做梦梦见了你吗？"

休格在自己位置上微微地舒张了下身子，深深地吸了口气，由着自己的胸脯起伏可现："哦，我很真实。"

她提醒道。

对于生意，休格把自己的观点展现得比期望的好，只是这么一来，威廉所知道关于香水的事似乎都是来自于书本，而不是真正的实践的缺点就相形见绌了。总之，潜在的生意是很简单的，甚至一个低能的人都知道：你在劝说你的客户为你廉价生产的东西买单时，你要表现得格外大方。原则一：谦逊地为自己的无知道歉，哪怕你明明知道该怎么向客户解释的时候。原则二：当他厌倦于某件事的时候，瞬间要把握一切。

"我不是天生的生意人，我更像是名艺术家。"威廉长吁了一口，"但最后，一切都会朝着好的方向发展。天生的生意人不会去冒险，他们害怕改变事物本身，特别是他们一直坚持的。天生的艺术家时刻准备挑战。"他今晚究竟怎么了？至少，他在吞咽白兰地……

生意真正的问题在她用尽温和的探索与安慰后，最终，都暴露了出来。那是多么微不足道的小问题！霍普森公司就是一间小公司，比拉克姆公司小，更小于比拉克姆还庞大的皮尔斯公司。直到现在，那公司都没有出售任何薰衣草产品，但是威廉已经和霍普森先生接触过，考虑拉克姆公司租借薰衣草田给霍普森公司。

威廉同意考虑，但当霍普森一出门后，他立刻在想一个比租借土地更冒险的主意。为什么拉克姆不能向霍普森提供全套薰衣草的产品：香皂，水，油，皂石等等，以较于霍普森在其小厂里自行生产费用低得多的价格卖给他们。霍普森可以以自己的品牌出售。休格问他这样的安排会有什么好处呢？农作物租赁的方案与出售产品的方案能否解决问题？我们该怎么说呢？……尚称不上完美。每年，过剩的薰衣草被弃在一旁，而那些完全可以用来加工成它们应有价值的商品。当然，产成品中因为小变形，麻点，或是色彩未溶解引致的条纹不均被丢弃也是浪费。

这并不意味着提供给霍普森的产品是残次品，相反，所有产品都如国王一样，需要每一步以最大努力控制，薰衣草要完美，生产过程要无瑕。要保证十次中九次，没有人能说出霍普森牌的薰衣草水与拉克姆产品的区别。

噢，但是……噢，但是，最终还有十分之一？如果霍普森发现自己收到了一批不合格的香水，或是说刚到的板条箱里运气糟透了放了不少变形的肥皂？倘若霍普森先生认为自己缺斤短两而投诉呢？毕竟，倘若霍普森想要将拉克姆的名声踩到脚下？

"你不必担忧这样的事了，威廉，我已经有了你要的答案。"休格说道。

"没有一个让我满意的答案。"他喝着第四杯白兰地，抱怨道，"一切都得靠机率……"

"不是这样，不是这样。"她抚慰道，"这个霍普森先生，你是不是碰巧知道他的洗礼名叫马修？"

"马修，是的。"威廉应道，不禁皱眉暗想在他那些书里哪儿写着这些，会让她知道这么一个事实。

"被一些人称作'马'的霍普森？"

"是，怎么了？"休格玩味地咯咯直笑，穿过房间，扑跪在他脚边："那么，如果霍普森先生曾经让你觉得麻烦。"

说着，她将自己纤细的白胳膊伸入他深色的裤腿："那我建议你在耳边说两个字。"

接着，她靠近他，似有温柔节奏地轻拍他的大腿，低声道："艾米·豪利特。"

威廉盯着她明亮的双眸，疑惑而惊异地看了几秒，紧接着，放声大笑起来。

"上帝。"他笑道，"这真是个让人无法想象的事儿！"

"一点儿都不是。"休格喃喃，将脖子埋入他的膝盖，"没有男人能像你这般毫无束缚地到达高峰……"

她移动自己的手掌触到了他的兴奋点，瞬间，它翘首以待，然而，她判断错了。

谈话顺畅地结束了：霍普森的问题已经解决。然而……然而拉克姆在她的挑逗下却烦躁起来，毫无准备，甚至露出尴尬。

"亲爱的威廉，"她同情地坐下身，双手端雅地放在自己膨起的裙上来，"你仍然在烦恼，是的，你还在烦恼中，我能看得出。究竟这世上还有什么可怕的事能让你如此沮丧？"

他皱着深色的眉头，犹疑地看了她足足二十秒。她是否太过大胆？他咳嗽了几声，想要清嗓说更多的话。

"我的妻子。"他说道，"是个疯女人。"

休格惊愕蓦然地耷拉着脑袋，深虑是否该反问，"真的吗？""真想不到！""糟糕极了！"在她做妓女的日子里，男人经常会说自己妻子疯了，然而她还没有想出一个有效的回应。

"结婚的时候，她曾经是个甜美，热心的女孩儿。"他哀伤道，"对任何人都很讲信用。她有些古怪的行为，可谁没有呢？我不想她被收容所接走。我希望她在我们自己的家里，她……"他瞬时哽咽住了，痛苦地闭上眼睛，"当我初次见她的时候，她是那般的快乐。现在，她嫌弃我了。"

"真是悲剧。"休格深深地呼吸了口气，迟疑地将自己安慰的手放在他膝盖上，这次，她被接受了。

"我能想象倘若可以，她仍然爱着你。"

"真是令人恼火的事……我是说，这事让我越来越头疼。她每天都在变。几天前，她还和你我一样正常，突然她的行为举止，她说的话，变得匪夷所思。"

"像……？"休格的声音低而不引人注目。

"她相信自己在梦中旅游去了一间女子修道院，她相信有个天使看着她，她说他们朝着她挥手。"

休格将自己暖暖的脸孔贴上他的手臂，温和地抱住他，期望脸上泛出的红色在她再次抬头的时候褪尽。回想自己在拉克姆房子外头，当拉克姆夫人朝她挥手的时候，她做了什么？是挥手回应吗？

"上周的时候，她还和一个奴仆一起趴在我们厨房的地板上，"威廉继续自己悲哀的叙述，"必须喊来医生。他认为我将她留在自己身旁简直是疯了……他不会明白她曾经是多么让我心爱的女人！现在，安格尼斯吃了药后，每天花半天的时间睡觉，或是懒洋洋地什么也不做。我不知道，这已超乎了我的承受能力……"

休格抚着他的膝盖，平常得好似摸一只宠物的头似的。她感觉自己裤子里有血流出，但现在看来，今晚，威廉不会对来例假的女人做什么。

"安格尼斯有这样的情况多久了？"她问道。

"噢！她认识我之前，谁知道她脑子里会藏了什么。但是，我得说，她疯了的事儿约莫是……"（他攥紧自己受伤的拳头，寻找一个合适的词）"……在那孩子之前，她是一朵盛开的花。"

"噢？"休格的声音再一次低了下去，就好似窥视阶梯的老鼠，"你有孩子？"

"是的，只有一个。"威廉叹道，"很不幸，一个女儿。"

这猝不及防的信息让她靠着威廉胃部的脸颊不由一抽，她希望他的衣服能够分担这份愤怒。面对各种卑鄙的男性行为依旧能冷静的她——尽管是大部分女性鄙夷诽谤的对象，尽管身体亦像肮脏的坑池，下身似地狱的嘴——她都会因一句温和评论女孩儿无用的言论而愤怒。她更紧地抓住了她的男人，紧咬着牙齿，驱逐着内心的愤懑。

"我猜，"她打破了寂静，"你妻子的病让她失去了所有的朋友。"

他身子垮陷在扶手椅上，松开了她的环抱："你知道，那是件奇怪的事……我曾也这么想，但显然不是。伦敦季即将到来，还是有很多邀请发了过来。太惊奇了，想到上次她参加的时候赶上……"

"她赶上什么了？"

"噢……所有的事。不该笑的时候大笑，该笑的时候不笑。大声地胡言乱语，警告大伙那些看不到的危险。一次，爬到了宴会桌底，嘴里抱怨肉在流血。我记得她昏了几次。噢，上帝，我好多次将她放在马车上带她回家……"她感觉他在摇头，"那么原谅她吧。这社交活动是为你而存在的。"

她的耳朵在他肚腹摩挲。他没有吃什么，肚子里是咕咕的声音：所有吞入的水在晃动。

"有没有想过。"她说道，"那些邀请可能是冲着你去的？"

"冲着我？"他叹了口气，将头抬起三寸，"我从来没有被邀请参加过舞会，野餐，晚宴。我更多的是自寻乐子。不管怎么说，今年忙得都有些荒唐了，无法去想自己能在哪儿挤出时间。"

"是啊，可你没有想过是不是有人一直看着你……看着你非凡地崛起呢？你已经变得很伟大了，而且速度很快，威廉。伟大的人在任何地方都是招人关注的。那些邀请……好吧，人们不会只请你而不请你的夫人，不是吗？"

威廉将手臂从她后背放下，手落在裙撑上。她能感觉自己说服了他。

"我真是个傻子……"他叹息着，声音里弥漫了昂贵的白兰地味道，听上去安静而焦虑，"没能太好地领会事情的变化。"

"你必须清楚谁才是你真正的朋友。"休格再次开始在他裤子膝盖上抚慰的时候建议道,"你越富有,就有越多的人不惜一切代价要阿谀奉承你。"

他低吟着,将她的头靠向自己膝盖。

"我是多么渴望你的味道。"她贪婪地盯着威廉,以防他的精神也跟着同样地萎靡,"你走了那么久!都没有想过你的小情人,搁这儿这么多天都没有新衣服,只是一味地等待你。"

"我……"

"我都听进了耳朵……"她笑着打断了他的道歉,滑稽迅速地吻上他的耳朵,顽皮的吻让他知道其实他并未伤害到她的感情。他吸了吸鼻子,双下巴在他收气的时候露了出来:"掌握一门生意比我想象的要耗时多了。霍普森的事不过是最近几天我那一堆事中的一个。未来的几周几乎同样繁忙。很快,我要去米查姆的薰衣草田挑选出为什么有……"

"薰衣草田?"她兴奋地插嘴。

"是的……"

"薰衣草真实生长的地方吗?"

"噢,是的,当然是。"

"哦,威廉!我是多么想见见真的薰衣草田!你知道除了英国的公园外,我从来没有看到任何真正生长的作物。"她弯下身,尽可能地弯到地上,这样他可以向下凝视她欣喜的模样,"一整片的薰衣草!对你而言那是世上最平凡的事,可对你的小休格而言,简直就是神话!威廉,你就不能带上我吗?"

他扭动着身子,笑着并皱眉。内心的疑虑和浸满酒精与欲望的大脑在不停斗争。

"没什么能比你这样的小甜心给我更多的乐趣了。"他含糊其辞道,"可是想想可能的流言蜚语吧。你,一个陌生的年轻女人,同我一起单独走在我的庄园里,要是让那些工人看到了……"

"但那儿不是英国的另一边吗?"

"米查姆?它就在萨里郡那儿。"他看到她懵懂的模样不禁生笑,"很容易传出八卦消息。"

"那么,我可以不用一个人。"她急切地争道。"我可以由另一个男人陪着进去,哦,或者……"她发现他眉宇闪过怀疑的神色,"我能陪别人,一个上了年纪的人。是的,是的,我知道有个跛脚的老头,他可以做我的祖父了,又聋又哑,几乎什么也看不见,听不见。他没什么问题,我只需要像推着婴儿车一样推着他的轮椅跟在我们身旁。"

拉克姆继续用怀疑的目光看着她。

"你不是认真的，对吗？"

"我从来没有比现在更认真！"她回应道，"噢，威廉，说吧，你会带上我的！"

他蹒跚着迈开步子，嘲笑自己的笨拙，嘲笑白兰地酒引发的神志不清。

"我在这儿肯定睡不着。"他喃喃自语，扣上自己的裤子，"霍普森早上要见我。"

"说'好'嘛，威廉。"休格帮他折起衬衣，恳求道，"我是说，对我说'好'嘛。"

"我会考虑的。"他说着，在放着阿尔斯特大衣的椅子前摇了摇，大衣还仍旧是湿的，"当我还没这么醉的时候！"

他竖起外套的领子，让她帮忙将自己的手臂套入难对付的袖子里。衣服重重的，外头有些热得变形，里面则有些湿，还散发了股怪异的味道。威廉与休格咊咊地笑着，前额碰了碰，只觉着味道太让人不舒服。

"我爱你！"她则紧紧地抱住他，他笑着将她的脸颊贴上自己蓄着胡子的下巴。

外头，风暴已过。夜晚已在女修道院织起黑幕，雨依旧在下，风亦在作响。黑色的天空闪耀着星辰，整洁的街道在路灯下照得仿似镀了银。满月挂在烟囱上，引诱着所有疯子从肖迪奇的贫民窟去往莱斯敏斯特皇室内庭。

"小心你的脚下，亲爱的！"休格站在灯光照射下的门廊朝着从这个家回到另一个家的他说道。

当威廉的马车停止叮当声的时候，切普斯托寂静得就像教堂庭院，拉克姆家的房子就像纪念碑一样高耸——自命不凡的家族已经走到了它的尽头。当威廉推开前门时，因为寒冷与门嘎吱的声响而颤抖。现在，他渐渐地冷静了，情绪悲凉，因为自己住所无人迎接而沮丧。甚至那条常常在前门出没的狗也没有出现，修葺素朴的道路在月光下发着诡异的光。空置的马车房在树下半隐半现，提醒着他，还有很多事等待着他去做。

他拉了下门铃，但意识到自己回来得太晚，于是，笨手笨脚地去摸钥匙。微弱的灯光透过楣梁上的装饰窗，恰好可以在他头部靠近自己可恶的口袋时照上他的手指。上帝！如果他的公司不是造香水而是做衣服的，他一定会做改进！

当他刚刚找到钥匙，成功插入钥匙孔的时候，肿胀着眼睛的莱蒂开门迎接他，毫无疑问她是从梦中醒来的。尽管她手里只拿了一支蜡烛，他仍然能看到她左脸颊红红的，印着衣服领子的痕迹，毫无疑问她也同样看到了他肿胀的鼻子与挂着汗滴的眉毛。

"克拉拉在哪儿？"当她帮助他脱下外套的时候，他问道。她的手比休格有力，但却少了技巧。

"她上床睡觉了。拉克姆先生。"

"挺好，你也去睡吧。莱蒂。"在上床之前，他还有件事必须得做。如果是克拉拉的话，那会容易得多。

"谢谢，拉克姆先生。"

他看着她登上楼梯，等她回到阁楼小屋里，这才跟在后面，径直去往安格尼斯的房间。

当他进入房间，房间里的空气匮乏而压抑——他想，这房间就像一只封住的玻璃罐子。当他第一次向安格尼斯求爱的时候，她像少女似的跑过摄政王公园的绿色草坪，亮丽的衣裙飘扬在微风中；现在她的领地是这片厚实窗帘遮蔽的坟墓。他小心地嗅着，他已经闻起来并没有喝那么多的白兰地味道，他或许已经发现有医用酒精的味道洒在地毯上，该是新医生试图浸润一个棉花球。

威廉高高地拿起蜡烛朝着床头走去，他发现自己妻子的脸半埋在超大、超圆的枕头里。她的嘴唇微微翕动好像是在记录她的梦；她脆弱的睫毛扑闪着。

"克拉拉？"她呜咽着。

"是我，威廉。"

安格尼斯的眼睛睁开一半，看不见白色，满是青花瓷蓝色的瞳仁忽闪忽现。她在梦境的一半，漂浮过自己熟悉的，类似于修道院或是城堡的迷宫。

"克拉拉在哪儿？"

"她刚在门外。"他撒谎道。她是多么害怕与他单独相处！她是多么地厌恶他的触碰！他是这般地疼惜她，强烈地渴望能用魔术棒永远驱除她意志薄弱的根由，同样，他的愤怨亦是那么强烈，因此若是他的确有魔术棒在手，他可能也会用它撞击她的头颅，将它爆成鸡蛋壳。

"亲爱的，现在你感觉怎么样了？"

她转过脸孔朝向他，眼睛停留了几秒，接着，疲倦地闭上："就像在黑河上飘零的软帽。"

她喃喃着。一首旧曲再次吟唱：她有美妙的声音，即便当它毫无意义。

"你还记得你和我说过什么吗？"他将蜡烛拿得靠近些，"在你昏过去前？"

"不，亲爱的。"她叹息了声，别过脸，将自己卷入裹塞她头发的温暖白色被窝，"很糟糕吗？"

"是的，非常糟糕。"

"对不起，威廉，真是太对不起了。"她的声音绵软不清，"你能原谅我吗？"

"无论病痛还是健康，安格尼斯，我发誓我愿意。"

他继续站在那儿一两分钟，她的道歉缓缓地，就似流向他喉咙的白兰地，逐渐地温暖着他的内心。他想这是他能期望的最好结局，于是，转过身，离开了那儿。

"威廉？"

"唔？"

她的脸又露了出来，带着泪花，在烛光中惊颤着："我还是你的小女孩儿吗？"

他的脑子里完全毫无准备地吹过回忆的微风，他痛苦地咕哝着。滚烫的蜡滴从蜡烛上滴到了他已经起泡的手上，他拳头紧攥，凝视着她。

"去睡吧，宝贝儿。"他嘶哑地说道，转回身走向门外。

"明天是崭新的一天。"

第十四章

1875年4月,一个阳光明媚的午后,在广阔而波澜起伏的薰衣草田里,大群分散作业的工人们停了一分钟手里的活儿。他们陷在齐膝盖深的薰衣草花丛中,他们立起锄头与水桶,瞧着一个漂亮的年轻女人走过他们面前的田埂。

"那是谁?"他们彼此窃窃私语,好奇的目光猫头鹰般地看着:"那是谁?"

只是谁也不知道答案。

女人穿着薰衣草色的裙子;戴着白色手套的手同装饰着软帽的头,好似手腕与脖子生出的花。裙子起着褶,就像解开的绳子,俨然一个稻草人的样了。

"她和谁在一起?"

女人并不是一个人毫无束缚地走路。她小心翼翼地推着轮椅走在迷宫似的小道上。这是一位残废的老人,尽管气候温和,他的膝盖上仍然高低不平地放着毛毯,身上穿了马甲,头上绕了条围巾。在这老人与女人的身旁,走着另一个今日来此的造访者:威廉·拉克姆,这片田的主人。他一直在说话,老人也跟着在说话,而女人几乎没有开口,而田里的工人们,一排,接着一排,在他们经过自己面前时,听到些许的字句。

"你们觉得她是谁啊?"一个被太阳晒干的女人问着她的丈夫。

"那老头的女儿吧,或是孙女。看样子老头儿很有钱,好像我们卷毛比尔要和他做生意。"

"那他们必须走快点儿了。老头儿好像随时就不行的样子。"

"那也得两条腿走路啊。"

他们重新回到工作中,分别钻入自己负责的植被里。

接着,有更多的工人停下手中的活儿望着他们。在威廉父亲的时代,从未有过一个女性造访者来到这片土地。老拉克姆从不让有教养的女人来到这片土地,他担心她们的心脏会滴血。最后一个到访的女人是他出轨的妻子,那还是二十年前的事。

"噢,她真漂亮。"黝黑皮肤的工人眯眼看着女人的背影叹息道。

"你要是不做苦活儿的话,你也会漂亮的。"身旁的工友啐了口口水。

"呀!"轮椅上的老人咆哮道,他发着尿臭的衣服与不讲卫生的气息在新鲜的空气,潮湿的泥土与细心照料的薰衣草中减淡。

休格弯下头继续推着他向前,嘴悬在他裹着围巾的脑袋旁,约莫耳朵的位置说道:"现在,就现在,记得在这儿享受吧。"

可林克上尉并没有自我享受,或许他是想让休格相信自己是在享受。他不过是在饥渴地等待答应的酬劳——一天六先令以及很多的威士忌,这些威士忌甚至比自己妻子让他一个月喝的还多。这让他彻底地叛离了。当然,他当然不会沉醉于做任何人的祖父。

"我要撒尿。"

"撒在自己裤子上吧。"休格甜甜地嘘声道,"就像你在家一样。"

"噢,你太好心了。"他扭着头,目光阴鸷恶毒,牙齿斑驳,滴着黏液的嘴继续道,"圣贾尔斯太好了,是吧,妓女?"

"六先令与威士忌,记住——爷爷。"

他们继续向前,太阳的光辉落在身上,那儿是拉克姆香水公司骄奢的中心地带。威廉·拉克姆冷漠地走着,穿得一丝不苟。尽管是周三,但他穿着周六才穿的最好的衣服,而不是他父亲斜纹棉布做的裤子与惠灵顿的外套。时尚的香水公司应该从头到脚,连同钢笔都是最时尚的。这片土地上的农作,工人每一次的弯腰,每一次修剪最小的枝丫,都是以他自己的想法与书面的要求定下的。或是说,他试图向他的来访者传达这些。

当然,他意识到休格和老头儿之间的联系比她宣称的要疏离得多,但是他已经原谅了她。毕竟,她与林克上尉已经掩饰得很机密,他可能已感觉到了嫉妒心在作祟。事情更好的缘由是因为:老头儿肺部的声音咕哝含糊得让那些工人无法有机会听清他们之间的对话,而事实上,休格推着他时说话的嗓音比所表现出的亲属关系要大。

"享受阳光吧,为什么不呢?"当他们朝着比海夫山的幻波上走时,她劝诫林克上尉。

老人咳嗽着,轻颤着吐了痰。

"阳光太糟了。"他喘着气,"就好像受伤士兵腿伤上繁殖的蛆虫。当没有战争的时候,它就撕去了壁纸。"

休格往前推,将喋喋不休的科林斯王[①]推向更高的坡度,朝着威廉投以放心的目光。她的笑容告诉他别在意,你和我都知道这片地方的价值——在我们生命伟大一天的意义。

"就像我想的那样,他们把我当寄生虫一样养着,如果我让他们……"威廉喃喃,"他们认为我会听信他们说的所有事。"

休格怜悯地埋着头,请他继续解释。

"他们发誓他们已经修剪了几个星期的旧灌木。"他嘲笑道,"自昨天下午开始最多了!你不明白他们看上去是多么散漫?"

休格回望了眼。在她看来,工人比那些薰衣草更散乱。

"这一切对我来说真宏伟。"她说道。

"他们应该将该死的目光放在更多的切割上。"他向她解释道,"现在是根胡乱生长的时候了。"

"咳,咳,咳!"上尉咳嗽起来。

"你的农庄比我想象的要大很多。"休格又把话题调回到对他的奉承中,"看上去无边无际。"

"啊,但是。"拉克姆说道,"这并不都属于我。"借着站在高地的机会,他指着下坡被白粉刷成一条线的路径说道,"这是和另一座农庄的分界线。那儿的薰衣草是最好的。蜜蜂不喜欢从人的刷子飞到另一个人的刷子上。总而言之,一些香水公司主都在这儿的土地上都有薰衣草田;我的是四十英亩。"

"四十英亩!"休格并不清楚这有多大,但知晓这是一个与黄金广场相比庞大得多的地方。毕竟,她所居住过的街道,如果都被巨型的铁锹从那些被污染的地方掘出,那么便能丢入这片柔软薰衣草天堂的中心,小心地埋入松软的棕色泥土中,不冉被人看见。

然而,威廉已经提醒她多次,这片农庄不过是他帝国的一部分。在别的地

---

a 希腊暴君。

方还有些其他的农场,每一处都是不同的花,甚至在龙涎香与鲸脑油收获的季节,拉克姆香水公司在大西洋上还有捕鲸船。休格仔细地端详着薰衣草田浪潮,比起她能握在手里的薰衣草花瓣盒子,这儿太奢侈,超乎寻常的奢侈!她可能为买一小瓶就花上了很多钱,而这儿,瞧瞧它的源头,一些进入管子中,多余的溅入了土地——她只能望梅止渴地看着。这样的想法是神奇而不合适,就像珠宝商踩在齐踝骨的宝石中,踏得嘎吱作响,将它们扔进麻布袋子。

"但真的,上尉。"她恳求自己面前的老头儿,半调侃,半激动道,"这儿的一切,太……太辉煌了。难道你不承认,至少,这会让林克太太都有很美妙的改变?"

"嗯?美妙的改变?"老头儿在自己吱吱作响的椅子上烦躁地摇动身子,竭力地在他百科全书似的大脑检索灾难的事实,"格兰维尔果园在两年半前烧成了灰烬。"他洋洋得意地说道,"十二人死亡!上个月27日,瑞典哥德堡,路西法工厂,44个烧死,9个重伤!上个圣诞节,弗吉尼亚的棉花田,半天之内就成了灰烬,一片狼藉!"他停顿了下,转而看向威廉·拉克姆,恶意道,"怎么会有火呢?"

"事实上,先生。"威廉谦虚地回道,"每年,的确也会点些火。我的庄园都根据作物的年龄隔开的。有一些是五年龄的,到了后就在十月末烧掉。我担保这火大得能让整个米查姆闻到薰衣草的味道。"

"哦,太棒了!"休格惊呼,"我是多么喜欢这儿啊!"

威廉骄傲地红了脸,站在小丘上,他的下巴朝向帝国的方向。他所打造的真是个奇迹——他曾是多么枯竭疲累,像是生活拮据的懒汉——现在他掌握着这广阔的大庄园,还有像田鼠一样古怪的棕色皮肤工人。工业的声音也属于他,加上百万枝花的方法,甚至连同头顶的天空,如果不属于他,那么属于谁呢?哦,当然,上帝是拥有所有一切的主宰,但是怎么划定呢?只有一个狂想家在帕丁顿车站或是牛屎堆高的地方坚持上帝的拥有,那么为什么还要诡辩地否认,威廉·拉克姆拥有这庄园的一切,无论上面,还是下面。威廉回忆自己父亲喜欢其中一段引自半信半疑年轻亨利的话:"富有成效的,多样地发掘土地,征服它",老拉克姆特别强调这字,"统治着这片土地的所有东西。"

威廉如此生动地回忆,这种感觉似乎在他七岁时小小的身体就占据住了,那时,他第一次来到这片庄园,懒散地跟着他的哥哥。他们的父亲,深色头发,身材高大,他的父亲选择了薰衣草田作为他帝国的一部分以此来吸引将成为继承者的男孩儿。

"爸爸，那些女士与先生会带着收获的薰衣草回家吗？"亨利银铃般的童声清脆地响在耳畔——是的，亨利的声音，对威廉来说，在七岁的年纪，是不会问出这么愚蠢的问题的。

"他们不需要带任何薰衣草回家。"亨利·卡尔德·拉克姆宠溺地启发着自己的长子，"他们只是在工作。"

"我想那是很愉快的报酬。"这就是愚蠢的亨利，他总是这么傻！

他们的父亲哄然大笑："小家伙，他们不仅为了这个工作的。他们必须还有薪水。"亨利怀疑的表情让老亨利不由得担心自己是否选错了一个儿子。但没有关系，没有关系……时间向众人证明谁更值得。

"呀！"

威廉不去理睬林克上尉野兽似的叫声，只是再次端详比海夫山庄园。一切与他儿时一样——只是那些工人不是亨利·卡尔德·拉克姆二十年前雇佣的那些了，女人，男人，都已经变了，就像五年龄衰弱的植物，耗尽的时候被连根拔起，彻底破坏。

一个满脸皱纹，身材结实的女孩儿拎着一只麻布袋走到威廉同他的客人面前，奉承地点着头。

"拉克姆先生，你是在告诉我们五年龄的植物吗？"休格说道。

"是的。"当另一个拎着麻袋的人跟着前一个走过去的时候，他大声回应，"有些香水用的薰衣草是六年龄的，但拉克姆的不是。"

"先生，在播种后要过多久才能用呢？"

"第二年，不过最好的时期是第三年。"

"那么能出多少薰衣草水呢？"

"哦，几千加仑。"

"真是个叫人惊叹的事，不是吗？爷爷。"休格问那老头儿。

"嗯？爷爷？谁都不知道你的爷爷是谁！"

休格伸长脖子去确定拎着麻袋的人是不是没有听到："你是在伤害我们。"

她狠狠地咒骂林克上尉，手里震摇着轮椅把手警告道："我已经很少去麻烦街上的乞丐了。"

老头儿露出自己的牙齿，摇着包裹起来的头，令人可憎的脑袋。"有什么了不起！"他嘲笑道，"这完全就是诡计！玩文字游戏！化装舞会的道具！哈！我有没有和你说过卡普中尉，之前那次战争[①]我的头儿？""有这么个说辞！卡

[①] 他这儿指的战争不是同阿珊蒂族的战争，或是印度叛变，而是克里米亚战争。

普穿着女人的斗篷与软帽试图穿过敌境——风呼啸着,将斗篷掀过了头,他蹒跚地走着路,步枪晃在两腿中间。我从没有见过一个男人射那么多次!哈,哈,哈!诡计!"

大笑的声音惹得周围的几个人猛地抬起头。

"真是件有趣的事儿,先生。"威廉淡淡道。

"不要在意他,威廉。"休格说道,"他很快就睡着了,他总在下午睡觉。"

林克上尉愤愤地嚼动下巴,"那是多年前,妓女,那时我身体不好!我现在好了!"

休格弯下身,一手透过他瘦小的手套掐入他的右肩,另一只手温柔地抚过他的左肩。

"威士忌,"她低吟道,"威士忌。"

几分钟后,当林克上尉滑向椅子打起呼来的时候,威廉·拉克姆与休格站在橡树下,从远处瞧着工厂。休格神采奕奕,丝毫没有不习惯于推轮椅。她非常地高兴,在她的生命里,她是个城里人,总感觉农村对她而言是个陌生的地方,只通过一些单调的版画与浪漫的诗词了解过。现在她彻底摆脱了自己放任的狂喜,必须确保这不是最后一次走在这蓝天下的松软土地上。她想要更频繁地呼吸这儿的空气。

"噢,威廉。"她说道,"你会带我再来这儿吗?看烧薰衣草秸秆?"

"是的,当然,我会的。"他说道,因为他能看到休格眼里欢悦的色彩,他知道自己就是书写这份欢悦的作者。

"你保证?"

"是,我保证。"

她满足地看向东北方:那儿有一场雨,遥远的地方,初架起一道彩虹。威廉在后面看着她,他的手放在眉眼处,遮着刺眼的阳光。他情妇长长的裙子在微风中轻发出沙沙的声响,她抬手去遮住自己的脸,肩胛骨在紧紧的裙子里隆起。他立刻想起她的胸在自己掌心中的感觉,她粗糙皲裂的手抚摸自己身体的兴奋。他回忆起她裸露身子时如瀑的头发,虎纹一样的皮肤就似他自己手指的图解,告诉他如何抓住她的腰,或是如何在他滑入她身子的时候控制她的臀部。他渴望抱住她,他希望他的薰衣草田能够空荡半小时,这样他便能与休格躺在草边。究竟是什么把他每晚牢牢勾住要见她?人难道不是都愿意尽可能地睡在名副其实的精致身体旁吗?是的,他也会,他必须往后多见她,但不是今天,他今天还有很多事做。

第十四章

休格转过了身，眼里满是泪水。

坐在四马拉的大马车里，经历长途跋涉在雨中回到了伦敦。当休格站在拉克姆的庄园看远处的雨时，那儿还在遥远的地方，在半路的时候，他们就遇上了大雨，此刻，雨水击打在车顶上。车夫在糟糕的天气下，放缓了车行的速度，在村庄中难解地停了会儿，有时两分钟，有时五分钟，甚至十分钟。他转过身，摆弄起马的缰绳，梳理出它们鬃发中的水分，随后，再检查下他们坐轮椅的家伙是否安全，舒适地在车顶的防水油布下面，最后敲击了车架，使得车厢跟着摇晃。匆忙并非他的习惯。

车厢里，休格打着寒战，咬紧牙避免它们上下打架。她只穿着薰衣草裙子，连围巾都没有系上。她知道自己要推林克上尉的轮椅，为了向威廉展示自己妩媚的身姿，她特意没有多穿件衣服，现在她是自作自受了。她最后想做的事便是靠近那个老头儿取暖，他闻上去脏臭不堪，失去轮椅扶手的支持，很容易就跪在她膝盖前。

"哈维克桥因为大雨在1867年倒塌。"他在黑暗的空间中咆哮着，"三人死亡，家畜伤亡不详。"

休格抱着自己的身体，看着溅满泥土，又被大雨冲刷干净的窗子。当她走在薰衣草田时还色彩斑斓奇妙的农村已经变作了灰色、凄凉的景象，好似一百多平方公里的海德公园因为没有路灯和欢乐的行人而变得寂寥。车夫慢慢地跑回前头，朝失落的都市驶去。

"呃。"林克上尉打嗝。淡淡的威士忌香气与胃液的发酵味蔓延在空气中。

火车或许会更快，当然也便宜得多，尽管威廉没有提及这一点。但老头儿会一路上在各种车站惹出麻烦，他需要一个车夫带他去查林十字街，随后再去往米查姆，因为他雇佣了一个车夫来负责整个行程。至少看上去的确如此。

"我打赌六个月。"林克上尉说道，"你就会被踹走。"

"我可没问你意见。"休格反驳道。这狡猾的老头儿已经一眼看穿了她。威廉·拉克姆本该坐在她的身旁，与她说着话消磨时间，将她冻坏的双手放在自己身上温暖。为什么，哦，为什么他没有陪着她？

上尉清了清自己嗓子继续背诵其另一段："范尼·格雷沙姆，1834年，船业巨头安斯蒂的情妇，梅菲尔区拥有住所，1835年，她被抛弃，丢入了哈罗威监狱。1852年，简·哈勃，也就是众所周知的娜塔莎，芬巴庄园主的情人，住在伦敦海军部大楼，在一年之后成为了泰晤士河的一具尸体。"

"上尉，告诉我更详细的事。"

"没人能告诉你细节，永远不会！"他咆哮道，"这是我走在这世上学到的事儿。"

"如果你继续能走路，老头儿，我们现在该是坐火车上来回。"

当侮辱的话插入的时候，周围一下落了安静。

"享受你的风景吧，妓女。"他朝着她移动的窗子，点着滴答口水的头揶揄道。

"来个美好的变化吧？光辉的。"

休格厌恶地躲开他，将自己抱得更紧了。威廉关心她，是的，他关心她。他说过爱她，尽管是在他醉了的时候，但不可否认那晚他并没有烂醉如泥，胡言乱语。他让自己到他的农场，尽管这不过是一次酒喝多时对她的许诺。他答应她还可以再去农场，在十月的样子，那……也就是七个月后的事。

她试图用心去记住拉克姆员工的数量。他每周都会从自己私人的财务里拨出一大笔钱，尽管这并不是他给她生活费的来源。她必须为自己考虑，不是生活在他的口袋里，而是作为世代利益与支出交织长卷的一部分。她要做的是在那长卷上留下自己的针脚，将自己编成解不开的那个角色。为此，她已经做了很多不可思议的事：想想一个月前，她还不过是个普通的妓女！未来的半年，谁知道呢……

"他是个话痨。"林克上尉闷在围巾里嚷嚷道，"一个懦夫。讨厌的人。"

"谁？"休格急躁地回应，她希望自己能够不添衣服就能同他一样裹得舒舒服服。

"你的香水主儿。"

"他不比别人差。"她反驳道，"比你善良。"

"马尿！"老头儿格格大笑，"他喜欢的就是把自己肥胖的身体支在树尖。你没看到他已经屠杀了进步？他已经把你填入了脏水里，用来拯救自己的鞋子。"

"你不了解他任何事。"她骂道，"像你这样的人怎么可能了解他的世界呢？"

上尉被激怒得跳了起来，休格担心他脑袋是不是已经碰上了车厢顶。

"我可不总是老瞎子，你这只床底的老鼠，"他大声喘气，"我比你的那些白日梦要生活得现实。"

"好吧，我错了，对不起。"她急忙道，"来，喝几口这个。"她递过一瓶威士忌。

"我已经喝够了。"他低吟道，又仰坐回自己编织毯里。休格低头看着瓶子，瓶子在阴郁的黑暗中摇晃着发出亮光。

"你今天没有醉。"

"一点儿。"老头儿喃喃,爆发脾气后又慢慢地缓下情绪,"你自己喝些吧,这样就不会抖了。"

休格回想起林克上尉抓着酒瓶子吮吸威士忌,缺牙的嘴裹在瓶口就像包起平滑玻璃似的乳头,那样子,让她不由说道:"不,谢谢。"

"我已经擦过了。"

"嗯。"休格无助地发抖。

"那是对的。妓女。"他冷笑道,"不要让任何脏东西污染你的嘴唇!"

休格发出尖锐的生气声,几乎与她销魂时刻一模一样,她紧抱住自己的前胸,牙齿打战着数数。她数了二十下,但仍旧生着气,于是又开始数一年的月份。她在十一月的时候初遇了威廉,现在,是四月,她成了他的情人,她有了自己的房子,有随心所欲开销的钱。四月,五月,六月……只是他为什么没有陪着她呢?她只希望能够买他持久不变的心。

林克上尉开始大声大呼,所有的声音与气味充满了圣贾尔斯的味道。她一定不能再回那儿,再也不能回那儿。可如果拉克姆厌恶她了呢?只是几天前,他去看她离上次看她已经有三天了。两人之间是如此地匆忙,他甚至都没有扯去她衣服。"我一个小时后要去见律师。"他解释道,"你告诉过我格林那伙听上去很狡猾,上帝,你是对的。"在这之前都做什么了呢?他是什么情绪?他问她是否喜欢他为她选择的装饰品,特意让她去看壁炉上的天鹅,快乐地弯着自己的瓷脖子。她一直在陪他笑,只是他这么做是多么地邪恶?他是不是在向自己坦诚或是让她更明白,他是一个能快乐无忧地任意折断无用东西脖子的男人?

她的房子在马里波恩——车夫艰难缓慢地驱车前往的地方,那儿本该是她希望的灯塔,然而此刻却并非是她所想的。那儿是死屋,等待着富有生命力的谈话暖热整个屋子。当她一个人独处在那儿,徘徊于寂静中,不停地洗着头发,强迫自己去学习那些枯燥而毫无兴趣可言的书籍。她感觉自己被汽油灯环绕得心烦意乱。她能大声,放肆得一如以往地大喊:"这是我的!"只是她却听不到任何的回应。

装着她东西的板条箱终于到了住处,但她已经扔了其中的大部分——那些书,她不会再读,那些涂了潦草字的小册子要是碰巧被威廉看到,一定会激怒他。这些存放在碗橱与衣柜里的东西有什么用呢?吸引蠹虫,还是成为打爆她脸的火药?她看买十分担忧威廉发现她的小说。每一次当她离开房子的时候,她便纠结他会否来房子里翻找她所有的角落与抽屉。只有当她快饿出病来的时候,她才会放弃等待他到访,匆忙地跑到街上。如果她再等待,怕是要饿死。在酒店与餐馆里,她用着餐,服务员默默地服务,好似在忍耐着,不想再见到她。

要是她能记住威廉在说自己爱她的时候喝了多少杯白兰地就好了。

"安格尔,"林克上尉堕入了多年前的梦中,嘴里呻吟着,"出来,男人!……我的腿怎么了?我会跛吗?……需要一根拐杖,是吗?安格尔……说话,该死的,……昂夫……昂夫……说话……"

早晨,雨停了,教堂鸣响起钟声。亨利·拉克姆半裸着躺在阳光落洒的床单上,沐浴在冰激凌奶黄斜射入窗户的光辉中,他正从情色耻辱的噩梦中惊醒。上帝已经为他锻造了无忧无虑的一天:神圣的复苏已经证明魔鬼在黑暗的几个小时消失得无影无踪。上帝从不丢失他仁慈的心,尽管人如此卑贱……

亨利掀开被褥,里面湿漉的污秽已经染上了睡衣。他剥去自己的衣服,一如以往地惊异于自己兽性的身型,这简直就是一副多毛的标本,身子上的毛发比头上柔软的金色发丝要更深更硬。亨利知晓性欲的失禁使得这些毛发变硬。亚当与夏娃在天堂里是无毛的,所以才能成为现代艺术所接纳的理想古典体格。当他在一群不着衣衫的男人中间时,他发现自己就像一只猿猴,疯狂地沉迷于手淫。达尔文的异端说中有意思的道理:人类尽管已经从动物族群中脱离,但单个人仍会成为野蛮的动物。

教堂的钟声荡响在亨利混乱的浴室中。丧礼的钟声?很显然,这不是婚礼的钟声,因为时间尚早。总有一日,丧钟会为他而鸣……而他,是否准备好了呢?

柏德烈与阿什维尔曾说过淫荡的女人也有多毛发的——因为老校友的话,他的梦里才能装满多毛发的仙女。尽管如此,他仍要抱怨柏德烈与阿什维尔,因为在他梦境中的性幻想里,他待她就像对待妓女一样,放浪不堪。

亨利围了下身,半裸着重重地坐在壁炉前的椅子上,竟然在他新一天的开始就已经这般的疲惫。他渴望有人端来一杯茶,一份热早餐,然而,他却没法请一个仆人。他能轻松地担负一个仆人的费用——他的父亲比传闻中的更慷慨——因此,一个仆人并不是问题。想想吧,一个鲜活的女人在他的房子里,睡在同一屋檐下,赤裸地躺在床上,又在一个浴缸中沐浴……!好似事情还没有这么糟。

"仆人是给每个成长男孩儿的恩赐。"柏德烈在青春期中的亨利被同辈嘲笑青春期时曾经告诉过他,"特别是当她们从乡下来的时候,阳光,干净,单纯。"

亨利的猫漫步过来,转着脑袋靠向他的小腿,试图挑起话题。他没什么可给猫的,最后一块肉已经变质了。

"你等不及了吗?"他喃喃道,只是这无辜的小动物看着愚蠢的男人。

他自己的胃已经咕咕发声。或许老仆人会安全些呢？但是她该有多老呢？五十？可能不该是屠户的妻子——屠户的妻子该是最适合亨利的残羹冷炙，且还会经常朝他微笑——五十？他还在想如果是五十的女人，裸体的时候该是什么样子。那么，七十呢？

他盯着壁炉里的火，穿着织补过头的袜子裹着他像土里埋着的块茎一样大的脚。接着，又凝视自己抱着胸口，赤裸的手臂。他自己的乳头尽管亦是有型，但却根本不会引起他的肉欲——它们不过是肉体上的小肉瘤，而想象一个女人的胸，却有足够的力量勾引他陷入自我心灵的泥潭。他的胸是否也会因为奶水而令人厌恶地变大——仍旧在想象一个女人，与自己有一样膀胱器官的女人会变得令自己都难以置信地诱人。那么皇家艺术学院的那些画展呢——从良的妓女，古典的女英雄，殉国的圣人——他并不在意他们本该是什么，只在意在展览上是何样的肉体。他盯着那些画，走廊上其他的人看着他，必然当他是鉴赏家——或许他们也完全认识到他盯着的是画像上缀了玫瑰色的乳头与珍珠般的大腿。那么，他究竟在凝视什么？粉红色的画！一层干油清漆封在画上，他站在跟前好一会儿，期望银色的布衫从女人的双腿间滑下，他抓住它，撕破它，暴露了……暴露了什么？三角的布？一块三角的布竟能挑唆他触犯自己神圣的灵魂！那些被喻为基督教信仰的神秘，解这些谜已超越了人类的理性，这并非难以理解，但这是……！

亨利的猫并未离开，只是开始叫唤，试图学习如何将他从与猫科世界毫无关系的沉思中拉出来。十五分钟，亨利已穿戴完整，剃好胡子后走出自己房子，寻找一块肉。

待到回来的时候，他感觉自己恢复了正常。轻快的闲庭信步，新鲜的空气让他改回了常态，他穿在身上的衣服已经焐热，成了他身体的一部分，这是高贵的第二层皮肤，而不是那层不相贴合的皮囊。诺丁山的街道与楼房熟悉而一成不变，这让他想起真实的世界与他梦境中流动的场所相去甚远。路上的石头支撑振奋着他的脚底：那是事实，而不是他虚无的幻想。最令人振奋的是，他已经看到了屠户的妻子，感谢上帝，没有垂涎过她。她朝他笑，递给他猫吃的残羹，还给了些他自己吃的牛舌，他没有想象她放纵脱光衣裳露出女神般身体的样子。她是屠户的妻子：仅此而已。

"来这儿，咪咪。"他丢了块动物早餐在厨房地上，"现在，让我想想。"

亨利想凭着自己从雷博人人的厨房点心烹饪书的老复本[①]甲瞟到的那些记忆做一块蛋卷。他在煎蛋煎得过熟之前洒了些烹饪书上要求的食材，随后，全神贯

[①] 福克斯夫人的一份礼物，铜版纸章节空白的地方还留着褪色了的艾米莉·福克斯的名字，在这学生时期的名字上还画了较蓝色钢笔字迹，那字迹普通而自信：赠予我最真挚的朋友亨利·拉克姆，1874年圣诞，来自……

注地看起福克斯太太年轻时娟秀的签名,接着在他卷起之前,轻抄起蛋卷的底层。这看上去仍是非常不错的。伦敦的贫困区比这糟糕得多。

"这相当简单,咪咪。"当他自己吃起蛋卷的时候,朝碟子般圆滑眼睛的猫咪说道,"男人与女人的婚姻制造后代。已经数千年了,就像植物与花朵在雨后成长。这是必要的,是上帝赐予的过程;这与头脑发热,对性充满欲望,还有那些荒淫的梦毫无干系。"

亨利的猫满是狐疑地抬头看他。

"对一个有使命的男人而言,繁育后代就像一个逝去的想法。"他叉起一块楔子状的蛋放到嘴里,咀嚼起来,"总之,"当满嘴的蛋变少后,他又加了点进嘴里,"我想娶的女人没有想过再嫁。"

亨利的猫埋头叫道:"喵。"

亨利长叹了一声,扔了块蛋卷到它毛茸茸的脚畔。

"嗨!牧师!"

尽管大声吼叫,却仍难以辨识,黑暗街道的管口吞噬着那些音节——无数的窗口,破旧的小巷,碎散的井盖口,还有那些无底深渊。一位看不出年纪,头发斑白的男人已经盯着亨利一段时间了。他来自烟雾弥漫的楼梯井,就像《圣经》中麻风乞丐从洞穴中爬出。他肮脏粗糙的双手扶着替代缺失栏杆的悬绳,狼般的眼睛充满血丝,疑惑地眯了起来。"寻找"独特的人吗?

"或许是你,先生。"亨利应道,鼓足勇气靠近他,因为这个人浑身肌肉,尽管穿着衬衣,但却无法遮掩拳头。

"但你为什么喊我牧师?"

"你看上去像。"头发斑驳的男人与亨利并排站着,动手理了下泥土色裤子。幽深的楼梯在他的身后,一只狗爪子扒着石头与烂木头,无法跟上自己的主人登上外面的世界,因此呜呜地发出挫败的低喃。

"好吧,我不是牧师。"亨利后悔道,"原谅我的冒失,先生,但你看上去似乎真的遭遇了很多事。事实上,你的确也是个有故事的人。如果可以的话,能否告诉我你的故事?"

男人细缝的眼睛变得更紧,眉毛彻底皱在了一起。他长着老茧的手抚下被微风吹在额上的头发。

"你不是记者吧?"他说道。

亨利低声重复着奇怪的词,竭力地揣摩这词的意思。

"麻烦您再说一遍?"他不得不再问一次。

"记者。"男人重复道,"那些写穷人书,穷人却看不懂的人。"

"不,不,我不是。"亨利让他放宽心,这让他看上去好些,因为他看到那人往后退了一步:"我是一个对贫穷知之甚少的人,因为我们自己并不贫穷。可能你得用你的观点告诉我想知道的事。"

男人嬉笑,头歪在一侧,刮起自己的下巴。

"你会给我钱吗?"他问道。

亨利咬紧牙关,他知道他该坚持自己是一个牧师,因为那样的话,他可以问很多问题。

"没知道你情况之前,我不能没有钱。"

头发斑白的男人仰头大笑起来。

"好吧,好吧!"他说道,"你现在就有一个处在狭小局促亮子里的穷人。像你这样的人,不管多懒,不管多不道德,都有钱,而像我们这样的人,只能裹着旧裤子,从窗帘上扯布做风衣,在你给我们一便士之前替你擦亮鞋子。"他再一次大笑起来,亨利瞥见他大张的嘴里藏着黑黑的牙。

"可是,"亨利反驳道,"你有工作吗?"

男人变得严肃起来,眼睛再次眯成了缝。

"我兴许有。"他耸耸肩,"你呢?"

这对亨利而言是个挑战,他想自己不必那么容易羞愧。

"你把我想成了一个从不干一天体力活的人。"他说道,"你是对的,我没法帮助我出身的那个阶级,至少不会比你能做的多。尽管如此,难道我们不能一起聊聊吗?"

这让下巴又添另一道痕印,很快变得更红。

"你是个古里古怪的人。"他喃喃道。

"或许是的。"亨利说道,第一次张嘴笑了起来。

"现在,你会告诉我那些你认为我该知道的事吗?"

亨利开始引导他——令他屈服于自己对宗教的忠贞。因此,他开始响应号召。

两人站在肮脏的圣贾尔斯已经超过了一个小时,微弱的瘴气在阳光中腾起,排水沟挥发着它们的臭气就好似肥皂被煮开了一半。其他的男人,女人,与狗时不时地经过,偶尔有些人提出加入聊天,但被头发斑白的男人说着鄙俗的话语拒绝了。

"你已经让我好多了,现在真的好了不少。"他向亨利低声坦白,随后再一次大声朝那些闲逛的人叫骂"多管闲事的家伙",随后,等待他们与"牧师"

血腥地回骂。

"可我不是一名牧师。"亨利每次都伸长脖子反驳道。

"听我说。我现在只是挫挫锐气。"头发斑白的男人咆哮训斥道。他有大量的话题要说，但亨利知道这些细节其实并没有根源来得重要。男人说的很多东西能够在文摘，书籍，小册上看到，但是在亨利书房灯下能解决的在这儿却不适用了。像亨利一样认定正义是高尚节操的人，明白对这么一个贫穷可怜的人，正义是一文不值的，恶习的出现不止是诱惑，而是生存中必不可少的一部分。很清楚，任何想拯救这拨人的人必须先知道这个道理，亨利庆幸自己能够这么早知道。

"先生，我们下次再说吧。"当男人最终没什么可说的时候，他许诺道。

"我很感激所有你告诉我的事。谢谢，先生。"亨利轻拍了下帽子，退了几步，离开了困惑的男人。

亨利继续走着，沿着教堂弄往下，他发现一群站成四方形的男孩儿，他们正在酒吧外的门旁秘密商量着事儿。因为同那男人对话激发了他的勇气，亨利朝他们愉快地挥手："好啊，男孩儿们！你们在干吗呢？"然而，他们的反应却让他颇为失落：所有的男孩儿像老鼠一样逃走了。

接着，他看到一个女人从远处较好的地方走到了这条街上，亨利想这位穿着赤土色裙子的女人是位值得尊敬的女士。她小心翼翼地与鹅卵石做着斗争，目光朝着脚下，谨慎地绕过狗粪，走着路。然而当她停在亨利面前，她撩了下裙边，高度超过了他曾见到的最高——不仅露出了脚趾头，甚至还把靴子的钮脚都露了出来，连同镶边的小腿也一并能瞥见。她朝他微笑，好似在说："整条街都是误会，人该怎么办呢？"

亨利的第一反应是尽可能地离开她，但他很快提醒自己倘若意识到这是命运，他绝不该错过这样的机会。他深深地吸了口气，挺直腰背，朝她走去。

威廉还没来得及说上一句见面语，就被窒息的吻吻得牢牢的。

"噢！"他大笑起来，耳朵，下巴，眼睛与喉咙都被休格湿润的双唇火热地摩挲过，"我做了什么，受到这样的惩罚？"

"你该很明白的。"她紧紧地抱着他的背，竭力地透过他的衣服留下痕印，"你已经改变了所有的事。"

威廉抖下阿尔特斯大衣，将它挂在昨天才到货的大型铸铁衣架上。

"你的意思是这个吗？"他推了下坚硬的架子提醒她之前那个已经被他丢弃了。

"你知道我的意思。"她说道，退到了卧室。她穿着自己的绿色裙子，那件与他邂逅时的绿色裙子，她用火柴棍，药棉，拉克姆牌洗涤溶剂去除了衣服上的霉点。"我不会忘记在你薰衣草庄园的那天。"

"我也不会。"他跟着她说道，"你的林克上尉会留给所有人记忆的。"

她尴尬地缩了下身子："噢，威廉，我很抱歉，我想他会表现得更好——他说过的。"她坐在床沿上，手放在膝盖上，头微微低垂，以至将自己身子尽收入了眼底，"你能原谅我吗？我认识的男人太少了，这是个问题。"

威廉坐在她的身旁，大手覆在她的手上。

"噢，他不比我生意场上那些醉汉糟糕。满世界都飘着恶俗的脏话。"

"他是最像我外公的人，"她悲叹道，"那时，我还是一个小女孩儿。"

此刻是赢得他信任的最好时机吗？她从旁偷瞥，想要知晓她的箭是否射对了，他的脸孔果然露出了同情的色彩，加重了覆在她手背上的力道好让她明白她已经抓住了自己的心。

"我童年的那些日子。"他说道，"就像在地狱一样。"

她点头，泪水不经意地淌了下来。只是，威廉会不会不喜欢一个女人哭呢？那她想自己该怎么做呢？胸中的某些想法与决定在滋生，自我控制的阀门已经失去了效力，她感觉自己正流溢出真的情感。

"圣贾尔斯糟糕透了。"威廉说道。

"以前更糟糕。"她说道，"在他们把它从新牛津街切除之前。"某些原因迫得她不由扑哧一笑，湿润的鼻子里还夹着鼻涕。她是怎么了？她会让他厌恶的……然而，不是，他递过了一条白色万块状真丝质地，印有字母的手绢，让她擤下鼻涕。

"你还有……什么姐妹吗？"他笨拙地问道，"或是，兄弟？"

她摇头，将自己的脸孔埋入柔软的手绢中，重新恢复了镇静。

"就我一个。"她说道，希望自己的泪水没有完全洗掉棕色的眉粉与淡橘色的眼影，"你呢？"

"我？"

"你有姐妹吗？"

"没有。"他惋惜道，"我的父亲结婚晚，妻子却很早离开了他。"

"离开？"

"她背叛了他，他抛弃了她。"

现在，休格再一次地可以控制自己的情绪，她抑制自己窥视那些事实的兴趣，心想如果自己大胆冒失地去问问题,她可能会得到更多的答案。

"真可怜。"她说道,"你的妻子安格尼斯有一个大家族吧?"

"不。"威廉答道,"比我的家族小。她的生父在她还是个孩子的时候就死了。她母亲则在她毕业的时候也走了。她的继父是一位庄园主,住在国外。外面传说,他娶了一个女人,我从来没有见过。至于兄弟姐妹,我想安格尼斯应该有三四个姐妹,但童年的时候就夭折了。只有她幸免而已。"

"或许,这就是她为什么这么病恹恹的缘故吧?"

威廉眼里闪烁着痛苦,安格尼斯狂乱嘶哑地叫喊,是你让我病成这样!这声音深深地刻在他脑子里:"可能吧。"他叹息道。

休格握住他的手,手指探入他的袖子,以她粗糙的皮肤压在他的手腕上,她知道这会唤醒他——如果他愿意被人从中唤醒。

"尽管,我有一个哥哥。"他迅速添了一句。

"一个哥哥?真的?"她问道,好似威廉十分聪明地掩饰了自己有个哥哥的事实,"他是怎样的一个男人呢?"

威廉靠倒在床上,盯着天花板。"怎样的一个男人?"当她的头枕在自己胸上时,他自问起来,"现在有一个问题……"

"嗨,先生。"妓女礼貌而随意地喊他,欲迎还羞道:"想要个既便宜又漂亮的女人吗?"

她很漂亮,比几周前在类似街道问他要一个先令愿意与他上床的雀斑女孩儿要漂亮得多。然而,亨利对这位娇小漂亮的女孩儿与上一次他对那破旧女孩儿反应是一样的:只是感到可惜。

他与福克斯夫人走在一起时欲望难抑的冲动此刻一丝无存,他的欲望只是能有向头发斑白男人学习一样可以了解面前这穷困妓女的机会。

"我……只想同你聊聊。"他向她保证,"我是一位绅士。"

"噢,好吧,先生。"女人申明道,"我不会同不是绅士的男人说话,不过,让我们在我家里谈吧。如果你愿意来的话,我的家离这儿不远。"她的口音很普通,但却不是伦敦音——可能是农村失业的女仆,或许是更恶劣环境下的受害者。

"不,待这儿吧。"他告诫道,"我刚才的意思是,我希望和你聊一会儿。"

把他当作协同犯案的那份疑虑一扫而空,现在,她的眉头紧锁。

"哦,我不擅长说话。先生。"她目光朝向自己肩膀往上的方向,说道,"没法和您交谈。"

"不,不。"亨利猜度到她不愿意的原因,抗议道,"我会给你花的时间付钱的。你平时是怎么收费的,我也会给的。"

她疑惑地缩了下脖子,像是一个孩子被允诺了什么,她已经不小了,知道这是不可能的事,却仍说道:"一先令。"

亨利毫不犹豫地从外套口袋里取了钱放到她手里,不是一先令,而是两先令。

"先生,走走吧。"她将硬币收入自己的小掌心中,"我会带你去适合我们说出肺腑之言的地方。"

"不,不。"亨利反对道,"就在这街上说吧,这儿很符合要求。"

她大笑,声音沙哑,毫无保留地张大了嘴。"那好吧,先生,你想听到什么呢?"

他深吸了口气,自然明白她认定自己是个傻子,他希望宽恕这样的愚见。她双手扣在背后,像极了鞋油广告,或是他弟弟香水广告上的那些女人。她对他而言什么都不是,只是一个堕入深渊的不幸女人。他的心脏在胸腔里强烈地跳动,不仅担忧她会用漂亮的舌头嘲弄自己的信仰与真诚,还会背弃承诺,丢他一个人干瞪着眼。除却他的心跳,他感觉不到自己的身体,就好似它是一柱烟,或是灵魂的基座。

"你是……一个妓女。"他确认道。

"是的,先生。"她的手扣得更紧了,身体也站得更直,好似一个女学生在接受质问。

"你什么时候失去的贞操?"

"十六岁的时候,给了我的丈夫。"

"你说,你的丈夫?"他应道,因她对道德科学的缺乏不禁激动,"那么,你并没有失去它。"

她摇了下头,如先前那般笑道:"那样的话,我没有嫁给他。就像他们说的,我们是因为羞愧而结婚。"

她是在拿他开玩笑吗?亨利摆正了下颌,决定透露一两件关于妓女的事儿给她听听。

"后来,你离开了他吗?"他暗示道,"还是你被抛弃了?"

"你可以说我被抛弃了,先生,他死了。"

"那就是你过眼下这生活的缘由吧?你会说自己跟错了人?还是社会的门朝你紧闭?或者……欲望?"

"欲望,当然了,先生。"她回道,"吃饭的欲望。如果有一天我什么都没有吃到,那么先生,我想咬一口吃的。食物,先生,就是那么简单。"她耸耸肩，噘嘴舔舔唇，"虚弱无力，这就是我。"

亨利脸一下刷红了：她不是傻子，这个女人或许比他更聪明。这是不是未来一个趋势，牧师的智商比那些教友还差劲？福克斯夫人曾说过他的脑子和别人一样聪明，他完全可以成为一个出色的牧师，其实，她是太客气了……确实，让他这样一个头脑一团糨糊似的人来引导教区的话，他必须得有异常纯洁的精神与神圣质朴的特长……

"先生，你结束了吗？"

"噢……没有！"他一咔，转神回至妓女的双眼——他猛然发现那双眼睛与福克斯夫人的眼睛同样颜色，几乎是同样的形状。他清了下嗓子，问道："如果你有工作的话，你会放下现在这种生活吗？"

"这就是我的工作，先生。"她咧嘴笑道，"苦工作。"

"好吧，是的……"他同意道，但转念又反对道，"不。"

"但是……"他皱着眉头，呆若木鸡地不知所云。老犬儒派麦克利什曾经说过与穷人争论是毫无意义的。"更多的教育，"麦克利什说道，"恰恰是他们所不需要的。他们已经机智得超过哲学家，逻辑就像是他们手上的杂耍。他们聪明反被聪明误！"但是福克斯夫人不同意这观点，是的，她说了……她是怎么说的？

妓女耷拉着脑袋，靠近他，努力地想要透过他眼里散落的梦幻光芒。她顽皮地在他面前挥挥小手，仿佛自己站在遥远的海岸。

"你是个奇怪的人，不是吗？"她说道，"天真极了，我喜欢你。"

亨利感觉自己脸颊涌上潮红，比上一次更热多了。血气仿佛悸动在整张脸上，甚至到了耳尖——他肯定看上去像个猴子屁股！

"我——我知道一个人，"他结结巴巴，"有自己的公司，比我们所谈论的，要庞大专注得多，我……我可以安排……"威廉不是说过他需要更多更快的工人吗？"……我肯定，我能给你安排到工作。"

令他沮丧的是，她脸上的笑容消失得无影无踪，就若刚才他们初遇时那般，她看着他，充满了蔑视。他几乎害怕起她，害怕像女人眼里那些丧失光芒的男人，害怕简单地让她走。他渴望向她表达上帝的福音恰到好处地在人需要的时候降临，从而激发她残酷的现实会因信仰而变得更和谐。欲望让他窒息，然而，他知道这些话还远远不够，尤其是那些无力的词藻。倘若他只能用手来传播上帝的旨意，他会好好拍拍她，鼓励她！

"什么样的工作？"妓女问道，"工厂的工作吗？"

"恩,是的,我想是的。"

"先生。"她愤慨道,"我曾在一家工厂做过,我知道,想那样去赚两个先令,"她拿起他给予的两个硬币,"得要很多的时间,这让我的背变得又臭又不健康,几乎没有休息,无法好好睡觉。"

"但你不会像现在这样做该死的事儿!"亨利脱口而出。当"该死的"才滑出嘴,他就受到了惩罚。妓女扭过头,急切地把硬币塞入自己裙子里,显然觉得自己已经给了他应得的。她盯着远处的街尾,说道:"牧师的把戏,先生,这都是牧师的把戏。"

她疑惑地回头看他:"你是牧师吧,是不是?"

"不,不,我不是。"他说道。

"我不相信你。"她嗤鼻。

"不,我真不是牧师。"他忆起圣彼得与报晓的鸡,立刻自辩起来。

"好吧,你应该是。"她说道,走到他跟前,温柔地伸手碰他打结的围巾,好似她的指尖能够取走牧师的领子。

"上帝保佑你!"他叫道。

他破口而出的这一刻,空气仿佛一下凝住。接着,妓女向前倾身,把自己的双手放在膝盖上,开始咯咯傻笑起来。她足足笑了一分钟甚至更久。

"你就像个戏剧角色,先生。"她肩膀颤抖,喘着气说道,"不过,我必须走了……"

"等等!"他恳求道,脑袋仍被很多生死攸关的问题所困扰,而他无法原谅自己还没有问完她话,"你相信自己有一个灵魂吗?"

"灵魂?"她狐疑地回应道,"长翅膀的鬼魂在我身体里吗?好吧……"她张开嘴,双唇嘲弄地勾起,随后,看着他忧伤的表情,吞下自己的恶言恶语,缓和了口气道,"你任何想得到的东西。"

她叹了口气:"我相信,我也想得到。"

她整理了下裙子的前方,他的双手避过自己肚腹的轮廓。

"现在,我真的要走了,最后一个问题,先生,请吧。"

亨利动了下脚,惊骇地发现自己正受恶魔控制。只是几分钟前,他还握着上帝的双手。他现在是怎么变成了这样?他自己的泰然沉着仿佛离开了自己,他肯定在这湿冷的梦中被鞭打。最后一个问题,他漂亮的妓女小姐将要回答了。最后一个问题,该是什么呢?他惊骇地发现自己的嗓门在说"你……你的毛多吗?"

她疑惑地眯眼:"毛?先生?"

"你身上的。"他茫然地用手打量着她的身体与裙子,"你有毛吗?"

"毛,先生?"她淘气一笑,"当然,和你一样多了!"立刻,她抓起自己的裙子,将它们拢在胸下,一手抓着,另一只手,她拉下自己的裤子,露出自己深色丛林的地方。

亨利凝视的那一瞬,街道的某一处传来响亮的笑声,他闭上眼睛,转过去背对她。他从小的教育让他几乎不可能先背对一个女人结束对话,然而,他却这么做了。整个头在灼烧,他僵硬蹒跚地走在街上,好似埋藏在他肉体里的性是一把剑。

"我只是想知道答案!"他沙哑地喊道,越来越多不知何处传来,不明所以的声音并着笑声在教堂弄回荡。

"上帝,先生!"她追着他喊道,"那是多出的钱该得到的!"

"所以,你才有了它。"当休格将手放在他胸毛上时,威廉说道。

"就像白天与晚上的我是不同的。但却一直不是个坏人。可谁知道呢?他可能震惊到了我们,也把握住了他的命运。"

休格停下了挑弄威廉的手。

"你的意思是……抢夺拉克姆香水公司。"

"不,不,那是我的,永远,任何人都拿不走它。"他说道,尽管思维无力,但欲望依然坚挺,"不,我的意思是亨利可能仍然会抢夺……我不知道,或者他生来就是希望抢夺的人,我想……"当休格坐在他身上时,他不禁呻吟。

她发现这是安全的教程。这些年来,所有的男人,这是她所学到的:萎了的男人是不快乐的,而不快乐的男人是危险的。将它们裹在一个暖和的洞中,它们会振奋起来。每当它未直起,每当烈酒带走它的威风,每当他瞥见自己裸露的身体,丑陋可笑,每当他病态地害怕会是最后一次挺起,那么,只有安全课程帮助让它勃发,不过一瞬间的功夫就能达到效果——并且能够在里面舒服地存放。随后,自然地释放。

第十五章

春天来临,当安格尼斯从死亡边缘再一次回归,这让每个人认识她的人惊诧不已。不久前,她还像一具尸体般躺在自己黑暗,缺乏空气的房间;现在,穿着华丽的她天使银铃般的声音照亮了整个房子,她正为伦敦季而准备着。

"打开窗帘,莱蒂。"走到哪儿,她便吩咐到哪儿。

她整天都在练习:笔直地站立,端庄地转身,动人地微笑,脚步轻盈无声。这是一种像装了车轮餐车的艺术,只有少数社会名流能掌握这门技术。

"克拉拉,把书放在我头上。"她朝自己的女仆说道,"随后,站到后面去!"

安格尼斯的仆人们不仅限于拉克姆房子里的四面墙:她已经向牛津街,摄政街拓展,手里还拿着白底花纹各色大小的手袋回来。威尔士王子可能仍在里维埃拉,但安格尼斯·拉克姆已经坚持了一百天,她几乎又有了初次登台的感觉!

当然,这一切都得归功于守护天使。知道在这世上有一个人爱她,希望她好是多么让她振奋的事。这是多么深刻而真实的理解!她的守护天使会赞许她在这一季获得殊荣——不是无聊的欲望,而是善与恶的斗争。恶魔让她变得病恹恹的,几乎抢走了她的社会地位。现在,恶魔将被从她生命中取走——在她精神救助的帮助下,古氏夫人将那些细小的蔷薇色药片给了她。每一片都小过金片,但却让她的头比一场比赛还要痛。

两打羔皮手套昨天已经到了。这不过是个开始，尽管她还想做更多的，因为这些愚蠢的手套无法洗涤。"坦白说，克拉拉，我不知道知识大进步有什么好大惊小怪的，我们女人时常得替换这种简单必要的东西。"安格尼斯有一双新的羔皮手套，她把它们剪开了些，可拇指用力气套还是套不进去。太可笑了！她的拇指并没有增厚啊？克拉拉也确定它们如以往一样纤细。

手套只是一百桩麻烦事中的一个。譬如，她决定伦敦季的时候要用什么样的香水。在过去几年，她回避使用任何拉克姆牌香水，她担忧自己对优质香味的追求会影响到对公公生意的支持。尽管日前，女性期刊认为真正优雅的女人将自己的香水局限在古龙水与薰衣草水，而这些香水不管是出自哪一家，都是一样的，也就是说，可以使用拉克姆香水了？只是她知道，她的选择是精神上的罢了。她是否应该在槌球日穿上白色丝裙？气候真是变幻莫测，她的裙子会被泥污浊弄湿，但是穿着的时候却是很独特，没人会与她撞衫。当然，她也可以要求她的新裁缝勒·夸尔在裙子上加件上衣，但这会解决问题吗？安格尼斯试图预想所有可能碰到的问题，同时又想一边玩槌球，一边能够抓住裙边。

古氏夫人造访，她在药物上的出色推荐（"那个老招人讨厌的家伙只是给你上了一堂课，但其他的呢——如果你甜美地眨眨眼睛——那么什么问题都没有了。"）让安格尼斯的生活质量出现如此大的变化，她决定从现在起，接受更多女人的造访。她发出了很多信息：安格尼斯·拉克姆夫人已经回来了。

她扔了所有在她黑暗时期收到的电话卡，几个月的病痛与金钱的羞辱。新的人，从新的地方来看新的安格尼斯·拉克姆。

今天，安弗利特夫人打了电话。尊贵的女人选择了四五点的时候过来，而不是三四点，她没有把安格尼斯当作是刚从病患中回到社会的人，而是把她看作是一个健康，普通的社交人。她是多么善良！

安弗利特夫人本人与安格尼斯两年前在宴会厅看到的判若两人。两年前安弗里特夫人身材丰满，脸上长着雀斑。今天，她坐在安格尼斯的客厅里，瘦削得像根芦苇，肤色完美无瑕。安格尼斯当然十分好奇，疯狂地想要知道答案，想要到把礼貌抛掷一旁问了她。幸而最后，安弗利特夫人主动道出了秘密，即：（1）规律饮水，生吃胡萝卜，喝牛尾汤，（2）罗兰兹·卡勒德乳液，擦了些粉饼后上了少许妆后定型。

"我简直认不出你了！"安格尼斯赞道。

"你太客气了！"

"一点儿也不。"

事实上，安弗利特夫人看上去尽管很可爱，安格尼斯因为尊贵的女人几次提及"婴儿"，"母性"有些心烦意乱，她感觉仿佛有种错觉是在讨论健康的话题。或许是因为安弗利特夫人刚生产才回到社会？安格尼斯疑惑着，将想法抛在一旁，示以大方的态度。不能对伦敦季的伙伴嗤之以鼻。

"你呢，拉克姆夫人，你看上去好极了。你有什么秘密呢？"

安格尼斯只是微笑，她现在已经学会不能向自己并不信任的人谈她的守护天使。

现在安格尼斯站在卧室的窗前，希望她的守护天使能在树下出现，而那儿，刚巧是拉克姆家的门。她的手恨不得挥动。只是，奇迹并没有发生：她们只有在神垂下眼的那刻才会出现，而我们的圣母玛利亚正是利用他疏忽的空子施予了不合法的慈爱。上帝是英国国教，而安格尼斯认为圣母玛利亚是真止的信仰；他们之间的关系已经不稳定，无法同意任何事，除非他们离婚，恶魔很高兴地挺身而出。因此，他们必须互相忍耐彼此，尽可能地照顾到世界。

安格尼斯在镜子前走来走去，检查自己脸庞。她已经二十五了，衰老的迹象隐现。她必须最大可能地防止自己受伤，衰老。有些事譬如睡眠必不可少。每一夜，她都会梦到自己去女修道院，神圣的修女们安抚，照顾她，但如果她在到达她们常春藤装饰的门前，情况已经很糟的话，她们会摇头，轻斥她。之后，当她早晨醒来，她仍然在痛苦中。

现在，她正在痛苦中。她右眼前有雪花飘落的幻觉，而脉搏在眼底跳动。会不会是因为她喝鸡汤的时候，把玫瑰色小药片吐了出来的原因？或许她该再吃一片……尽管这让嘴里满是苦味，不过她可以喝一口戈弗雷甜酒。

她左边的眉毛处，藏在她眼睛上金色新月头发里是一条疤痕，那是她儿时摔倒时磕碰到的。疤永久地留了下来，成了无法抹去的瑕疵。人体是多么轻易地被损伤！她皱着眉头，继而，匆忙地舒展开眉头，害怕那些纹路也会永久地留在自己额上。闭上眼睛，她想象自己的守护天使就在自己面前。冰冷的双手如雪花石膏那般柔滑，轻柔地按摩脸颊两旁。精神的手指透入皮肤，沉入她的头骨，脆弱的指甲对头痒有一定的效果。她们找到痛苦的来源，努力地去除，一连串的不幸离开了安格尼斯的心灵，就像橙子的经络被剥离。她快乐地颤抖，感觉自己赤裸的心灵已经历了这般的洗涤。

她睁开双眼，疑惑自己怎么站在了地板上，四肢伸展地仰卧着，天花板慢悠悠地转动，克拉拉颠倒的脸孔满是焦虑。

"夫人，我是不是要喊人帮忙？"克拉拉问道。

"当然不需要。"安格尼斯回应,继而,艰难地眨眼道:"我很好。"

"哈里斯医生看上去是个不错的医生。"克拉拉说道,在安格尼斯先前的抢救中,哈里斯医生参与了,"一点儿也不像克鲁医生,我是不是……"

"不,克拉拉,帮我站起来。"

"他也很关注你突然摔倒。"当她把安格尼斯从地上拖拽起来时,坚持说着哈里斯医生的事。

"他很年轻……英俊,我记得是这样。"安格尼斯调整自己头昏眼花的状态,"毫无疑问,你喜欢……再次看到他。但是,我不该浪费他的时间,不是吗?"

"我只是担忧您的病,夫人。"克拉拉有些恼怒地强调,"拉克姆先生关照我们必须告诉他,您身体不适的情况。"安格尼斯紧抓住克拉拉手臂,低声道:"你不会告诉威廉这件事的。"

"拉克姆先生说……"

"'拉克姆先生'没有必要知道所有事情的发展。"安格尼斯继续,灵感仿佛被火灼烧的舌头,控制克拉拉的话,"比如说,他不需要知道你从哪里拿了钱买束身衣。它太适合你了,但是……我们女人总该有属于我们的秘密,对吗?"

克拉拉脸色瞬间苍白:"是的,夫人。"

"现在。"安格尼斯叹了口气,抚平袖子上的褶皱,"帮我拿戈弗雷药过来吧。"

和煦的微风,一阵阵地透过法式窗子吹进屋子,好似古灵精怪的孩子们在玩闹,轻轻掀起了休格小说的纸页。她已经搁笔了许久,微风钻入第一张纸颤动着上面的钢笔,混乱地翻动着。休格没有注意,只是继续茫然地眯眼看阳光下小花园里的小植被。

她希望移动自己的抽屉书桌,让它更靠近开着的窗子,那里能够呼吸普里奥利更多的清新空气,而玫瑰花丛下的土地味道,也会飘入窗中,这都激发了她写作的欲望。现在为止,什么都未曾发生——尽管至少她仍然醒着,比她每次将这些手稿带到床上随后睡着要强……

楼上从没有人走过,一对麻雀来回走动,衔了做窝的枝条堆在一起。它们直接在玫瑰花丛里取些枝条做窝不是更好吗?只是,它们更喜欢从休格未经修建的成荫绿色植物里偷些枝条,在某处做窝。

风吹起的书页再一次地拍响,这一次卷出的钢笔掉落到了桌上。休格本能地向前去抓,却只是碰到了墨水瓶,三四大滴黑色墨水飞溅在桌上,污浊了她翡翠色裙子。

"上帝，该死的……"她很生气，叹息。这简直就是到了世界末日。她会想办法洗去墨水——可假如它洗不掉，或是她不想烦琐，她可以买件新裙子。威廉银行在今天早晨又寄来了新信封，她已经将信封与其他的放在了收纳裙子抽屉的最底层。他一点儿都没减少以往的慷慨，或许是他从没有想过改变对银行的指令，不管是什么原因，她存的钱比花的多，哪怕墨水弄脏了她的裙子。

她必须完成自己的小说。没有什么能比小说出版之前已经造成轰动更令人兴奋的事。如果像威廉校友那样自以为是的傻子用自己亵渎神灵的微弱影响力造势，那么想想这影响，她可是第一个告诉世人什么是真实的妓女！这世界正需要真相，如今是现代了，每一年，各种贫困人口满意度调查的结果比哗众取宠的空话要多得多。现在所需要的正是一部伟大的小说，它会抓住公众们的想象——感动他们，激励他们，震颤他们，恫吓他们，令他们丢脸。一个关于如何用手抓住他们，领他们到从未抬脚进入过的街道的故事，一个关于那些从未看到的床单与那些从未听到的声音的故事。一个大胆指责那些该被指责的人的故事。在这样一本小说出版之前，妓女们仍将继续在社会恶习的笼罩下窒息生活，而让她们不幸的缘由仍在继续……

休格低头盯着风造出的墨迹。是时候让她做些比这有意义的事了。这世界堕落的女人正需要她讲述一个真相。

"这个故事。"她曾经与识字的朋友说过，"不是关于我，而是关于我们所有人……"

现在，在她充满阳光的普里奥利书房里，她开始流汗。

"休格，我正在死去。"那是伊丽莎白临终前与她说的话，那夜——你看到休格在希腊街的文具店前一夜，"明天早晨，我会成为冰冷的肉。他们会打扫房间，随后把我扔到河里。鳗鱼会吃掉我的眼睛。"

"他们不会扔你到河里。我不会让他们这么做。"对皮包骨头的伊丽莎白而言，她紧握休格的手异常强韧。

"你想怎么做？"伊丽莎白喘笑道，"把我们的父母，还有我的亲戚集中到一起，做个体面的基督教葬礼，让牧师告诉他们，我是多么好？"

"如果你想这么做的话。"

"上帝，休格，你真是个不知羞耻的骗子。你从来不脸红？"

"我是说真的。如果你想要葬礼，我会安排的。"

"上帝……你说的什么破烂东西。难道这就是你到西边的方法？告诉那些男人，他们那儿是你见过最大的吗？"

"你都快死了,没有必要这么侮辱我。"

笑声清新了会儿空气,只是伊丽莎白的手仍抓得就像狗的爪子一般紧。

"没人会记得我。"即将死亡的女人舔了舔脸庞滴下的汗水喃喃道,"鳗鱼会吃了我的眼睛,没有人知道我曾经活在这世上。"

"胡说。"

"我第一次张腿的时候已经死了。'从今以后,我没有女儿了'——那是我父亲说的。"

"他太愚蠢了。"

"一个妓女的生命,就像小巷里的尿。"苍白的黄灯下,伊丽莎白的面颊淌满了汗,已无法辨识她是否在哭泣,"我尝试过,休格。我努力让自己不出现在上帝的黑名单里。即便当我已成了妓女,我仍然尝试过,如果我能有第二次机会。捡起过去二十年的任何一天,去看看我曾经做出的努力,你一定会发现我没有轻易放弃。"

"当然没有,每个人都懂。"

"没有人来看我。你知道吗?没有人。除了你之外。"

"我相信他们会来看你的,他们是被吓到了,仅此而已。"

"哦,我肯定,我肯定,我是他们从未见过最大的尤物……"

"要喝点什么吗?"

"不,我不想喝东西。你能把我写到你的书里吗?"

"什么书?"

"你一直在写的书。女人对抗男人的,它是叫这名字吗?"

"那是几年前的。它有过很多名字。"

"你会把我写在上面吗?"

"你想让我这么做吗?"

"不用介意我是不是想,你会把我放上去吗?"

"如果你想我这么做的话。"

"上帝,休格,你为什么不脸红?"

休格从桌前站了起来,走到法式窗前,抖落关于伊丽莎白湿黏贪婪的手的记忆。她神经质地握紧又松开自己的手,好似死去女人的汗水仍然黏在手上,尽管她知道不过是自己的汗水刺痛了自己皲裂的手掌。她抬起手,换着角度,好让阳光能照到每一寸。尽管她最近每晚都在手上涂拉克姆婕斯乳油,可皮肤仍然非常可怕。以前卡斯特威太太会给她一罐子熊油——只是她没法想象卡斯特威太太能在马里波恩买到熊油。

休格往下扫了眼,裙子上的污斑已经散了开来,成了块很大的墨水渍,她最好在威廉来之前换件新的。合上硬纸封面,脏了的纸稿已藏在了里头。十字方阵似的标题正朝着自己,开始的一些是浓密的墨水,除去满载回忆的那几页,随后那些涂着潦草字迹的纸已被长长的细线删去。《女人对抗男人》主题十分清晰,而续篇《隐秘墓穴中发出的狂怒吼声》也是如此,不过,最新的篇章《休格的沉浮》,已然潦草,踌躇,且单薄了。她打开了一页,读了起来"所有的男人都是一样的……",接着的二十,五十字,她只是简单瞥过。一段文章读过很多次后能读得很快,但有些新的东西必须逐字去读。整个一段就像猴子拉风琴那样几乎已自动地印在了她的脑子里。

我的名字叫休格——若不是的话,我不知道还有什么更好的名字了。我就是你说的堕落女人,但我向你保证我窘迫的时候并没有堕落。卑鄙的男人,永恒的亚当,我要控诉你!休格尴尬地咬唇,血溢出了唇齿间。

两个小时后,她将自己的小说放进了抽屉,读起最新一期《伦敦画报》的新闻,接着,她又洗了次澡。现在,她的一半时间都花在了浴室上,这样,若是威廉来,她便可以好好地打扮自己。你知道,她并不认为他值得让自己如此小题大作,虽然她不鄙视他,因为鄙视这词显得太尖锐,至少是在否定他……其实,他对她的兴趣不过是像对一个有价值的商品,她想尽可能地延长保质期。如果她能让他的感情不淡下去——就若他自己说的那样,他的爱——她会有一个机会,至少一辈子的机会,去欺骗命运。在拉克姆的羽翼下,任何事都是可能的……

在她晋里奥利家的中间,是一间黑色与深黄色相间,有玻璃的浴室,这间闪着光泽的小室是她最熟悉,最像家的地方。其他的房间都太大,太空,屋顶太高,墙壁与地板间空空如也。她希望这些地方能够因为自己的家具与摆设变得惬意而杂乱。然而,她怯于买任何东西。她无法想象那会是什么样的。只有在这间小浴室里,怪异的光泽让人感觉舒适而完美:黑色绸带似的墙纸与棕色镶边柔软而奢华,拉克姆公司的小瓶小罐精巧得如玩具。最让人舒心的便是氤氲的热气漫在浴缸上,迂回地绕着迟慢的云朵。

她知道自己不该洗得这么频繁,这对她的皮肤并不好。这是她双手干裂疼痛的缘由。她不是需要婕斯乳油或是熊油,而是得减少在这么多热肥皂水里浸泡的时间!然而,尽管她很明白,她仍然选择一天洗上两次,她放满水,由着自己身子滑入浴缸。她太爱这样的感觉,或许,爱并不是一个恰当的形容词,这样的感觉让她很舒服。她近来很不舒服,毫无理由地落泪,忍受焦虑的痛苦,梦见童年她曾以为忘记的那些可怕事。现在她只是能听到有人说"现在有什么可以阻止你杀我？"，眨眼卸下他的武装，她看上去变得无法再忍受街上那些下流的口哨声了。

"你变得软弱了。"她自言自语，声音回荡在湿气氤氲的浴室中，与安格尼斯·拉克姆相比，难听而毫无乐感。

"你变得软弱了。"她再一次说道，试图在声音滑出嗓子的时候提高音量。轻快活泼，她必须尝试自己说得更轻快活泼。她只有在咬唇的时候才能做到。"你的声音。"她说道，手里的海绵移到脚趾，"就像被鸡奸的人。"

抓挤海绵溢出的肥皂水进入了她手掌几近露出带血鲜肉的地方，她的右手猛烈地刺痛着。这种感觉，以往都不如此严重，她真的比过往更软弱了。

"哦，威廉，这真是美妙的惊喜！"她排练起来，试图再次让声音变得轻快，却忍不住大笑起来，刺耳的声音俨然与轻快毫无干系。休格放了个屁，臭熏的气体破开了沐浴水，弥散在氤氲中。

她知道威廉今天不想要来。伦敦季即将到来，他会变得非常忙碌，从一个宴会赶向另一个宴会，随后被强迫进入剧院或是电影院。

"谁强迫你？"她大胆地问过，"安格尼斯吗？"

他叹了口气，已经下了床拿自己裤子："我，我不该抱怨她。我们的这些繁文缛节，我们必须跳的舞不管我们喜欢不喜欢都得跳……这些规定不是我的小妻子制定的，制定它们的是更高层的创造者。我把它归咎于……"为了他轻率的表态而歉意，他花了小会儿时间轻抚她刚洗过的头发，"我把它归咎于这个社会！"

在安格尼斯·拉克姆的房间里，她的床上，成打的名片像人形一样放在床上。

"你知道这是什么吗？"当克拉拉走进的时候，安格尼斯指着床上的卡片问她，她皱起眉头盯着。克拉拉走近看她的女主人，不知她是不是在和自己开玩笑，或是她和平时一样疯了。

"这是……邀请函，夫人。"

毕竟，这大头小身体摆放的卡片的确是邀请函——所有提前邀请安格尼斯参加伦敦季的伙伴。

"还有呢？"安格尼斯鼓励女仆更多的想象力。然而，这可怜的女仆仍然没有反应过来，停了许久之后，拉克姆夫人终于将她从窘迫中救了出来。

"这是宽恕。克拉拉。"她说道。

女仆点点头，如释重负。

然而，克拉拉不知道，拉克姆夫人并没有好好的。对很多参加伦敦季的女人与男人而言，这个以难堪丢脸的愚人节拉开帷幕的月份让很多人发现自己正走在无法被宽恕的路中。他们散出去的晚宴邀请函，还有一些五月份其他场合收到的回复，堆积如山地回应自己"非常抱歉无法参加"的信息，那些，都是毫无利益往来的邀请。因此，漫长的四月夜晚，男人们熬夜坐在他们即将湮灭的壁炉前，如常冷漠地盯着破产或是妻子不忠的事实；女人落着泪，试图无力地报复他们。有一件事可以肯定，如果女人某个舞会要在5月14日举办，那就得在4月14日前收到蕾丝镶边的邀请函。

不是所有的社会堕落都是一日书成。某些在这一年很闪亮的事，另一年可能完全就被推翻了，经常为了区分他们自己是否堕落，大家会进行复杂的数学统计。对安格尼斯而言，这样的统计毫无必要，因为任何地方的门都向她敞开着。

四月的邮件对亨利与福克斯夫人而言也毫无乐趣可言。他们都收到了一些邀请——比没有要好些，而比先前要少了很多。

他们将那些邀请放到了一只抽屉里，随后回复"抱歉，我无法参加"。福克斯夫人的理由是身体欠佳：她无法坚持一直站立，散步，或是玩些伦敦季会要求的槌球赛。她的幸福已然消退，陌生人一经发现，便会喃喃："可能命不久矣。"朋友与亲人仍然留有一半她先前活力的残像，低声窃语艾米莉看上去"不在状态"，"应该休息"。他们建议她享受春天的阳光，因为阳光是滋补虚弱最好的良药。"你认为呢。"他们巧妙地问道，"这对经常游走于贫民窟的你而言是不是个好主意呢？"

四月的第二个周日早晨，福克斯夫人与亨利·拉克姆如往常一样，并肩走在教堂后的树下。

"好吧。"亨利生硬道，"我真抱歉对未来的狂欢毫无兴趣。"

"我也是。"福克斯夫人说道，"我们并不是故意为之，我们也有自己的理由。只是没有被谅解。为什么呢？我们两个都是被社会遗弃的贱民。是因为我们到目前为止都很苍白无力吗？"

"显然是这么回事。"亨利皱着眉头，慢悠落寞地走着，没能发现她吐着舌头的表情——在艾米莉看来，这是他最招人爱的缺点。

"啊，亨利。"她说，"我们必须面对事实，我们没有什么可以给同辈的。看看你，你本是家大公司的老板，然而，你拒绝了所有，靠着贫乏的补贴，生活在和普通劳工一样大小的屋舍里。毫无疑问，那些上等人已经考虑过让你进他们的门后，接着会是什么样的人敲他们的门？"她发现亨利的脸孔涨红。为什么他要脸红成这样?他比得上任何一个"上等人"!

"还有。"她继续道,"你不会容忍上帝需要站在一旁为娱乐让道……你必须承认聚会让你的前景更黯淡。"

他咕哝了下,红着的脸孔黑了下来:"好吧,我有一串的宴会邀请,是在我弟弟那儿。我不过是多余的而已。"

"哦,但是亨利,拉克姆夫人很看重你。"

"是的,但在威廉的晚宴上,我通常被随意地丢弃在某个我无法容忍的人对面。整个晚上,我会被烦人的交际话题困扰。今年,我决定再也不参加了。我遇上柏德烈与阿什维尔太多次了。够了!"

"亲爱的亨利。"福克斯夫人笑道,"你得忽略他们。他们是豺狼,你是一只狮子。沉默温柔的狮子。我承认,只是……"

"我没让威廉不邀请你。"愤怒促他快步走路,她只得加紧脚步去追赶他,秀丽的靴子是如此的小巧,甚至小过了她的双脚,她努力地在鹅卵石上慢跑。

"啊,好吧。"她轻提起自己的裙子好加快自己的进程,"我不该想象一个毫无吸引力的寡妇会有这么大的需求。比一个正在工作的而言要少多了。倘若工作能够改变失足女人……好吧!"

"这是慈善事业。"亨利申辩到,"大多数上等人做的慈善事业。"她形容自己是个缺乏吸引力的寡妇让他走得更快了:他必须越过自己称赞她美丽的欲望。

"救助社会就是慈善事业。我想是这样的。"福克斯夫人退让道,"某种意义上说,我们耗费的劳动是没有报酬的。"当她回到他身旁时,卷起自己的袖子,试图从里面抽出手帕。"尽管我见过一些夫人,她们认定我肯定是被薪水吸引……就像没有女人会做某件事,除非她极度渴望做这件事。没有人知道,你明白的,如果伯蒂会离开我,贫穷的生活。唉,谣言,谣言……让我们坐上小会儿吧。"

他们来到一座石头小桥,弓形的桥栏低低地堆砌,栏上平坦而干净,刚巧适合小坐。直到此刻,亨利才发现福克斯夫人呼吸急促,汗水在苍白的脸庞上闪耀。

"我又让你跑得太快了。我就是个大呆子。"他说道。

"没关系。"她边用手帕擦拭汗水,边说道,"今天适合快走。"

"你看上去很累。"

"我想自己是感冒了。"她笑着让他安心,"虽然现在天挺热,我却感冒了。你明白吗?世界往往事与愿违!"她的胸口起伏如揣着小鸟,他注意到她为了照顾自己形象，在两次之间留了深呼吸的空隙。

"你看上去也很累。"

"我没有睡好。"

"我父亲有很奏效的药可以治疗睡眠。"福克斯夫人说道，"或者，你可以试试热牛奶。"

"我还是想顺其自然。"

"很对。"福克斯夫人闭上眼眸好让自己不再眼花眩目，"谁知道呢？说不定，今晚你睡得和个婴儿一样呢。"

亨利点点头，双手相扣放在膝盖上："愿上帝保佑。"

他们坐了小会儿。水在他们看不见的桥下汩汩湍流，另两个做完礼拜的人经过桥面，简单地做了手势朝他们招呼。

"你知道亨利。"当他们离开之后，福克斯夫人说道，"我在社会救助的姐妹让我……在伦敦季少做些事……享受些娱乐……感受那些来临的愉快……"她朝东眯眼，好似她一眼就捕捉住了伦敦贫民窟所在的地方，"然而，离开那些街道，我什么都没有做成……每一天，又一个女人经过那儿不是为了更好的生活，而是为了更好的死亡。"她望着自己朋友，只是他已低垂下双眼。

亨利进入了自己想象中的那些阴暗鲜明的照片。一个毫无特征的女人，在一千次的肉体交易后仍然毫发无损，根据福克斯夫人所言，在最后一次致命的交媾时，死亡的蠕虫进入了她的身体。从那一刻开始，她注定失败。毛发在她从人变作动物的过程中，长满了她的身体。临终的时候，毛发依旧在生长，可怕的硬毛发不仅仅生于了她的外阴，还长在了她的腋窝，手臂，双腿与胸部。亨利想象完美曲线的类人猿，在肮脏的床垫上神经作乱地大喊，一旁的外科医生在灯笼下抬着他们的拳头咯吱地颤抖。那些从婆罗洲带回的"疯女人"不过是过度性交易的牺牲品！毕竟那些岛屿也因为她们的存在而变得声名狼藉。

"唉，好吧。"福克斯夫人叹息着，直起身，从手袋里拿出一只迷你衣刷清理裙上的灰尘，"我们必须有自己的私人伦敦季。亨利，只有你和我。重点是聊天，走路，健康的阳光。"

"没什么能给我比起这更幸福的事了。"亨利肯定道。他很高兴她不再那么喘。尽管太阳强烈地照在他们身上时，福克斯夫人的脸孔依旧十分苍白，她的嘴毫不顾忌礼仪地放任张开，好似在进行体检，将两瓣唇拉开。

休格越过镜子中自己的肩头，双手扣上裙子。她挥动起"妓女的钩子"——

这是一种长长的弯钩，之所以有这样的外号是因为它能帮助没有女佣的女人们穿衣。

当休格扣上最后一粒颈项处的纽扣时，双指将周围丝作的细绳绑紧领口，随后将头发散开。她选择了这条过时的蓝灰色裙子，因为威廉从未见她穿过，所以当他远处瞥见她的时候，他没能认出她来。她将头发从中间不同寻常地分开，随后在后面做了个髻，这么一来，她戴着软帽的时候几乎只能看到一小撮头发。

"就这么做吧。"她决定道。

她已经厌倦等待威廉。日复一日，他都没有来过，随后，当他来的时候，又是满脑子担忧他的秘密生活——与她一起的秘密生活。他所有的朋友，家人都比自己更了解他，而他们却对此毫无作用。这不公平！

好吧，她拒绝待在这黑暗的地方。她的命运不是在房子里憔悴，更不是在火炉前烘干自己的头发，读着报纸上那些关于消费税的事，只为了从来没有来临的一场对话。她告诉自己，她并不饿，必须抵制自己进入浴缸的欲望。他的世界越来越不需要她，那么她就只能一人独唱，而他则会更少地依赖她。在他丢弃的香水册子上，她能了解到晚香玉的萃取液，桂皮油是肉桂廉价的替代品，只是，她更想了解的，其实是威廉，而不是这些！是比他所透露的那些事更多的事！

因此，她做了决定：她要跟踪他。他去的每个地方，她都会跟着。不管他看到了什么，她也同样看到。不管他遇见了谁，她也一样见到——哪怕是在远处。他的世界开始属于她；她舔舐着每一滴关于他的信息，随后，当威廉抽空来看她，皱着眉头贴入她的胸时，她能非常自然地理解他的困扰，随后毫无偏差地去判断他的需求。用这样不正当的方式获取关于他的信息，她能赢得更多正当的回馈。

她停住了，在离开房子前又仔细打量了番。她已经很难被人认出，即便是对她自己而言。

"太好了。"她从丑陋坚固的衣帽架子上取下一把阳伞。威廉生气踢了的脆弱衣帽架去了哪儿？他把它扔到了街上，第二天，就失踪了。是清扫的人把它弄烂了吗？马里波恩会发生这样的事吗？

她跨入室外，匆匆地扫了眼周围。视线中并无他人。

接着的三天半中——或是说五十五个小时里，休格试图成为威廉的影子。

长时间地浪费于守在威廉切普斯托别墅的周围，等待他的出现。她在街上与拉克姆家马厩外周围来回徘徊，为了不让自己脚趾麻木，思绪被绑缚，她不耐烦地在地上转着阳伞。威廉在这儿会做些什么呢？他肯定不是在和自己的妻子，女儿玩耍。或许，他在写拉克姆的文案。如果是这样的话，这几个字得花他多少时间呢，霍普森时间已经过去好久了？拉克姆香水关注于各个阶层的员工；那么，不是有所谓的下属们来处理这些世俗的事吗？抑或是说他吃了很久的早饭？如果他花上半个早晨吃饭的话，毋庸置疑，他会越来越胖。相形之下，休格每一个监视他的日子只是在来这儿的路上买一只小圆面包或是苹果充饥。

　　幸运的是，在她监视拉克姆家的头几天，气候温和。园丁时不时地在花园里走动，满足地看着自己修种的植物——这也是休格不能长时间待在一处的原因。她曾希望在这温和的天气下，他的女儿会出来玩耍，然而，她的保姆正将她包裹得严严实实。休格甚至不知道那孩子的名字，一天早晨，她听到园丁喊着"哈罗，苏菲小姐"。那时，那孩子正站在一层的窗前向外凝望——不多久后，一位女仆朝她说了什么，让她不由低头哈腰地道歉。苏菲——至少希尔斯在和那位保姆打招呼的时候是这么强调的。熟悉威廉的身体，却不知道他女儿的名字是多么丢脸的事！倘若威廉有意遮掩，那么她所有想要从他身上榨取信息的方法，都会是徒劳的，哪怕是以身犯险。因此，除非保姆认为这天的确适合小女孩而出来，否则的话，苏菲·拉克姆只是一个传说。

　　第二天，拉克姆夫人从前门走了出来，她的身旁还陪着一位女仆，女仆自觉地走在前头。休格试图跟上，安格尼斯显然是去镇上，那妩媚迷人的声音就像穿着花衣吹魔笛的人那样渐渐地消失在远方。休格决定留在树下的阴影中；她应该追随的是威廉。除却此，她已经有很多次看见拉克姆房子窗户中的一扇窗帘突然拉开，安格尼斯站在哪儿，盯着外面的世界——或是，更多的，是盯着休格站着的地方。幸而，她用伞挡着自己，否则的话，拉克姆夫人应该已经将她的脸孔装入了脑中。

　　不，她在等待的是威廉。她需要熟悉他的一举一动，了解他的习惯。在这开始的五十五个小时里，她正在猎取这些信息，所有关于他个人，以及他那些傻傻的商业对手对他的揣摩，都是他的习性。

　　下午两点，他乘坐城市公车。这三天的每一天，他都用这种大型的公共交通工具出行。每次，他都钻入车厢，选择朝着阳光那头的座位坐下。休格总是最后一个登上公车，选择威廉上头的座位。在一天最安静的时刻，她用软帽檐轻擦自己的肩膀，接着坐在硬长凳上，与那些不想坐在下面的人一起吸着刺骨冷凛的空气。第一天，一群胖胖的妈妈带着蹒跚的孩子冒险坐在车里，浑身焦躁不安。第二天，一个带着六尺长用细绳扎紧包裹的老人。第三天，另一个母亲与孩子，四个呆板的观光客，兴奋地用外语说着话，一个脸色苍白的男人，长着疙瘩的手里捧着一本暗色的书。

在这第三次的旅途中,休格犯了个错误,她关上了阳伞,放到了自己座位后面,她相信威廉会在平时的地方下车,因为那儿最靠近他在艾尔街的办公室。事实上,威廉也的确如此,只是面色苍白的年轻男人已完全被灰色外衣包裹的女人迷住了,他把她慵懒的姿态看作是前拉斐尔式的颓靡。当她起身的时候,他勇敢地跳了起来扶她。

"请允许我。"他恳求着,微磨损的袖子抬在半空,目光闪烁着各种期待。

休格抬头看那男人的双臂,心焦威廉·拉克姆是否下车。

"不需要,不需要。"她低声道,然而,她很快意识到自己低沉沙哑的声音只能引发误会。

"谢谢。"公车继续向前,而她留在了车上。

这并没有太大的区别。她在下一站下车,步行回拉克姆办公室,那是一栋黄铜色"R"字装饰的沉闷灰色建筑。

威廉每天在那儿花差不多的时间,大约两小时左右。她希望自己是一只能够飞入墙,进到里头的苍蝇,然而事实上,她却只能数着街上的马车来打发时间。

五点的时候,在同一间面包店吃了同一款蛋糕,等待最早的交通拥堵散去,威廉回家了。她多么希望他会决定去趟普里奥利。如果那样的话,她会赶在他的前头,佯装散步地在房前的小径上遇到他。然而,威廉并未提前下车,他只是坐车去往切普斯特别墅。

在威廉回到拉克姆家之后,休格迎来了一些小"奖励"。

在第一天的夜晚,威廉与安格尼斯去布雷奇露女士那儿赴宴,那地方离他们家只是十多栋楼远,他们步行过去。而休格则在他们身后不远处跟着。他发现拉克姆夫妇尽管并排走着,但却没有挽着手臂,非但如此,两人疏离得好似不知另一人的存在,威廉松开紧握的拳头,方正着身子,好似在挑战一项艰难的事。

几小时后,当他与他的妻子在光影中走回家的时候,两人间的距离更大了,休格借了蒙蒙细雨,钻在自己的伞下,紧紧地跟在后面。

"好吧。那很愉快。"威廉笨拙道,"和平常一样愉快。"

安格尼斯并不应声,右手按压在太阳穴上,机械地走着路。

"亲爱的,你头疼吗?"威廉问。

"没什么。"她回道。

接着,他们彼此缄默,直到威廉大笑。

"邦斯那家伙——他很特别,不是吗?康斯坦丝的朋友圈竟然有这么特别的人物。"

"是啊。"安格尼斯赞同道,此时,两人已到了家门口。休格急忙在黑暗中穿过。

"很抱歉,我很讨厌她。一个虚情假意的人难道不让人讨厌吗?"

对此,休格很肯定威廉是没有答案的。

接着的那天晚上,拉克姆夫妇待在了家里。休格在墙外守了很久,直到感觉身子愈加发冷,这才喊了一辆马车回到普里奥利。原还以为已经在外守候到了半夜,回到家,她才发现时间不过八点半而已。威廉或许还会过来看她!她像一只孤独的动物栖于这间房子,来回踱步在柔软的地毯上就像自己毫无停歇地在街上徘徊那样,直到她再次投入温暖氤氲的浴缸。

第三个晚上,她决定牺牲自己的时间去监视拉克姆,最后,她得到了丰厚的回报。威廉在夜色中单独离开了房子,喊了一辆马车。这一回,命运落在了休格这边,另一辆车紧随其后,因而,她几乎不差一会儿的功夫就可以免去被威廉抛下的焦躁。

"跟着前面那辆车。"她吩咐车夫,车夫笑着按了下帽子。

旅程的终点是苏活区,一家叫做图克斯伯里宫的地方。威廉下了车,并没有看见休格在离他二十尺的地方下车,他付了车钱,而她也做了同样的事。随后,他步入路灯喧嚣的路,快速地瞥过周围的扒手,却并未发现背后蒙着脸的女人。

休格在想威廉在这儿会寻找什么呢?图克斯伯里宫是以同性恋而臭名昭著的地方,两个穿着得体的男人伸开臂膀朝他走去。她嘴唇因恶心而抿了起来:这些绚丽衣装的人,亲切地拍着他后背,正设法诱惑他离开自己的温床?不可能!没人比她更懂床弟生涯!

几秒之后,她的不解消散得无影无踪。这两个男人正是柏德烈与阿什维尔,他们三个男人在晚上来到图克斯伯里宫的目的是来欣赏乌什·帕格尼尼——世界上唯一没有双臂的小提琴家演奏。

休格加入了工作人员与穿着考究的行家组成的队伍买到了票。尽管她与拉克姆及朋友隔了两个人,但她无意中听到沙哑尖叫声混杂中,他们并不完整的对话。

"……如果我没有手臂的话。"阿什维尔说道,"……会是印象派画家!"

"是的!"柏德烈吼道:"特别是做假肢!一只手自然就抓得住画笔了!"

三个男人大声笑了起来,尽管在休格听来并没有什么好笑的事儿值得笑。她并不了解艺术,所有的妓女收容所与圣母玛利亚在卡斯特威太太那儿只是装饰。

现在,她等待着进入一家苏活区低级影院,她记了下来:自己得重温艺术。

在图克斯伯里，一所改造过的大厅对私人音乐会而言已足够大，而对于怪胎与魔术师这样的演出却显得狭小，休格拖着脚步在成群的人中挤来拥去。这气味是多么的糟糕。难道他们就不洗澡吗？她已经无法记起普通人身上不干净的味道。在这样的环境中，她屏着呼吸坐在威廉与朋友后面的那排座位上。

舞台上，一连串的演员用平凡的歌声与毫无悬念的魔术吊起观众的胃口。柏德烈与阿什维尔大声地说着自己的玩笑；威廉被动地忍受着，好似他的伙伴们是被放出来的孩子。

最后，欢呼声与口哨声此起彼伏，舞台工作人员搬了一只四条腿的长凳在舞台靠近前院灯光的地方。片刻之后，一把小提琴与弦搁在红色天鹅绒铺陈的椅子上，台下一片掌声与呼喊。最后，乌什走了上去。他是一个矮子，却光鲜地披着音乐家的燕尾服，只是衣服没有袖子。他刮干净的脸孔显然不是英国人长相，反而像是一只时刻警惕观望的猴子。他卷曲的头发油油地梳贴在脸颊旁。

乌什深深鞠躬后落了座，开始脱下自己的鞋袜，观众的窃笑并未影响他分毫。他熟练地脱下长袜，分别放到鞋子里，随后，光脚丫夹起小提琴，敏捷地放到左肩，而音键则搁在自己下巴地方。他的左腿放到了地板上，右脚脚趾蟹行似的移过小提琴放在低音弦上。乌什看上去丝毫不吃力，弯曲着身子，左脚弓起滑动在音弦上。

乐团席传来微弱的咔嗒声，合奏团立刻弹奏起来，声音柔软悲凉，音调对听众而言清晰可辨。音乐连绵延续直到帕格尼尼开始独奏。

乌什恶劣地演奏着，那声音神经质地颤抖，甚至尖锐可恶地刺穿了剧场的上空。音乐简直成了折磨！尽管他长着猴子样的身形，卷曲的头发松垮地遮着爬满皱纹的眉额，可就是这个残缺的小人脸孔上却透出自信而阴沉的气息。约莫二十分钟后，当乌什演奏完保留曲目后，观众们的情绪被调动了起来，很多人，包括休格，都已经润湿了双眼，只是不知究竟为了什么。管弦的声音在最后一次高音后慢慢地消淡，乌什的小提琴发出一声终了的颤音后，他颠了颠脚，使得小提琴与弓滑到膝盖。他发出了一声惊叫，好似胜利，又好似悲伤，随后兀自拜倒，头发跟着落了下来。三分钟雷鸣般的掌声此起彼伏。

"哈，哈！"柏德烈啐道，"棒极了！"

随后，柏德烈，阿什维尔，拉克姆烂醉如泥地逛在苏活街。尽管天下着蒙蒙细雨，三个人却兴奋异常；乌什，绝对值那票价——这世上很难会有能让他们觉得快乐的事。

"好吧，朋友。"威廉说道，"所有的高潮都会有结束的时候，我得回家了！"

"天呐！柏德烈！"阿什维尔叫嚷道，"你听到了吗！"

"比尔，我们是不是激起你做爱的想法了？"

"反正不是和你，菲利普！"

"真是残忍的信任！"男人们的脚步慢慢停了下来，休格只能在阴影下移动，愈发地靠近了他们，直到她隐蔽在巷子刚好够她裙摆容身的地方。她的面纱已在呼吸中潮湿，背脊则是湿漉漉的汗水，她竖耳听着。

"啊，比尔，春天了。"柏德烈说道，"伦敦到处都是女人叉开大腿散发的放浪味道。难道你没有闻到吗？"

拉克姆把自己鼻子往上滑稽地拨弄了下，嗤之以鼻道："马粪。"他故作权威地宣布道，仿佛在对生产的香水做分析，"狗粪、啤酒、雪茄的烟味、煤烟、油脂、腐败的卷心菜、啤酒——我是不是已经说过啤酒了？马卡沙油，嗯，我脑子里想说的是这个。先生，不是一盎司荡妇的液体，当然也没有德拉克马那么多。"

"噢？那提醒了我，比尔。"阿什维尔说道，"有件事，我和柏德烈一直想问你呢。你还记得那天我们在弗拉特例上看到的？之后，我们看了下《伦敦娱乐指南》，那儿的确有个惹火的女人……"

"休格。我记忆中是这名字，是吗？"威廉陶醉地说道，而声音却漠不关心。

"好吧，奇怪的是，我和柏德烈去她那儿的时候，我们被告知她不在家。"

"可怜的家伙。"威廉嘲笑道，"我难道没和你说过可能碰上这事儿吗？"

"是吧，我想你说过。"阿什维尔继续道，"不管怎么样，我们还尝试了第二次。那晚之后好多天……"

"还有第三次。"柏德烈插嘴道，"几周之后……"

"随后被告知叫休格的女孩儿已经不做那行了！"

"一个有钱人把她包养做情妇了！那位夫人是这么说的。"

休格在自己潮湿的面纱下忽而难以呼吸，她摸索着别针，将面纱挪到了软帽后。

"太可惜了！"威廉同情地嘲讽道，"功败垂成！"

逐渐地，休格脸孔向前倾过去，她感谢这场雨浇冷了她的脖子，好让自己不在这朦胧的走道中呼吸苦难。

"是谁呢？我在想，她被谁包养了呢？"

男人们就在她的视线里，幸运的是，他们看向了别处。威廉大声笑着，好似令人难忘的表演。"我肯定，没人会知道。"他说道，"我所有相熟的富人们。这就是为什么我安慰你们。"

"可正经地说，比尔……如果你听到有谣传的话……"

"哪儿，我们能找到那个女孩儿。"

"如果不是现在，如果是以后，包养她的人厌恶了她……"

"我们还是想试试。"

威廉再次大笑："这是一次因为《伦敦娱乐指南》诱发的忠诚。啊，是广告的力量。"

"我们讨厌错过任何事情。"柏德烈说道。

"成为时尚人士的任何事。"阿什维尔说道。

"现在，朋友们，晚安吧。"拉克姆说道，"多么有趣的一个晚上呐。"

两人握了威廉戴着手套的手，随后，柏德烈抱了他，脱下手套，把手指放到嘴里吹了口哨，为威廉喊了辆马车。

"真伤感。"威廉说道，"我真的必须回家了。"

"当然，当然。我们真的必须……必须什么？阿什维尔？"

两个家伙已经摇摇摆摆地消失在黑暗中，留下拉克姆独自在路灯下等待快速离开。休格站在他的身后。他的手反扣在背后，平时那儿正好是他臀上突出的尾椎骨处。他看上去比她记得的还要高，瘦长的身影贴在煤油灯杆，直直地投向她。

"我们在床上的时候也很嗨。"柏德烈还是阿什维尔说的。他们已经消失得无影无踪，声音也越来越遥远。

"就是这样，有什么特别的吗？"

"我想是特拉梅夫人吗？"

"那儿的酒真糟糕。"

"是啊，可那儿的女孩儿一级棒！"

"他们能让我们自己带吗？"

"我们的女孩儿？"

他们走了。威廉静止地站了小会儿，头抬向天空，好似在听是否有马车驶近。随后，他像顽皮的孩子那样用手掌拍了下灯杆，灯微微地摇晃了下。他走在这狭窄的路上，嘴里发出咯咯的笑声，手挥舞在半空中。

"放弃希望，你个笨蛋！"他喊道，"她已经走了，安全地走了……不留你们半分之想！没有人再能够碰她……"他绕着灯柱转着圈子，"没人！"

当他再次大笑的时候，一辆两轮马车进入了视线。

休格等待着他发现自己前已经爬上了马车，欢乐地喊道："切普斯托别墅，诺丁山！"

这话仿佛告诉她,她没有必要追赶。他要回家睡觉了。最后,她也可以回去了。

当马蹄声后退的时候,她蹒跚地走到路灯下。她浑身的肌肉已经绷紧了许久,其中的一条腿几乎麻木得不能动弹。狭小巷子里的尘垢已经弄脏了她裙子的两侧,苍白材质上的商标闪耀乌亮。她却很高兴。拉克姆是她的!

她一瘸一拐地走在路上,恣意地露出满意的笑容,感觉回到渴望浸没在家中温暖浴缸里的想法,她知道自己今晚一定会像婴儿一样入睡。她想吹口哨喊辆马车,可微张开嘴唇的时候却不禁咧开嘴,嘶哑地傻笑。她咯咯地笑着,疾步走向大道。

路上,她看到有个男人摇晃地走在对面的路上,难以形容的魁伟,微风中的醉态一览无余。当他含着醉意的眼睛看到女人旋涡似的裙子扫过他面前黑暗的台阶,他好奇地抬头。他臃肿肥大的脸上立刻露出熟悉的颜色,尽管休格自己还没有想起在哪儿见过他。

"这,不是休格吗?"他抖动了脚,结巴道,"我迷人的宝贝儿,你去哪儿了?我求你,带我去你床上吧,不管那儿是哪儿,治疗下我的阳痿。"

"对不起,先生。"休格盯着前方更亮的地方,微弯下身朝前匆忙而去。

"我已经是一名修女了。"

第十六章

"在无底沟诅咒与通往天堂的道路中间。"女人严肃地说道,"看着我!"艾米莉·福克斯愁苦的嘴唇贴在氤氲的茶杯后。博莱斯夫人再一次忘乎所以,"我们可以,但是得伸长我们的手——哦,让我们祈祷一些绝望的灵魂抓住我们!"

所有在社会救助会议厅的其他人看着他们两人,试图判断他们的领袖是不是在召唤他们祷告,还是只是在讲些鼓舞人心的辞令。十几个穿着得体的女人,大多数还比不上脸色灰白的福克斯夫人清秀。她们默默地达成了一致,她们睁着眼睛,手没合上。在杰明街总部被煤熏黑的窗外,伦敦数百万的人摇曳在玻璃前。

纳什夫人靠近福克斯夫人,手头拿着茶壶。纳什夫人是个简单的女人,她希望在谈论与行动间的茶歇中有足够的时间去给其他人倒杯茶。

但是,博莱斯夫人说道:"姐妹们,现在我们正行在路上。"说着,她摇摆蹒跚地向西走向前厅。那些坐着的人中发出些许沙沙的声响,这不是因为她们害怕福音的挑战,而是因为希伯特夫人今天忘记了饼干,所以,只能出去买些饼干回来,这就意味着,大部分的人只能依赖自己的小点心——有些人已经咬了一口。现在,她们的领袖招呼她们起来,那么她们能做什么呢?她们将努力克服去黑暗肖尔蒂奇的厌恶,然而,她们是否能大胆地边吃饼干边走在路上?不。

博莱斯夫人感觉到了摇摆不定的气息,把它看作了懦弱。

"我恳请你们记得,姐妹们。"她说道,"从诅咒中解救一个灵魂比从野兽的魔掌中摔下要值得千倍。如果你从一只狂怒的野兽中救一个人,你会以此为荣!以此为荣吧,姐妹们!"

福克斯夫人虽然对这套虚荣的说辞毫无耐心,但却是第一个跟在博莱斯夫人后站起来的。在她看来,救助者的态度无关紧要——不管她是自豪,颓丧,热心,还是,疲乏。这些事,都是短暂的。一百万的基督教徒过去感觉自豪,一百万的则感觉颓丧,剩余的那些人则是他们需要拯救的。"救助,而不是拯救者",这是艾米莉的座右铭,也应该是救助协会的座右铭。如果她是领袖的,便是如此。她永远知道自己永远不会是在大范围中持反对意见的人。

"那我们走吧。"在弥合了狂怒业手与没有吃的饼干差异后,她轻描淡写地说道。

救助协会的八个人一起出发了。她们和士兵一样穿着便服。不到一小时的功夫,艾米莉·福克斯已经从大队伍中掉队。她追着一个怀孕的孩子去了一条污秽的死巷。

休格坐在韦斯特伯恩干净明亮的茶室,边把玩着一杯冷却的茶与轻咬过的烤饼,边偷听仆人说话。那仆人坐在一张桌子前快乐地与朋友边吃边聊;休格独自坐在另一张桌子前,她散漫的眼光定格在天花板灯浮在她茶上的斑驳光影,她背对着两人,耳朵则在偷听。

别随便做出判断:这不是休格以往周二下午常做的事。事实上,这是她第一次。对,真是第一次!威廉·拉克姆在加的夫,他要到周四才回,你知道,安格尼斯·拉克姆不乐意如此。因此,比起虚度光阴而言,跟着安格尼斯的佣人克拉拉在午后出来,看看有什么事发生也没什么损失。

毕竟,到现在为止是值得的。克拉拉是一个非常多话的人,至少在这个叫辛德的爱尔兰女孩儿面前。倘若休格听对了的话,那女孩儿是爱尔兰人。茶室很安静,只有五个客人。不断完善的帕丁顿终点站油漆还没有干透。休格在车站人来人往中听不清她们的对话,而克拉拉与辛德也觉着周围吵闹,所以到了这儿,这样就可以远离那些有味道的外国人与孩子。这对休格而言是幸运的,她慢慢地啜饮着茶水,偶尔用茶勺反射克拉拉与辛德的影子,她们之间的八卦与不满流入了她的耳朵。

她知道了:威廉·拉克姆工作起来像是个暴君。他在家里的日常事务中从立场软弱到铁血硬拳。有段时间他都避开去看你的脸,现在他的眼睛瞪得好似要穿过你。上周,他说了其他如他这么富裕的男人该在刹那间有更多的仆人,但是他没渴望那些,因为他很清楚他的女仆们干着自己该干的事。当然,现在每个地下室的人都有些胆战心惊。

但威廉·拉克姆不是最差的:不,在克拉拉的怨愤中更多的是忍受自己的女主人,一个狡猾双面的女人,她一边虚弱装病,一边用粗暴的方式与离谱的要求欺负她信任的仆人。

"去年十二月。"克拉拉抱怨道,"我以为她要死了。现在,我觉得是自己要死了。"

克拉拉说自己在考虑是不是找一个好相处些的主人,但她又担心拉克姆夫妇不会给自己写好的推荐信。"这就是他们。"她唏嘘道,"如果我好,他们就不会让我走,如果我糟糕,他们就会踢我进沟里。"

"奴隶,我们就是奴隶。"辛德肯定道,"不比奴隶好到哪儿去。"

话题再次转向了克拉拉与辛德的男朋友;她们彼此透露了自己有男朋友的事。休格吃了一惊:她总是忘记未婚女性总是在自己没有需要的时候寻找男性伴侣。她能理解拉皮条的,有很多利益。但是朋友呢?没有钱的朋友,住在出租屋里,像克拉拉的乔尼,辛德的阿尔菲?他们有什么吸引力呢?休格全神贯注地倾听着,然而,两人已经打算离开。她仍然不懂这两个一身怨愤,却漂亮长舌的女人是如何表达自己已心有所属的?特别是男人散发着粗野,臭味,满脸毛发,油腻的头发,脏污的指甲……

"记住我说的。"辛德说道,"别让他再恶劣地对待你。"

她指的是谁?克拉拉的乔尼?还是威廉·拉克姆?克拉拉傻傻一笑,好似两人都轻易能够征服。你个笨蛋!休格感觉自己是在冲她叫嚷。你的真爱看上去就像是他征服一个妓女那么不堪!如果你挑衅威廉,那么他会像扔了烂苹果一样扔你上街!她瞬间暴怒,好似火在密闭的仓库中燃烧,在寂静朦胧中彻底爆发。当女仆们闲聊着离开,走向阳光铺洒的马路时,她咬着双唇,紧紧握着手里的茶杯,祈祷她克制住了自己想要摔碎它的冲动。

"漂亮的茶杯,不是吗?"茶室主人很快讽刺道,休格花了很少的钱,却在这儿窃听了一个小时。

小心你的脚下,休格头脑里发着嘘声。你已经有了所有你能得到的。

"是的,谢谢。"她端庄地点头回应,就似一位富有修养的女士。

几个小时后,安格尼斯·拉克姆站在克拉拉卧室窗外——她不常来这儿,而现在当守护天使出现的时候，没有人会告诉她，这些阁楼的卧室刚巧是观望守护天使最好的地方。安格尼斯眯眼看向窗外，仔细地看着守护天使曾突然出现的那片落着斑驳阳光的大树底下。那儿位于拉克姆家东边。没有人在那儿——没有重要意义的人。希尔斯正大惊小怪地将拔除的杂草塞入裤子口袋，随后将金属线系在花茎上，好让它们笔直生长。如果他离开，或许她的守护天使就会出现。安格尼斯发现守护天使对陌生人有些顾虑。

克拉拉的卧室闻上去没有香水的怡人味道。奇怪的是，当她工作的时候，身上应尽量避免香水，只是当她上床睡觉的时候，她才给自己涂了些香水。安格尼斯离开窗前，弯身闻了闻仆人的枕头。上面散发着一股平民的气息：霍普森的，或是拉克姆公司廉价产品。威廉把自己的名字放在这样垃圾的地方真是可悲，威廉，如果他提升品牌，那么他或许只会生产最精致独特的香水——为公主们调制的香水。

安格尼斯摇晃着。她再一次头疼得厉害；倘若她不小心的话，就会倒在克拉拉的床上，睡在上头，她的脸会贴在那刺鼻的枕头上。她摆正了自己，重新转回窗前。在阳光落辉的树下，能依稀地看到新刷的栅栏，她的守护天使闪耀着光辉正走在栅栏外。只是一会儿，守护天使又退了回去。这一次，连挥手都还没有来得及做，但守护天使的确出现了。

安格尼斯迅速跑出克拉拉房间，深深地呼吸起来。她的心脏跳到了胸口，仿佛一只手紧紧地压在上头，浑身异常兴奋，头疼竟悄然地消退，最后缩小到左眼后的小瘤那么丁点儿，完全可以承受的状态，头盖骨上冰冷的拳头已经融成了一粒葡萄大小。

她走下楼——仆人们沉闷和缺乏地毯的楼梯——也是这栋房子特有的开始。她迅速到了客厅看到那儿贴满了新墙纸，满是惊愕与兴奋，她坐在钢琴前。在她面前打开的乐谱是《嗨，番红花！》，像卖弄是她自己标识的字符，提醒自己三十二音符快刀了。她弹起了琴，再一次弹起，一遍又一遍。悠扬，甜美，钢琴流转出的伴奏，令她浸没在自己脑中另一番属于自己的新旋律中。刚哼吟歌词哦时候，她还稍有犹豫，但很快，她便唱出了美丽的曲调。她今天是多么地富有创造力！完全就是一位作曲家！她唱着这首属于自己的歌，将它一直吟唱，令歌声遥遥地通达至天堂，进入上帝的记忆，由时间流转直到有人为她写下，打印出来散播到全世界的每一处角落，让所有地方的女人一起唱。她继续唱着，而屋里，她的周围藏了灰尘。在隐秘的地下厨房内，一只拔光毛，吐着微弱气息的鸭子在沥水盘里跛行。

接着,当安格尼斯厌倦了唱歌,便回到了卧室,摆弄起自己的新帽子。她把它们陈列在镜子前,伸长脖子,捋平了真丝衣衫的褶皱。她从镜子反射的光影中看到了一个自信的年轻女人。这词在最新一期的女人杂志中流行起来,因此,用着很安全。姣好的身材穿着一袭亮闪的紧身上衣,优雅骄傲的女人没有半分羞赧。

"我又是个美人了。"她自言自语。

她捡起离自己最近的鞋盒,打开盖子,取出绉布。玻璃般的双眼映出帽子上钉了小鸟的翡翠,那片翠绿的光泽装满了她的眼睛。安格尼斯抬起盒子边缘,试探地去摸羽毛装饰的肩饰。一年前,她还十分害怕它。以往她总觉得那鸟会一下子活过来,现在她会戴着它出现在公众场合,因为它看上去的确是非常的美丽。

"我不怕。"

是的,安格尼斯不害怕——最近,她已经在很多方面展现了这一点。就像一个人能够谋划吊死一只饿狗那样,她已经能够走入充满危险的宴会厅与餐厅,轻松地掠过他们。毫无疑问,很多朝她欣然打招呼的女人,心藏着妒忌挖苦她的心思,但安格尼斯并不在意这些,她和她们一样是平等的。

她已经获得了一些胜利,因为在持续一百天的宴会中,安格尼斯·拉克姆已经被公认为一位意想不到的闪光人物,她身上的亮光总能吸引到那些更疲倦弥散的目光。

"安格尼斯·拉克姆吗?不,真的,亲爱的:太赏心悦目了!是的,你会想象到吗?可我告诉你她办的宴会派对!所有的东西都是黑白色的:我的意思是说,所有的。黑色桌子,椅子,白色的桌布,黑色的烛台,白色的瓷器,餐具也都是白色的,白色的纸巾,黑色手指碗。我告诉你,甚至是食物,都是黑白色的。只有烟熏的皮,蘑菇,还有烤南瓜是黑色的……酱都是白色的。阿尔弗雷德有些生气,整个宴会只有白葡萄酒——没有红葡萄酒!但他整晚都打足了精神。拉克姆夫人很高兴,她甜美地唱着歌。刚开始的时候,没有人知道该怎么办——我们是不是该装作什么都没有听到?——但当卡瓦纳达律师用男中音附和在她的声音后,开始唱起'嘭,嘭,嘭'时,大家总算是觉着这很正常。晚餐后,大家又吃了冰激凌——只有甘草酱的冰激凌!那会儿,我们又感觉非常不一般。我们很顽皮,也丝毫不计较这些。这是一个多么特别的女人。拉克姆太太。哦,这是多么美妙的夜晚,感觉充满了趣味!"

如此别致的黑白晚宴让特别的安格尼斯名声斐然。她的头脑充满了想象,唯一的问题就是在有限的邀请名单中如何邀请最要好的人来共进晚餐。肉桂熏香的蜡烛?包裹与眼罩的想法?他们必须得分别等待到 24 号和 29 号……

她做的所有事都是最时尚的。她裙子的后面是弧形曲线的,线缝并未因为饰品与荷边而断开。她听到有传言说女人上衣变化,而波兰连衣裙会回归,如果真是这样的话,她也准备好了!至于帽子,她已经把所有的帽子给了乔丹小姐做慈善用。她的新帽子装饰着可爱的小鸟:麻雀、金丝雀;特别用于 6 月 12 日皇家艾尔伯特音乐厅那灰色天鹅绒的那只,是用雉鸡装点的,这毫无疑问会引来惊呼声。惊呼的人肯定不会发觉这么大的标本实际上戴在头上很轻!有些时候有些人觉得他们塞满了,而安格尼斯却不知道这点,事实上,一顶帽子可以轻易地托起六只鸽子,只不过那样看上去很乡土气息——一只鸽子就恰到好处。普鲁士蓝帽子上装饰着一只鸽子,她天生的品味让她再次进行了思考。她再三考虑,打算拿走鸽子,用蓝冠山雀来代替,因为……鸽子虽然很贵,但它们是普通的鸟。

啊!决定,决定!并不仅仅是因为这些大胆的决定让她在伦敦季大放异彩,且她是幸运的。没有什么比她头发更时尚的,且那是她自己的头发!她拥有金发碧眼的天然长相,这是每个人都拼命追求的,她与生俱来的秀发让她在上流社会中构建出自己的地位。而她的对手很难有金发碧眼,因为卖假发的工厂生产的假发都是从法国乡下女孩儿那儿收来的。

至于她的身材,又是另一番的幸运!因为生病导致的苗条的胳膊与手腕正符合这个时代的要求,事实上,她的身上还微微多了几盎司。当别的女人们正在饥饿的减肥过程中煎熬,她却享有了良好的身材遗传。她在想自己是不是也不能吃太多,现在应该刚刚好。尽管她狼吞虎咽,但她的腰却仍然那么纤细,这简直就是犯罪,女皇,上帝会保佑她成为娇小女人的典范。水果加上一两片冷肉就很饱了,安格尼斯觉得能够喝点古氏夫人推荐的蓝色特调甜酒会更好。夜晚,安格尼斯会独自躺在床上,愉快地数着自己的肋骨。

上个星期,她想穿一下十二月同克拉拉一起在缝纫机上做的裙子,腰与手臂居然有皱纹!她打算放弃调整它,重新找一个合适的裁缝剪裁。这是多么的浪费!但是她毫无经济压力:威廉现在是个有钱人,他对她并无任何金钱上的限制。前几年,反对的目光与谨慎的言辞早已消失得无影无踪,他甚至建议她花得多些,当她带着大包小包上楼梯的时候,他还总是投以笑容。

威廉已经做得足够好,这一点,安格尼斯必须承认,没有什么能够赎回她所经历的疼痛,但是,现在,毫无疑问,他正给予她一切。他的新胡子看上去很不错,穿着也很时髦。

她发现了,他在社交圈里已经十分轻车熟路,仿佛他已经拥有财富很久,而不是刚刚得到财富的那类人。他安静地抽着雪茄，头往后靠去，好似在雪茄的烟雾里冥想一份询价。财富给予了他权力，但他不提关于拉克姆香水公司一个字，而是谈论欧洲的书，油画，以及那些战争。安格尼斯并不在意欧洲的战争，让他们去把巴黎烧成灰烬，她仍然在设计自己的裙子！所有出身名门的人，此刻聚在一起，在威廉的房间里与他聊谈。想象吧！威廉·拉克姆，一个大学生，一个闲散人员，一个成功人士！

当她独立地出现在公众场合时，她比自己预想的更出色。她没有昏倒过一次，在过去的伦敦季中，当有人正面或是背地里怀有恶意地评论她，她都没有晕倒过，因为那样的话会丢脸。她已经学会必须留一只眼睛放在自己身上。

安格尼斯看着自己衣柜上的镜子，这是她最喜欢的一面镜子，因为它能照到她的每一个角落。当她跪下往上看的时候，她能看到自己整个人。因为这个世界上大部分都比她高，所以这镜子才显得更珍贵。她现在就跪着，朝上看，那儿可以看到上帝，或是皇家阿尔贝托歌剧院观众的目光。她睁大了自己瓷蓝色的双眼，任自己前额皱成一条线。及格了，镜子前滑过肯定的声音。

接近复杂的土耳其地毯时，她感觉自己眩晕，脚有些麻木蹒跚。从窗棂外钻入的少许清冷空气可以让她在窘境中与头疼做斗争。

这提醒了她：今年伦敦季的行程是多么的完美！它简直就是为了她而设计的！她的约会很少有在拥挤的房间，相反，她几乎都在户外。在花园，在庭院，在街道，在亭子里。新鲜的空气是一剂补药。当她感觉眩晕的时候，她都能抓住一样坚硬的固体，假装着在欣赏景色。当每个人都在抬头看着烟火表演的时候，没有人注意到一粒小小的药片正消失在她的唇齿间。

她不介意必须参加一些歌剧与音乐会，尽管这些都会将她限制在室内，但除却篇章的间隙，整个过程都让她思想放松。她在丈夫身旁支起身，整个人飘飘然，思想浮在空气中从枝型灯下看着自己。

这是非凡的视野，尤其是对安格尼斯而言。最近，她在做裙子和手套的时候用了新的微闪布料。因此，当歌剧院因悲剧而调暗灯光的时候，安格尼斯·拉克姆仍然清晰可见。看台上的观众看到她正拿着白色小望远镜放在脸前，拉克姆夫人好似流着同情的泪水，实际上望远镜上涂了嗅盐，所以靠近眼睛的时候非常刺激。

安格尼斯以这种方式看完了瓦格纳·罗英格林在皇家意大利歌剧院的演出，梅耶贝尔在胡戈诺的表演，威尔第的安魂曲，那首安魂曲是由威尔第在皇家阿尔伯特亲自指挥的。她也出席了在吕克昂上演的亨利·欧文的《哈姆雷特》，不过，她喜欢的是开场白，康普顿夫人的离水之鱼，只是她没有告诉别人。为了各种目的，她可以把这话题留在聊天中。安格尼斯也去皇家剧院看了塞万尼先生的《哈姆雷特》，整个剧的对话是意大利语。她感觉这一次高格调的经历，尤其舞剑的演员出色得多，奥菲利娅不再是平民，比起英国的版本来，她更该死。安格尼斯回忆起多年前在艺术长廊看米莱惊悚的画时，浑身不寒而栗：一位无辜的女孩儿，如她一样的年纪与肤色——幸而，不是金发碧眼——睁着眼睛在一群站立的男人面前死了，他们好似在欣赏她是如何被"干了"的。

安格尼斯独自在自己的卧室，画着十字架，随后紧张地四处张望，好似有人已经看到她在做祷告了。

"克拉拉？"她说道，事实上，克拉拉并不在那儿，她正和麦克斯韦尔的女仆锡妮聊天，毫无疑问，她能为此聊上半天。

我得要有一位和我智慧相当的女仆。安格尼斯瞬间想到。坦白讲，至少当我打算解释精神意义的时候，她对我所说的事不会觉得云里雾里。

安格尼斯回忆在吕克昂看的《惊魂记》展览，一个孩子大小的机械人物，据说是没有程序，无需绳索帮忙就能跳舞和表演。

安格尼斯觉得《惊魂记》是她在伦敦季的剧院里看到最出色的表演。她深深地惊讶于自己从未从坐在丈夫身旁的柏德烈与阿什维尔的喃喃抱怨中听到示威游行。她绝对相信《惊魂记》是独立在舞台上表演的，他的生命来自于看不到的某一处地方。魔术在悄无声息中旋转，对她而言，它们什么都不是，反而，她意识到这小小的机械人是永恒的。然而自己的灵魂则交给了林博。即便他被压碎了，他仍然能够融化和重生，他富有生命的灵魂轻易地就能回来。噢，他是多么幸运的家伙！

现在，安格尼斯站在她的窗前，当她扫视着楼下守护天使时，拳头里攥紧了手帕。绣球花后的大剪刀朝她挥手。安格尼斯微笑着，目光低下看向拳头。她打开拳头，手帕如花似的绽放在她的掌心里，安然无恙。哦，如之前的一样！

安格尼斯想了很多死亡与转世的事。在喧嚣的伦敦季中这是一个令人深思的话题，然而，她无法克制自己去想的冲动：这是她的哲学。她应该快乐地为客人们唱歌，而事实上，生命终结之后是否还有任何重要的东西呢？

安格尼斯想，该是没有的。她怀疑天堂是否真的像教会形容的那样，她没有想过死后成为天堂里的幽灵。她想的只是在女修道院醒来，准备更美好的生活。几乎每一晚，她都做着同一个梦。在梦里，她穿过攀满常春藤的闸门，那儿，不是安格尼斯·拉克姆在切普斯托的别墅，也不是诺丁山，更不是鬼魂。

把这些事情与威廉的哥哥亨利谈很不错。她的被子下藏了很多唯心论的书籍，有的就描述了时尚的天堂。《圣经》中的经文或作者们说过，有道德的人有一天会复活……当然，亨利会告诉她更多，他对《圣经》与其他神秘的书更了解！除此之外，她喜欢他。他不像自己知道的圣公会信徒，反而有几分天主教思想。他曾提醒过她一丁点儿关于圣徒与殉道者。威廉曾经告诉过她为什么亨利还不是一名牧师。因为他没想好自己是否真的是纯正且道德高尚。她觉得这是一派胡言，真正的问题在于，英国国教对亨利而言不够纯正，也不够高尚。

"亨利邀请了吗？"他们每次办宴会的时候，她都会问威廉。

"不。"威廉每次都这样回应她："该死的，如果我知道。"或是"如果他被邀请了，我怀疑他会来。"可以确定的是，亨利·拉克姆从未出现。

"那么这儿呢？"安格尼斯在公开场合问道。

"很明显，谁都可以来。"

"亨利不喜欢歌剧。"威廉咕哝抱怨着他富有价值的时间都浪费在了社会义务上，或者，"亨利不喜欢舞台艺术。说实话，我也并不是抱怨他。"

"别灰心。亲爱的威廉，这儿有阿波内西夫人。"

为了把一切安排得最好，安格尼斯深呼吸了一口气，拽着望远镜到了胸口，陆续地穿过闪光的前廊，选择自己的座位……如果不是上层贵族，至少也是在前二十的贵族。

安格尼斯在想自己一回头或许就碰到某个伦敦季大活动，而亨利·拉克姆正朝她走来，而她这样的愿望总是不切实际。然而，她不知道，她真的有一位非常忠实的旅伴：她总是穿过人群靠近她，抵着狂风大作的恶劣天气，与她一起进入同一家剧院，支付昂贵的票价坐在她的附近，看她在昏暗的灯下闪着淡淡的光晕。

休格正经历着第一次伦敦季。

当然，这种不合法的票不是上流人士手中的票。休格用了最大能耐，花了大价钱买了票，这才可以进入歌剧院。而有些门则只对少数人开放，只有拿着某位名流的某某夫人和某某男爵夫人的邀请函才能进入。当拉克姆夫妇参与这样的聚会时，休格没法跟上。然而，当他们参加不是那么私人的聚会，尤其是在户外或是一座可以有大量人涌入的大型演出会场，休格一定跟着拉克姆夫妇踪迹，汲取着空气，就像驳船上的浮货，慢慢地在人群中旋转。

休格尽可能地不让自己引起别人注意，她穿上了严谨的冷色调裙子。她的衣橱里曾放着华丽的绿色，蓝色，青铜色衣服，如今这些衣服已经褪色成了灰褐色。她穿着走哀伤路线的服装。相较于这忧郁的色调，她红色的头发简直就是诅咒而不是祝福，她的皮肤苍白病态。每一个人喊她"夫人"，出租马车车夫帮助她下车，仿佛她脚踝无法适应坚硬的地面因此折伤。几天以后，一个顽皮的男孩儿用自己脏兮兮的衬衣擦干了她湿漉的伞，求她给六个便士，她吃惊地掏了钱。

这对于一个有地位的人来说是奇怪的特权。自那以后，无论她在哪儿跟着拉克姆夫妇，她都不再只是人群中的一个娼妓。戏场，歌剧院，运动场，欢乐园是伦敦季高级妓女最爱去的地方，那些地方不乏在阳台上或是大天幕下徘徊，等待把自己脱离疲倦处境的迷途男人。艾米·豪利特在变得极度狂躁前，曾有一次就在那儿坚守等待着。

休格将脸藏在扇子或是面纱后，玩弄这样的把戏，并且乐此不疲。她以前怎么就没有这么做过呢？当然，她从拉克姆那儿得到的钱比在卡斯特威太太那儿赚得多，可她也是直到今天才有钱跨上音乐厅的台阶。那些年，她将自己关在楼上的那间房里，就像囚犯似的。噢，好吧，她也写小说——或是说几乎是一本小说——可即便如此，出门去趟歌剧院还是非常轻率的事。回忆下她书里奇葩的事物，"休格"在《请君入瓮》演出之后，成了干草市场的牺牲品。这出剧是休格曾经反复在烛光下阅读的，但她却从来没有穿过几条马路去现场看过。那么，她一直以来都在想什么呢？好吧，现在她正在弥补中。她跟着拉克姆夫妇的路线，已经到了伦敦每一个剧院与戏院数次——至少，对她来说如此。在那些镀金宫殿般的衣帽间，她脱下自己的披肩外套，看着自己的举止与其他的上流贵妇没有任何差异。不知她们是否注意到她的打量？倘若注意到了，她们中有人能够想象到她更习惯于只穿着束身衣与灯笼裤，在裸露的胸脯瘀伤上涂着粉。

不，那些富有的女人们无条件地接受了她，这比休格想象的更让她欣慰。她希望自己能够一如以往地鄙视她们，然而，到靠近这个群体的时候，这憎恶的念想再次衰退。事实上，休格在每一次贵妇对她行礼貌的手势时，内心都格外的惶恐……衣帽架后的一个笑容，洗手间"您先请"的话，地毯台阶上退后一步给她让道——这些短暂的尊重让休格心满意足。

那么当她在下午三点的时候穿梭在摄政街购物人群中，跟踪安格尼斯·拉克姆的结果如何了呢？她不断地碰到那些拎着手袋的女人们，然而得到了大家的歉意声。在比林顿&乔伊，购物的人群聚在她的周围，想要帮助她，她不得不放弃别人的帮忙以防安格尼斯回过头看到她的情敌！休格在面纱后微笑，转移目光，试图以此让她们觉着她的女伴也在商店中。

感谢上帝，她们看上去都信了。

到目前为止，休格正享受着伦敦季。它是喧嚣的，可却并没有让她有半点的疲倦。事实上，这是一个不错的改变。所有那些在普里奥利的孤独，寂寞的日子已经治愈了她渴望隐居的欲望：那是寂静的诱惑，当她年轻的时候，那是如此地吸引着她，而，现在，这样的欲望已经褪去。她更想要活动。

并不是说跟着拉克姆夫妇的那些活动。戏剧与音乐会可能稍有些长，尤其是用意大利语，椅子又不太舒适的时候。休格已经多次在马拉松长度的哈姆雷特，马弗里奥，头重脚轻的史诗中睡着了。尽管如此，她的身体睡着，她的注意力仍然保持着清醒，时不时地看向坐她附近的拉克姆夫妇。

在更冗长的场景中，威廉最常见的表达方式便是读自己的节目单，不停地打哈欠，任自己的眼神从通道里的人移向枝型灯。至少有一次，他瞥过休格，但却没有看出她是谁，他看着她，只是暗影里的一顶软帽，在华丽衣装中穿着平凡无奇的衣服。他有时会打个小盹儿，但大多数时候，他会因为伦敦季而烦躁不安。

相比之下，安格尼斯十分专注于每一场演出，她总是拿着望远镜，应景地微笑，像猫抓跳蚤似的快速鼓掌。期间，她坐着，脸庞透着迷一般清澈的光泽，就像升华的圣人雕塑。她是否在欣赏自己呢？休格该怎么说呢？内心的愉悦也是世上最容易伪造的情感。

休格的愉快已经很真实了。没有看她的时候，她也是这么感觉。

她发现自己第一次伦敦季最珍贵的收获就是好音乐。她过往的生活与音乐搭不了边，甚至还有些敌意。音乐是让人无法忍受被贫穷，伪教徒，醉汉与疾病污染的。乞丐的逢迎声，地上猴子的喘息声，法尔赛德任意唱起的叙事歌，伴作虔诚的教堂钟声……她现在才意识凯蒂·莱斯特那些年演奏的大提琴糟透了。"很漂亮，凯蒂。"那女孩儿演奏完悲曲后，她会这样同那女孩儿讲。那时，她实际想说的是"我真高兴能和你一起在楼下，而不是和楼上那个男人在一起，但是你不要拉那该死的弦行吗？"

在这一次的伦敦季中，休格听到的音乐仿似从未听过。钢琴，还有那些闪着光，她不知道该称呼什么的乐器，弹奏着让人振奋的曲子。离开卡斯特威太太孤冷的房子，离开阴郁的街道，离开那些毫无目的，聚在一起肆意发出的欢乐噪声：这才是生活。哪怕是那八把不属于凯蒂·莱斯特的大提琴，它们不仅仅是磨损了的旧乐器，它们靠着壁炉，每一把都铮亮而富有光泽，既充满了热情，又不失精准。看一排管弦乐队的人专注地弹奏，演绎的样子不仅天真，而且还充满了高尚的情操。这些人的脑子里除了弹奏之外，没有任何的思想。这是怎么做到的呢？这么多的人聚在一起，难道没有半点罪恶的想法吗？她看着他们温柔抚摸着琴弦，在弯腰停顿的间隙，匆忙地翻过乐谱架的谱子，而乐器发出的声响仍然继续着。

"太棒了！"音乐结束的时候，她与其他人一起叫喊。她是如此兴奋，甚至都忘了来这儿的初衷，她站在五先令的阳台包厢里，全神贯注地盯着台上的演出者，拍起了手。威廉与安格尼斯刚好在她楼下，斜对着的座位上。

休格这番放任迭起的情感完全发自肺腑。在最初看那场歌剧时，休格怯于张嘴，而她周围的人却都在欢呼中，她几乎不曾喝彩。然而，到了终曲，她已经学会放纵自己，现在她极度地享受这番情感的宣泄。另一个夜晚，当《胡格诺派冲突》的铙钹在皇家艾尔伯特音乐厅响起的时候，休格从座位上弹起，大声地欢呼着，瞥向左侧的时候，她看到一位长须老人正同样地被这音乐感染。瞬间，他们明白彼此就像认识的知己，而实际上，他们可能再也不会相见。

"太棒了！"老人呼喊道，她也跟着呼喊，只是没敢再看他，以免默契的火花戛然湮灭。

当然，她知道如果周围的人了解她真实身份的话，一定会远离她，以免自己被污染。在他们中间，自己是污秽的。虽然这些正派的女士可能比她这个妓女还风骚，虽然某某夫人们穿着华丽的裙子，身体却散发着恶臭，身上的瘀痕都用粉扑在遮掩，休格娴静干净。可她仍然是这里淫秽的秘密。她就如粪便堆砌成的人形。他们朝她笑，某某夫人们在擦过她裙子的时候会道歉，都是因为她们不认识她。噢，真是庆幸，这些人都不认识她！

"这戏好吗？"皇家艾尔伯托音乐厅内，一位长着皱纹的妇女坐在休格身旁。她的双眼在她丈夫雪茄的烟雾中变红，她变白的头发里镶着些并不相称的金色头发。"都是从意大利来的！"

威尔第先生站在台上，这顽皮的小老头这一刻朝着皇家艾尔伯托合唱团挥动着短而粗硬的指挥棒，灵巧地引他们站起来，邀请观众们为他新创的《安魂曲》拼命喝彩。

"是的，太好了。"休格应道。这话从她嘴里说出是件奇怪的事，但却并不无礼。威尔第感动了她——并不只是《安魂曲》的曲调，而是对音乐中破晓黎明的理解，这般音乐的架构堪比皇家艾尔伯托歌剧院的建筑。虽然它仅仅是由一个头发都垂遮在眼前的意大利老头写在脏污纸上的曲子。低音提琴的双重轰鸣在她肚腹中，那曲调是夜晚穿着睡衣用钢笔写成的。威尔第先生在隔壁打着鼾声，就像某种她从未想到过的男性力量，一种高高在上征服自己，或将她利用，或将她投入监狱，一种纯粹让整个空气弥漫油然而生愉悦的目的。

因而，是"极好的"，这话，她是朝着一位长着皱纹，束发病态的妇人说的，那妇人朝她回以一笑。当鼓掌声渐渐变小，年纪大的观众逐渐起身的时候，休格忘记了拉克姆夫妇吗？他们还在这栋楼里吗？找不到他们的身影了。或许，她已经错过能看到他们的最好时机，威廉与安格尼斯可能低声说了些话，她本该可以看到，也或许安格尼斯在公众场合做了些令人难以忘记的事。

这时，休格想心烦意乱中参加这么一场伟大的音乐盛宴并不是件差事。她无法每天每分都在监视拉克姆夫妇，有些事，一定是脱离她的觊觎的。她真的非常专注地想：如果没有音乐——或是只有糟糕的音乐——那么她就可以一眨不眨地盯着拉克姆夫妇，哪怕舞台上的演员在耍剑，侏儒们在看不见的管弦中跳舞。

当她朝下看着拉克姆夫妇欣赏演出的时候能得到什么信息呢？没什么。威廉很少在圣詹姆斯音乐厅雀跃地站起向大家发出内心极度恐惧的声音。尽管威廉坚持她有能力克制自己在哥特建筑里胡闹。不过，休格确定自己是为一个能够分享拉克姆公众生活的人——能看到他们看到的，能听到他们听到的——她分享着他们的生活。她与威廉上床的时候不会告诉他，他观看的某场剧，某个音乐会。比如，在艾尔比恩的沃尔特·法夸尔·普罗米修斯先生，威廉竟然睁着眼睛看到了剧终，甚至还大声地喝彩……倘若她能看到原作的诗句，她一定会爱上它的，他会告诉她这场剧，而她怎能与他分享这首诗：这该是两人彼此私语的温馨时刻！

在另一场初演，她看到威廉与安格尼斯一起离开了剧院。她怎么会靠在威廉的臂膀上？她一定是身体不好或是累倒了，但绝对不是亲昵地主动去靠。他带着她回了家，将她抱上床。休格想威廉或许稍后会来自己的地方看自己。然而，当威廉走出礼堂冲着陌生人笑的时候，休格便注定孤独一夜。

到现在为止这些跟踪最大的回馈，便是让她感觉自己好似与拉克姆夫妇关系微妙，他们在各种露天的场合遇到的天气竟然出奇的好。甚至在日落之后，天气还是那么温和，而夜晚的天更是暖和得给人错觉，认定这份温暖是因提灯，火盆，街边摊贩的火炉，酒吧窗外闪烁的灯光，每一处大群奢华装束的女人等等一起汇聚而成。好吧，当然不是每一处。教堂弄，圣贾尔斯，毋庸置疑地与往日一样黑暗，肮脏。可谁要去那儿呢？

在麦斯威山的大花园里，当威廉与安格尼斯在月色中走过亚历山大宫大门几秒后，休格也跟着进了里面，一半的人都没有在意她的到来。因为平民们只有在白天的时候才来。从那以后，只要她不冒险走在挂着灯的树下，她几乎都直接跟在拉克姆夫妇后面而不被他们察觉。

现在，她已经跟踪了他们几个礼拜。她对威廉肩膀的倾斜角度，对他后臀摇摆的姿态了解得就像……就像自己的手背。她也十分清楚安格尼斯后臀的摇摆幅度，还有她裙撑起伏的次数。在很多行人拥挤的时候，安格尼斯·拉克姆不会被人误以为是妓女。她娇小身体的每一寸都不可触及，可却平滑得就像一块未经包装的肥皂。她的发色是女人们向往的发色，而发质则如同丝绸一般顺滑。她的身型是完美的——休格跟在她的身后怎能不感觉自己就像一个怪物。她胸脯平坦，安格尼斯则挺拔完美，她手掌如男性，安格尼斯则是纤纤玉手，她走路是一半男人，一半荡妇的姿态，而安格尼斯步履优雅，当然，还有声音。甚至在说些最乏味的词汇时，"不，谢谢，威廉，"或是"你的胡子里有些小糖粒"这样的话，安格尼斯的声音仿佛柔和的乐曲，浅唱低吟。噢，声音怎能如此温柔婉转！丝毫不低沉嘶哑，反而轻快流畅。有这样声音的女人怎么可能让威廉烦恼呢？

如此频繁地走在拉克姆夫妇后，她已经读到了两人彼此不和谐的信息。他们虽然都穿戴齐整，偶尔还会手挽手，但彼此却貌合神离。那些手臂相挽的时候，威廉很紧张自己的妻子，好似他妻子会在身旁摔得粉身碎骨，随后所有的目光都会聚焦在他身上，而他则会在公众场合把事情搞得一团糟。对安格尼斯而言，滑倒与他毫无关系，因为一个商人不能急躁。随后，当她看到远处有吸引自己的地方——比如她想同一个女士聊天，她会加快步伐，拉住他，就像轨道上的小车挂上了钩子一样，抓住了绅士的袖子。

在这么一个大花园的庆典中，一只巨大的蓝色气球飞到了头顶上，高过了华盖。人群中爆发出了兴奋的手势。安格尼斯什么都没有注意到。休格看到威廉在与自己的妻子说话，说服她去看月光。尽管安格尼斯点头，好似在说"亲爱的，真漂亮"，她并没有抬头。需要一个比蓝色浮动的气球更吸引人的东西去赢得她的赞同。

桑当公园竞赛的插曲更引人注意——大白天的情况下，成为拉克姆夫妇的影子。

桑当公园因为挤满了观众而显得狭小。一般伦敦的人口，各种阶级，似乎都在这儿。好吧，除却那些穷人。休格必须承认……除却他们几乎所有的人都来了。这儿的每一寸土地都被男人，女人，孩子，狗践踏着。休格飞速一瞥那些人究竟是被什么吸引到了这儿：赛马与骑手。矮壮的老马与小马拉着茶点朝远处的某个地方拉去，高血统的马腾跃起来，或是像风一样飞驰。时不时地，就爆发出尖叫声，休格想那是比赛开始了，或是已经胜利了，然而，那波人群散了开来，原来骚乱来源于其他的事：昏倒的人，拳打脚踢，一辆马车碾压到了某个人的脚。

休格并没有看很多比赛，只是看着拉克姆夫妇。安格尼斯，这位娇小的骑师，站在人群的很后面，生怕被践踏。可怜的威廉！他的手无力地耷拉着蜷在一起！他看上去是在恳求上帝舍与自己些魅力可以融化自己妻子的心！或许，他念想过把她抬到自己肩膀上，让她和孩子一样，能够看得更清楚……然而，最后他只能用自己庞大的身体在人群中挤出方寸地方给安格尼斯蹒跚步行用。尽管她从没能看到马，但靠着威廉的帮忙，她至少瞥到了桑给巴尔的苏丹。她肯定她很喜欢！

"今年真是糟透了！"威廉迎着她的想法说道。然而，她却转过头，眼里闪烁着可怕的神色，因为他随意的话好似引来了周围所有的邪魔。

因此，拉克姆夫妇站在了边缘，而休格，没有去看赛马，而是看着这对已婚夫妇"跳双人舞"。妻子蜷缩着身子靠近她的护花使者，却又拒绝他的触碰；丈夫在真实世界中，勇敢地为易碎的妻子寻找一块空间而努力，然而换来的却是无力解除困境的烦恼。看样子，两人间的不和谐总是彼此间的保留曲目在各个情景中一览无余。

一会儿之后，休格发现人群中又有了另一个舞者：扒手。起初的时候，她以为他是个上等人，浮华而胆小地跟在人的后面避免自己卷入暴动中，后来，她发现那人徘徊在别人身旁，表现得有些挑逗似的欢乐，随后侧身靠近别人，偷走别人的东西，这一切就像是授粉的昆虫，或是世界上最温和的强奸犯。毫无疑问，今天是他丰收的一天。

当这扒手幽幽地靠近威廉与安格尼斯的时候，休格本该没有任何的反应，毕竟他们能够轻易地应付这种抢夺，他们对这样的事儿应该应付自如。休格瞥了眼安格尼斯粉红的钱包，是当下最流行的款式，放在裙子的背后，对小偷们而言简直是天赐的机会。拉克姆夫人好像就在招呼他们偷，就像他们交易时说的那样。因此，为什么休格不站回那儿，继续看一个职业小偷工作呢？这家伙该死的眼神看上去比上周水晶宫的肚皮舞舞者还优雅曼妙。

然而，然而，道德心挤压着休格的内心，让她无法忍受小偷靠近她，就像一把刮泥的刀抵在她的喉咙上。她必须警示拉克姆夫人！她怎么能够不提醒拉克姆夫人呢！她怎么能只站在那儿，做一个不出声的同谋呢？休格在听不到声响的人群中，清了下嗓子，打算朝安格尼斯喊话。她的声音会糟糕透顶。安格尼斯会想这世上，哪个女人会用这么嘶哑的声音喊自己呢……

然而，太晚了，事情已经发生了。小偷走过拉克姆夫人的裙子，只停顿了眨眼的功夫。在那个瞬间，休格知道，他已经用尖锐的刀片像手术刀一样割开了她的钱包，随后取走了他想要的东西。他没有光顾烦恼的威廉，因为他可能已经得到了足够的手表。

休格心怀羞耻地看着小偷跳着自己的舞步温柔地穿梭在人群中，直到从她的视线中消失。现在，很多人踮起脚，伸长了脖子：比赛即将结束。威廉仍然做着最后的努力腾出地方让安格尼斯可以走到前面，他的手笨拙地放在她的背后，犹豫地触碰着她。随后，他发现了她的皮包，像爆了的气球一样悬在她的背后。他弯下身，凑近她的耳朵。

安格尼斯避开人群，脸孔瞬间灰白。她向前走了几步，离开骚动的人，停在广场空秃的地方，那儿，约莫距离休格十英尺。休格蒙着纱，用阳伞遮挡住了安格尼斯的视线。安格尼斯的眼睛睁得很大，无措地盯着，蓄满了泪水。一阵狂喜的掌声在她背后响起；帽子被扔到了天上，大礼帽则扬在了空中。

威廉快速地告诉了安格尼斯的比赛结果，用胳膊抚慰地拥住她的肩膀。

"告诉我，你丢了什么？"他生硬地问他，显然是想消除她的大惊小怪。

"我母亲的照片。"安格尼斯颤抖在他的手里，"其他的都不重要。"

"什么照片？"威廉困惑地问道，好似她刚承认自己将斑马的标本或是铸铁的奶酪放进自己包里。

"我母亲的照片。"安格尼说道，眼睛里闪着泪水，"放在小黑盒子里的照片，我到哪儿都带着它。"

威廉张嘴要抗议这件荒唐事，但很快，他说道："我会找到那个摄影师。如果他是个有秩序的家伙，他应该还有原版的……"

"别这么白痴了，威廉。"安格尼斯闭上浮肿的双眼，"这张照片在我们认识之前很久就照了。你那时候根本还不存在。"

威廉挪开了她肩膀上的手掌，放了一只到脑后，回头去看人群，思索着安格尼斯混乱的逻辑。比赛已经结束了，穿着华丽的人已经朝着自己的带篷马车走去。另一些则在被勾以伦敦季记号的场景中，时髦的女人们分散地走着，偷瞥着自己的裙摆是否因为赛马而弄脏。

"亲爱的，我们回家吧。"威廉说道。

安格尼斯呆滞地站在她狭小而孤僻的地方，继续流着眼泪。

"家？"她抽噎道，好似无法想象他所指的地方究竟是何样的。

"是的。"威廉说道，领着他的小妻子走向出口，擦肩而过那些拿着廉价阳伞的普通女人，"走这儿。"

拉克姆夫妇招呼了他们的马车，休格则喊了自己的。事情经常是这样的结局，经常得就像每日重复的事情，拉克姆夫妇从伦敦季的一个活动或是另一个活动，最后回到"家"。休格，他们的影子，则匆匆地回到她普里奥利的房子，自我打赌威廉今晚会来这儿。她不能总比威廉快二十步，或是总缠在他的房子与花园外，有时，她必须待在他想见她的地方，随时迎候他。

至今，她什么时候跟踪他，什么时候疯狂地奔回普里奥利还不是你想的那么万无一失。在三个礼拜中，威廉已经来看了她两次。一次，她被逮到没有准备好，才刚刚走到门口，身上还散发着同他刚去过的剧院一模一样的烟味。经过一阵犹豫，她决定坦白为上，并让他听到两人去看了同一场剧而感到惊愕。这是令人很愉快的谈话，因为两人之后的云雨如以往那般充满了激情。另一次，休格回到自己房间找到一张放在楼道的楼梯上的纸条：太伤心了，我没法再等了；是我来得太早了，还是你太晚了？

打那以后的几天，她困惑地想着这首打油诗，看着详尽的解释，想象着作者的真实感受。

现在，她从赛场回来，钻入自己尚未点亮的爱巢，寂静得能听闻到自己呼吸声的房间让她不由生了厌烦。她有些头疼，撤下头上难看的帽子，落下头上的发卡，用手指将顺头发。头发中分了很久露出头皮，似乎已经很难改变。汗水淌过她柔软的耳背。她的脸孔，在玄关的镜子中，显出暗淡尘垢。

休格边放浴缸的水，边四处找寻食物。除了早晨吃了一只苹果，在去往桑当公园的马车上啃了苹果，在赛场咬了口香肠外，她一整天都没有吃过别的东西。从摊上买那么一根热热的香肠是个错误：那根香肠就像她住在教堂弄时喜欢的那类，那时卖香肠的宾先生推着冒热气的车子一家家地卖，她与卡罗琳会从被窝里爬起来，买上最大，最肥，熏得最黑的香肠。可是，今天的香肠却尝不出宾先生香肠的那份滋味，只能感觉是猪内脏在脏兮兮的油里炸出的味道。坦白地讲，谁能吃得下这样的香肠？她吐了出来，几个小时都感觉自己心情糟透了。

现在，她饿了。饿极了！这些该死的屋子里什么可以吃的东西都没有！本该是有食物，美酒，欢愉的房子却只有薰衣草肥皂淡淡的香味。没有什么可以缓释她因为缺乏威廉满屋鼾声地睡在她身旁，她吞着满嘴的热烤鸡的那种暴躁情绪。至于那些鸡是从哪里来的呢？如果拉克姆能够为自己诺丁山的房子买上半打的日本海棠树，他当然可以在马里波恩准备一只鸡！

在书房里，她的书桌从未放过她写过的小说，那儿，留着拳头大小的一片面包。那是她周五在从水晶宫回来路上的货摊买的。卖面包的女人惊愕地眯眼看着休格,她平时的客人总是穷困潦倒,从未有人像休格一样戴着皮草帽子来光顾。

浴缸已经放满了水。休格津津有味地咀嚼着那片老面包。它的样子糟糕透顶,或许已经有老鼠吃过了——最好还是别去想它为妙。她吞下的时候喉咙一阵痉挛。这就是她离开卡斯特威太太时认为的奢侈生活吗?当威廉抱着灯杆欢呼的时候,他在欢呼什么呢?"远离你们所有人!"这是他说的话……"没有人能够碰她"——因此,他也不过来碰她了吗?他是不是已经厌烦了自己的珍品?那张纸条:我来得不是时候。还是你太晚?他究竟是什么意思?

休格开始洗澡。如往常一样,她长时间地泡在里面,没头没脑地责备自己,将自己深深地浸没在肥皂水中,如此,冷水无法冻到她的身体。她出来的时候是深夜,头发干的时候是半夜。她穿着雪白的睡衣,坐在自己干净的大床上,浑身散着芬芳与洁净的味道。

来吧,你这只猪。她内心澎湃地想着:拯救我吧。

第十七章

英俊睿智的亨利·拉克姆，曾是拉克姆香水公司的继承人，现在不过是一个知名人物的哥哥。他独自站在粪便满地的街道，落了雨的外套在午后的阳光中慢慢蒸干。他等待着一名妓女。

不，这比等待一个合适的妓女来说要好多了。

不，不，你还是在误解！他希望能够和几周前见到的那个女人说些话，好把他们曾经的谈话做个总结。或是，用福克斯夫人坦白直率的话形容：擦个屁股。

他想那天的事是他的错。他的罪恶感在他刚开始与那女人说话时并没有生出，而是后面才涌了上来。一切都很好直到他因为肉欲而心烦意乱，接着，他又被激起了淫欲，她撩起了自己的裙子……好吧，在他剩余的记忆中，这就是像是大脑白色的肉体加上了黑色的污点三角。但他更多的还是在责备她，不管怎么说，那些问题还存留着：现在呢？她是危亡中的灵魂，如果只有坏男人，而没有人教导她这些事的话，这会是基督教的一个笑柄。她避开了一个正直的基督教徒。

这，就是他站在圣贾尔斯，教堂弄的原因。他已经把自己的食物分给了野孩子们。他试图消除自己的顾虑，分给的那些孩子的确是诚实饥饿的野孩子。他的鞋子已经几次陷入了污物中。他拒绝了一位虚弱苍白的男人为自己擦干净鞋子，自己弯下身擦干净。他边擦，还与那位男人说谈上帝。然而，却没有成功，那男人困惑地笑了笑，离开了他。几个人朝他大喊：

"嗨，牧师！"随后，哈哈大笑，笑声消失在了黑暗的门廊与窗户那头，他四处张望的时候已经寻不到任何人。到现在为止，没有一个人打算袭击他，抢劫他。这些小橡树，他日也会生长。

因此，亨利站在教堂弄与鸦打街的转角，沐浴在阳光中，看着路过的行人。短短的一会儿时间，他看到了四个妓女——或是说四个想同他说话的女人。她们各自给了他一篮豆瓣菜，想要领他去一处阴凉的地方休息，随后给予你"在伦敦最安慰的拥抱"。对此，他总是婉拒"不，谢谢"，"不，谢谢"，"不，谢谢。上帝会原谅你"。他在等待陶土色衣服的女人，一旦他治愈了她的罪恶，他就可以开始想起他的事。

最终，她来了，她看上去与上一次完全判若两人，要不是他脑子里刻着她生动的脸孔，他就让她从面前走过了。也因为如此，他必须往前倾，凑近去看是否就是同一个人。她穿着不同的衣服，你知道的，这对他而言相当烦扰，因为他的脑子里她已成了一个特定的样子，就像固定在画像中挂在教堂里。此刻，她戴了粉色围巾，穿着破旧的蓝色裙子。是她，同上次一样，在脏污的鹅卵石上走着。亨利清了清嗓子。

这女人（她漂亮的朝天鼻不会有错！）并没有注意到他，或是佯作没有看到他，直到他们几乎碰到。随后，她低头朝向他，用她凝视的目光与露骨的笑容迎上他。

"嗨，先生。"她问道，"有更多的问题吗？"

"是的，"他立刻坚定地回答道，"如果你允许的话。"

"两先令，随便你问。"她嘲弄道，"你可以把任何东西，用任何方法放我身上。"

亨利的下巴僵硬。她是不是认为他比其他男人缺少男子气概？抑或是他看上去没有那么腐化？她的伦敦腔为什么这么严重？上次他们说话的时候，她还有些北方口音……

她拽着他的衣领，亲昵地责备，好似他们已经彼此熟悉，这般的动作叫以阻止他失控。"但是这次别在街上谈论。"她提议道，"让我们在安静的房间里谈吧。"

"一定。"亨利立刻同意道，这回让她不禁吃惊。脸孔瞬间变得有些怪异，一半担忧，一半自我保护，然而，这一切，只是小会儿功夫。

"那我们意见统一了。"她说道。

他走在她的身侧，她领他往前，频繁地瞥眼看他的脚步，好似她有一条无法完全信任的狗。难道她认为他是个傻子吗？他不应该去在意她在想什么。上帝会明白为什么他会接受她的邀请。

"这不是幻想。"她领他朝一栋破败的乔治亚式房子走去。亨利的印象中，这栋房子乍一眼看质地与颜色都是猪皮肉色，破碎的灰泥像是发霉的印记。当他还在仔细地打量时，她已经将他拉进了散落鸡毛的院子，走进门廊，进入昏暗的前厅。亨利·拉克姆，这位可能是未来教区牧师的男人踏入了妓女的房子。

脚下踏着的土耳其地毯已经磨破，地板轻轻地发出声响。走廊的墙壁一边凸起，一边凹下；斑驳的墙纸胀皱着好像一套不合适的衣服，裱画的框是用不透明的东西盖住的。屋子深处散发出含着尿味的臭味，暗含着某种亨利·拉克姆不知晓的规矩。

"上面的空气好很多。"站在他身旁的女人说道，她好似担忧他会一下离开。她不知道这对他而言直面这些悲惨是有意义的。不止一次，他问福克斯夫人这种名声凋敝的房子该是什么样的，尽管她很直率，他仍然幻想那是玫瑰色，饮酒作乐的地方。常理，报告，福克斯夫人的话，都没有能改变他印象中对风月场所华丽奢侈装潢的幻想。现在，事实的气息让他看清楚了真正的风月之地，他进入的房间：客厅凄凉，残破拼凑的旧家具，陶土罐中生着黄疸病的植物，军人的随身用具，尽管阳光竭力地穿透咸肉色的厚窗帘，屋内却仍然需要油灯点亮。

坐在轮椅上的一位残缺老头儿挡住了客人走向楼梯，他的脸孔已经完全被围巾与针织床单笼罩。

"用房间，七便士。"他漫无目的地喃喃。亨利停在了那儿，只是妓女伙伴歉意地眨着眼睛好似她没有注意到亨利兀自以为她会有自己的房间。

"先生，不过是七便士。"她低声道，"对您这样的先生而言……"

甚至当亨利从裤子口袋里拿出硬币的时候，他才渐渐明白事实：这女人真是穷困潦倒。因为穷困，她才让他消费的。而像他这样阶层的人应该是都不会来到这么潦倒破旧，充满臭味的地方。他身上的衣服比这栋房子里任何东西贵重——家具，陶器，战争勋章，所有的一切。

"我没有七便士。只有一个先令。"他羞愧地喃喃，摊出一枚硬币。粗糙长疖的手抓住了钱，毛线围巾挂在了老头儿的脸下，草莓鼻子，肿胀的脖子，让人厌恶的黏湿嘴巴。

"别指望找零。"老头儿喘息着，嘴里散发出一股酸酸的酒臭气，随后突然地转过轮椅离开。亨利与他的妓女方才可以上楼。

"那么。"亨利深吸了口气，与女人一起上楼："你叫什么名字？"

"卡罗琳，先生。"她回道，"小心你的脚下——钉子钉过的地板条有些不稳。"

亨利的两先令买了二十分钟。卡罗琳坐在床边，郑重地答应亨利不会恶作剧。而亨利始终站着，看着打开的窗子。当他问问题的时候，他简直无法看着她，只是盯着发黑的屋顶，碎片满布的教堂弄地面。每一次他看她半秒，她就露出笑容。他礼貌地回笑。他的笑容在她看来，缺乏任何幸福的意味。她的床，在他看来，就像破布排列的马槽。

在他的二十分钟里，亨利知道妓女根据她们不同的嗜好也分很多类。卡罗琳属于"站街女孩儿"，她自己，或是说她的客人每次都会在进房子的时候支付租金。尽管她说这个地方低劣昏暗，完全是因为主人林克夫人抠门。事实上，她知道的一个地方，主人是其中一个女孩儿的妈妈，那就像是"宫殿，先生"——其实，卡罗琳自己既没有去过那儿，也没有去过宫殿——但她想象那儿就像宫殿，因为那女人曾经也在教堂弄经营过，大约离这儿三扇门的样子。那儿现在很糟糕，但当时，卡斯特威太太还在那儿的时候，你能够吃掉楼梯，因为它们是那么的干净。现在她的女儿成了一位非常有钱人的情人，但即便是她在那儿做妓女的时候，她都总是像一位公主——卡罗琳虽然没见过公主，但她看见过照片，休格并不比公主差。所以你该明白这一切都是和主人有关。现在看看卡罗琳的房间：她知道什么都没法拿来炫耀。"不过，倘若是您在这儿工作，楼下的条件那么糟糕透顶，您还会努力地去收拾自己的床具，将花放在瓶子里吗？我想不会的。"

亨利询问妓院的事，知道实际上妓院也是"混包"。有些是"先生，就和监狱一样"，地痞与老巫婆们看着那些可怜的女孩"她们半裸着，还饿着肚子"。其余的那些被"最重要的人"所拥有，那些女孩儿"除非是主教和国王，否则不允许离开床"。这话让亨利瞬间陷入了沉思。对他来说，有件事很清楚：书本编造的整洁并不意味着真实世界也有。这世界的确有阶层，但却不是类别，而是不同的房子，甚至是不同的妓女，流动性也可能是一种社会的分化，也是下一步值得关注的地方。

他也更多地了解到了卡罗琳，在过去的二十分钟里，他用两先令知道了那么多。令他沮丧的是，她对美德只存有鄙视。她嘲讽美德没有办法支付房租。如果那些人的美德可以让一个女人有房子住，有东西吃，有衣服穿，而不只是观赏她可怜的斗争史，她或许会善良得更久。

那么天堂呢？卡罗琳是怎么看待天堂的？好吧，她没觉得自己会去那儿，也没有觉得会去地狱。地狱是为那些真的很坏的人而准备。至于上帝与耶稣，她也没有概念，只是想着恶魔如果能惩罚那些坏人的话，是"有用的"，比如她知道的那些坏人,特别是一家制衣厂的老板,她希望他能在死后遭受酷刑,当然,她也有预感,他们会莫名地溜走。

"你有没有考虑过回家?"亨利说道,因为疲倦的卡罗琳再一次地暴露了自己北方的口音。

"家?在哪儿?"她谩骂道。

"约克郡吧。"亨利温柔道。

"你去过?"

"是的。"

当她起来的时候,床发出了嘎吱声。他能从她暴躁的叹息中得知自己的二十分钟行将结束。

"我想约克郡的妓女们已经足够多了,先生。"她苦涩地说道。

分别的时候,他们彼此有些尴尬,都很清楚亨利已经踩界,而他也因此痛苦。亨利因为离开时卡罗琳脸上悲伤的阴影而感到羞愧:他来这儿的目的是让她对上帝有所敬畏,他无法承受自己让对方被思乡的情感深深地刺痛的负罪感。他能感觉她天生快乐,可他却卑鄙地剥夺了她的笑容!她不知道该怎么送他,这个不明事理的笨蛋。吻他,会破坏他们的协约,但当着他认真皱眉的表情关上卧室门却也会是过分的。

"先生,我会看着你下楼的。"她温柔地说道。

一分钟后,亨利·拉克姆站在了巷子里,朝着他刚才离开的房间看去。他看着那扇自己眼睛看过的肮脏玻璃窗,肩膀上的重担已经卸下,先前的担子几乎让他感觉头晕目眩。基督耶稣站在巷子里,上帝正从天上往下看着他们。

他是多么轻松!如果不是有很多的淤泥,他会跪在这儿祈祷。为了她——像卡罗琳一样的女人——在他离开时,她碰了他的手,看着他的时候,目光里没有任何的欲望——不是为了她,而是为了那些同她一样的女人。当他把笑容还给她时,他能感觉自己爱她,就如爱人和一个危险中的男人,女人,或是孩子;她是一个没有洞悉自己在深渊之中的可怜人。

在他与所有在大都市的"卡罗琳们"之间,没有什么事是不可能的。让其他的男人去赢得肉体;他和福克斯夫人将赢走她们的灵魂!

"原谅我,神父。"

安格尼斯·拉克姆好似少女一样说完后就跳跃回到了自己当下的身份,她上次来,还是十三年前。她不自觉地耸耸肩,好似否认自己已经长大,随后双眼盯着面前忏悔室的格子，一如她还是孩子那时一样。忏悔室毫无变化，每一处细节都勾起了她的回忆：木格子不多也不少，金丝绒线的窗帘不增不减。

"距离上次忏悔有多久了？"

当这些话从忏悔室飘出来的时候，安格尼斯心怦怦直跳。尽管她认为自己没有胸。她紧张并不是因为受到问题的警示或是她必须给予答案，而是热切地期盼里面的声音能和过去那些年一样责怪她，随后免除她的罪责。会吗？会吗？她没说说出那八个字。

"十三年了，神父。"她坦陈了这个令人惊悚的答案。

"孩子，为什么会隔了这么久呢？"她的耳朵几乎贴到了上面，但她仍然不能确定她是否认得这声音。

"神父，我那时候还小。"她解释道，嘴唇几乎贴到了格子上，"我的父亲……我的意思不是您。神父……不是我神圣的父亲……不是我的……"

"是的，是的。"声音不耐烦地打断了她的话。安格尼斯非常确信正是他！斯堪隆神父！

"我的继父让我们加入了圣公会。"她激动地说道。

"你的继父去世了吗？"斯堪隆神父猜度道。

"不，神父，他在国外。我现在长大了，已经有了自己的想法了。"

"好吧，孩子，你还记得怎么忏悔吗？"

"哦，是的，神父。"安格尼斯大声道，她失望地在想神父没有分享下她这些年来的观点，而只是眨眨眼。她几乎都要向他展示什么是什么，并用拉丁语来背诵《悔罪经》。她曾死记硬背过一次，可她当嚼了下舌头后，她决定还是说了英语。

"万能的神，圣母玛利亚，米歇尔大天使，施洗者约翰，圣使徒彼得和保罗，众圣徒与您，神父。我在我的想法，我的话，我的行动中犯下了错误，我要通过我的错误，向圣母玛利亚，向米歇尔大大使，向施洗者约翰，向圣……"（斯堪隆神父咳嗽了下，抽了下鼻子）

"圣使徒彼得和保罗，向众圣徒与您，神父，向上帝为我祈祷。"

一个不和谐的声音从另一侧飘了过来，让她忏悔。安格尼斯这一刻已经准备好，她从自己的新手提袋里拿出一张纸，隔天夜晚，她已经记下了自己所有的罪责，按照过去十二年在日记本上的顺序记录下来。她优雅地清了下嗓子。

"这些是我的罪过。1862年，6月12日，我把朋友给我的一只戒指送了出去。同年，6月21日，当朋友问我戒指的时候，我告诉她还在。1869年10月

3日,当我们的玫瑰枯萎了,我从邻居花园里偷了一支出来,之后,我怕别人问我是哪儿来的,就扔了它。1873年1月25日,我踩死了一只对我没有伤害的虫子。1875年6月14日,上星期,事实上——当我忍受头疼的时候,我烦躁地向警察说他一无是处,应该被解雇。"

"还有吗?"神父提醒道,就好似他在她儿时常做的那样。

"就这么多了。神父。"她确定道。

"这就是你十三年里犯的过错吗?"

"哎呀,是呢,神父。"

神父叹息了一声,转过座椅。

"好吧,孩子。"他说道,"肯定还有更多的吧。"

"神父,如果还有的话,我真的不知道是什么了。"

神父再一次地叹息了一声,这一次,他的叹息声更沉重。"不明智的举动?"他提示道,"骄傲过头?"

"我或许忘记了一些小事。"安格尼斯承认道,"有时候,我太困了,没有好好地记到我的日记本上。"

"非常好,那么……"神父喃喃道,"赎罪,赎罪……已经过去这么久,你能做的已经很少。如果你还有那位曾经送你戒指,你又转赠别人的朋友,那么你告诉她事实吧,请求她的原谅。至于那花……"他低吟道,"忘记花吧。至于虫子,你随便地踩踏,《圣经》已经阐述过,它们都任由你支配。如果你觉得警察被你辱骂了,那么请道歉吧。现在:忏悔吧。为了谎言,粗粝的话语,喊三声万福玛利亚。深深地检讨你的内心。很少有人在过去的十三年中连一个罪过也没有。"

"谢谢神父。"安格尼斯紧紧地折起手掌中的纸,探身乞求赎罪。

"主,耶稣基督。"苍老的声音在喃喃而语,"请免除她的罪责……"安格尼斯的泪水夺眶而出,一滴滴地从面颊淌落下来,"以圣父,圣子,圣灵之名,阿门。"

安格尼斯从忏悔室如烟一样溜了出来,急忙找了一张长背椅。她今天下午偷着来到这儿,戴着面纱,穿着一条简单的炭灰裙子:这番的打扮与伦敦季时的衣服迥然不同,但在这儿,圣特里萨的克里克伍德,她的这番态度也是截然不同的。靠背长椅离普通圣会,圣坛与枝状蜡烛有段距离,这儿的光线昏暗,在她的头顶上,天花板闪耀着天空的蔚蓝,上面点缀着幻影般的金星。

现在,安格尼斯满足地坐在黑暗中,脸孔遮掩在飞檐的影子里。程序开始了:

神父斯堪隆已经从忏悔室的另一端走了出来，走到了讲道台前。他将紫色神职衣服从双肩褪下，一手交给了圣坛的侍者换上另外一套。他丝毫没有任何的变化！如此重要的特征——长疣的眉毛如从前那般长。

她着了魔似的看着为弥撒做的准备，希望自己能够参加，只是她很清楚自己不能。事实上，虽然她不认识圣会里的人，但并不代表没有人认识她，她毕竟是威廉·拉克姆的妻子。她不想引起流言蜚语。现在还不是让世界知道她回归信仰的时候。

神父斯堪隆宣布仪式开始。安格尼斯在暗处看着，嘴里跟着拉丁语喃喃。她精神上把自己融入到了烛光的中央，当神父低头亲吻圣餐台的时候，她倾下自己的头；他每一次画十字，她就跟着在胸口比画，她的嘴伴装碰到了想象中的面包与酒，而湿润的嘴唇好似在让上帝进来。

"愿主与你同在。"她和着斯堪隆神父的话低喃。

之后，当教堂空了后，安格尼斯冒险走到了亮处，这样可以单独与那些儿时就有的宗教小古董待在一起。她慵懒地走过与母亲曾经一起坐过的椅子，尽管这儿坐了不同的人，但木头上的裂纹与瑕疵却仍旧清晰可辨。所有的东西保持着原状，除了教堂东段半圆形后殿，圣母玛利亚加冕图新换的马赛克，它们格外耀眼，把她的鼻子都映出了问题。祭坛后的匾额都没有变化，圣母玛利亚浮动着，围在她脚畔的那些矮胖丑陋的小天使们紧抓着她。

安格尼斯在想她究竟什么时候才有勇气在公开场合批判英国国教，她要为自己在这儿预留一个靠近圣坛烛火的位置。她希望不是很久。只是，她现在不知道该问谁，这位置需要多少钱，是月租，还是年租。这样的事还是威廉比较擅长，倘若她相信的只有他一个。

最紧要的是，她必须做些事情来降低她母亲在炼狱中受到的折磨。有人曾经在她死之后为维奥莱特·尤恩辩护吗？或许没有。在她葬礼上，只有尤恩庄园主英国国教徒的朋友参加。她没有任何的基督教朋友。

安格尼斯总是假定自己的母亲已经在炼狱中很久，因为她起初嫁给了尤恩庄园主，接着，又由着尤恩抢夺走她与安格尼斯的信仰。这是强烈的信仰干预。

在祭台枝状大蜡烛下打开她的新手提包，她从粉饼，嗅盐，别针中翻出一本有折痕脏污的祈祷卡，在祈祷卡的一面印着耶稣，另一面则是虔诚的祈祷者，他们保证自己日复一日，周复一周，甚至每月都重复那些句子。安格尼斯读着说明。在这种情况下，她已经得到了上帝的指示放弃了圣餐，在其他所有方面，她都符合条件：她做过了忏悔，正站在十字架前，她用心记着神父，圣母玛利亚，罗马教皇的话语。她慢慢地，清楚地背诵着，随后读起了祈祷卡上的祈祷。

"……他们穿过了我们的手，我的脚。"她推论道，"他们已经数过了我身上所有的骨头。"她闭上眼睛，等待着手掌与心灵的刺痛，当她儿时祷告的时候，她就是这样来为自己朦胧记忆中的阿姨以及爱的人祷告。

为了巩固自己的祷告，她走过放着蜡烛的中殿，点燃一支。上百支放置蜡烛的铜器放在那儿：插蜡烛的孔滴着融化的蜡烛凝块，它们似乎从未被刮除过，与她最后一次来的时候一模一样。

安格尼斯站在讲道台下，小的时候她从不敢这么做，因为台子上头雕着一只巨大的老鹰，背着一本《圣经》，展开着翅膀，它的头直朝着看它的人。现在，安格尼斯几乎不怕了，她抬头看着鸟呆滞的木头眼睛。

就在这时，教堂的钟声响起了，安格尼斯必须努力地盯着老鹰的眼睛，因为这是一个即将成为生命的信号。抓住，抓住，抓住，跟着铃声向前，然而，木雕的鸟儿没有懂，当钟声停止的时候，它仍旧在哪儿。安格尼斯别过头去。

她想去看讲道台后，被十字架钉住的耶稣。她想去验证下自己的记忆，耶稣的左手中指坏了，用胶缠上了。此时，她想起自己该回家了。威廉一定是在想她在做什么。

当她沿着走道过去，她靠着挂在墙上基督到圣地的顺序重新认识自己。只是，她是倒着顺序从油画前走过。一幅幅的画，从《沉积》到《在彼拉多面前的审判》。这些凄凉的画已经挂在那儿十三年了，保留着它们的色泽，当她还是孩子的时候，她害怕这些让她感觉冷酷压抑的暴风天空；她曾经闭上眼睛不去看那些闪耀着光芒的惨灰皮肤，细长的黑血从荆棘刺破的额头淌下，尤其是穿过耶稣右手的钉子。那时候，她偶尔地看到，手紧紧地握成了拳头，她必须保护住它，将它藏在自己的裙子里。

今天，她看着这些油画的时候，带着别样的情绪，因为自己已经受到了很多的折磨，知道有比死亡更可怕的事。此外，她明白了孩时不会明白的道理：换句话说，如果耶稣是个奇迹，那么他为什么会被人杀掉？现在，她羡慕那些光荣的烈士，因为他曾经是人，就像精神学与伊斯兰神秘教义的唯心论，能够被杀死，随后又重生。但在耶稣这个例子中，她得承认这并不相同，当他的手脚有那么多洞时，对男人的痛苦必然少于女人。

她停在了门廊口，离开前短暂地注视耶稣在彼拉多批判他时的脸孔。是的，没有错误：那是平静的，自以为是的平静，就像她所知道的："我不能被摧毁。"这样的表情就好似非洲酋长站在燃烧的柴垛上的表情。那一切被目击者雕成了版画，或是《奇迹与机制》的作者，如今这本书就躺在她的床下。历史上很多这样的人经历了死亡，现在她就在研究这样的事，可这样的说法仍不被社会精英阶层所接受。为什么呢？她并不追求名声——毕竟，她不是上帝之子，没有人必须知道她做了什么。她向来都是非常谨慎小心！

童年时期那个装腔作势的拉丁牧师为她免罪，因此她不能将这么美好的一天过得如此遗憾。她不再左右张望，飞快地离开了教堂。她必须抵制住宗教的宣传画，不再像她曾经那样，这张画与那张比较，想要决定哪一张的小羊最好，哪一张的圣母玛利亚最好，哪一张的耶稣最好，等等诸如此类的比较。她必须回到诺丁山，好好地休息小会儿。

室外，夜幕降临。她踌躇地想了小会儿自己该如何回家，随后，她记了起来。威廉那令人惊诧的礼物：她有自己的有篷马车。她还不太敢相信自己有一辆有篷马车，然而，它就在那儿，等待在教堂对面的石匠铺子外。黑棕色的马转过它们狭窄的脑袋安静地看着她走来，车夫正坐在驾驶的位置上抽着烟斗。

"切斯曼？"她温柔地喊道，声音低得似乎只有她自己能够听见，她仍在试探自己是不是他的主人。

"切斯曼！"她再次喊他，这一次的音量足够能让他听到，"回家，谢谢。"

"很好，拉克姆夫人。"他回道。这一刻，她上了舒适的车，装饰物在马儿飞奔的时候撞上她的肩膀。这是多么好的有篷马车！比布雷奇夫人的还大些，值180镑。对威廉来说，这是一笔主要的支出，但它是值得的——而不是在这之前，伦敦季已经所剩无几。

她已经原谅了威廉没有预先征询她意见：它的确是一架没有瑕疵的有篷马车，切斯曼也非常好，起码他就比布里奇夫人的马车夫要更高更帅。对威廉而言，他想把这马车当作是给她的一个惊喜。这该是多么令人惊喜的事。一周以前，她说过她在城里有件事要做，于是问他是否知道哪儿可以坐到公共车，他说："亲爱的，为什么不坐马车呢？"

"为什么？谁的马车？"她本能地问道。

"你和我的，亲爱的。"他说着，拉过她的手带她去看自己的生日礼物。

现在，令人惊奇的切斯曼正驾着马车送她回家——切丝曼是她的大活人生日礼物，他话很少，却是个小心谨慎的人。上个星期日，他带她来到教堂——在诺丁山的英式教堂。下个周日，他还会这么做，但是今晚，他带她去做弥撒，她告诉他自己还会再去。为什么她要吩咐他带自己去清真寺或是犹太教会，他轻拍起马，用折叠的马鞭抽打，马跑了起来。

明天，他要带她去皇家歌剧院，阿德里那·帕蒂会演唱迪诺拉。每一个人都会看到她的新马车。那是谁？人们会尖叫，就像灰姑娘的化身，从铮亮的车中出来，白色的裙子如泡沫一般涌出来……

她欣然幻想着，却仍然因为神父斯堪隆的免罪而刺痛，她在自己的马车里摇晃，安格尼斯打起了瞌睡，面颊靠在天鹅绒麦穗枕头上，威廉放在那儿就是让她小憩，因为马儿会带着她回家。

拉克姆夫妇现在有了马车的事对休格而言并不是秘密。她帮威廉选了它。她看了设计，建议他买什么样的礼物去讨妻子的欢心。

是的，上帝，又有了新的转折。拉克姆再一次成了她的常客。他说，当他有那么多事要做的时候，感觉自己有些应接不暇。他在所有的地方露了脸。他看了皇家科学院的翼龙标本，意大利语版的哈姆雷特，现在，他为了社会已经做了足够多的事。

上帝知道，他参加这些活动的一半都是因为担心安格尼斯会出现状况，而他必须得陪在身旁。只是她看上去不错，并不头晕，也很适应各种社交场合，事实上，她表现得很完美，因而，他已经在腹议是否陪她去看每一场的音乐会，喜剧，花园派对，慈善晚宴，赛马，快乐游园，鲜花秀，还有那些从现在开始到九月份结束的展览。米切姆庄园一半农民在周二死了，他们都死于中毒，虽然完全与拉克姆香水公司没有关系，但是警察得询问这件事，届时，他在哪儿呢？也许在吕克昂演艺厅打鼾，那儿，一个肥胖的悲剧演员正戴着硬纸板做的皇冠假装被毒死。这是一个多么不幸的课，在虚伪的描述与真实中该如何画出一条线呢？从现在起，他只在安格尼斯必须要他陪伴的时候陪在她身边。

哦，是的，当然，他非常想念休格。这番想念已难以言表。

休格很高兴，因为他热情的拥抱更安心，不觉间有了更多的亲密。她担心自己失去了宠爱，但其实他比以往更信赖她。她的害怕是突然的，她安全地编织入了他的生命。

"啊，我怎么能没有你呢！"当他们满足地枕着彼此的肩膀时，他叹息道。休格拉过被罩盖住他的胸口，如此，将欢愉时的味道锁在柔软的被子下，好让他不再收回施予她的每一寸温柔。

与霍普森的买卖做得很好，霍普森多少是满意的，而拉克姆的声誉也毫无损害——这很大程度上应该感谢休格出色的建议。新的拉克姆公司目录很成功，老人原有的转折句大多被休格高雅的建议所替代，来自上流社会的订单显著增长。甚至在几周前，威廉嘴上还在说"但你也许对这不感兴趣"或是"原谅我，换一个主题!"这样的话;现在,他已经很随意地同休格谈着自己的商业计划与担忧的问题,她的建议对他而言如同金子一般。

"亲爱的,不要妒忌皮尔斯。"一夜,当他的激情被涌上的忧郁冲淡时,她轻声抚慰他,他向她坦言自己与工业巨人相比是如此的渺小:"他们有你没有的土地与供货商,就是这样。为什么你不想想能与皮尔斯相比的那些事儿呢,比如……他们海报上漂亮的插图与标签。它们很受欢迎,我打赌这么多人购买皮尔斯的产品很多是由于这些图片。"

"拉克姆也用插图。"他提醒道,用胸口小块的床单擦拭了湿漉的头发,"格拉斯哥的一个家伙画的。我们在这上面也花了钱。"

"是的,可是时尚变起来很快。威廉,比如说,刚刚登在《伦敦新闻》上的插图。恕我直言,你那个在格拉斯哥的画家,那女孩儿的发型都已经过时了。她的刘海披在了额前,而不是随意地散在那儿。女人们会注意这些事的……"

她的手暧昧地移动着,他想她说的是对的。

"威廉,我会在插图上帮你,"她低吟,"拉克姆的女人会同未来一样摩登时尚。"

接下来的日子里,诚如威廉自己所说,他开始远离沉浸在喧嚣伦敦季的妻子,他因此有了大把时间同休格在一起,或是说处理拉克姆香水的事,更妥帖地说,是两者兼顾。他一周三次都睡在她那儿,甚至整晚与她只是并排睡着。早晨,他也没有急于离开;她买了些剃须皂,剃刀,奶酪,以及任何他一从被窝起来就想要的东西。

在一个特别的周五,他必须前往伯明翰去看 家行将倒闭的纸盒厂,那家厂给的价格的确是太具有诱惑力了。因此,威廉必须在伯明翰的酒店里住一晚。休格则跟着安格尼斯去了皇家歌剧院看了梅耶贝尔的《狄诺拉》。

两人在门厅相遇——休格尽可能缩短了彼此的距离。在前往看剧的人群中,两人之间只有一人的距离,休格就躲在那人的背后,那人穿着呆板的黑色泡泡袖衣服。

拉克姆夫人穿着一身紧身橄榄绿与白色相间的衣服。她看上去很苍白。她的笑容投向每个可能看着她的人,只是眼睛却呆滞无神,她极紧地握着自己的扇子,迈着自己始终如一的踽踽脚步。

"见到你们真高兴。"她朝一对夫妇打起招呼,而整个人却心不在焉,只是与他们说了几秒的时间,便借故离开了他们,再次进入人群。七点钟的时候,她穿着华丽服装已经从那些被迷住的观众眼前一闪而过,坐在了自己位置上,等待剧目开演。她抬起戴着手套的手指，按摩了两鬓的太阳穴，静静地等待着。

两小时后，当剧结束之后，安格尼斯在爆发的喝彩声中无力地拍着手。

观众们爆发着"再来一个"的呼喊时，她起身去往走道，匆匆地朝出口走去。休格很快地跟上，尽管她有点儿担心自己身旁的人是否觉得她不喜欢这剧。事实上，她很喜欢！这剧气势磅礴华丽得让人瞠目！只是她小心翼翼从人膝盖前擦过，将脚跨过他们追赶拉克姆夫人的时候，又怎么能腾出空来喝彩尖叫"再来一个"？这实在是太荒谬了；她得留给人一个糟糕的印象。

在大厅入口的地方，一群庞大的歌剧爱好者已聚集在一起。这些精英们已经疲惫，男爵与男爵夫人昏昏欲睡，戴着单眼镜的批评家互相点着雪茄，无聊的年轻女人不耐烦地挪脚去了别的娱乐项目，年老的贵妇则因坐得太久而感到疼痛。相熟的朋友们在窃声讨论天气；男人的声音在议论狄诺拉的演出比几年前其他国家的演出差了一截，女人不满的声音则在讨论阿德利娜·帕蒂的裙子品位，还有一些分不清男女的声音则在大声地赞许这剧。透过这群人，安格尼斯·拉克姆试图找条离开的路。

"啊！安格尼斯！"一位穿着引人注目的红葡萄酒色缎子裙子的肥胖女人喊道，"说说你的看法！"

安格尼斯停住了脚步，转过脸去看那女人的脸孔。

"我没什么看法。"她的声音一反常态地没有了悦耳的感觉，"我只是需要些空气……"

"是啊，你看上去很憔悴瘦削！"那女人说道，"你确定你吃饱了吗？亲爱的。"

休格站在安格尼斯的身后，看到她背后的纽扣在颤抖。在喧嚣中，宁静了小会儿，或许是巧合，当然也许是对拉克姆夫人的好奇。

"你又肥又丑，我从来都不喜欢你！"这话格外地响，如此刺耳的声音很难想象出自安格尼斯，这声音一定是出自她短笛似的喉咙深处的某个地方。这声音让休格背后发毛，那位肥胖的女人像是被吓住的狗一样怔在了原处。"你那个老头儿丈夫让我感到恶心。"安格尼斯继续道，"红嘴唇里的老牙流着口水。你对我的关心是恶毒虚假的。你的下巴长满了毛。胖子就不该穿缎裙。"说完后，安格尼斯转过身，戴着白色手套的手抚着额头，匆匆地离开大厅。休格走过窘迫的胖女人紧跟了上去，女人一旁的人停下话，退在后面，这场游戏的规则变得混乱不堪，只是来自完全陌生人的攻击似好并没有什么惊奇。

"麻烦让下。"休格从那些看热闹的人面前走过时喘气道。

她匆忙地调整自己的步子：安格尼斯甚至没有在衣帽间停留，直接跑出了房子，钻入了煤油灯林立的街道。看门人几乎没有时间从开着的门里探出他强韧的脖子，休格悄悄地走了出来，天鹅绒裙子的肩已扫过他的鼻子。

"原谅我！"他们一起朝着天空发出声响。

休格走入了拥挤的弓街，那儿充满了小贩，妓女，外国人与一些体面的农民。这一刻，她怕安格尼斯陷入了人群中，尤其是穿梭的马车这头那头地改着方向。只是她没有必要担心：忘记了衣帽间深绿色外套与黑色雨伞的拉克姆夫人很容易就沾上脏污；她白色裙子扫过深色台阶，人挤挤过人群。休格只能跟着这轻盈行走的目标，告诉自己那就是安格尼斯。

这次的追踪不到半分钟；拉克姆夫人从弓街闪入了一条狭小的弄堂，这条弄堂平日里多半是妓女与小偷们的，或是绅士们急需解手的时候使用。休格一跟入黑暗的地方，就被一股尿骚味袭击了鼻子，一些鬼祟的脚步细碎地离开了那儿。

脚步声显然不是安格尼斯的：小巷才进去几步路，安格尼斯脸朝下，身子一动不动地躺在淤泥与粗砂中。她的裙子就像是初春侥幸留下的白雪在黑暗中闪耀着光泽。

"该死的……"休格深吸了口气，惊慌失措地往后看去，确定弓街的路人离自己尚有五码的距离。她在另一个世界，一个昏暗的边境；她与安格尼斯一起脱离了灯光照耀的大道，同时被遗弃在此。休格了解伦敦警察厅就在离转弯不远的地方。如果说伦敦还有什么地方，她最容易被两三个穿着制服的警察抓住问询脚边躺着毫无生息的女人，那就一定是这儿无疑。

"安格尼斯？"她身体一动不动，毫无反应，左脚扭曲成一个疯狂的角度，右手臂则夸张地挂在那儿，好似她从高处摔了下来。

"安格尼斯？"休格跪在她身旁，她用手放在女人柔软的金发后端，用掌心罩上她的脸颊，感觉还有一丝温热——那是生命燃烧的迹象——如她裸露的酥胸一样半滑而有生机。休格从冰冷的沙砾堆上抬起安格尼斯的脸，手立刻涌上刺痛。

"安格尼斯？"休格手旁的嘴慢慢地恢复了过来，在她手指旁呢喃着无声的话语，似乎是在寻找吮吸的拇指。

"安格尼斯，醒醒！"

拉克姆夫人就像被梦魇缠绕的小猫一样抽搐着，四肢无力地垂在泥土中。

"克拉拉？"她呜咽道。

"不。"休格靠近安格尼斯的耳旁，"你还没回家。"

靠了不少的帮助，安格尼斯总算是坐了起来。在黑暗中，很难看出拉克姆夫人鼻子，下巴，胸口上闪耀的是鲜血，泥，还是两者都有。

"不要看我的脸。"休格温柔地命令道，同时扶起了安格尼斯，"我会帮助你，但请不要看我的脸。"

每时每刻，她窘迫的现状都影响到了安格尼斯振奋的大脑。

"上帝，我脏了！"她发抖道，"我满身都是泥！"她纤小的手徒劳地拍打自己的上衣，而裙子却已经被玷污得难以清除污渍，"我怎么会变得这样？我怎么回家？"因为本能，她转脸看向救助自己的人，然而又被休格转了回去。

"不要看我的脸。"休格紧紧地抓住安格尼斯的肩膀，再次说道："我会帮你的，等在这儿。"她转过身跑向弓街的路灯下。

当休格再一次回到川流不息的交通中时，她仔细地审视着周围每一个人：谁能在这眩晕震颤的人流中帮助她呢？那头正在用蒸汽煮咖啡的店家吗？不，她们戴的粗麻帽子，染色的功能工作服太破旧了。那些等待穿过马路的女人们吗？她们快速地收起伞，在车厢经过身旁的时候，整理起皮毛的披肩。不，她们刚从剧院出来，安格尼斯可能认识她们。那名士兵，穿着不错的黑色披风？不，他或许会坚持要当局给予特权。站在那儿披着紫色长披肩的女人——她肯定是一名妓女，喊她的话或许会惹上麻烦……

"哦！小姐！对不起！"休格跑到了一位提着一篮子草莓的稳重女人跟前。女人贫穷而懒散，爱尔兰人或是有些笨拙的长相，不过她有一个优势：她穿着一条灰蓝色斗篷，一件老式旧面纱蒙住了脖子到脚踝。

"水分充足的草莓。"她眯眼讨好地推销起来。

"你的斗篷。"休格打开皮夹摸出最亮闪的硬币："卖给我，我给你十个先令。"

女人畏缩在一旁，尤其是当休格点着硬币：六，七，八。她的嘴巴紧张得难以合拢。

"我是认真的。"休格辩驳道。她将另两个先令一并之前的撒入了她戴着手套的手里。

"我没有说您，女士，我真的不是那意思。"女人半屈身，布着血丝的眼睛折出茫然的神色，"可您知道的，我这衣服不是来卖的，水分充足——"

"你怎么回事儿？"休格恼怒地叫道。现在的任何一秒，安格尼斯都有可能被一个在黑夜中光顾小巷的人要了性命；比如一个低声嘀咕的男人会割断她的项链。"这是您要的斗篷，它是廉价旧棉做的——您能在女人街的任何时间，任何地点，买上比这好的外套！"

"是的，是的。"她抓住斗篷放到了喉咙边为自己辩解，"但今晚我真的冷坏了，我只穿了很单薄的裙子呐。"

"上帝。"休格有些歇斯底里，她能想象安格尼斯的头被人锯了开来："十先令！瞧瞧！"她伸出手，将闪耀的新硬币送到女人的鼻子前。

瞬间，物品做了交换。卖草莓的女人拿了钱，休格则得到了她的斗篷外套。那女人光溜的手臂垂在薄薄的裙子上，鼓胀的紧身胸衣残留着奶渍。休格在讨价还价之后，脸因为厌恶不禁抽搐了下。没有多说一句，休格便匆匆地离开。当她钻入小巷的时候，将斗篷遮在了自己天鹅绒般柔软的胸前。

安格尼斯仍在她离开的地方，似乎就像童话中被施了石化的魔法，一动不动。在不加任何提醒下，在她守护天使靠近的时候，她顺从地不去张望她的脸孔。那剪影高挑得像一个男人，胸口闪烁着苍白的光亮。绕着安格尼斯裙子的老鼠在她软软的皮鞋旁轻嗅，突然受到了惊吓，四散地逃入了黑暗中。

"我给你带来些东西。"休格站到安格尼斯身侧，说道，"站在那儿，我会把它给你披上。"

当斗篷罩在她身上的时候，安格尼斯的肩膀颤抖起来。她发出了一声比呼吸微重的声音，无法辨出是惊喜、疼痛，还是害怕。她一手放在了胸口，不知道该如何抓住这件陌生的外套……哦，不……她并没有生气。

"圣灵……"她低声颤抖道。

"现在。"休格手肘穿过斗篷的织布，紧抱住安格尼斯，"我得告诉你接着该做什么。你必须离开这儿，然后右转。在听吗？"

安格尼斯点头"嗯"了声，就像休格在卜床时佯装出的"呜咽"声。

"当你回到街上的时候，走一小段路，大约一百步左右。"休格温柔地将安格尼斯一步步推往灯光下，继续道，"在卖花的摊边再次右转，切斯曼正在那儿等你。我会看着你，直到你安全。"休格倾向安格尼斯的肩膀。她偷瞥到泥与血混杂在了一起，于是，用她的黑色袖子替安格尼斯擦去。

"保佑你，保佑你。"安格尼斯朝前蹒跚着，人依旧往后倾斜，身体甲的平衡线左右晃荡。

"威廉说你是我的幻觉，是我想象出来的。"

"别在意威廉说什么。"安格尼斯在她的控制下颤抖得像一个孩子，休格在小说之外从未遇到过这样的经历，她给人感觉就像一个哆嗦不已的孩子，"记住，到了鲜花摊右转。"

"这美丽的袍子。"安格尼斯得到了鼓励，边走边找回了些平衡，"我打赌，

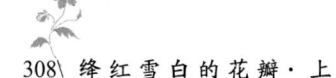

他一定会说这也是幻想……"

"别告诉他任何事,这是我们之间的秘密。"

"秘密?"她们一同到了小巷口,世界依旧车水马龙,好似他们是另一维度虚构的人物。

"是的。"休格说道,脑子里突然划过一个想法,"安格尼斯,你必须明白,天使是不被允许做这些事的。否则的话,我会有麻烦。"

"是同我们的圣母吗?"

"……我们的……"安格尼斯说的是什么意思?休格踌躇了下,直到她想起卡斯特威太太画册里的图片,里头有那位耀眼的夫人,"是的,我们的圣母。"

"哦,上帝保佑你。"安格尼斯朝着路过停住脚步的花花公子喊道;她的鼻子已经再一次地回到了现实生活。

"继续走,安格尼斯。"休格温柔地推了下,命令道。

安格尼斯东倒西歪地到了弓街,如同一个机器似的往着正确的方向走去。她既没有看左边也没有看右边。尽管弓街的某一处发生了暴动,警察与旁观者聚集在了那儿,她仍旧迈着百多步走到了停出租马车的地方,按照指令往右转。之后,休格离开了她的视线,任她继续走下去:当她到了卖花摊前,瞥了一眼拐角处,她已经安全地到了马车前。切斯曼从一旁爬了上去,马鼻子里喷起了气,等待着启程。

"感谢上帝。"休格深吸了口气,被突然袭上的倦意弄得有些眩晕。现在她得为自己喊辆车。

弓街上的骚乱已经基本停歇。围观的人渐渐散去。两名警察抬着担架,一个白色布缠着的人躺在上面。他们考虑到可能会妨碍到交通,于是放下了毫无活力的担架到一个带篷的货车上,发了信号让车夫赶紧走。

两小时后,当休格回到自己普里奥利的房间,她斜倚在暖和的浴缸里,盯着蒸汽环绕的天花板,忽而,一个念头跳了出来:那尸体是卖草莓的女人的。

她害怕地从水里抬起头。湿重的发丝重得几乎将她拖到了水下,沾了泡沫的身子滑回了光滑的瓷浴缸。

她想自己一定是杞人忧天。那尸体是个醉汉,或是一个乞丐。

休格放了清水冲洗干净后从浴缸里站了起来。膝盖的周围流淌的肥皂水因城市的污浊空气而变得灰白。

弓街上任何一个恶霸与昆虫学者都没有看见她将十个先令的硬币给了一个穿了一半衣服的女人……

她跨了出来，用她最爱的一件洁白胜雪的浴巾裹住了自己的身体。这条浴巾是她那才在彼得·罗宾逊购物时最愉快的购物经历。如果现在她上床，她湿漉的头发会失了样子地变干。她琢磨在火堆前烘干，时不时地梳理下，这样能让整个头发达到令威廉沉醉的蓬松感。她明天要睡上一整天，而威廉则在从伯明翰回来的路上。

　　每天都有挨饿的人死在街上，醉汉被马车碾压。那一定不是卖草莓的女人。此刻，她一定是躺在自己的床上打着鼾，那十个先令则被放在了枕头底下。

　　休格赤裸地蹲在壁炉前，任着自己潮湿的头发从脸庞垂顺下来，用梳子不停地梳理。水滴仿似细长的项链沿着肩膀，手臂流淌下来，在火堆前慢慢蒸发。屋外，一阵强风肆虐而过，呼啸摇曳着房子，书房法式窗子那头的纸片刮落在了地上。烟囱发出"哼哼"的声响；隐蔽在壁纸与石膏后的框架嘎吱出声。

　　最后让她收回思绪的是一阵敲门声。过度幻想了？不，的确又传来了敲门声。威廉？除了威廉外还有谁呢？她突然跳了起来，半惊半喜。他怎么回来得这么早？那家纸盒厂怎么样了？"我去伯明翰的半路上好好地又想了下。"她期待着他的解释，"便宜没有好货。"上帝，她把睡衣扔在了哪儿？

　　一激动间，她赤裸着身体径直奔向了门口。为什么不呢？他会惊喜于她的这副姿态，厚颜大胆的高级妓女，就像没有包装的新鲜礼物柔软干净，散出层层的拉克姆香水的味道。当她嬉戏似的拉着他往卧室起舞的时候，他将无法自持。

　　她打开了门，一阵刺骨的冷风激起了浑身的疙瘩。她站在蓝黑色走廊里等待，只是那儿空无一人。